35
ANOS

HERÓIS DA FRONTEIRA

DAVE EGGERS

Heróis da fronteira
Um romance

Tradução
Rubens Figueiredo

COMPANHIA DAS LETRAS

Copyright © 2016 by Dave Eggers
Todos os direitos reservados.

Grafia atualizada segundo o Acordo Ortográfico da Língua Portuguesa de 1990, que entrou em vigor no Brasil em 2009.

Título original
Heroes of the Frontier: A Novel

Capa e ilustração
Rafael Nobre

Imagem do veículo
Blade_kostas/ iStock

Preparação
Ana Lima Cecilio

Revisão
Ana Maria Barbosa
Angela das Neves
Adriana Moreira Pedro

Dados Internacionais de Catalogação na Publicação (CIP)
(Câmara Brasileira do Livro, SP, Brasil)

Eggers, Dave
    Heróis da fronteira : Um romance / Dave Eggers ; tradução Rubens Figueiredo. — 1ª ed. — São Paulo : Companhia das Letras, 2022.

    Título original: Heroes of the Frontier: A Novel.
    ISBN 978-65-5921-194-4

    1. Ficção norte-americana I. Título.

22-106046   CDD-813

Índice para catálogo sistemático:
1. Ficção : Literatura norte-americana 813

Maria Alice Ferreira – Bibliotecária – CRB-8/7964

[2022]
Todos os direitos desta edição reservados à
EDITORA SCHWARCZ S.A.
Rua Bandeira Paulista, 702, cj. 32
04532-002 — São Paulo — SP
Telefone: (11) 3707-3500
www.companhiadasletras.com.br
www.blogdacompanhia.com.br
facebook.com/companhiadasletras
instagram.com/companhiadasletras
twitter.com/cialetras

HERÓIS DA FRONTEIRA

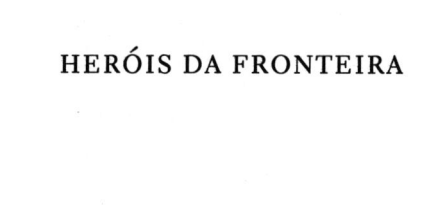

HERÓIS DA FRONTEIRA

I.

Existe a felicidade orgulhosa, a felicidade nascida de um trabalho bem-feito diante de todos, anos de labuta valiosa, e, depois, sentir-se cansada, contente, rodeada pela família e pelos amigos, banhada de satisfação e pronta para um descanso merecido — o sono ou a morte, tanto faz.

Existe também a felicidade da ruína pessoal. A felicidade de estar sozinha, embriagada de vinho tinto, no banco do carona de um antigo trailer, estacionado em algum canto do extremo sul do Alasca, olhando para a silhueta das árvores negras, com medo de pegar no sono, temendo que, a qualquer momento, alguém abra o cadeado frágil da porta do trailer e mate você e seus dois filhos pequenos, que estão dormindo no compartimento em cima da cabine do motorista.

Josie espremia os olhos diante da luz fraca de um demorado anoitecer de verão, numa parada de estrada, no sul do Alasca. Ela estava feliz naquela noite, com seu vinho pinot, naquele trailer, no escuro, rodeada por bosques desconhecidos e, a cada novo gole de seu copo de plástico amarelo, o medo diminuía. Estava contente, embora soubesse que era um contentamento passageiro e artificial, sabia que tudo aquilo estava errado — ela não deveria estar no Alasca, não daquele jeito. Josie tinha sido dentista, mas não era mais. O pai de seus filhos, um inseto, um cagão, chamado Carl, um homem que dizia para Josie que casar no papel era uma fraude, que o papel era supérfluo e redutor, dezoito meses depois de sair de casa tinha achado outra mulher para casar com ele. Conhecera essa outra e agora, de modo inconcebível, impossível, estava casando com ela, uma mulher da Flórida. Isso aconteceu em setembro, e Josie tinha razões de sobra para ir embora, para sumir, até que tudo terminasse. Carl não tinha a menor ideia de que ela havia tirado os filhos de Ohio. Quase da América do Norte. Nem poderia saber. E o que poderia garantir a invisibilidade de Josie melhor do que aquilo, uma casa sobre rodas, nenhum endereço fixo, um trailer branco num estado onde há um milhão de viajantes sem rumo, todos em seus trailers brancos? Ninguém jamais conseguiria encontrá-la. Josie chegou a pensar em sair do país de uma vez, mas Ana não tinha passaporte e, sem Carl, seria impossível tirá-lo, portanto essa opção estava descartada. O Alasca era, ao mesmo tempo, o próprio país e outro país, era quase a Rússia, era quase o esquecimento e, se Josie abandonasse seu telefone e usasse apenas dinheiro — tinha trazido três mil dólares numa espécie de bolsa de veludo, feita para guardar moedas de ouro ou feijões mágicos —, seria impossível rastrear seus passos. E Josie tinha sido escoteira. Sabia dar nós, limpar peixe, fazer fogo. O Alasca não a intimidava.

Josie e os filhos tinham aterrissado em Anchorage mais cedo, naquele dia, um dia cinzento, sem promessas nem beleza, mas, no instante em que pôs os pés fora do avião, se animou. "Muito bem, pessoal!", disse para os filhos exaustos e famintos. Eles nunca haviam manifestado nenhum interesse pelo Alasca e, agora, lá estavam eles. "Aqui estamos!", disse Josie, ensaiando uns passos de uma marchinha festiva. Nenhum dos filhos sorriu. Enfiou-os no trailer alugado e saiu pela estrada, sem nenhum plano em mente. Os fabricantes denominaram o veículo de Chateau, mas isso tinha sido trinta anos antes e, agora, ele estava em péssimo estado, oferecia perigo para seus passageiros e para todos os que dividissem a rodovia com ele. No entanto, depois de um dia na estrada, as crianças estavam bem. Elas eram estranhas. Tinha o Paul, oito anos, com os olhos frios e solícitos de um padre de gelo, um menino de movimentos vagarosos, gentil, muito mais sensato e agradável do que a mãe. E tinha a Ana, de apenas cinco anos, uma constante ameaça para o contrato social. Era um animal de olhos verdes, com uma explosão de cabelos irracionalmente vermelhos e um dom especial para localizar, em qualquer cômodo, o objeto mais passível de ser quebrado e, depois, quebrá-lo com um incrível entusiasmo.

Josie, ouvindo o ronco de um caminhão que passava na rodovia próxima, serviu-se de mais um copo. Isso é permitido, disse para si mesma, e fechou os olhos.

Mas onde estava o Alasca da magia e da claridade? Aquele lugar era sufocado pelo nevoeiro formado por uma dúzia de incêndios florestais, que se espalhavam pelo estado como presidiários em fuga e nada havia de majestoso, não, ainda não. Tudo o que tinham visto, até então, era confuso e rude. Tinham visto hidroaviões. Tinham visto centenas de casas à venda. Tinham visto um outdoor na estrada anunciando uma fazenda de árvores, em busca de um comprador. Tinham visto outro trailer, nada diferente do seu, estacionado no acostamento, ao pé do paredão íngreme de uma montanha. Tinham visto cabanas feitas de toras de madeira envernizadas. Tinham visto, em uma loja de conveniência também feita de toras de madeira, uma camiseta com os dizeres A *culpa não é minha, votei nos americanos.*

Então, onde estavam os heróis? No lugar de onde ela tinha vindo, todo mundo era covarde. Não, existia um homem corajoso e ela ajudou a matá-lo. Um homem corajoso agora estava morto. Todo mundo pegou tudo e Jeremy foi morto. Encontrem alguém corajoso, ela pediu para as árvores escuras à sua frente. Encontrem para mim alguém que seja firme, exigiu das montanhas mais além.

O Alasca veio à sua mente só algumas semanas antes de tomar a decisão de ir embora de Ohio. Lá em Homer, Josie tinha uma irmã postiça, Sam, uma irmã postiça que não era propriamente irmã postiça e que ela não encontrava havia anos, mas que era cercada de uma grande mística, porque morava no Alasca e era dona de seu próprio negócio, pilotava uma lancha ou algum tipo de barco e tinha criado as filhas praticamente sozinha, já que o marido era pescador e, a cada saída para pescar, ficava fora de casa durante meses. Pelo que Sam dizia, ele nada tinha de especial e suas ausências não representavam grande perda.

Josie nunca tinha ido ao Alasca e, exceto Homer, não tinha a menor ideia de um lugar aonde pudesse ir nem do que faria lá. Mas escreveu para Sam, contou que estava chegando, e Sam respondeu dizendo que tudo bem. Josie tomou aquilo como um bom sinal, o fato de sua irmã postiça, que ela não vira nos últimos cinco anos, ter dito apenas "tudo bem" e não ter feito nenhum tipo de apelo ou incentivo. Sam, agora, era uma alasquiana e isso significava, Josie tinha certeza, uma existência franca e sem rodeios, centrada no trabalho, nas árvores e no céu, e esse tipo de disposição era o que Josie desejava para os outros e para si mesma. Não queria mais saber do inútil drama da vida. Se algo teatral fosse necessário, tudo bem. Se um ser humano estava escalando uma montanha e, nessa escalada, houvesse avalanches, tempestades, relâmpagos e raios de céus carregados, ela poderia aceitar o drama, participar do drama. Mas o drama suburbano era tão cansativo, tinha uma face tão absurda, que ela já não conseguia nem mesmo ficar perto de alguém que achasse aquilo real ou proveitoso.

Então eles pegaram o avião, depois as malas, e foram encontrar Stan. Ele era o dono do trailer que ela havia alugado — o Chateau — e estava parado na saída da sala da esteira de bagagem, segurando um cartaz com o nome de Josie. Stan era como ela havia imaginado — um aposentado de setenta e poucos anos, amável e com um jeito de balançar as mãos como se fossem pesadas, uns cachos de banana que ele estava entregando. Levaram as malas para o trailer e partiram. Josie virou-se para olhar para os filhos. Pareciam cansados e sujos. "Bacana, hein, pessoal?", perguntou, apontando para o forro interno do Chateau, uma colcha de retalhos de tecidos e lâminas de madeira. Stan tinha cabelos brancos, vestia jeans passados a ferro e calçava tênis limpos e azul-claros. Josie ficou no banco da frente e os filhos num banquinho na parte de trás, enquanto atravessaram os dezesseis quilômetros entre o aeroporto e a casa de Stan, onde a papelada para o aluguel do Chateau seria assinada. Ana logo pegou no sono, encostada nas persianas horizontais. Paul sorria sem graça e fechou seus olhos de padre de gelo. Stan ajeitou o espelho retrovisor para poder vê-los e, ao ver os filhos através dos olhos de Stan, Josie percebeu que eles não pareciam filhos dela. Não combinavam com ela, nem um com o outro. O cabelo de Josie era preto; o de Paul, castanho; o de Ana, vermelho. Os olhos de Josie eram castanhos e pequenos; os de Paul, enormes e azuis; os de Ana, verdes e amendoados.

Quando chegaram à garagem da casa de Stan, ele estacionou o Chateau e as crianças foram convidadas a brincar no jardim.

Imediatamente, Ana foi até uma árvore grande, com um buraco no tronco, e enfiou ali sua mão. "Olhe, peguei um bebê!", gritou, segurando um bebê invisível.

"Desculpe", disse Josie.

Stan balançou a cabeça gravemente, como se Josie tivesse dito *Minha filha é maluca e incurável*. Ele pegou o manual do proprietário e mostrou as funções do trailer com a seriedade de alguém que explica como se desmonta uma bomba. Havia o forno, o velocímetro, o odômetro, o banheiro, a abertura para limpeza do esgoto, o cabo de energia, várias alavancas, amortecedores e compartimentos ocultos.

"A senhora já dirigiu um trailer antes", disse ele, como se não pudesse haver outra resposta.

"Claro. Muitas vezes", disse Josie. "E eu dirigia um ônibus."

Ela nunca tinha feito nem uma coisa nem outra, porém teve a sensação de que Stan levava o Chateau a sério, mas não levava Josie tão a sério. Ela precisava inspirar nele alguma confiança de que não iria despencar com o Chateau do alto de um penhasco. Stan deu uma volta no trailer ao lado de Josie, anotando numa prancheta os defeitos preexistentes e, enquanto fazia isso, Josie viu um menino de uns seis anos aparecer no janelão da casa de Stan, olhando para eles. A sala onde ele estava parecia completamente branca — paredes brancas, carpete branco de uma parede até a outra, luminária branca sobre uma mesa branca. Dali a pouco, uma mulher com ar de avó, provavelmente a esposa de Stan, chegou por trás do menino, colocou as mãos em seus ombros, virou-o de costas para a janela e guiou-o de volta para dentro da casa.

Depois da inspeção do trailer, Josie esperava que ela e as crianças fossem convidadas para entrar na casa, mas não foram.

"A gente se vê daqui a três semanas", disse Stan, pois era esse o prazo que haviam combinado. Josie achava que a viagem poderia ser estendida por um mês, ou indefinidamente, e imaginou que telefonaria para Stan, quando aquilo ficasse mais claro.

"Certo", disse Josie, e tomou o assento do motorista. Puxou a alavanca comprida, espetada no volante como uma antena, baixou-a para a posição de marcha a ré, incapaz de se desapegar da sensação de que o plano inicial de Stan era convidá-la para entrar na casa com os filhos, mas algo o convenceu a mantê-los longe de sua imaculada casa branca e de seu neto.

"Dirija com cuidado", disse ele, acenando com suas mãos de bananas.

Eles tinham que matar tempo por três dias, até que Sam voltasse de uma de suas viagens. Ela estava guiando um grupo de executivos franceses pela floresta, para observarem pássaros e ursos, e só voltaria no domingo. Josie tinha planejado ficar um ou dois dias em Anchorage, mas quando passou pela cidade, com o Chateau guinchando e sacolejando, viu uma feira de rua e milhares de pessoas de sandálias e de camiseta regata fluorescentes, e quis logo fugir dali. Deixaram a metrópole rumo ao sul e logo começaram a ver placas anunciando um tipo de parque de animais. A *atração mais popular do Alasca*, alardeava o cartaz. Quando Josie estava segura de que iam passar pela atração sem Ana perceber, Paul falou:

"Parque de animais", disse para Ana.

A facilidade que Paul tinha para ler já havia criado muitos problemas para sua família.

As crianças queriam muito ir ao parque e Josie queria muito passar direto, mas as placas falavam de ursos, bisontes e alces, e a ideia de que podiam ticar aqueles mamíferos de sua lista logo nas primeiras horas tinha certo apelo.

Estacionaram o trailer.

"Você tem de pôr o casaco", disse Paul para Ana, que já estava na porta do Chateau. Paul lhe ofereceu o casaco como se fosse um mordomo. "Segure as mangas para não embolarem", disse ele. Ana segurou as mangas da blusa e enfiou os braços no casaco. Josie observou tudo aquilo e sentiu-se supérflua.

Dentro de uma cabana feita de toras de madeira, Josie pagou uma quantia criminosa, sessenta e seis dólares por três ingressos. Normalmente, havia mapas e guias que orientavam os passos dos visitantes pela área do parque, mas todo mundo tinha saído de férias ou estava de folga, portanto Josie e as crianças estavam sozinhas num lugar que parecia um zoológico depois do apocalipse. Ela pensou no zoológico iraquiano depois dos bombardeios da coalizão, os leões e as chitas andando à solta e famintos, em busca de gatos e cachorros para comer, sem encontrar nenhum.

Não chegava a esse ponto. Mas era triste como qualquer zoológico é triste, um lugar onde, na verdade, ninguém quer estar. Os seres humanos se sentem culpados simplesmente por estarem ali, esmagados por pensamentos de captura e cativeiro, má alimentação, remédios e grades. E os animais mal se movimentam. Viram um casal de alces e seu filhote, nenhum dos três se mexia. Viram um bisonte sozinho, adormecido, a pelagem puída, os olhos semiabertos e furiosos. Viram um antílope esguio e abobalhado; dava uns poucos passos e depois parava, olhando desoladamente para as montanhas ao longe. Seus olhos diziam: *Me leve, Senhor. Agora, estou acabado.*

Voltaram para a cabana de madeira para tomar refrescos. "Olhem lá", disse um guia turístico para os filhos de Josie, enquanto bebiam limonada. Apontou para uma cadeia de montanhas que não ficava distante e disse que ali havia uma coisa muito rara: um pequeno grupo de carneiros de chifres grandes, que traçava uma linha horizontal na serra, de leste para oeste. "Usem o binóculo", disse ele, e Paul e Ana correram para um binóculo fixo num pedestal, que ficava no deque.

"Estou vendo os carneiros", disse Paul. Quando ele passou o binóculo para Ana, Josie apertou os olhos para enxergar ao longe, localizou o grupo de carneiros, um borrão de vagos pontinhos brancos na encosta da montanha. Era uma coisa desconcertante, ver doze ou quinze animais parados confortavelmente no que parecia ser um paredão vertical liso. Josie deu uma olhada pelo binóculo, localizou os carneiros e, no céu, avistou uma sombra escura cortando o caminho deles. Supôs que fosse algum tipo de falcão, então moveu o binóculo pela área em redor, mas não viu nada. Voltou para os carneiros, um em particular parecia estar olhando direto para ela. O carneiro parecia contente da vida, não tinha nenhuma preocupação no mundo, apesar de estar equilibrado sobre uma saliência de sete milímetros de largura, a seiscentos metros de altura. Josie ajustou melhor o foco e, assim, pôde ver o carneiro com ainda mais nitidez. Quando se concentrou numa visão maravilhosamente nítida do animal, duas coisas aconteceram, em rápida sucessão.

Primeiro, as nuvens acima do carneiro pareceram se abrir, separando-se como que para permitir que um estreito raio de luz divina brilhasse sobre a cabeça peluda do animal. Josie conseguiu ver seus olhos radiantes, os pelos macios e brancos como algodão e, enquanto Josie olhava para o carneiro, e o carneiro olhava para Josie, enquanto ele mostrava para ela o que era a felicidade perfeita, revelando os segredos de sua vida sem complicações, no alto, acima de tudo — na hora em que aquilo estava acontecendo, uma sombra escura entrou no raio de visão de Josie. Uma asa escura. Era uma ave predadora enorme, a envergadura das asas larga e opaca, como um guarda-chuva preto. E, quando a ave mergulhou no ar, suas garras apanharam o carneiro pelos ombros, ergueram-no apenas alguns centímetros para cima e para o lado do penhasco, e depois soltaram. O carneiro desapareceu de vista. Josie levantou a cabeça e, a olhos nus, viu o carneiro cair do alto da montanha, indiferente e sem se debater, como um boneco de pano que despenca direto para um invisível local de repouso.

"Águia", disse o guia, depois deu um assovio de admiração. "Maravilhoso, maravilhoso." Explicou que aquele era um método comum que as águias usavam para matar presas grandes, mas era raro de ver: uma águia suspendia e largava um animal de alturas elevadas e deixava que a presa caísse de mais ou menos cem metros de altura para morrer nas rochas lá embaixo, com todos os ossos quebrados. Em seguida, a águia descia, apanhava o animal morto, inteiro ou em pedaços, e levava a carne para alimentar os filhotes. "Por que o senhor queria que víssemos isso?", Josie perguntou para o guia, sabendo que aquilo ia assombrar seus pensamentos, ia deixar uma cicatriz em seus filhos, mas o guia foi embora.

"O que foi que aconteceu, mamãe?", perguntou Ana. Paul tinha ouvido e entendido a explicação do guia e Josie lamentava que o filho conhecesse todos os graus de deslealdade no mundo animal, porém sentia-se contente por Ana estar livre, por enquanto, daquele conhecimento.

"Nada", disse Josie. "Vamos embora."

O melhor, disse ela para os filhos, era deixar para trás a região de Anchorage, ir embora de verdade, sair pela estrada e criar seu próprio caminho. Portanto, pararam numa mercearia e se abasteceram. A loja tinha oitenta mil metros quadrados, não acabava nunca; vendiam aparelhos de som estéreo, móveis para jardim, perucas, armas, gasolina. Era cheia de caminhoneiros, algumas famílias numerosas, algumas pessoas que pareciam ter sangue de nativos, alguns caucasianos curtidos pelas intempéries, e todos pareciam muito cansados. Josie comprou mantimentos suficientes para uma semana, guardou-os da melhor maneira que pôde nos armários do trailer, com prateleiras de compensado de madeira, e saiu pela estrada.

O limite de velocidade na maioria das rodovias do Alasca parecia ser de cem quilômetros, mas o Chateau não conseguia passar de setenta e sete. Demorava um tempo extraordinariamente longo para alcançar sessenta e cinco e mais dez minutos de roncos asmáticos para passar daí para setenta e cinco e, depois disso, o mecanismo inteiro parecia prestes a se desmantelar, como uma estrela que explode. Assim, durante as poucas horas iniciais, Josie dirigiu na velocidade de setenta e sete quilômetros, enquanto o tráfego à sua volta andava cerca de trinta quilômetros por hora mais depressa. Nas estradas de duas pistas, geralmente quatro ou seis carros ficavam em fila atrás dela, buzinando e praguejando, até que Josie conseguisse encontrar um acostamento mais largo que lhe permitisse encostar, abrir caminho para os outros passarem e depois voltar para a estrada, sabendo que dali a cinco minutos iria se formar, atrás dela, outra fila de seguidores irritados. Stan não tinha dito nada sobre aquilo.

Josie tinha feito sanduíches para as crianças e serviu em pratos de verdade; quando terminaram de comer, elas perguntaram onde deviam guardar os pratos. Ela disse para deixarem na pia e, no primeiro sinal fechado, os pratos caíram no chão, quebraram, e os restos da refeição se espalharam por todos os cantos e brechas do Chateau. A viagem tinha começado.

Josie não sabia nada sobre Seward, mas sabia que ficava perto de Homer, por isso resolveu que se encaminhariam para lá naquele dia. Andaram mais ou menos uma hora e encontraram uma baía brutalmente deslumbrante, a água, um espelho liso, montanhas brancas que se erguiam ao longe, como um paredão de presidentes mortos. Josie estacionou para tirar uma ou duas fotos, mas dentro do trailer tudo já estava imundo — o chão estava enlameado, havia roupas e embalagens espalhadas e a maior parte das batatas fritas de Ana estava no chão. Josie sentiu uma exaustão repentina desabar sobre ela. Fechou as persianas, deixou os filhos verem *Tom e Jerry* — em espanhol, era o único DVD que tinham trazido, quando partiram às pressas — e ficaram vendo os desenhos animados em seu pequeno aparelho, enquanto os caminhões passavam martelando em disparada, e cada caminhão fazia o Chateau sacudir de leve. Vinte minutos depois, as crianças estavam dormindo e Josie ainda estava acordada.

Passou para o banco do carona, abriu um vinho pinot com tampinha de rosca, serviu-se um copo e se acomodou com um exemplar da revista *Velho Oeste*. Stan tinha deixado cinco exemplares da revista no Chateau — uma revista de quarenta anos que trazia HISTÓRIAS REAIS DO VELHO OESTE. Nela, havia uma coluna intitulada Rastros Apagados, para a qual leitores enviavam pedidos de informação sobre parentes desaparecidos havia muito tempo. Um deles dizia:

> No recenseamento da República do Texas em 1840, fala-se de Thomas Clifton, do condado de Austin, com a informação de que era proprietário de 141 hectares de terra. Eu gostaria de ter alguma notícia sobre algum de seus descendentes.

Estava assinado por certo Reginald Hayes. Josie pensou no sr. Hayes, sentiu muito por ele, imaginou as fascinantes batalhas jurídicas que ele já tinha preparadas para quando fosse tentar reclamar a posse daqueles 141 hectares de terra no condado de Austin.

A mensagem seguinte:

Talvez alguém pudesse nos ajudar a localizar as irmãs de minha mãe, filhas de Walter Loomis e Mary Snell. Minha mãe, Bess, era a mais velha. A última vez que viu suas irmãs foi no Arkansas, em 1926. Havia a Rose, a Mavis e a Lorna. Minha mãe, que vivia se mudando, não mandava correspondência e, desde então, nunca mais soube delas. Adoraríamos ter notícia de alguém que soubesse algo sobre elas. Devem estar na casa dos cinquenta anos de idade, agora, creio.

O resto da página era preenchido por histórias mal contadas, de abandono e desgosto, e um ou outro indício eventual de latrocínio ou homicídio. O último item da página dizia:

David Arnold morreu no Colorado em 1912 e foi enterrado em McPherson, no Kansas. Deixou esposa e quatro filhos. Agora, duas filhas estão vivas, creio. Gostaria de obter uma cópia do obituário dele, para guardar nos arquivos da família, ou gostaria de saber onde morreu e se o assassinato chegou a ser comprovado. Além disso, será que se chegou a comprovar que a morte de seus dois filhos em 1913 teve alguma relação com seu assassinato? Ele era meu tio-avô.

Josie encheu o copo outra vez. Baixou a revista e olhou pela janela. Um sorriso se abriu em seus lábios. Estar tão longe de Carl e de seus crimes a fez sorrir. Ela e Carl tinham se separado por alguns anos durante sua fase de micção intensa. Uma frequência extraordinária, sem precedentes. Era um homem saudável! Talvez não fosse um homem capaz de carregá-la nos braços através da porta de casa — era magro, Josie não era tão magra —, mesmo assim, era um homem ativo, sem tuberculose, com dois braços, duas pernas, sem barriga. Então, por que ele ficava mijando a noite inteira e o dia inteiro? A imagem de Carl que vinha à mente agora, dezoito meses depois de se separarem, era dele parado, de pé diante da privada, os pés afastados, a porta do banheiro aberta, esperando para mijar. Ou mijando de fato. Ou sacudindo depois de mijar. Abrindo o zíper da braguilha, antes, ou fechando, depois. Trocando a calça xadrez que usava em casa, porque não tinha balançado o suficiente, depois de mijar, e havia pingado na calça, que agora estava com cheiro de urina. Mijar duas vezes de manhã cedo. Mijar seis ou sete vezes depois do jantar. Mijar o dia inteiro. Sair da cama três vezes todas as noites para mijar.

É a sua próstata, dizia Josie.

Você é dentista, respondia ele.

Não era a próstata, disse o proctologista. Mas o proctologista também não tinha a menor ideia do que podia ser. Ninguém tinha a menor ideia do que era. Carl também cagava o tempo todo. Dava para contar quantas vezes ele cagava, mas para que contar?

Umas seis vezes, pelo menos. Começava com sua primeira xícara de café. Primeiro gole. Novamente, Josie imaginou as costas de Carl, viu Carl parado diante da pia da cozinha, na frente de sua cafeteira individual. Com sua calça xadrez. A calça xadrez, feita de lã, era curta demais, grossa demais, e tinha manchas de tinta branca — ele havia pintado o banheiro dos filhos e fez um trabalho horroroso. E por que usava aquela calça respingada de tinta? Para lembrar a si e ao mundo que ele era um homem de ação. Um homem capaz de pintar (mal) o banheiro dos filhos. Então, ele ficava ali parado, à espera de que a cafeteira enchesse sua xicarazinha azul. Por fim, a xicarazinha azul ficava cheia, ele a pegava, encostava-se na pia, olhava para o quintal e depois, no primeiro gole, como se aquela primeira gota tivesse destroçado suas entranhas, tudo que estava preso se soltava, ele corria para o banheiro, o que ficava perto da garagem, e dava início ao seu dia de cagadas. Oito, dez vezes por dia. Por que Josie estava pensando nisso?

Depois, ele saía do banheiro, se vangloriava para os filhos de ter feito um ótimo trabalho lá dentro, ou de que *tinha feito o serviço como um homem devia fazer*. Ele sabia que cagava muito e tentava fazer graça com aquilo. Josie cometera um erro fatal logo no início de sua união com ele, ao deixar que Carl pensasse que era engraçado, e ria junto, quando ele ria de suas próprias piadas — e, depois, Josie teve de continuar rindo. Anos de risos forçados. Mas como uma pessoa podia continuar rindo em condições como aquelas? Os filhos mal viam o pai fora do banheiro. Ele discutia com eles, enquanto estava no banheiro. Certa vez, consertou os walkie-talkies de Paul sentado no vaso — enquanto Carl trocava as pilhas, o mecanismo de suas entranhas triturava sua massa encharcada. E então eles testaram os walkie-talkies! Enquanto continuava cagando, ou tentava cagar. Carl continuava ali sentado e Paul, no quarto. "Testando, 1, 2, 3", disse Carl, e depois: "Testando, 3, 2, 1!".

Era abominável. Ela preferia sair de casa antes que aquilo começasse. Era como o gato de Schrödinger. Ela sabia que ia começar a caganeira, mas, se ela saísse de casa antes de Carl tomar seu primeiro gole de café, a caganeira iria acontecer, de fato? Sim e não. Josie tentou dar um basta naquilo, mas ele protestou. *O que é que tem?*, disse ele. *Você preferia ter um homem com retenção anal?* E estava falando a sério. Josie tomou um demorado gole de seu vinho pinot. Aquilo a deixava tranquila, mais aberta.

Desde o início, quando se conheceram, decidiram não contar para ninguém que Carl fora seu paciente. Explicar aquela história fazia tudo muito prosaico — ele queria fazer uma limpeza nos dentes e procurou na internet os dentistas próximos. O consultório dela era o único que atendia até tarde. Para qualquer ser humano sensível, será que isso poderia ser classificado como romântico? Ela mal o notou durante a consulta. Então, algumas semanas depois, Josie estava numa loja Foot Locker procurando meias, quando um homem, um cliente sentado a seu lado, com a mão enfiada num sapato, ergueu os olhos para ela e disse olá. Josie não tinha a menor ideia de quem era o sujeito. Mas era bonito, pele cor de alabastro, olhos verdes e cílios longos.

"Eu sou o Carl", disse, retirando a mão de dentro do sapato e oferecendo para ela apertar. "Do seu consultório."

Ele riu por muito tempo, como se a simples ideia de alguém trabalhar na loja Foot Locker fosse a maior piada do mundo. "Não, não, eu não trabalho aqui", disse ele.

Ele era quatro anos mais jovem do que Josie e tinha a energia de um filhote de cachorro que fica muito tempo preso dentro de casa. Durante um ano, foi divertido. Fazia um ano que ela trabalhava como dentista e ele a ajudava, marcava consultas, pendurava quadros na sala de espera, mantinha tudo luminoso e agitado. Ele gostava de andar de bicicleta. Para buscar sorvete. Para jogar *kickball*. Comia barrinhas vitaminadas de chocolate embaladas em papel laminado dourado. Sua libido era irrefreável, seu controle, inexistente. Josie estava namorando um menino de doze anos.

Só que ele tinha vinte e sete. Não tinha nenhum trabalho remunerado e, até então, nunca tivera um emprego estável. Seu pai era dono de uma extensão imensurável de terras na Costa Rica, que ele havia desmatado para dar lugar a vacas destinadas a serem comidas por carnívoros americanos e japoneses e, assim, qualquer ocupação que envolvesse um nível menos nobre, por qualquer razão, não servia absolutamente para Carl.

"Criamos um diletante", dizia Luisa, sua mãe. Ela era chilena de nascimento, criada em Santiago, filha de mãe médica e pai diplomata e depressivo. Conhecera o pai de Carl, um americano de cabelo vermelho, chamado Lou, na Cidade do México, quando ela era estudante de pós-graduação. Dera à luz Carl e seus dois irmãos, enquanto Lou, criado numa família do ramo do petróleo, comprava terras na Costa Rica, derrubava florestas, criava vacas, construía um império. Ele havia pedido o divórcio fazia dez anos, para casar com a ex-esposa de um conhecido narcotraficante de Chiapas, já morto. Luisa e Lou tinham um bom relacionamento, o que era surpreendente. "À distância, ele é muito melhor", dizia Luisa.

Agora, ela era uma mulher linda e enrugada de sessenta anos, que vivia por conta própria em Key West, com um grupo de amigas bronzeadas que bebiam durante o dia. Quando as duas se conheceram, Josie adorou tudo em Luisa — sua sinceridade, sua sagacidade amarga, a visão aguda que tinha de Carl. "Ele herdou do pai a dificuldade de concentração, mas não sua visão."

Carl havia colecionado mais ou menos uma dúzia de habilidades e competências. Durante alguns anos, foi corretor de imóveis, apesar de não vender nada. Interessou-se por design de móveis, moda, pesca esportiva. Tinha um armário cheio de equipamentos fotográficos. Embora Josie e Luisa fossem ambas obrigadas a amar Carl, a tragédia era que as duas gostavam muito mais uma da outra do que cada uma gostava de Carl.

"Ano passado, ele me obrigou a gravar um videoteipe com ele", disse Luisa, com sua voz áspera. "Ainda está descobrindo sua relação com o mundo", disse ela, "descobrindo o próprio corpo, sabe? Um dia, me pediu para filmá-lo andando — de frente, de costas e de lado. Ele disse que queria ter certeza de que caminhava do jeito como pensava que caminhava. Então, filmei meu filho, esse homem adulto, andando para lá e para cá, pela rua. Parece que ficou satisfeito com o resultado."

"Ele é mais bonito do que você." Foi o que disse Sam, quando conheceu Carl. "Isso não é bom." Ele podia ser divertido. Os covardes, muitas vezes, são incrivelmente charmosos. Mas será que algo que começa numa loja de sapatos Foot Locker pode se tornar maravilhoso? Josie nunca chegou a se casar com Carl, e isso é uma longa história, uma série entrelaçada de histórias, episódios, decisões e reviravoltas, de que tanto ela como Carl eram culpados. Por fim, com a enfática aprovação de Josie, ele foi embora. Na época, ela ficou contente com isso. Covarde. Covarde, covarde, pensou ela — era essa a matéria-prima do seu DNA, covardia, ou fosse lá qual fosse a mutação que havia gerado seus intestinos soltos. Em muitos e muitos aspectos, ele era um covarde, mas Josie não tinha previsto a maneira como ele ia desaparecer, depois que saiu de casa. O que ela queria? Queria algum envolvimento geral, uma visita mensal, talvez, um pai que levasse os filhos para sua casa no fim de semana. Ele se dava muito bem com eles — era inofensivo com Ana, afável com Paul. Parecia gostar de crianças; na verdade, achava que sabia fazê-las rirem, e essa percepção juvenil da vida parecia combinar perfeitamente com a visão dos filhos.

Anos depois de se conhecerem, Carl continuava a ser criança, ainda estava descobrindo sua relação com o mundo, descobrindo o próprio corpo. Um dia, também pediu para Josie filmá-lo caminhando. Josie ficou chocada, mas não revelou para Carl que ela sabia que Luisa já havia feito a mesma coisa. "Acho que sei como eu caminho, mas nunca vi isso de forma objetiva", disse Carl. "Quero ter certeza de que ando do jeito que penso que ando." E, assim, Josie filmou aquele homem adulto caminhando para lá e para cá, pela rua. Porém, dali a seis meses, ele foi embora. Depois que saiu de casa, viu os filhos duas vezes no primeiro ano e só uma vez, no ano seguinte.

Josie ligou o rádio, ouviu Sam Cooke cantando alguma canção simples e pensou que só compositores e cantores de canções populares sabem de verdade como viver. Compor uma música — quanto tempo levava para compor uma canção? Minutos? Uma hora, um dia, talvez. Depois, é só ficar cantando a música para pessoas que vão adorar você por causa disso. Que vão amar a música. Levar uma alegria renovável para milhões de pessoas. Ou só para milhares. Ou para centenas. Faz diferença? A música não morre. Sam Cooke, que já se foi há muito tempo e hoje é pó e mais nada, continua conosco, e agora está vibrando através de Josie e abrindo novas trilhas neurais nas mentes de seus filhos, a voz dele tão clara, um esplêndido canto de passarinho que chegava através do rádio e pousava de leve no ombro dela, mesmo ali, mesmo agora, às nove horas, naquele trailer estropiado, em algum lugar entre Anchorage e Homer. Apesar de ter morrido tão cedo, Sam Cooke sabia como viver. Será que ele *sabia* que sabia como viver?

Josie acomodou-se melhor no Chateau e serviu-se de mais um copo de vinho. Três seriam o bastante. Baixou o vidro da janela e sentiu o ar ácido. Os incêndios florestais ficavam a cento e sessenta quilômetros de distância, disseram a ela, mas em toda parte havia um ar queimado e predatório. Sua garganta brigava com ela, os pulmões imploraram por algum alívio. Ela levantou o vidro e, através dele, pensou ter visto um veado, mas se deu conta de que era um velho cavalete de serraria. Bochechou com o vinho, gargarejou um pouquinho, engoliu. De vez em quando, uma rajada de vento empurrava o Chateau um pouco para o lado e os pratos nos armários chacoalhavam de leve.

Ela folheou a revista *Velho Oeste*, depois a jogou sobre o painel. Até as chorosas buscas da coluna "Rastros apagados" a deixavam triste, com inveja. Seu nascimento era uma lacuna. Seus pais eram lacunas. Todos seus parentes eram lacunas, se bem que muitos eram viciados, e Josie tinha um primo que se dizia anarquista, mas, fora isso, as pessoas de sua família eram lacunas. Não vinham de lugar nenhum. Ser americano é ser uma lacuna e um americano autêntico é uma autêntica lacuna. Portanto, no todo, Josie era uma grande e autêntica americana.

No entanto, ela ouvira vagas e eventuais referências à Dinamarca. Uma ou duas vezes, ouviu os pais mencionarem alguma relação com a Finlândia. Seus pais não sabiam nada sobre aquelas culturas, aquelas nacionalidades. Não cozinhavam nenhum prato nacional, não ensinaram nenhum costume tradicional para Josie e não tinham parentes que cozinhassem pratos nacionais ou tivessem costumes tradicionais. Não tinham roupas, bandeiras, flâmulas, provérbios, terras ancestrais, aldeias ou contos folclóricos. Quando Josie fez trinta e dois anos e quis visitar alguma aldeia, em algum lugar, de onde sua família tivesse vindo, nenhum dos parentes tinha a menor ideia do lugar para onde ela deveria ir. Um tio achou que podia ajudar: Todo mundo em nossa família fala inglês, disse ele. E se você for à Inglaterra?

A canção de Sam Cooke chegou ao fim, começou o noticiário do rádio, a palavra "processo judicial" foi pronunciada e Josie sentiu um lampejo branco de dor, viu o rosto de Evelyn Sandalwood, os olhos penetrantes do litigioso genro da velha, e teve certeza de que ninguém se importava nem um pouco se arrancavam o negócio dela, teve certeza de que, no mundo, só havia covardes, que o trabalho não significava nada para ninguém, que prestar um serviço não significava nada, que a mesquinharia, a fraude, a traição e a ganância sempre venciam — nada era capaz de derrotar os ratos larápios que habitavam o mundo. Mais cedo ou mais tarde, eles acabavam derrotando os corajosos, os autênticos, qualquer um que quisesse levar sua vida com integridade. Os ratos sempre venciam, porque amor e bondade eram uma casquinha de sorvete, ao passo que a traição era um tanque de guerra.

Quando, dezoito meses antes, ela disse para Carl que os dois deveriam terminar seu pretenso romance e prosseguir simplesmente como pais de Paul e Ana, ele saiu de casa — a casa que ele havia escolhido e, depois de comprar e reformar, passou a detestar; o movimento Occupy havia insuflado em Carl a ideia de que a propriedade de uma casa era não só algo burguês como também um crime concreto contra os outros noventa e nove por cento da população — e então deu uma volta pelo bairro. Vinte minutos depois, ele tinha aceitado a ideia de separação e já havia elaborado um plano para visitas e tudo o mais. Josie havia começado a discussão apavorada e com entusiasmo, mas depois ficou exausta. Com sua rápida aceitação, Carl conseguiu tirar de Josie qualquer sensação de triunfo que ela, porventura, esperasse poder sentir, e Carl passou direto para questões de logística.

Agora, aos quarenta anos, Josie estava cansada. Estava cansada de sua jornada diária, dos ilimitados estados de ânimo que se abrigam em qualquer segmento das horas. Havia o horror da manhã, a noite maldormida, a impressão de que estava à beira de algo que parecia ser mononucleose, o dia que já fugia dela a galope, ela correndo atrás dele descalça, com as botas na mão. Depois, o breve alívio revigorante, após a segunda xícara de café, quando tudo parecia possível, quando Josie tinha vontade de ligar para o pai, para a mãe, fazer as pazes, visitá-los com os filhos; quando, ao levar os filhos de carro para a escola — cadeia para as pessoas que aboliram o direito consagrado aos ônibus escolares —, ela puxava uma cantoria geral no carro, com a trilha sonora dos Muppets, "A vida é uma canção alegre". Mais tarde, depois de ter deixado os filhos na escola, onze minutos de um estado de ânimo em queda livre, depois mais um café e mais euforia, até o momento em que, ao chegar ao consultório, o efeito do café passava e, durante cerca de uma hora, ela ficava mais ou menos entorpecida, fazia seu trabalho num estado de alheamento subaquático. Havia os ocasionais pacientes felizes ou interessantes, pacientes que eram velhos amigos, alguns conversavam sobre os filhos, enquanto ela cutucava suas bocas molhadas, e o sugador e as cusparadas. Também havia, agora, pacientes demais, era um trem desgovernado. Sua mente vivia ocupada com as tarefas à sua frente, as limpezas e as perfurações com a broca, o trabalho que exigia precisão. Porém, no decorrer dos anos, ficou muito mais fácil fazer a maior parte das coisas sem dar àquilo toda sua atenção. Os dedos aprenderam suas tarefas e trabalhavam em estreita parceria com os olhos, deixando sua mente livre para divagar. Por que havia tido filhos com aquele homem? Por que estava trabalhando num dia tão bonito? E se ela saísse do consultório e não voltasse nunca mais? Eles iam entender. Eles iam sobreviver. Ela não era necessária.

Às vezes, Josie se divertia com as pessoas. Algumas crianças, alguns adolescentes. Os adolescentes promissores, com uma pureza na voz e no rosto e com uma esperança capaz de ofuscar qualquer dúvida sobre os duvidosos motivos e fracassos da humanidade. Tinha havido o Jeremy, o melhor de todos. Mas Jeremy morrera; Jeremy, um adolescente, estava morto. Ele gostava de dizer: "Sem problema". O adolescente morto dizia: "Sem problema".

O meio-dia era o ponto mais crítico. O sol do meio-dia cobrava respostas, as perguntas óbvias, maçantes e impossíveis de responder. Ela estava vivendo da melhor forma possível? A sensação de que devia largar aquilo, que o consultório estava condenado, sem entusiasmo, que todos eles estariam melhor em qualquer outro lugar do que com ela. Não seria maravilhoso jogar tudo para o alto? Queimar tudo?

Depois, o almoço. Quem sabe ao ar livre, num parque encoberto pelas árvores, o cheiro de hera delicada, com uma velha amiga que tinha acabado de trepar com seu carpinteiro. Risadas altas. Olhares de censura dos outros clientes. Alguns goles do vinho chardonnay de sua amiga, depois um punhado de balas de menta e planos de passarem um fim de semana juntas, com os filhos, não, sem os filhos, promessas de mandar fotos do carpinteiro, de reenviar qualquer texto sugestivo que ele por acaso mandasse para ela.

O entusiasmo depois do almoço, o ímpeto ascendente de uma às três horas da tarde, *The King and I* ressoando de todos os pequenos alto-falantes, a sensação de que o trabalho delas, a odontologia, era importante, que toda a atividade relacionada àquela profissão era parte integrante da comunidade — elas tinham mais de mil pacientes e isso não era de se jogar fora, era algo bastante significativo, eram famílias que contavam com elas para uma parte crucial de seu bem-estar — e alguma diversão, quando ficou óbvio para todas que Tania, a auxiliar mais recente de Josie, havia transado na hora do almoço e estava afogueada e com um cheiro animalesco de suor. Depois, três e meia e outro desmoronamento. O sentimento de desolação e de desesperança, tudo estava perdido, que merda era aquela? Quem era aquela porcaria de gente que andava em volta dela? O que era aquilo tudo? Não importava, e Josie ainda estava devendo muito dinheiro da compra daquelas máquinas, era uma escrava de tudo aquilo, quem eram aqueles empregados que não tinham a menor ideia do poder acachapante de todas as dívidas, como se fossem uma arma apontada para seu crânio.

Depois, o alívio de fechar o consultório às cinco... ou até de sair às quatro e quarenta. Encerrar o expediente às quatro e quarenta! Relaxar enquanto dirigia o carro para casa, pensando em sua casinha radiante, seu sofá imundo, a vassoura encostada num canto, de pé, protegendo o que ela havia varrido na noite anterior, mas não tivera ânimo de recolher e jogar fora. Espere. Quem sabe haja flores novas em botão no quintal? Às vezes, elas apareciam entre nove e cinco horas. Podiam crescer num dia, brotar e desabrochar! Isso ela adorava. Às vezes, acontecia. Estacionou o carro na garagem. Nada de flores nem de cores novas. Então, abrir a porta, dizer alô e adeus para Estephania, talvez preencher um cheque para ela, com vontade de lhe dizer que tinha muita sorte de ser paga daquela forma, sem impostos, pagamento à vista; você está fazendo uma poupança, Estephania? Deveria, levando em conta o que lhe pago por baixo dos panos.

Depois, ficar perto dos filhos, sentir o cheiro de seu suor, seus cabelos emaranhados, Ana mostrava uma arma nova que tinha feito ou achado. O rebote de disposição, enquanto bebia um pouco de cabernet, cozinhando. A música tocando. Talvez dançar com os filhos. Talvez deixar os filhos dançarem em cima da bancada da pia. Adorar os rostinhos deles. Adorar a maneira como os filhos adoravam a liberalidade da mãe, sua desinibição, sua diversão. Você é divertida! Você é uma das mais divertidas. Com você, todo dia é diferente, não é? Você é cheia de possibilidades. Você é tremenda, você é maravilhosa, você dança, olha para cima, sacode os cabelos soltos, enquanto vê a delícia e o horror de Paul e seu sorriso hesitante — você está solta, canta, agora com a cabeça voltada para o chão, de olhos fechados, e então escuta que algo quebrou. Ana quebrou alguma coisa. Um prato, mil cacos pelo chão, e ela não vai dizer desculpe. Ana desce da bancada da pia, sai correndo, sem ajudar.

O colapso, outra vez. A sensação de que a filha já é uma dissidente e só vai piorar. Num lampejo, você pode ver a filha como uma adolescente feroz, uma adolescente que é uma bomba radioativa, uma explosão de fúria invisível e em contínua expansão. Onde ela está agora? Voou, não para seu quarto, mas para outra parte, um armário, ela vive se escondendo em locais perturbadores, locais mais adequados a um conto de fadas alemão. Acredita firmemente que a casa é pequena demais para todos eles, que ela devia estar morando ao ar livre, numa yurt com uma centena de hectares ao redor — na verdade, não seria muito melhor se os filhos ficassem ao ar livre, onde não seria possível quebrar nada, onde eles poderiam manter-se ocupados caçando minhocas ou catando lenha? A única opção lógica seria mudar-se para uma fazenda. Um pasto de mil quilômetros. Toda aquela energia e aquelas vozes estridentes fechadas por trás daquelas paredes pequenas? Não era sensato.

Depois, a dor de cabeça, o ofuscamento, o indizível. A estaca ia sendo cravada em algum ponto na parte de trás da cabeça e saía em algum ponto acima da cavidade ocular direita. Pedir ao Paul para trazer um Tylenol. Ele volta, não tem Tylenol nenhum em casa. E é tarde demais para ir à farmácia, não na hora do jantar. Deitar-se enquanto o arroz está cozinhando. Dali a pouco, Ana vai entrar no quarto. Dar uma bronca em Ana por causa do prato. Fazer alguma generalização sobre o fato de ela não dar valor a coisas bonitas, de ser imprudente e de nunca obedecer, nem nunca ajudar a limpar. Ver Ana sair. Imaginar se ela está chorando. Com grande esforço, sua cabeça é um ralo de pia que engole um lar feliz, levantar-se e ir ao quarto de Ana. Lá está ela. Ver a filha se ajoelhar, ouvir a filha falando para si mesma, as mãos em cima da colcha de *Star Wars*, imperturbáveis, brincando com tanta doçura, falando e imitando as vozes do Homem de Ferro e do Lanterna Verde, os dois falam com muita brandura, muito pacientes, em sua voz que ceceia repleta de compaixão. Saber que ela é indestrutível, muito mais forte do que você. Ir até perto dela e ver que a filha já perdoou e esqueceu, ela é um navio de guerra sem memória nenhuma, então beijar sua cabeça, sua orelha, seus olhos, e então chega de beijo, Ana vai dizer e vai empurrar a mãe para trás, mas a mãe vai desafiar aquele empurrão e vai levantar a blusa de Ana e beijar sua barriga e ouvir o riso gutural de Ana, e ela vai amar Ana tanto, que nem consegue suportar. Levar Ana para a cozinha e colocá-la, de novo, em cima da bancada da pia e deixá-la checar o arroz, enquanto Paul está ali perto. Abraçar Paul também, terminar de beber a taça de vinho e servir mais uma e se perguntar se você é uma mãe melhor, em todos os aspectos, depois de uma taça e meia de vinho tinto. Uma mãe embriagada é uma mãe amorosa, uma mãe sem reservas em sua alegria, afeto, gratidão. Uma mãe embriagada é toda amor e sem nenhum freio.

Uma série de luzes passou pela mata na frente dela. Josie saiu do Chateau, o ar ligeiramente tóxico por causa de algum incêndio florestal invisível, e correu para a estrada, onde viu um comboio de caminhões de bombeiros, vermelhos e verde-amarelados, que passaram correndo. Os bombeiros dentro dos caminhões eram apenas silhuetas borradas, até o último caminhão, o sétimo e o menor de todos, onde um rosto, na segunda janela, parecia estar olhando para uma luzinha, talvez o painel de algum instrumento, talvez seu telefone celular, mas ele estava sorrindo e parecia estar bem feliz, um bombeiro jovem a caminho de algum lugar, com o capacete na cabeça. Josie acenou para ele, como uma aldeã europeia libertada na Segunda Guerra Mundial, mas ele nem olhou.

De todo modo, ela estava farta. Da cidade. Do ofício de dentista, das obturações de cerâmica, das bocas dos impossíveis. Ela estava farta, cheia. Josie tinha estado confortável, e o conforto é a morte da alma, que, por natureza, é inquieta, insistente, insatisfeita. Essa insatisfação leva a alma a ir embora, a se perder, a ficar perdida, a lutar e se adaptar. E adaptação é crescimento, e crescimento é vida. Uma escolha humana é ou ver coisas novas, montanhas, cachoeiras, tempestades mortais e mares e vulcões, ou ver as mesmas coisas fabricadas pelo homem interminavelmente reconfiguradas. Metal dessa forma e depois daquela forma, concreto dessa forma e depois daquela. As pessoas também! As mesmas emoções recicladas, reconfiguradas, que se fodam, ela era livre. Livre de laços humanos! A estagnação a estava matando, na verdade tinha deixado seu rosto entorpecido.

Um ano antes, durante o início da espiral de processos na justiça, seu rosto ficara entorpecido por um mês. Ela não conseguia explicar aquilo para ninguém e, na sala de espera do setor de emergência, ficaram desnorteados. Mas era real. Houve um mês em que teve paralisia facial e não conseguia sair da cama. Quando foi? Um ano antes, um ano que não foi bom. Mil motivos para ir embora para o Alasca, deixar um país que está girando as rodas no vazio, um país que faz eventuais investidas rumo ao progresso e ao esclarecimento, mas de resto sem inspiração, de resto com uma tendência para o canibalismo, para devorar os jovens e os fracos, para dedurar, reclamar, distrair-se e entregar-se à eclosão de ódios ancestrais. E ir embora tornou-se inevitável por causa da mulher que processou Josie por, aparentemente, ter lhe causado câncer ou, pelo menos, por não ter contido o ataque cíclico do carcinoma que, mais cedo ou mais tarde, iria matá-la (mas não, por enquanto). E havia Elias e Evelyn e Carl e seus planos dignos de Goebbels. Mas, acima de tudo, havia o jovem, seu paciente desde criança, que agora estava morto, porque disse que tinha se alistado para construir escolas e hospitais no Afeganistão e Josie o chamou de corajoso e honrado e, seis meses depois, ele morreu e ela não conseguiu livrar-se da sensação de cumplicidade com o ocorrido. Não queria pensar em Jeremy agora, e ali não havia nada que lembrasse Jeremy. Não. Mas será que ela poderia, de fato, renascer numa terra de montanhas e de luz? Era um tiro no escuro.

II.

Josie acordou com o som de batidas, batidas ocas e implacáveis em algum ponto embaixo dela. Abriu os olhos e se deu conta de que, a certa altura, ela havia voltado para dentro do Chateau e escalado seu beliche. Estava escuro lá fora e Paul e Ana estavam ferrados no sono, embora Ana tivesse dado um jeito de girar o corpo, de modo que, agora, seus pés estavam encostados na cabeça de Paul.

As batidas fizeram uma pausa, depois recomeçaram, mais altas. Era Carl. Ele a havia descoberto. Josie tinha feito uma coisa ilegal. Atravessou as fronteiras dos estados com os filhos? Isso era contra a lei? Josie não se dera ao trabalho de verificar. Na verdade, não tinha verificado porque sabia que podia ser ilegal e ela não queria ter certeza daquilo.

Depois, uma voz. Era um homem. Uma voz diferente, não a de Carl. Ela pensou onde poderia esconder as crianças. Pensou no saco de veludo com o dinheiro, que ela havia escondido embaixo da pia do Chateau.

"Acorde, quem estiver aí dentro. É a polícia."

Josie desceu e viu um homem de uniforme andando lá fora, perto do Chateau, enquanto sua lanterna vasculhava, com jatos rápidos e penetrantes.

Josie não tinha motivo para desacreditar no que o homem dizia ser, um policial, mas a noite estava turva e a mitologia lúgubre de seus sonhos continuava a vigorar em sua cabeça, por isso ela não abriu a porta. Em vez disso, sentou-se ao volante e acenou para ele.

"Oi", disse ela, através da janela fechada.

O policial não pediu para abrir a janela. Não pediu para mostrar a identidade ou o seguro nem pediu nenhuma explicação.

"Não pode passar a noite estacionada aqui", disse, através da janela, e apontou para uma placa na frente dela, que dizia a mesma coisa. "Está bem?", perguntou, agora mais gentil.

Ela sentiu um ímpeto de gratidão. Sua vida recente era cheia de momentos efusivos de gratidão para desconhecidos, toda vez que não gritavam com ela, não a xingavam, não a maltratavam de alguma forma, ou quase a matavam. Toda vez que ela escapava incólume de algum encontro — e, mais ainda, quando alguém se mostrava gentil, de fato — ela quase desmaiava de tanta gratidão. "Certo. Está bem", respondeu e fez sinal de positivo com o polegar para cima. "Muito obrigada, seu guarda."

Quando ele foi embora, Josie ligou o motor e o relógio do painel indicou 2h14 da madrugada. Ela era uma tola. Agora, as crianças sairiam da programação de horários de sono de forma quase permanente. E onde iriam todos eles dormir, se não podiam estacionar aquela coisa, um trailer, num estacionamento enorme que dava para uma baía digna de um cartão-postal? Stan tinha dito alguma coisa sobre haver estacionamentos para trailers em todo o estado, mas Josie achou que seu plano não precisava incluir aquilo. O que ela procurava era liberdade para parar o trailer em qualquer lugar e comer, ou ficar ali por tempo indeterminado.

Pensou em acordar Paul e Ana e prendê-los nos cintos de segurança, antes de sair pela estrada, mas Josie nutria uma esperança irracional de que, se os deixasse em paz, poderiam passar a noite inteira dormindo. Era improvável — era uma piada, na verdade —, mas seu jeito de cuidar dos filhos contava com coisas sobre as quais ela mesma tinha pouco ou nenhum controle.

Josie ligou o rádio e não encontrou nada. Girou o sintonizador para a direita e para a esquerda e aí, achando que tinha encontrado um débil sinal de rádio, aumentou o volume. O som diminuiu e, durante quilômetros, não se ouviu nada.

E então: "Eu tenho colhões!". Era uma voz masculina. Uma canção tocada por um homem que vestia um uniforme de aluno de escola primária. Ela desligou, na esperança de que não tivesse acordado os filhos. Essa era a regra, desde que havia deixado a casa de Stan: o rádio, que ela chamava de temperamental, ficava mudo durante horas, de repente voltava à vida com uma repentina explosão musical.

Josie dirigia em direção ao sul, em busca de placas indicativas, mas tudo o que via era o rosto de Evelyn, a mulher que ia morrer e que, agora, era a dona de seu consultório, e via o malévolo genro de Evelyn e depois via o rosto do soldado morto. Que tipo de idiota vai ao Alasca num veículo como aquele? Josie havia reservado para si intermináveis períodos dedicados a dirigir o trailer, como agora, enquanto os filhos dormiam ou estavam ocupados, e tudo que ela podia fazer era refletir sobre seus muitos erros e sobre o erro fundamental que foi conhecer outras pessoas, pessoas que, todas elas, mais cedo ou mais tarde, acabariam morrendo ou tentando matá-la.

Por fim, viu as palavras ESTACIONAMENTO DE TRAILERS escritas num cartaz manuscrito, e parou num terreno coberto de brita. Passou bem devagar ao lado de uma tenda indígena alta, com um totem contíguo, inclinado demais para a direita. O escritório era um trailer cor-de-rosa de alumínio e lá de dentro vinha uma luzinha âmbar. Josie bateu levemente na porta.

"Um segundo", respondeu uma voz de mulher, dos fundos do trailer.

"Obrigada", disse Josie para si mesma e disse a mesma coisa outra vez para a mulher que veio atender a porta. Era uma mulher mais ou menos da sua idade, com o cabelo preto preso no alto da cabeça, em forma de colmeia. A visão do penteado, com quase trinta centímetros de altura, levou Josie, por um momento, para algum lugar alegre na década de 1950, onde o futuro era lustroso, tinha forma de bulbo e se projetava para o alto.

"É seu?", perguntou a mulher, e apontou ligeiro com o queixo na direção do Chateau. "Uma noite?"

Josie confirmou que era uma noite e, num raro ímpeto comunicativo, perguntou: "Como andam as coisas essa noite?", adotando um sotaque local, sem saber explicar o motivo.

"Torcendo para chover", disse a mulher. "Precisamos de uma chuvinha."

Josie concordou com a cabeça, sem saber imediatamente por quê — ela pensou em fazendas, plantações, estiagens, sem saber se o Alasca era um importante estado agrícola, mas então se lembrou dos incêndios florestais. Tinha ouvido no rádio, naquele dia, a notícia de que estavam acontecendo pelo menos cento e cinquenta incêndios. "Tomara que chova", disse Josie, ainda usando seu novo sotaque postiço.

A mulher cobrou quarenta e cinco dólares e disse que Josie podia ficar estacionada onde já estava ou escolher outro lugar. O estacionamento estava vazio.

"Café da manhã às cinco horas, se quiser", acrescentou a mulher, e fechou a porta. Quando Josie voltou para dentro do Chateau, as crianças estavam acordadas.

"A gente se mudou?", perguntou Paul.

Josie explicou que sim, mas deixou de fora a parte do policial. Ela não podia prever como a presença de um policial afetaria seus filhos. Às vezes, a polícia lhes dava sensação de segurança; outras vezes, sugeria a proximidade do caos e do crime. Mais do que qualquer outra ameaça possível, o que preocupava as crianças era a ideia de "ladrões". Em sua casa em Ohio, a cada três noites Josie tinha de explicar que não havia ladrões em sua cidade (havia sim), que a casa tinha um sofisticado sistema de alarme (não tinha nada), que não existia a mais remota possibilidade de algum ladrão chegar a um quilômetro e meio de sua casa (a casa vizinha tinha sido arrombada ao entardecer, três meses antes, por um par de viciados em anfetamina que havia espancado o proprietário com sua própria raquete de tênis até que ele perdesse os sentidos).

"Vamos dormir de novo", disse ela, ciente de que aquilo não ia acontecer. As crianças estavam com fome. Ana queria ver a tenda indígena. Josie comentou que já eram quase três horas da madrugada e todo mundo estava dormindo, mas os filhos não tomaram conhecimento. Portanto, depois de alimentá-los com *quesadillas* frias e legumes crus retirados de um saco plástico, deixou que eles fossem ver *Tom e Jerry* em espanhol, no compartimento em cima da cabine do motorista.

Josie serviu-se de mais um bocado da segunda garrafa de vinho pinot que havia comprado em Anchorage e olhou para a mata, na sua frente. Encontrou a revista *Velho Oeste*, abriu na seção "Rastros apagados" e achou uma preciosidade:

> Meu pai, Addison Elmer Hoyt, perdeu seu livro com a genealogia da família Hoyt em Polson, ou perto dali, em Montana, por volta de 1916 — ou, pelo menos, antes da Primeira Guerra Mundial — e estava doente demais para procurá-lo. A Bíblia de nossa família mostra ancestrais Hoyt em Worcester, New Braintree, Massachusetts,

por volta de 1723 ou antes. O primeiro Hoyt da lista é Benjamin, nascido em 1723, morto na Batalha de Ticonderoga. Benjamin tinha um filho, Robert, nascido em 6 de maio de 1753, casado com Nancy Hally, filha de Zakius Hall e Mary Jennison Hall. Após tantos anos, vocês acham que o livro dos Hoyt ainda existe? É possível que o livro contenha desenhos de cavalos, passarinhos e uma caligrafia requintada, pois papai adorava desenhar e fazer esboços. Ele nasceu no condado de Greene, em Illinois, era filho de Albinus Perry e Surrinda Robinette New Hoyt. Eu gostaria muito de ter alguma notícia sobre descendentes de nossa linhagem dispostos a compartilhar informações.

Josie, pensando em redirecionar sua vida a fim de ajudar os Hoyt, pensando em trocar seu nome para Surrinda, subiu para a cama no compartimento em cima da cabine do motorista. O espaço era largo o bastante para os três, embora a altura fosse baixa como a de um caixão apertado. O colchão era fino e os lençóis e os travesseiros tinham cheiro de mofo e de cachorro, mas ela sabia que ia pegar no sono em minutos. O rosto de Ana apareceu, os olhos loucos de incredulidade, encarando tudo aquilo como um enorme beliche viajante, e Paul veio atrás dela. Josie agarrou os dois, fez cosquinha, puxou-os para si, abraçou-os ao mesmo tempo, Ana ensanduichada entre seus dois guardiões. Como seria, imaginou Josie, saber que existiam, à sua volta, pessoas sempre empenhadas em seu bem-estar e segurança? Até onde sabia, Josie nunca tivera ninguém assim, em vinte e cinco anos. Fechou os olhos.

"Não estou cansada", disse Ana.

"Então, quem sabe o Paul pode ler um pouco para você", disse Josie, e sentiu que ia adormecer bem depressa, embora soubesse que, se os filhos rolassem para o lado errado, levariam um tombo de um metro e meio de altura, até o chão. Ela arrumou os filhos em outra posição, virou de frente para a beirada da cama e eles ficaram represados, juntos, na parte da frente do compartimento, como se fossem malas.

Josie ouviu Paul e Ana tendo uma daquelas conversas que muitas vezes chegavam ao ouvido da mãe, nas quais Ana fazia perguntas existenciais sobre si mesma e sobre a família e Paul respondia da melhor maneira que podia, nada inclinado a pedir a ajuda de Josie.

"A gente vai para a escola aqui?", sussurrou Ana.

"Onde?", sussurrou Paul.

"No Asca", respondeu Ana.

"Alasca? Não, a gente está de férias. Já expliquei para você", disse ele.

"Os ladrões conseguem entrar aqui dentro?"

"Não, não existem ladrões de trailers. E tem alarmes e uns cadeados enormes por todo lado. Sem falar da polícia que toma conta da gente e vigia tudo lá do alto."

"Dos helipóteros?"

"É. Tem um *montão* de helicópteros."

"E o que tem por cima dos helipóteros?", perguntou Ana.

"O céu", disse Paul.

"E o que tem por cima do céu?", perguntou ela e, depois de uma pausa demorada, Paul respondeu: "O espaço, as estrelas".

"E elas são boas?", perguntou Ana.

Ana aprendera aquilo com Paul. Todo dia, Paul queria saber se alguma coisa, um filme, um carro, um parque ou uma pessoa, era bom. *Ele é bom? Aquilo era bom?* Paul não confiava em seu próprio gosto, ou ainda não tinha desenvolvido o gosto, por isso, sempre com grande seriedade, e com objetividade, ele queria saber: *Isso é bom?* A única pergunta que Paul parecia não formular era: *Eu sou bom?* Ele parecia saber que era bom.

"Você quer saber se são bonitas?", perguntou Paul.

"É."

"As estrelas são *muito* bonitas. E me esqueci de contar que, entre o céu e as estrelas, tem uma camada inteira só de pássaros. E os pássaros protegem todo mundo embaixo deles."

"São grandes?", perguntou Ana.

"Os pássaros? Não são muito grandes. Mas são milhões. E conseguem ver tudo."

"Qual é a cor deles?"

A paciência do menino era assombrosa. "Azul. Azul-claro", disse e, depois de uma pausa durante a qual Paul se deu conta de algo que surpreendeu até a si mesmo: "É por isso que a gente não consegue ver os pássaros. Eles se misturam com o céu".

Josie adorava seus filhos, mas já tinha ouvido Paul dizendo esse tipo de coisa antes e, portanto, apertou o travesseiro em cima da cabeça a fim de abafar suas vozes; logo depois sentiu Paul passar por cima dela, descer para a quitinete e depois voltar. Ele rastejou por cima dela e ela o ouviu folheando um livro, sussurrando as palavras para Ana; Josie podia imaginar o rosto dos dois, as cabeças juntas, e logo percebeu, pelo silêncio, que Ana tinha dormido e assim ela também, finalmente, encontrou o sono.

III.

Mas aquela ainda não era uma terra de montanhas e de luz. O que tinham visto, até ali, era só um lugar qualquer. Havia montanhas, algumas, mas o ar era doentio e a luz era sem graça. A janelinha oval que dava para a frente apresentava para Josie o Alasca real: um estacionamento, uma tenda indígena, um cartaz que avisava aos passantes que o wi-fi era gratuito. Eram sete da manhã. Josie olhou para baixo e viu que os filhos estavam acordados e exploravam os armários.

"Vamos tomar o café da manhã", disse Josie, e eles trocaram de roupa e andaram sobre a brita do estacionamento até a cantina. Lá dentro, havia um casal de bombeiros, ambos, pela idade e pelas maneiras, com ar de funcionários administrativos. Suas camisas diziam que eram do Oregon.

"Obrigada por nos ajudarem, aqui", disse a garçonete para os dois, enquanto enchia de novo suas xícaras de café. Periodicamente, Josie notava que outras pessoas na cantina acenavam com a cabeça para a mesa dos bombeiros, fechando os olhos em sinal de gratidão.

Paul e Ana comeram ovos com bacon, Ana sentada em cima das pernas, vibrando. Josie tinha dito para ela que eles não tinham planos para aquele dia, e isso, para Ana, parecia desencadear toda sorte de perigos.

"Que tal a comida?", Josie perguntou para Paul.

"Boa", respondeu, e piscou os olhos de longos cílios. Seus cílios eram espetaculares e, não importava o que acontecesse em sua vida, ele sempre teria aqueles cílios, que indicavam para todo mundo que ele era gentil e bondoso e, emoldurando seus olhos azul-claros, indicavam também que ele era muito inteligente, sensato e que talvez fosse capaz de ver o futuro. Paul tinha uma aparência fora do comum, o rosto oval e comprido, cor de pedra polida, olhos que causavam espanto a doze metros de distância.

No entanto, era difícil enxergar Ana, porque ela existia como um borrão. Não parava de se mexer, mesmo quando estava comendo. Nasceu prematura, quatro meses antes do esperado, chegou ao mundo pesando pouco mais de um quilo, foi acometida por uma série de mazelas exóticas — apneia do sono (havia intervalos ocasionais de vinte segundos entre as respirações), enterocolite necrosante (problema intestinal que causava inchaço da barriga e diarreia), um episódio de septicemia, depois uma infecção no sangue e mais meia dúzia de outros ataques, tudo contra uma criatura do tamanho de um sapato. Porém ela foi ficando mais forte a cada dia, agora era uma fera, ainda abaixo do peso normal, e alguma coisa em seus olhos ainda dizia *Que diabo aconteceu? Mas, ahá! Estou aqui! Não conseguiram me matar!* Porém, por algum motivo, sua cabeça tinha crescido e ficado enorme e pesada, e todo dia ela parecia possuída pela necessidade de provar que aqui era seu lugar e que ela aproveitaria seus dias ao máximo, de forma impulsiva. Ana acordava em êxtase e ia para a cama com relutância. No intervalo entre uma coisa e outra, dava cinco passos para cada uma das outras pessoas, cantava alto músicas que ela mesma criava e que não faziam nenhum sentido e também tentava, a cada oportunidade, causar algum mal a si mesma. Vista de longe, parecia um adulto eternamente embriagado — esbarrava nos objetos, dava berros a esmo, inventava palavras. Não se podia confiar nela em estacionamentos, perto de equipamentos elétricos, perto de fornos, vidros, metais ou escadas, barrancos, locais com água, veículos de qualquer tipo ou animais domésticos. No momento, ela estava se balançando para a frente e para trás, como uma boia no mar, dançando sentada ao som de uma música que só ela podia ouvir. Na mão esquerda, uma torrada e, em redor da boca, como uma galáxia nova e confusa, havia xarope, ovos, grãos de açúcar e uma película de leite. Então parou de se mexer e observou em sua volta, num raro momento do que poderia ser entendido como contemplação.

"Eles falam inglês aqui?", perguntou ela.

"Falam", respondeu Paul e explicou, depois, com gentileza: "A gente ainda está nos Estados Unidos". E então deu uma palmadinha no braço da irmã. O menino era louco em sua devoção a ela. Quando Ana tinha um, dois, três anos, Paul fazia questão de ajudar a levar a irmã para a cama e, toda noite, inventava alguma nova canção de ninar e cantava até que ela dormisse. "Ana agora está com sono, Ana está com sono, todas as Anas no mundo estão com sono, agora, elas se dão as mãos e vão embora..." Paul era um letrista de fato impressionante, aos quatro, cinco, seis anos, e Ana ficava deitada, olhando para ele, sem piscar, enquanto mamava na mamadeira, atenta a todas as palavras. E seus desenhos, então! Aquilo demonstrava um nível diferente de devoção: tudo que ele criava, assinava *Paul e Ana*.

Eles tomaram o café da manhã, Josie sentada de frente para os filhos, olhando para a paisagem desalmada, feita de céu azul e montanhas brancas, e lembrou-se de Carl dizendo, certa vez, brincando meio a sério, que os filhos tinham os gêneros confusos. Paul era refinadamente sensível, pensativo, maternal. Não usava roupas de menina, mas brincava com bonecas. Ana gostava de motocicletas, Darth Vader e batia sua cabeça gigante em tantas coisas, caindo, dando trombadas, que seu crânio tinha ficado loucamente deformado e era muita sorte que a cabeça estivesse recoberta pela baderna de seus cachos vermelhos. Paul escutava com atenção, dava mais importância às pessoas do que aos objetos, e ficava profundamente magoado com a ideia de qualquer sofrimento suportado por qualquer ser vivo. Por outro lado, Ana não se importava nem um pouco com os outros.

E, além disso, havia a questão da honra. Embora o pai fosse um inseto, Paul já era um grande homem, um pequeno Lincoln. Alguns meses antes, como sobremesa depois do jantar, Paul escolheu um saquinho de M&M's, entre os doces que sobraram do Dia das Bruxas (Josie guardava aquilo no armário, em cima da geladeira). Havia seis M&M's dentro da embalagem e Josie disse que Paul podia pegar quatro. Josie levou Ana para a cama, enquanto Paul comia sua sobremesa na cozinha, para que Ana não visse e tivesse a ideia de querer também a mesma coisa. Na manhã seguinte, em cima da bancada da pia, Josie achou o saquinho com os dois M&M's extras dentro. Paul era tão honesto que não pegou os dois últimos para comer — algo que Ana, ou Carl, ou mesmo Josie, provavelmente fariam sem hesitar um segundo.

Depois de comer quase toda sua comida, Ana desceu do banco e correu para uma máquina de vender chiclete, que puxou com força suficiente para jogá-la no chão — teria mesmo caído, se não estivesse chumbada no piso. Até onde Josie lembrava, Ana nunca tinha visto uma máquina de vender chiclete, então como é que ela sabia exatamente como quebrar a máquina? E que resultado ela imaginou que seus esforços produziriam — máquina quebrada, vidro e chicletes pelo chão, castigo inevitável? Qual era o atrativo? A única explicação era que Ana estava recebendo instruções de forças oriundas de outros planetas. Aquilo, sem falar da tendência da menina de, uma vez por semana, olhar para Josie com uns olhos sobrenaturais, olhos velhos, olhos sagazes — era perturbador. Paul era sempre Paul, controlado, terra a terra, mas Ana, às vezes, deixava de ser criança e olhava para Josie, sua mãe, como se quisesse dizer: Por um segundo, vamos parar de fingir.

"Pode ir até lá e trazê-la para perto?", Josie perguntou para Paul.

Paul desceu do banco e foi na direção da irmã. Ao ver que ele estava vindo, Ana sorriu e correu para o banheiro. Em segundos, ouviu-se o forte barulho de algo quebrando, um intervalo estranho e depois o choro de Ana tomou conta da cantina.

Josie correu para o banheiro e encontrou Ana lá dentro, de joelhos, segurando o queixo e berrando.

"Ela estava em pé em cima da privada e caiu", disse Paul.

Paul sempre sabia. Ele sabia tudo — cada fato, cada verdade relativa a Ana. Ele era seu treinador particular, seu historiador, assistente, cuidador, mordomo, guardião e melhor amigo.

"Vou buscar o kit de primeiros socorros", disse Paul. Josie sabia que seu filho, de apenas oito anos, era capaz de fazer aquilo. Era capaz de achar a garçonete, pedir o material de primeiros socorros e levar para lá. Era capaz de atender o telefone, ir correndo ao mercado para comprar leite, era capaz de ir até o fim da rua para pegar a correspondência. Paul era tão calmo, razoável e controlado, que Josie achava que ele, na maior parte do tempo, era seu parceiro nas funções de mãe e também, possivelmente, uma espécie de reencarnação, em menor escala, da própria mãe de Josie, antes do colapso nervoso.

Josie ergueu Ana até a pia do banheiro, olhou embaixo do seu queixo e achou, ali, um risquinho vermelho. "Foi só um arranhão. Não saiu sangue, na verdade. Acho que nem vamos precisar do kit de primeiros socorros." Segurou Ana bem perto de si e sentiu seu coração de coelho tamborilando, enquanto a menina se contraía e sufocava com as lágrimas.

Então Paul, que tinha voltado com o kit, lançou um olhar ansioso para Josie e cerrou os dentes, a fim de indicar que ele sabia que não havia sangue, mas que Ana não ia parar de chorar antes que eles pusessem algum remédio em seu queixo.

"Deve ter um *band-aid* aqui dentro", disse Paul e, ao ouvir isso, os olhos de Ana abriram e acompanharam as mãos de Paul, com seus dedos compridos, enquanto ele abria os compartimentos da caixa. Por fim, chegou ao compartimento certo. "Encontrei", disse ele e segurou um punhado de curativos simples, talvez grandes demais. Enquanto Ana observava, já sem chorar — na verdade, muito animada e contendo a respiração —, ele examinou os *band-aids* como um garoto normal faria com cartões mágicos ou cartões de jogadores de beisebol. "Acho que é este aqui", disse ele, e desembalou-o. "Talvez fosse bom a gente passar uma pomadinha antes. O que você acha?"

Josie estava à beira de responder, mas se deu conta de que Paul estava falando com Ana, e não com ela. Ana fez que sim com a cabeça, com ar sério, e fez questão de que ele, e não Josie, passasse a pomada. Em segundos, Paul tinha uma espécie de creme na mão e esfregava as palmas das mãos uma na outra.

"Primeiro, vamos esquentar um pouquinho", disse ele. Depois que alcançou a temperatura que julgou certa, ele passou a pomada no queixo da irmã com o máximo de delicadeza, e os olhos de Ana denotaram um prazer tão grande que tiveram de fechar. Depois que a pomada foi espalhada por igual, Paul soprou. "Assim vai secar mais rápido", disse para Ana, ignorando Josie por completo, e depois colou o curativo no queixo de Ana com cuidado, apertando de leve nas duas pontas adesivas. Em seguida, recuou um passo e avaliou seu trabalho. Ficou satisfeito e, agora, Ana já estava calma o bastante para poder falar.

Ela pediu um espeto.

"Quer um espeto?", perguntou Josie. "Mas você nem terminou de comer seu café da manhã."

"Não!", esbravejou Ana. "Eu quero *espeto*."

"Espeto?" Josie estava desnorteada.

"Não, *espeto*!"

Paul coçou a cabeça, como se estivesse quase compreendendo.

"Você está com fome ou não?", perguntou Josie.

"Não!", berrou Ana, e agora, de novo, prestes a chorar.

Paul olhou para Ana, os olhos penetrantes. "Existe outro jeito de você dizer o que quer?"

"Eu quero ver!", gemeu Ana e, imediatamente, Paul compreendeu.

"Ela quer um *espelho* e não um *espeto*", explicou para a mãe, com um lampejo de alegria em seus olhos de padre de gelo. Ana fez que sim com a cabeça, vigorosamente, e um sorriso tomou conta do rosto de Paul. Para ele, aquilo era um tesouro, era uma alegria. Tudo o que ele desejava era conhecer a irmã melhor do que qualquer outra pessoa.

Josie ergueu-a para que ela pudesse se olhar no espelho acima da pia. Josie mostrou para Ana o local machucado, com medo de que ela fosse chorar outra vez, sufocada pelo curativo que cobria todo seu queixo. Mas Ana se limitou a sorrir, enquanto tocava no queixo com carinho, os olhos acesos.

Voltaram para a estrada, rumaram ao sul, para a península Kenai, pensando em seguir para Seward, sobre a qual Josie não sabia nada. As crianças estavam sentadas no sofazinho na parte traseira, Josie não sabia exatamente até que ponto o assento era seguro, uma vez que as paredes do Chateau eram perigosamente finas e os assentos do sofazinho tinham cintos de segurança tão velhos quanto ela. Mas as crianças estavam adorando. Ana nem podia acreditar que não precisava ficar sentada num banco de carro. Tinha a sensação de que estava fugindo de algum roubo fantástico.

Ana gritou alguma coisa lá atrás. Parecia ser uma pergunta, mas Josie não conseguia ouvir nada. "O que foi?", berrou Josie.

"Ela perguntou se você já morou aqui", gritou Paul.

"No Alasca? Não", berrou Josie, por cima do ombro.

Ana achava que a mãe tinha morado em todos os lugares. A culpa era de Josie; ela havia cometido o erro de mencionar as viagens que tinha feito, antes de ter filhos, seus muitos endereços. Seus filhos eram muito novos para aquilo, no entanto, em várias ocasiões, Josie achou que não podia deixar de falar do assunto. Quando ouviram falar do Panamá num documentário sobre o canal, Josie contou que tinha morado lá por dois anos, explicou o que eram os Peace Corps, a aldeia na serra onde ela e mais duas pessoas, sem nenhum treinamento específico em irrigação de encostas, tentaram ajudar os moradores do local a montar um sistema de irrigação. Ela não pôde deixar de contar e supôs que os filhos fossem esquecer tudo aquilo. Ana esquecia a maior parte das coisas, mas Paul não esquecia nada e, como que para frustrar os esforços de Josie de escrever seu passado com uma tinta que apagasse sozinha, ele fazia sua própria cópia de tudo, como um mongezinho desvairado. Eles sabiam que, depois dos Peace Corps e antes da faculdade de odontologia, Josie tinha frequentado, por pouco tempo, uma escola para treinar cães-guia para cegos (ela abandonou o curso depois de um mês, mas aquela ideia fascinou as crianças). Sabiam de Walla Walla e Iron Mountain, dois dos quatro lugares onde Josie tinha morado, quando criança. Ela achou que era cedo demais para contar que ela havia se emancipado aos dezessete anos, ou para falar de Sunny, a mulher que havia lhe dado apoio naquele momento de revolta e a levara para sua casa. De vez em quando, as crianças queriam saber algo a respeito dos pais de Josie, onde estavam, por que eles não tinham avôs biológicos, por que tinham só a Luisa, a mãe de Carl, que morava em Key West. Eles sabiam algo sobre Londres, os quatro meses na Espanha — aquele período de mudanças constantes de endereço, em que Josie era arrastada pelo capricho e pela calamidade. Por que era tão importante para Josie que os filhos soubessem que ela estivera em outros lugares, tinha feito algo mais na vida do que ser dentista? Por acaso era maravilhoso ter se mudado tantas vezes? Josie desconfiava que não era nada maravilhoso.

Agora, era Paul quem falava, mas falava mais baixo do que Ana, e Josie ouvia pouco mais do que sussurros de consoantes e vogais.

"Não consigo ouvir você", gritou Josie.

"O quê?", berrou Paul, em resposta.

O Chateau chacoalhava, sacudia, e o barulho abafava todas as vozes. Por natureza, um trailer levava consigo toda sorte de equipamentos de cozinha — no caso deles, refugos de segunda mão da casa de Stan e de sua esposa, a casa toda forrada de branco — e todos os pratos chacoalhavam, todos os copos tilintavam, batendo uns contra os outros. Havia pratos, aparelhos de chá, xícaras de café, talheres. Havia uma cafeteira. Havia um forno. Havia panelas e potes. Havia uma frigideira grande. Um liquidificador. Uma batedeira, para o caso de alguém querer fazer um bolo numa forma redonda. Tudo isso ficava guardado dentro dos armários, armários baratos e frágeis, como tinham em casa, mas os armários de casa não ficavam batendo uns nos outros, numa briga por espaço, a setenta e sete quilômetros por hora, levados por pneus e amortecedores muito velhos. E, como o veículo todo era uma máquina agonizante, os armários eram mal montados e só em alguns pontos fixados ao veículo. Portanto, o barulho era como o que se ouve durante um terremoto. Os talheres faziam o barulho de correntes arrastadas por algum fantasma inquieto. E a cacofonia aumentava, ficava muito mais alta, quando Josie diminuía a velocidade ou acelerava, ou subia ou descia uma ladeira, ou passava por uma lombada ou por um buraco.

SE VOCÊ NÃO AJUDAR, QUEM VAI AJUDAR?, perguntava um letreiro luminoso na beira da estrada, e Josie sentiu-se descoberta e acusada, até que o letreiro mudou para dizer NÃO ESTACIONE NO CAPIM SECO, e ela se deu conta de que eram mensagens para prevenir incêndios florestais.

Depois de uma hora, Josie estacionou. Reduzir de setenta e sete quilômetros por hora até parar o trailer era uma tarefa semelhante a conter uma avalanche. Todo o peso era carregado na parte traseira, por isso a frente do trailer empinava e sacolejava, enquanto as rodas sacudiam. Estacionou o trailer num terreno amplo, perto da água, mas Josie estava com os nervos abalados.

Ela saiu da cabine do motorista e sentou-se numa poltrona de frente para o sofazinho. Disse para Paul e Ana que eles tinham uma oportunidade única de ajudá-la num projeto extraordinário. Os dois ficaram intrigados.

"Vamos pôr a cozinha no boxe do chuveiro", disse Josie.

Intuitivamente, eles compreenderam.

Ana abriu o armário embaixo da pia e achou uma panela. "Assim?", perguntou, e seguiu para o banheiro.

"Espere", disse Josie, "primeiro vamos pegar as toalhas."

Desse modo, eles forraram o chão do chuveiro com toalhas. Em seguida, embrulharam os pratos e os copos e colocaram no chão do chuveiro. Quando não havia mais toalhas, abriram as bolsas de lona e embrulharam os pratos e os talheres nas roupas que podiam deixar de lado e colocaram as trouxas no chão do chuveiro. Tiraram da cozinha todos os pratos, panelas, xícaras e copos, colocaram tudo cuidadosamente dentro do chuveiro e fecharam a porta. Quando Josie ligou de novo o motor do Chateau e voltou para o leito da rodovia, o barulho ficou maravilhosamente abafado e, para os filhos, a mãe pareceu ser uma espécie de gênio.

"Mas e se a gente tiver de cozinhar?", perguntou Paul.

"Eu não quero cozinhar", respondeu Josie.

Ela também não tinha vontade de dirigir, a estrada não lhe trazia paz nenhuma, só rostos. Josie via o rosto liso e bonito do jovem soldado de cuja morte ela era cúmplice. Não, pensava ela, mande outro rosto. E via os olhos amarelos da mulher tomada pelo câncer que havia roubado seu negócio. Não. Outro. Carl, sorrindo, sentado na privada. Não. O rosto da advogada, do genro dela, cruel e mercenário. Por fim, Josie chegou ao rosto de pele de cebola de Sunny, um rosto que ela tentava invocar, quando buscava um pouco de paz. Por um momento, sua mente pousou ali, nos olhos negros e radiantes de Sunny, imaginou Sunny passando os dedos ossudos no meio de seu cabelo — Josie havia permitido aquilo, apesar de ser adolescente e de estar furiosa com o mundo — e depois, e agora, por um momento, ela teve uma sensação parecida com calma.

À tarde, partiram para Seward, e Seward parecia um lugar real. Era limpo e vigoroso. Ficava na ponta de um grande fiorde, a água gélida avançava como um estouro de boiada, vinda do Golfo do Alasca. O trecho principal da cidadezinha era agitado, com suas lojinhas de suvenires, minúsculas prateleiras de vidro repletas de camisetas com caricaturas abomináveis, mas, na periferia, Seward era bruta, um autêntico local de negócios. Barcos de pesca iam e vinham, além de navios-tanque e pequenos navios de carga, e todos passavam pela barra estreita chamada baía da Ressurreição, um nome para exploradores grisalhos e santos.

Chegaram a um estacionamento de trailers nos arredores da cidade e pararam de frente para uma praia larga, coberta de algas. Na margem oposta, talvez a uns oitocentos metros, havia a cordilheira Kenai, uma muralha de montanhas imaculadas — brancas e cor de prata, monumentais e desafiadoras, com os picos serrilhados. Ao longo da costa havia troncos de árvores esparsos, que subiam da areia, petrificados no meio da brancura.

"Fiquem aqui", disse Josie para as crianças, e foi andando até o escritório do estacionamento.

O homem na escrivaninha pediu seu nome e endereço e Josie rabiscou o nome de forma ilegível e deu a ele o endereço de uma caixa postal que havia memorizado, de uma empresa de cartões de crédito, depois pagou em dinheiro. Josie tinha a vaga sensação de que, quando Carl se desse conta do que ela havia feito, talvez viesse atrás dela e dos filhos, ou mandasse alguém encontrá-los, só que ele, afinal, nunca tivera um emprego de verdade (esse novo agora, na Flórida, não contava) — portanto, será que ele conseguiria mesmo ter forças para executar uma missão de busca? Carl tinha chegado até a metade da prova de triatlo, para a qual havia treinado. Talvez também chegasse só até a metade do caminho, em sua tentativa de encontrá-la.

Quando Josie voltou para o Chateau, encontrou lá um homem furioso.

"Aqui não é o seu lugar!", esbravejou. Atrás do Chateau estava outro trailer, com o motor ligado, muito maior do que o Chateau, e com uma bandeira da Noruega ondulando em sua antena. O norueguês tinha a cara vermelha, as mãos cruzadas nas costas, como que para contê-las e impedir que causassem em Josie alguma lesão especificamente norueguesa. Estava claro que ele havia ensaiado aquela cena. Durante os quinze minutos em que Josie esteve no escritório, ele ficou acumulando raiva, como uma panela de pressão. E agora, Josie tinha certeza, ele ia falar das crianças.

"E ainda deixa seus filhos dirigirem!"

Ela olhou e viu que Paul estava sentado ao volante do Chateau, com Ana sentada no colo. As quatro mãos, dele e dela, estavam no volante.

Alguns pensamentos passaram pela cabeça de Josie. Pensou em como amava os filhos, em como eles pareciam pequenos delinquentes, apesar de Paul ser angelical e de Ana jamais ter machucado alguém, apenas a si mesma. Ela se perguntava por que aquele norueguês viajaria sete mil quilômetros para visitar os fiordes do Alasca. Era uma perversão. A Noruega era melhor, mais limpa. E, na Noruega, eles não ganhavam coisas de graça? Serviços de saúde e coisas desse tipo? Vá embora.

Sem dizer nenhuma palavra, ela entrou no Chateau, enxotou os filhos para a parte de trás do trailer e cedeu a vaga para o norueguês indignado. No entanto, todas as vagas na beira da praia estavam ocupadas, por isso deram a volta no estacionamento até encontrar um canto entre as árvores. Era bonito, ainda a poucas centenas de metros do mar, num lugar onde a praia era radiante, e de frente para as montanhas luminosas, a mata era escura, úmida, cheia de sugestões de Tolkien e de *trolls*.

Josie havia passado uma semana lá, na Noruega, com Paul, quando ele tinha dois anos. Era um congresso sobre branqueamento dentário. Como os noruegueses foram esquisitos com o Paul! (Carl não viajou, ficou em casa, achou que estava ficando doente, não queria arriscar. Que exemplo de homem.) Portanto, em Oslo, e especialmente naquela viagem de barca por algum fiorde ancestral, os noruegueses agiram como se ela estivesse levando a bordo uma feroz ariranha. Paul era um bebê bem-comportado, um pequeno cidadão, quase efeminado, quase maduro demais, mas naquela embarcação ele era um pária. Ele abria a boca e era como se aquilo arruinasse o passeio, como se o mero som de sua voz fosse uma espécie de bomba radioativa americana.

Josie tinha visto todos os musicais e achava que um item que faltava no cânone devia se chamar Noruega! Traria um coro de mulheres com roupas iguais, todas brancas — todo mundo que ela via na Noruega se vestia só de branco e todos tinham a mesma pele bronzeada de forma suspeita, usavam óculos escuros estreitos sempre iguais. Todos aqueles noruegueses fingiam ser pessoas felizes, civilizadas, cantando músicas simpáticas sobre fiordes e com a cultura patrocinada pelo Estado financiado pelo petróleo, mas, enquanto isso, tentavam suprimir todas as crianças, de modo que não tivessem de compartilhar com elas seu estoque limitado de roupas brancas. Enquanto executava seus branqueamentos dentários, Josie muitas vezes devaneava sobre aquele musical, imaginava a cena final, todas as norueguesas de roupa branca, cantando uma música com acompanhamento eletrônico. Por que ela estava fazendo aquilo? Consumia seu tempo livre imaginando musicais que nunca seriam montados. Era o único meio capaz de exprimir, de forma adequada, nossa verdadeira loucura e hipocrisia — nossa capacidade coletiva de ir ao teatro e ver malucos cantando absurdos, enquanto o mundo lá fora está pegando fogo.

O congresso sobre branqueamento dentário, de resto, foi um tremendo sucesso — os tratamentos eram uma mina de ouro. Um paciente ficava no consultório por cerca de uma hora, da qual dez minutos envolviam Josie — os higienistas dentários podiam cuidar da maior parte —, mas ela cobrava setecentos dólares e todo mundo pagava feliz. Obrigado, Noruega!

Saíram do trailer e Josie retirou o cabo de energia do compartimento lateral — basicamente, uma extensão formada por um fio grosso, escondida atrás de uma frágil portinhola feita de aglomerado, perto da roda traseira. Ligou o trailer na fonte de energia ao ar livre e, nada mau, agora eles tinham eletricidade. Josie levou Paul e Ana até a praia, evitando os noruegueses, que agora se esforçavam para parecer amistosos, de pé diante de sua pequena fogueira cinzenta, acenando com a mão.

A baía estava cheia de lontras. Ana e Paul já tinham visto os animais, a cinquenta metros da areia. Que criança não adora lontras? Josie sentou num dos troncos de árvore brancos e ancestrais e deixou que as crianças chegassem à beira do mar para ver mais de perto. As lontras estavam loucas e eram tão bonitas, nadando de costas, segurando pedras de verdade em cima da barriga, usando as pedras para abrir mariscos de verdade. Um bicho assim não podia ser concebido por nenhum criador que tivesse respeito por si mesmo. Só um Deus feito à nossa imagem seria capaz de chegar a tamanha cafonice animal.

Agora Ana estava na areia. Agora Paul examinava a mão da irmã. Aquele era o método predileto de Josie ser mãe: ir a um lugar como aquele, em grande escala e com muita coisa para ser descoberta, e observar os filhos vagarem e se machucarem, mas só de leve. Sentar e não fazer nada. Quando os filhos voltavam para lhe mostrar alguma coisa, alguma pedrinha ou um punhado de algas, ela examinava e fazia perguntas a respeito. Sócrates inventou o método ideal para o pai ou a mãe que gosta de ficar quieto e fazer muito pouco. Por meio de perguntas criteriosas, os filhos podiam aprender a ler e a escrever ali mesmo, naquela praia em Seward. É claro que podiam. Leia o nome daquele navio. Rápido, leia o aviso pregado na lateral do táxi aquático. Leia as indicações sobre a voltagem naquela tomada de energia ao ar livre.

O ar estava claro. Eles estavam perto da água e o risco de incêndio ali era baixo, ou pelo menos mais baixo, e por alguma razão os ventos que traziam o ar queimado estavam soprando em outra direção. Josie respirou fundo e ergueu os olhos fechados na direção do sol. Ouviu o lamento de alguma ave marinha. O movimento da brita em algum lugar do estacionamento. O longo chiado da brisa que se movia em volta da floresta atrás dela. O som rascante de algum remo ao entrar na água da baía. Agora, o grito agudo de uma criança. Josie abriu os olhos, imaginando que fosse Ana, machucada de novo, dessa vez com mais gravidade. Mas Ana e Paul estavam ainda no mesmo lugar e agora faziam montinhos de pedras. Josie virou-se para o outro lado da praia e viu outra família, pai e mãe, dois filhos, todos vestidos de lycra brilhante e jaquetas corta-vento impermeáveis. Os filhos, mais ou menos do mesmo tamanho dos de Josie, estavam preocupados com um trio de cachorros sem dono que rodeavam a família como uma espécie de gangue de delinquentes juvenis da década de 1950. A família não tinha a menor ideia do que fazer.

Os adultos do grupo olharam para Josie, revoltados, suplicantes, achando que aqueles cachorros ferozes e sem coleira eram, de algum modo, dela. Seria porque ela parecia feroz? Ou porque seus filhos pareciam sujos, nojentos, selvagens — o tipo de gente que leva cachorros para a praia a fim de importunar pessoas maravilhosas que vestem peças de lycra com cores que combinam? Era dessas pessoas que Josie queria fugir quando foi para o Alasca.

Era aquela raça de gente que tinha tomado a cidade de Josie, tinha tomado a escola das crianças. Ninguém parecia trabalhar; todo mundo usava peças de lycra com cores que combinavam e encontravam tempo para comparecer a todos os trezentos ou quatrocentos eventos anuais na escola. Como é que alguém como Josie podia ter um emprego e ser mãe e, apesar de tudo, não ser uma fracassada, uma pária, naquela escola normal, naquela cidade normal? Josie tinha sido levada a acreditar que ter um emprego, nos Estados Unidos, significava trabalhar quarenta horas semanais. Podem até discutir a questão — devemos trabalhar menos, não trabalhamos o bastante, tanto tempo no trabalho desperdiçado com pornografia na internet e com lanchinhos no refeitório —, mesmo assim, quarenta horas por semana é o que se espera, é a norma, a chave para a prosperidade nacional. Só que as escolas, e aquelas crianças, e suas atividades, e os círculos de pais daquelas escolas e suas atividades e, acima de tudo, os olhos deles que tudo julgam, estavam impedindo o cumprimento das quarenta horas de trabalho semanais e estavam barrando essa prosperidade, e a resposta para o problema do declínio nos Estados Unidos podia muito bem estar naqueles pais, em seus olhos que tudo julgam, naquelas escolas, naquelas atividades. Afinal, não foi no tempo da geração imediatamente anterior à de Josie que os pais deviam cumprir apenas quatro atividades anuais de uma hora? Havia a reunião de pais e professores no outono, outra reunião igual na primavera, e havia a produção musical do outono — não, *outonal* — e a produção musical da primavera. E mais nada. Talvez, também, alguma programação no inverno, mas nunca dois eventos no mesmo semestre. Talvez uma peça escolar. Talvez um recital. Mas, em todo caso, havia quatro eventos considerados obrigatórios, e a maioria era de noite, depois do horário do trabalho. De resto, aquele ou aqueles que eram arrimo de família, que ficavam no trabalho quarenta horas por semana, eram heróis se conseguissem comparecer a qualquer um dos quatro eventos, eram campeões se conseguissem comparecer aos jogos no fim de semana, eram santos comprovados se treinassem um time da escola, mas, em todo caso, o pai, ou a mãe, podia ser considerado um modelo, por comparecer a apenas três dos quatro eventos obrigatórios, e ponto final.

Mas agora existem outras coisas. Agora, rastejando como uma erva bem-intencionada, mas, em última instância, sufocante e mortífera, existem essas novas e vagas semirresponsabilidades, que estão asfixiando qualquer crescimento nesse jardim e que também poderiam ser levadas em conta para a produtividade humana e para o cálculo do Produto Interno Bruto nacional. Essas coisas opcionais, essas coisas medianas, elas se esgueiram sorrateiras e matam, como a ferrugem nas plantas. Como o comunismo. Não, não como o comunismo. Os comunistas conheciam o equilíbrio e trabalhavam duro. Eles trabalhavam duro? Ninguém sabe ao certo. Mas esses outros pais e seus olhos que julgam tudo: quando é que eles trabalham? Seu trabalho é comparecer a esses eventos. Esse é seu trabalho, ao que tudo indica, e assim indicam, também, que você, que o seu trabalho real é bom, mas também é desdenhável e triste. Eles não dizem isso, no entanto. Eles dizem: *Não se preocupe se você não pode comparecer ao festival de música do solstício de outono, ou à feira e oficina de canções de trenó do fim do inverno, com um lanche comunitário.* Não é nada de mais faltar ao torneio recreativo de badminton com duplas formadas por pais e alunos, sob iluminação artificial, ao entardecer. Não tem nenhum problema faltar à festa do pijama de mãe e filha, a cada sessão de cinema da terceira quarta-feira do mês, a toda reunião em que você deveria levar seu próprio violão ou sua lira. Não precisa mandar convites no dia do aniversário de seu filho. Não precisa comparecer ao dia da vocação profissional. Não precisa dar uma passada na abertura do novo ateliê de artes em que apresentarão a verdadeira técnica de moldar em argila. Não liga para arte? Não tem importância. Não precisa, não precisa, não precisa, tudo bem, não tem problema, apesar de você ser, de fato, egoísta e de seus filhos estarem condenados. Quando eles forem os primeiros a experimentar crack — eles vão experimentar e vão adorar e vão vender crack para os nossos filhos, que adoram a cultura —, aí nós vamos saber por quê.

E assim, para sua diversão e para algum futuro e provável depoimento, Josie calculou as horas que seriam necessárias para comparecer, de fato, a todos aqueles eventos mais ou menos obrigatórios, num determinado mês de novembro, e sua conta chegou a simplesmente pouco mais de trinta e duas horas. Isso abrangia o tempo na escola, no campus, assistindo ou dando suas próprias cambalhotas, agradecendo e parabenizando. Mas, espere. Leve em conta, também, o tempo necessário para ir e voltar do trabalho, no trânsito, contra o trânsito, tudo, toda a tragédia que é dirigir um carro, e somando tudo a conta chegava a quarenta e seis horas. Quarenta e seis horas em um mês, para assistir aos eventos diurnos e noturnos, todos eles opcionais, aos quais não se espera que você vá, não tem problema, não se preocupe, tudo é opcional, seus filhos estão indo tão bem na escola, uma maravilha, não se preocupe, sabemos que você tem de trabalhar, Josie.

E Josie precisava mesmo trabalhar, porque havia as crianças, e Carl não sabia como gerar receita, não contribuía pessoalmente com nenhum recurso — a mãe dele, Luisa, o sustentava, embora se angustiasse com isso, e de vez em quando também pagava algumas coisas para Ana e Paul. Não ajudou muito o fato de Josie não ter feito sociedade com outro dentista em seu consultório, foi tola de não o fazer, e também não ajudava muito o fato de ela oferecer seus serviços numa escala de horário móvel. Nada disso ajudava. Tudo isso era mal pensado e provava que ela nem deveria ter aberto um consultório, não deveria estar morando naquela cidade com os filhos, com aquelas pessoas esplendorosas que, sem nenhum esforço, equilibravam alegria e obrigação. Toda vez que ela comparecia a algum evento, a algum chá com bolinho, a alguma cerimônia com chá e bolinho para a apresentação do clube de coral, ela via aquelas pessoas. Todas elas. Os pais estavam lá, as mães estavam lá. Todos eles estavam lá e, quando ela os via, inevitavelmente e antes de tudo, eles queriam conversar sobre o último evento, o que tinha ocorrido na semana anterior ou na véspera. O evento a que ela não tinha ido. *Ah, foi ótimo*, diriam eles. *A turma arrasou. Eles arrebentaram!* Os pais diriam isso cheios de admiração, com admiração por tudo, as coisas que as crianças fazem, as coisas de que aquelas crianças pequenas são capazes e, enquanto diziam tudo isso, podiam estar ou não conscientes da faca que estavam enfiando entre as costelas de Josie. Podiam ter ou não alguma ideia daquilo. Mas aí eles rodavam a faca: *E o seu filho*, diziam, *puxa, ele foi o astro do espetáculo*. Mais um giro: *Acho que tenho a imagem dele no filme, pelo menos por um segundo. Vou mandar para você o link.* Seria aquilo uma coisa de Ohio? Será que aquilo estava acontecendo em toda parte? Será que ajudou muito o fato de Paul ter cantado "The Long and Winding Road" e "In My Life" num espetáculo de jovens talentos sobre o qual Josie não procurou se informar da maneira adequada? Não ajudou grande coisa. Uma mãe disse, depois: *Foi melhor você nem estar lá. Foi muito triste ver o Paul cantando aqueles versos.* Ela falou assim mesmo. Querendo sugerir que aquele menino de oito anos compreendia as palavras da letra da música e, de alguma forma, as relacionava com a separação de Josie e Carl. Isso aconteceu.

 O ápice maravilhoso de tudo isso foi o e-mail de uma mulher, outra mãe, uma semana depois. "Cara Josie. Como um serviço da comunidade escolar para nossos pais que trabalham, demos início a um programa inovador que chamamos de Todos Juntos, no qual cada aluno cujos pais não podem comparecer aos eventos na escola é 'adotado' por um pai ou mãe que pode comparecer. Esse pai ou mãe vai passar um tempo extra com seu filho, vai tirar fotos nos eventos e postá-las e, no geral, dará à criança o apoio desfrutado pelos alunos que..." O e-mail prosseguia por mais uma página. Josie examinou o fim, para ver quem haviam escalado para ficar com seus filhos e descobriu que era aquela mulher, Bridget, que ela lembrava ser exatamente o tipo de mãe com a qual ela jamais deixaria seus filhos — de olhos loucos e que adorava lenços de pescoço.

Josie tinha escolhido esse tipo de ambiente. Havia deixado sua tribo anterior, as fileiras de voluntários do Peace Corps, para entrar na faculdade de odontologia, mudar-se para Ohio, ir morar naquele subúrbio, no meio de pessoas estáveis — tão estáveis que estavam até dispostas a "adotar" seus filhos, durante o horário escolar —, mas Josie se lembrava de sua outra turma, dos outros amigos daquela outra vida, que continuavam a rodar pelo planeta, como zumbis. Nenhuma de suas colegas do Peace Corps teve filhos. Uma delas passou um ano de cama, os braços e as pernas, embora saudáveis, não conseguiam obedecer às suas ordens (desde então, ela vem se recuperando). Uma se mudou de novo para o Panamá, outra aprendeu árabe e arranjou um misterioso emprego de consultoria em Abbottabad e dizia ter presenciado, do telhado de sua casa, a captura de Bin Laden. Uma suicidou-se, ao que parecia. Um par de recém-casados era dono de uma fazenda de lhamas em Idaho e chamou Josie para ir morar lá, fazer parte de sua comuna (*Não é uma comuna!*, faziam questão de dizer), e Josie quase foi, ou quase pensou em levar a sério a ideia de ir, mas, sim, o resto da raça andrajosa do Peace Corps continuava a vagar pelo mundo, sem vontade de parar, sem vontade de levar a vida de qualquer maneira que fosse considerada tradicional ou linear.

Só Deena, mãe de um menino da turma do Paul e gerente de uma loja de comida para animais domésticos, compreendia, parecia ter algum tipo de passado. Josie tinha falado sobre sua emancipação com outro casal e eles não conseguiram esconder seu horror. Nunca tinham ouvido falar do assunto.

"Eu não sabia que isso era possível", disse o homem.

"Uma vez, fugi de casa", disse a mulher. Ela usava uma calça capri. "Dormi na casa de uma amiga e voltei de manhã."

Outra vez, na Noite de Folga da Mamãe — não existem três palavras mais trágicas —, Josie mencionou os Peace Corps e o

Panamá, como tinha conhecido uma pessoa, Rory, que acabou, lá mesmo, se tornando viciada em heroína. Josie pensou em contar sua história de maneira engraçada, um americano que traficava drogas *para* a América Central, só que, mais uma vez, houve o silêncio abissal que indicava que Josie estava trazendo à bela cidade deles alguma alusão do apocalipse.

Mas Deena compreendia. Ela também era mãe solo, embora seu marido não fosse um desertor, mas estivesse morto. Ele era empreiteiro no delta nigeriano, foi sequestrado, resgatado e, ao voltar para os Estados Unidos, morreu dois meses depois, de um aneurisma. A segunda filha de Deena, que também se chamava Ana, mas cujo nome se escrevia Anna, era adotiva e, entre isso e o pai morto, Deena também tinha sido ameaçada com a adoção de Anna pela mulher de lenço no pescoço, do programa Todos Juntos.

Josie e Deena conversavam sobre serem as únicas pessoas na escola em cujas vidas alguma coisa tinha acontecido. Josie se sentia bem quando contava alguma coisa para Deena, mas não havia entrado muito na questão de sua infância, no mundo partido de seus pais. Aqueles anos eram intocáveis. Era um passo estranho demais, portanto, e, quando estavam juntas, elas se concentravam nos absurdos específicos da condição de mãe solo — ganhar dinheiro para pagar crianças para tomarem conta de seus filhos para que elas pudessem ganhar dinheiro para pagar essas pessoas para tomarem conta de seus filhos. A confiança nos filhos, as queixas que tinham deles, ficar deitada com eles na cama por tempo demais, contar coisas demais para os filhos.

"A gente devia se mudar para o Alasca", disse Deena, certa noite. Estavam no Chuy's, um restaurante de *burritos* onde as crianças podiam ficar correndo à vontade e remexer tudo enquanto Josie e Deena ficavam livres para tomar seus *mojitos* e tirar os sapatos. Deena estava olhando para a filha, que tinha derrubado uma cestinha de batatas fritas no chão e agora catava-as e comia. Ela não mexeu um músculo para ajudar, não pronunciou nenhuma palavra de repreensão.

"E, por acaso, no Alasca seria melhor?", perguntou Josie, mas a ideia se cravou em sua mente, em parte porque Sam morava lá.

Na praia, a família que vestia jaquetas impermeáveis coloridas e novas desapareceu atrás de uma pedra grande mais adiante, e Josie sentiu um grande alívio.

Ana se aproximou, trazendo algo nas duas mãos, com todo cuidado. Paul vinha logo atrás, depois chegou do seu lado, as mãos amparando as da irmã, para garantir que aquilo que tinham encontrado, fosse o que fosse, não caísse. Josie empertigou-se, na esperança de que os filhos não se animassem a jogar aquilo no seu colo. "Olhe", disse Ana, com o ar mais solene do mundo.

"É uma cabeça", disse Paul.

E agora os cachorros vadios estavam perto deles, farejando a cabeça. Os filhos de Josie mal se deram conta da presença dos cães, que pareciam não ter o menor interesse em comer ou causar dano ao crânio.

"Uma das lontras", disse Ana, e acenou para a baía. Nas mãozinhas cor-de-rosa, ela segurava um crânio, e Josie notou, com horror, que não estava limpo, ainda havia cartilagem presa a ele, e bigodes, pelos e também algo viscoso. Josie evocou Sócrates e pensou numa pergunta. "Por que diabo vocês foram pegar isso?" Em solidariedade, os cães ergueram a cabeça para Ana e Paul e foram embora correndo.

À noite, foram a um restaurante de verdade, na cidadezinha. Josie pegou a bolsa de veludo que guardava embaixo da pia, apanhou seis notas de vinte, sentindo que era ilógico, mas inevitável, gastar a maior parte daquele dinheiro nessa noite.

Quando chegaram à rua principal à beira do mar, viram que um navio de cruzeiros havia aportado e Seward estava cheia de casais idênticos, na faixa dos setenta anos, todos vestindo ligeiras variações da mesma jaqueta impermeável e tênis brancos. A cidade tinha sido invadida, os restaurantes tinham se rendido e Ana saiu em disparada, de novo, pela rua. Josie e Paul a alcançaram e Josie tentou apaziguá-la, carregando-a no colo. Não. O corpinho de Ana, todo feito de músculos, se movia como uma barracuda: curvava-se, torcia-se, fazia de tudo para se soltar, portanto ela deixou Ana correr pela calçada. Nenhuma negativa a abalava. Josie ameaçou tomar seu livro de adesivos do Batman. Nem sombra de qualquer efeito; ela sabia que havia outras coisas. Josie disse que ela nunca mais veria um DVD; Ana não tinha nenhuma noção de futuro e por isso não ligou. Mas se Josie dissesse que ela ia *ganhar* alguma coisa, alguma sobremesa, algum objeto, Ana ia andar na linha. Ana era uma materialista do tipo mais puro que existe: queria coisas, mas não se importava com as coisas.

O restaurante que escolheram era o mais barato que Josie conseguiu encontrar, mas os preços no Alasca eram de ficção científica. Josie olhou para o cardápio, enquanto esperavam sua mesa. Qualquer petisco custava vinte dólares. Era isso que ela havia tentado evitar. Lá na sua cidade, estava cansada, exaurida e moída até os ossos, de tanto gastar dinheiro. Aquilo esmagava o espírito. Todo dia, Josie se via na farmácia ou no mercado e a conta era sempre sessenta e três dólares. Josie entrava no Walgreen para comprar leite e as fraldas noturnas de Ana e, por alguma razão, ela acabava gastando sessenta e três dólares. Sempre sessenta e três dólares. Sessenta e três dólares três vezes por dia. Como era possível sustentar aquilo?

Mas aquele cardápio, no canto infernal e iluminado em que foram acomodados, cobrava mais do que aquela quantia para o jantar. Josie fez umas contas aproximadas e viu que ia gastar oitenta dólares para jantar com os filhos, ao passo que para nenhum dos dois fazia a menor diferença se jantassem ali ou comessem lama e minhocas extraídas de algum buraco na terra. Ana, sempre feliz de poder alfinetar a pretensão de qualquer situação, achou sua oportunidade. Depois que o ajudante de garçom limpou a mesa, Ana limpou de novo, com seu próprio guardanapo, dizendo: "Aaaah, sim! Aaaah, sim!". Ela fez aquilo soar constrangedoramente lascivo. Josie riu e, por isso, Ana fez a mesma coisa mais três vezes.

Paul, no entanto, estava com espírito contemplativo. Olhou para Josie com seus olhos de padre de gelo.

"O que foi?", perguntou Josie.

Paul respondeu que não queria falar do assunto.

"O que foi?", perguntou Josie outra vez.

Por fim, ele fez um gesto chamando-a para perto, prometendo um segredo. Josie inclinou-se por cima da mesa e um prato deslizou, batendo contra o tampo da mesa.

"Para onde vão os cachorros sem dono, à noite?", sussurrou ele, a respiração quente na orelha de Josie. Ela não sabia aonde Paul queria chegar com aquilo, portanto disse: "Não sei". Na mesma hora, entendeu que era a resposta errada. O rosto de Paul desmoronou e seus olhos, tão pálidos e frios, atestaram que ele ia passar semanas sem dormir.

Josie tinha esquecido a cisma de Paul com cachorros sem dono. Em casa, ele tinha ouvido falar dos gatos sem dono — na cidade deles, havia uma socialite desmiolada que tinha abraçado a causa dos gatos sem dono e pôs anúncios nos ônibus e no jornal local, oferecendo ABRIGO e A MAIS ALTA QUALIDADE DE ATENDIMENTO MÉDICO! para os bichos — e Paul obrigou Josie a deixar leite na frente de casa todas as noites para quaisquer felinos errantes que por acaso passassem pela casa deles. Josie também inventou uma história sobre como os gatos, a caminho do lugar onde moravam, davam uma passadinha pela casa deles — havia uma estrada de ferro subterrânea para os gatos sem dono, explicou Josie, e a casa deles era uma das paradas. A ficção durou semanas, e foi culpa de Josie. Ela inventou a estrada de ferro, portanto teve de deixar o leite à disposição e teve de esvaziar o leite, toda noite, ver Paul verificar tudo de manhã, discutir o assunto com ela no café da manhã e, portanto, como ela pôde esquecer a preocupação de Paul com aqueles bichos sem dono?

Mais tarde, depois de pagar a conta do jantar — oitenta e quatro dólares, que todos os responsáveis por isso vão para o inferno — e enquanto Ana tomava um sorvete sentada num banco no calçadão de tábuas à beira-mar, Josie esclareceu algumas coisas para Paul, ao mesmo tempo em que se divertia um pouco também. Os cachorros sem dono, disse ela, moravam todos juntos num clube. E esse clube foi construído por guardas-florestais do Alasca, porque os cachorros sem dono, por serem animais que vivem em bando, prefeririam morar juntos. Lá, disse Josie, eles recebiam três refeições diárias, oferecidas pelos guardas-florestais — omelete no café da manhã, salsicha no almoço, bife no jantar.

Paul sorriu com timidez. Alguém que não o conhecesse poderia imaginar que ele sabia que tudo aquilo era invenção, que seu sorriso mostrava que ele tinha consciência do absurdo de tudo aquilo — a tolice de sua preocupação com os cachorros sem dono e a loucura da explicação da mãe —, mas não era esse o significado do sorriso de Paul. Não. Ele sorria porque algo que estava errado no mundo tinha sido corrigido. Seu sorriso confirmava o rumo correto do mundo moral: Como ele pôde duvidar da supremacia da ordem e da justiça? Seu sorriso confirmava a justiça. Seu sorriso ria de sua dúvida temporária a respeito daquela justiça.

Ana terminou seu sorvete e entregou a embalagem para Josie, para logo depois ir examinar, alguns metros adiante, na calçada junto ao mar, o que parecia ser uma cabeça de peixe ensanguentada. Eles estavam perto do local onde os pescadores pesavam e limpavam os peixes apanhados naquele dia. O calçadão de tábuas estava rosado com o sangue misturado à água e um último pescador estava terminando seu dia de trabalho. Ana ficou parada junto dele e ergueu os olhos, depois olhou para baixo, para a cabeça do peixe, a pele prateada manchada de plasma brilhante. Ela pegou a cabeça. Levantou a cabeça.

"É sua?", perguntou para o pescador.

Antes que ele pudesse responder, Ana já havia soltado a cabeça e, numa incrível exibição de destreza e de refinado controle motor, chutou a cabeça de peixe ainda no ar, para dentro da água escura, lá embaixo. Ela riu e o pescador riu, e Josie se perguntou como é que aquela criança podia ser sua filha. "Com quem você pensa que está falando?", Ana perguntou para a água espumosa, no local onde a cabeça de peixe tinha sumido. Josie não tinha ensinado à filha aquela expressão e Paul, com certeza, não a conhecia. Mas Ana tinha dito aquilo antes e também tinha dito: "Quem você acha que é? Quem você acha que é?". E: "Era isso que você queria?". Ana insistia em lançar essas expressões de confronto para as pedras, as árvores, os pássaros, muitas vezes falava de forma desrespeitosa com seres inanimados e, muitas vezes, andava ensaiando gestos, expressões faciais, como um palhaço que, nos bastidores, se prepara para entrar em cena.

O fato da existência de Ana e sua vontade de viver e correr e quebrar coisas e conquistá-las podiam, tudo junto, ser atribuídos às circunstâncias de seu nascimento. Depois de viver um mês numa caixa de plástico e passar os dois primeiros anos de vida com o aspecto de um velho murcho, ela se desprendeu de sua pele de criança prematura, como a Lady Lázaro,* e tornou-se

---

* Refere-se ao poema "Lady Lazarus", da poeta americana Sylvia Plath (1932-63). (N. T.)

um ser que voltou do mundo dos mortos. Carl havia renunciado a qualquer responsabilidade muito tempo antes. Quando pela primeira vez levaram Ana do hospital para casa, Carl achou que era um bom momento para começar a treinar triatlo — de repente, sentia uma necessidade premente daquilo — e Josie logo percebeu que ele, provavelmente, não seria útil nos cuidados com Ana. Portanto, ela escalou Paul para substituí-lo. Sua irmã é muito pequena e não tem força, explicou Josie. Quando ela vier para casa, vai precisar da sua ajuda. Toda noite, eles conversavam sobre a vinda de Ana para casa, e toda noite Paul parecia levar cada vez mais a sério suas responsabilidades iminentes. Certa noite, Josie encontrou o filho no chão, com um aspirador de pó, limpando o quarto à espera de Ana. Ele tinha três anos. Outra vez, Paul achou um velho cartão de boas-vindas, uma explosão de balões na capa do cartão, e jogou-o dentro do berço de Ana, ainda vazio. A intenção de Josie era ter certeza de que Paul, menino sensível, mas ainda assim apenas um menino, tomaria cuidado para não sufocar, acidentalmente, a pequenina Ana, ou quebrar seus ossos de passarinho, mas em vez disso Josie levou aquele menino a compreender seu papel como algo equivalente a um cuidador da orquídea mais delicada do mundo. Ele dormia no quarto dela, num colchão bem próximo do berço e, depois, até embaixo do berço. Quando Ana tinha três meses, Paul já sabia como alimentar a irmã e trocar suas fraldas. Quando Josie ou Carl cuidavam disso, ele ficava sentado bem perto e fazia correções e comentários frequentes.

 Ana foi ficando mais forte e, aos dois anos, ela corria sem medo ou limite, apesar de ser ainda magra que nem um Pinóquio e ter os olhos rodeados por uma sombra azul-clara — indicação temporária, Josie esperava, de sua jornada traumática, até ali. À medida que ganhou confiança e consciência de sua capacidade de se deslocar e de sua autodeterminação, à medida que se tornou mais consciente de si e do mundo, tornou-se também menos consciente de Paul. Ele percebeu isso e sentiu-se traído. Uma vez, quando Ana tinha dois anos e Paul, cinco, ele chegou para Josie, muito aflito. "Ela não me deixa segurá-la", lamentou o menino. Estava à beira do choro, enquanto Ana notava que ele morava na mesma casa que ela. Ao alcançar o máximo vigor, Ana não tinha mais interesse por ninguém, na verdade, muito menos pelo irmão. Ana queria ver coisas, andar sem rumo, subir e mergulhar. Era atraída por tudo que reluzisse, se movimentasse, cintilasse, farfalhasse, tivesse o corpo coberto de pelos. Paul era uma das coisas pelas quais Ana não tinha o menor interesse.

Mas aconteceu alguma coisa quando Ana completou três anos e, depois disso, Paul foi de novo lembrado. Agora, quando ela fazia algo, em geral algo perigoso, queria que Paul — Paulie — visse. Paulie, Paul-ee. Paul! Eee! Olhe. Olhe. Olhe-olhe-olhe. Paul reagia, incomodado com as cobranças de Ana, mas satisfazê-las era a vocação de sua vida. Ele a adorava. Escovava seu cabelo. Cortava as unhas de seus pés. Ana continuava a usar fralda noturna e preferia que Paul a pusesse. Quando Josie enrolava uma toalha em volta de Ana depois do banho, Paul a embrulhava de novo, mais apertada, com mais cuidado, e dava palmadinhas para ajustar melhor, e Ana passou a contar sempre com isso.

Agora, parados no calçadão à beira-mar, manchado do sangue cor-de-rosa dos peixes, de repente apareceu um velho muito perto deles e falou:

"Ei, crianças, você gostam de mágica?", perguntou o homem. Seu olhar parecia malicioso. Esses velhos solitários, pensou Josie, com seus lábios molhados e olhinhos miúdos, os pescoços que mal conseguiam sustentar sua cabeça pesada, cheia com seus numerosos erros e enterros de amigos. Tudo o que aqueles homens diziam parecia medonho, e eles nem tinham noção disso.

Josie cutucou Paul. "Responda ao homem gentil."

"Acho que sim", disse Paul, para as montanhas atrás do homem.

Então o homem ficou encantado. Seu rosto ganhou vida, ele se desfez de vinte anos, esqueceu todos os enterros. "Bem, por acaso eu sei que vai ter um espetáculo de mágica em nosso navio esta noite."

O homem era dono de um navio? Josie perguntou, para entender melhor.

"Sou só um passageiro, meu nome é Charlie", disse, estendendo a mão, um emaranhado roxo de ossos e veias. "Não viram o *Princess* ancorado aqui? É difícil não reparar."

Josie se deu conta de que aquele estranho estava convidando a ela e a seus dois filhos, três completos desconhecidos, para visitar o transatlântico ancorado em Seward, no qual, naquela noite, seria apresentado um sofisticado espetáculo de mágica, com meia dúzia de números e — o velho ficou empolgado de comunicar — entre os quais figurava um mágico de Luxemburgo. "Luxemburgo", disse ele. "Podem *imaginar?*"

"Eu quero ir!", disse Ana. Josie não achava que tinha importância se Ana queria ir — ela não tinha a menor intenção de seguir aquele homem para um navio para ver um espetáculo de mágica —, mas quando Ana pronunciou aquelas palavras, "eu quero ir!", o rosto de Charlie ganhou um brilho tão forte que Josie achou que ele poderia se incendiar. Josie não queria decepcionar aquele homem nem sua filha, que continuou a falar do espetáculo, imagina que truques um homem vindo de tão longe seria capaz de fazer, mas será que ela estava mesmo prestes a acompanhar aquele velho a bordo de um transatlântico em Seward, no Alasca, para ver o espetáculo de um mágico de Luxemburgo? Josie não podia privar os filhos e sabia disso. Eles só tinham uma avó, Luisa, que era sensacional, mas estava muito longe, por isso Josie muitas vezes sucumbia àqueles avós fracassados que levavam balões de gás para seus filhos e lhes davam doces em horários inconvenientes.

"Acho que podemos levar convidados", disse o homem, enquanto subiam pela prancha do embarque. As crianças estavam espantadas, andavam devagar, com cuidado, segurando as cordas dos dois lados. Mas agora seu anfitrião, aquele homem de setenta ou oitenta anos, de repente se mostrou inseguro, sem saber se podia levar amigos a bordo. Portanto, Josie parou, e seus filhos ficaram espiando lá embaixo, a água preta entre o cais e o navio branco e reluzente. Josie observou quando Charlie se aproximou de um homem de uniforme. Em volta deles havia um punhado de passageiros idosos, em suas jaquetas impermeáveis, com saquinhos de suvenires de Seward balançando, pendurados nos braços.

"Esperem que vou falar com esse homem", disse Charlie, e acenou para que eles aguardassem a alguns metros da porta. Charlie e o homem viraram-se algumas vezes para examinar e fazer gestos na direção de Josie e de seus filhos e, por fim, Charlie voltou e disse para subirem a bordo.

O navio estava enfeitado e barulhento, entupido de gente, repleto de vidros e painéis — a decoração era uma mistura de cassino, Red Lobster* e corte de Luís XVI. As crianças estavam adorando. Ana corria por todos os lados, tocava em coisas delicadas, esbarrava nas pessoas, fazia mulheres e homens idosos perderem o fôlego e se apoiarem nas paredes.

"Acho que vai começar daqui a vinte minutos", disse Charlie e depois, mais uma vez, pareceu desorientado. "Deixe-me ver se precisamos de ingressos." Ele se afastou, e Josie entendeu que o homem era um tolo. Ser mãe consistia, acima de tudo, em manter os filhos longe de riscos desnecessários, traumas e frustra-

---

* Rede de restaurantes especializados em lagostas. (N. T.)

ções que podiam ser evitados, e ela os havia arrastado para o Alasca, conduzindo-os para regiões do estado pouco recomendadas, e depois para Seward, um lugar que ninguém tinha recomendado, e agora estava indo com eles atrás de um homem solitário, a bordo de um navio que parecia ter sido projetado por um louco. E tudo para ver um espetáculo de mágica. Um mágico de Luxemburgo. Josie folheou os anos de sua vida, tentando recordar alguma decisão que ela tivesse tomado e da qual pudesse se orgulhar, e não encontrou nenhuma.

Por fim, Charlie voltou trazendo os ingressos na mão, como se fossem um buquê. "Estamos prontos?"

Havia uma escada rolante, uma escada rolante dentro de um navio. Charlie foi na frente e, enquanto subia, olhava para trás, para eles, sorrindo, mas nervoso, como se tivesse medo de que fugissem.

O auditório tinha pelo menos quinhentos lugares e tudo lá dentro era de cor vinho — era como estar dentro do fígado de alguém. Sentaram-se num camarote em formato de meia-lua, perto do fundo, Paul ao lado de Charlie. Uma garçonete vestida de vermelho bem vivo veio às pressas e Charlie não fez nenhum gesto para pedir nada. Josie pediu uma limonada para as crianças e uma taça de pinot noir para ela. As bebidas chegaram e as luzes apagaram. A taça de Josie era do tamanho de uma bola de cristal, estava quase cheia, e Josie sentiu-se beijada pela generosidade anônima e irracional da humanidade. Relaxou e previu algumas horas sem ter nada para fazer a não ser permanecer sentada e assistir em silêncio, enquanto ia ficando inofensivamente embriagada.

Charlie tinha outros planos. O espetáculo começou e Josie percebeu que Charlie pretendia falar o tempo todo. E as palavras que mais dizia eram: "Viu só isso?". Para Ana, a resposta era sempre: "Viu o *quê*?", e assim os dois formavam um belo par. Charlie notava coisas que qualquer pessoa da plateia podia ver e, depois, perguntava para Josie e seus filhos se também tinham visto. Ana dizia: "Viu o quê?", e Charlie, então, explicava o que tinha visto, falando durante os próximos cinco minutos do espetáculo. Era maravilhoso.

O primeiro mágico, homem bonito, de camisa de seda bem justa, parecia ter sido orientado a tornar sua apresentação semelhante a uma história pessoal, por isso seu monólogo voltava, vezes seguidas, ao tema de como ele tinha sempre dado as boas-vindas à mágica em sua vida. Abriu a porta para a mágica. Disse alô para a mágica. E contou como tinha aprendido a apreciar a presença da mágica em sua vida. Será que falou que era casado com a mágica? Pode ter falado. Tudo aquilo fazia pouco sentido e a plateia parecia meio perdida. "A vida é repleta de mágica, se a gente olhar bem", comentou, sem fôlego, porque não parava de se movimentar pelo palco em milhares de passinhos miúdos, enquanto uma mulher num maiô cintilante andava atrás dele, em longas passadas, com ar sedutor.

O mágico bonito fez surgir uma espécie de flor de trás de uma cortina e Josie fez um esforço para encarar aquilo como mágica. Ela e Charlie bateram palmas, mas poucos espectadores os acompanharam nos aplausos. Seus filhos não bateram palmas; nunca batiam palmas, a menos que alguém mandasse. Será que não tinham aprendido a bater palmas na escola? O mágico não estava causando forte impressão na plateia e, no entanto, quem poderia ser mais fácil de impressionar do que quinhentos idosos de jaquetas impermeáveis? Não, eles estavam à espera de algo melhor do que cravos que surgem de trás de cortinas.

Josie começou a sentir pena do homem. Ele tinha sido mágico na escola, sem dúvida nenhuma. Na época, ele era bonito, com cílios tão longos que ela podia vê-los agora, a cinquenta fileiras de distância, e como um adolescente, longe de seus pares, mas sem se importar com isso, ele e sua mãe viajaram de carro mais de sessenta quilômetros até a cidade mais próxima, para obter o melhor equipamento para seus espetáculos de mágico, as caixas certas — com rodinhas! —, os sacos de veludo, as bengalas dobráveis. Ele amava sua mãe, na época, e sabia como dizer isso, talvez com um floreio, e seu amor incontido por ela havia tornado seu isolamento algo sem importância, para ele e para ela, e agora a mãe estava muito orgulhosa por ele ter conseguido, era um mágico profissional que viajava pelo mundo fazendo mágicas, dando boas-vindas à mágica em sua vida. Tudo isso, pensou Josie, e aqueles idosos babacas não batiam palmas para ele.

Josie engoliu o resto de seu vinho pinot e deu um grito de aplauso para o mágico. Se ninguém mais ali gostava, ela estava gostando. Toda vez que ele pedia aplausos, o que acontecia toda hora, ela gritava, fazia êêê e batia palmas. Seus filhos olhavam para ela, sem saber direito se estava querendo bancar a engraçada. Charlie virou para ela e sorriu, nervoso.

Agora a mulher de pernas compridas estava ajudando o mágico bonito a entrar numa grande caixa vermelha. Agora ela estava rodando e rodando a caixa. Ela tinha rodinhas! Tudo na apresentação tinha de estar sobre rodinhas, para poder girar. Era uma regra da mágica no palco, tudo devia ser girado a fim de provar que não havia cordões nem havia ninguém escondido atrás. No entanto, em seu alheamento, será que a plateia chegou sequer a pensar em querer que rodassem os aparelhos? Será que, pelo menos, perguntaram: Ora, por que ninguém fez a caixa girar para a gente ver a parte de trás? Vamos, gire a caixa! Meu Deus, gire logo!

Agora a assistente de maiô cintilante abriu a caixa. O homem bonito não estava lá! Josie deu um grito de aplauso outra vez, bateu palmas com as mãos erguidas acima da cabeça. Onde ele tinha ido parar? O suspense era fantástico.

E aí ele apareceu ao lado deles! De repente, um facho de luz se acendeu sobre a mesa, ou bem perto, porque o homem bonito estava junto deles. "Caramba!", disse Josie, alto o suficiente para ser ouvida pelo homem bonito, cujos braços estavam abertos, de novo pedindo aplausos. Ele sorria. Josie aplaudiu mais alto ainda, porém mais uma vez o resto da plateia pareceu não se importar. *Ele estava lá*, Josie queria gritar para as pessoas da plateia. *Agora está aqui!* Seus babacas.

Bem de perto, ela viu que o mágico estava usando uma tremenda quantidade de maquiagem. Delineador de olhos, ruge, talvez até batom, tudo parecia ter sido aplicado por uma criança. Então, o facho de luz escureceu e o mágico se levantou por um momento, ao lado da mesa deles, as mãos erguidas, enquanto um segundo mágico aparecia no palco. Josie queria dizer algo para o homem bonito, uma ondulante silhueta de seda a poucos passos de distância, mas quando ela decidiu o que ia dizer — "nós adoramos você" —, ele já tinha ido embora.

Josie virou-se para o palco. O mágico seguinte era menos bonito.

"Esse é o que veio de Luxemburgo", sussurrou Charlie.

"Olá para todos!", bradou o mágico e explicou que era de Michigan.

"Ah", suspirou Charlie.

O mágico de Michigan, ruivo, de camisa branca e calça preta elástica, logo estava aprisionado numa camisa de força, pendurado de ponta cabeça a seis metros de altura, sobre o palco. Com a respiração penosa e os braços cruzados como um casulo, ele explicou que, se não escapasse da camisa de força em determinado tempo, algo terrível aconteceria com ele. Josie, tentando chamar a atenção da garçonete, não entendeu direito que consequência seria aquela. Pediu outra taça de vinho pinot, e logo uma parte da engenhoca que suspendia o mágico começou a pegar fogo. Seria intencional? Parecia intencional. Em seguida, ele começou a se debater de forma elegante, forçando a jaqueta de lona com solavancos dos ombros e então, ahá!, ele estava livre, de pé no chão. Uma explosão desabrochou acima dele, mas o mágico estava a salvo, sem incendiar-se.

Josie achou o truque ótimo e aplaudiu com entusiasmo, mas, de novo, a multidão não ficou impressionada. O que eles estavam esperando?, pensou Josie. Sacanas! E aí ela entendeu: estavam esperando o mágico de Luxemburgo. Não queriam saber de mágicos domésticos, queriam um mágico *de fora*.

O homem de Michigan foi para a beirada do palco, curvando-se várias vezes e, em vez de os aplausos aumentarem, se diluíram até que o mágico ficou se curvando para o silêncio. Josie pensou na pobre mãe do mágico e torceu para que ela não estivesse naquele navio. Mas Josie sabia que era bem grande a probabilidade de a mãe do mágico de Michigan estar no navio. Como é que ela poderia não estar no navio?

Então apareceu outro mágico. Tinha a cabeça alta, com a cabeleira amarela e radiante, e as calças, de alguma forma, eram mais apertadas do que a de seus antecessores. Josie achou que aquilo não era possível.

"Tomara que esse cara seja o mágico de Luxemburgo", disse Charlie, também alto.

"Olá", disse o mágico, e Josie teve plena certeza de que ele era de outro lugar. Quem sabe de Luxemburgo? O mágico explicou que falava seis línguas e tinha estado em toda parte. Perguntou se alguém na plateia tinha ido a Luxemburgo e uma explosão de aplausos o deixou surpreso. Josie resolveu aplaudir também e aplaudiu bem alto. "Sim!", gritou ela. "Eu já estive lá!" Seus filhos ficaram horrorizados. "Sim!", gritou ela, de novo. "E foi *ótimo!*"

"Quanta gente visitou Luxemburgo, estou encantado", disse o mágico, embora parecesse não acreditar nas pessoas que aplaudiram, muito menos em Josie. Porém, nessa altura, com o espírito dançando na luz gloriosa de sua segunda taça transbordante de vinho pinot, Josie achava, de fato, que ela havia estado em Luxemburgo. Na juventude, andara de mochila pela Europa durante três meses e Luxemburgo, afinal, não ficava ali, bem no meio do continente? Claro que tinha ido lá. Aquele trem, o trem principal, não ia para Luxemburgo? Claro que ia. Josie visualizou uma cervejaria ao ar livre. Um castelo. Um monte. Perto do mar. Que mar? Algum mar. Puff, o Dragão Mágico.*

O mágico de Luxemburgo fez seus truques, que pareceram mais sofisticados do que os de seus antecessores. Quem sabe era assim porque envolviam a presença de rosas? Antes dele, eram apenas cravos. As rosas já representavam um degrau mais alto. Mulheres segurando rosas apareciam dentro de caixas, *caixas sobre rodinhas*, e o homem de Luxemburgo fazia as caixas girarem no palco várias vezes. Depois, abria as caixas e as mulheres *não* estavam lá dentro; estavam em algum outro lugar. Atrás de cortinas! Na plateia!

Josie batia palmas e gritava. Ele era maravilhoso. O vinho era maravilhoso. Que mundo bom era aquele, onde havia mágicas como aquela, em navios como aquele. Que espécie mais impressionante eram eles, a espécie humana, uma espécie capaz de construir um navio como aquele, capaz de fazer mágicas como aquelas, capaz de aplaudir com apatia, até diante do mágico de Luxemburgo. Esses sacanas babacas, pensou Josie, tentando, sozinha, compensar a doentia falta de entusiasmo dos outros. Para que vão assistir a um espetáculo de mágica se não querem se divertir? Batam palmas, seus criminosos!! Ela estava com ódio daquela gente. Nem mesmo Charlie esta-

---

* Refere-se à canção "Puff, the Magic Dragon", da década de 1960, sucesso do conjunto Peter, Paul and Mary. A letra conteria alusões à maconha. (N. T.)

va batendo palmas o bastante. Josie se inclinou na direção dele. "Não é bom o suficiente para você?", perguntou, mas ele nem ouviu.

    Agora, Luxemburgo tinha ido embora e outro homem estava entrando no palco. Estava despenteado, o cabelo todo em pé, em sete direções, e era pelo menos uns vinte anos mais velho do que os outros. Mais um homem. Onde estavam as mulheres? Será que as mulheres não sabiam fazer mágica? Josie tentou lembrar alguma mulher que fizesse mágicas que ela tivesse visto ou que alguém tivesse mencionado, e não conseguiu. Meu Deus, pensou! Como é que pode ser? Que escândalo! Injustiça! E a Lady Magic? A Lady Magic, sim! Por que deixamos que todos esses homens, todos esses homens arfantes e cobertos de seda, e agora mais esse, esse descabelado — ele não fez o menor esforço para se mostrar bonito, como os outros. Ele não tinha nenhuma assistente e, logo ficou claro, não tinha nenhuma intenção de fazer mágicas. Que desgraçado, pensou Josie, achando que o espetáculo de mágica tinha acabado. E será que ela ainda tinha dinheiro para mais uma bebida? Tinha mais ou menos vinte e cinco dólares, calculou. Talvez as bebidas fossem mais baratas a bordo do que em solo do Alasca. Josie tinha de acreditar nisso. Procurou a garçonete. Cadê a garçonete?

    Havia apenas o homem descabelado de pé na beira do palco. Então, ele contou para a plateia que havia trabalhado numa agência de correios durante certo tempo e tinha memorizado a maioria dos códigos postais.

    Que besteira, pensou Josie. Ele vai ser assassinado. Que tipo de mundo é este, pensou Josie, em que um homem da agência de correios se apresenta depois de um mágico de Luxemburgo e por que eles, ela e seus filhos, estavam a bordo daquele navio, afinal? Então, com uma lucidez incrível, ela entendeu que a resposta para sua vida era que, em toda oportunidade, ela fazia exatamente a escolha errada. Era dentista e não queria ser dentista. O que podia fazer agora? Naquele momento, tinha absoluta certeza de que havia nascido para ser capitã de rebocador. Meu Deus, pensou, meu Deus. Aos quarenta anos, ela finalmente sabia! Guiaria os navios para um local seguro. Por isso tinha ido a Seward! Tinha de haver uma escola de capitã de rebocador na cidade. Tudo fazia sentido. Ela podia fazer aquilo, e seus dias seriam variados, mas sempre heroicos. Olhou para os filhos e viu que Paul, agora, estava dormindo, encostado em Charlie. O filho dela estava dormindo encostado naquele velho desconhecido, e eles estavam em Seward, no Alasca. Pela primeira vez, Josie se deu conta de como a palavra *Seward* soava com *sewer*, que queria dizer esgoto, e achou que isso não era adequado, pois Seward, como lugar, era muito dramático e muito limpo e ela havia achado o lugar muito bonito, talvez o lugar mais bonito que tinha visto na vida. Era ali que ela ia ficar e treinar para se tornar capitã de rebocador, na escola que ela ia encontrar no dia seguinte. Tudo estava claro, tudo estava certo. E agora, olhando para o filho que dormia encostado naquele homem, naquele velho que se inclinava para a frente, a fim de escutar o homem da agência de correios falar sobre os correios, Josie sentiu os olhos se encherem de água. Tomou o último gole da segunda taça de pinot e perguntou-se se, algum dia, ela já se sentira mais feliz. Não, nunca. Impossível. Aquele velho tinha encontrado Josie e seus filhos e aquilo não podia ser uma coincidência. Agora aquela cidade era a casa deles, lugar daquela reunião ordeira e sagrada, e todas as pessoas em volta eram membros da congregação, todos a exaltavam e, agora, eram parte de sua vida, de sua vida nova e da vida para a qual ela havia nascido. Capitã de rebocador. Ah, sim, tudo tinha valido a pena. Ela recostou-se na poltrona, ciente de que havia, afinal, chegado a seu destino.

No palco, o homem da agência de correios contava para a plateia que, para qualquer pessoa que lhe dissesse o número de seu código postal, ele diria em que cidade morava.

Josie achou que era uma espécie de quadro cômico, que ele estava brincando quando falou do emprego nos correios, mas logo alguém se levantou e gritou: "83 303!".

"Twin Falls, Idaho", disse ele. "Parte não incorporada à cidade."

A multidão se alvoroçou. Os aplausos foram ensurdecedores. Nenhum dos mágicos havia despertado aquele tipo de entusiasmo, nem de longe. Agora, dez pessoas se levantaram e gritaram os números de seus códigos postais.

Josie, sem mais esperanças na garçonete, que não tinha voltado, engoliu meio copo de água e essa ação, a diluição do vinho sagrado dentro dela, lançou-a para longe da luz dourada da graça que havia experimentado momentos antes, e agora ela estava sóbria ou algo parecido. Capitã de rebocador? Uma voz dizia agora para ela. Que tipo de idiota é você? Josie não gostou dessa voz nova. Era a mesma voz que tinha dito para ela ser dentista, que tinha dito para ela ter filhos com aquele sujeito, o cagão, a voz que todo mês dizia para ela pagar a conta de água. Josie estava sendo empurrada para longe da luz, como um quase anjo levado de volta para a mundanidade da existência terrena. A luz foi encolhendo até ficar do tamanho de um furinho de alfinete e o mundo a sua volta foi escurecendo em toda parte, ficando todo cor de vinho. Josie tinha voltado para dentro da sala cor de fígado e um homem estava falando sobre códigos postais.

"Muito bem, agora a senhora", disse o homem dos correios e apontou para uma mulher de cabelo branco, de colete de lã.

"62 914", guinchou ela.

"Cairo, Illinois", disse o mágico, explicando que, embora o nome da cidade fosse escrito como o nome da capital do Egito, se pronunciava "cay-ro", à maneira de Illinois. "Bela cidade", disse.

A plateia se esgoelou, assoviou. Era uma palhaçada. Agora, Paul tinha acordado, estava grogue e sem entender por que toda aquela barulheira. Josie não conseguia suportar. O barulho não era por causa da mágica e dos rebocadores; era por causa de códigos postais.

"33 950!", berrou alguém.

"Punta Gorda, Flórida", disse o homem.

A multidão rugiu outra vez. Ana olhou em redor, incapaz de entender o que estava acontecendo. O que estava acontecendo? Códigos postais estavam levando aquela gente a perder a cabeça. Todos queriam que o homem descabelado, com microfone na mão, dissesse o nome de sua cidade. Berravam seus cinco algarismos e ele adivinhava que eram Shoshone, em Idaho; New Paltz, em Nova York; e Santa Ana, na Califórnia. Era um alvoroço. Josie teve medo de que as pessoas invadissem o palco e arrancassem as roupas do mágico. Volte a dormir, Paul, Josie queria dizer. Ela queria fugir dali, tudo estava errado naquela história. Mas não podia sair, porque agora era Charlie que estava de pé.

"63 005!", berrou Charlie.

A luz do refletor encontrou-o e ele repetiu os números. "63 005!"

"Chesterfield, no Missouri", disse o homem dos correios.

A boca de Charlie ficou aberta. O facho de luz do refletor continuou sobre ele, durante alguns segundos, e sua boca continuou aberta, uma caverna preta sob a luz branca. Por fim, a luz se deslocou, agora ele estava no escuro outra vez — como se um espírito o tivesse erguido para o alto e, de repente, o largasse, e ele se sentou.

"Viu só?", disse para Paul. Virou-se para Josie e para Ana, os olhos molhados e as mãos trêmulas. "Vocês viram só isso? O homem sabe de onde eu vim."

Mais tarde, já na prancha do embarque, Charlie se ofereceu para acompanhá-los de volta até o Chateau. Josie não quis e beijou seu rosto.

"Deem um abraço no Charlie e digam obrigado", falou para as crianças.

Ana correu e abraçou as pernas de Charlie. O velho colocou a mão na cabeça dela, os dedos abertos como as raízes ancestrais de uma árvore minúscula. Paul chegou mais perto, mas parou, parecia que estava torcendo para que Charlie preenchesse a distância que havia entre ambos. Então Charlie ficou apoiado num só joelho e abriu os braços. Paul arrastou os pés na direção dele, Charlie o puxou para junto de si e a cabeça de Paul se soltou sobre o ombro de Charlie, como algo semelhante a um sentimento de alívio.

"Vamos trocar cartas", disse Charlie olhando para o cabelo de Paul.

Paul fez que sim com a cabeça e recuou, como se quisesse verificar se Charlie estava mesmo falando sério. Josie sabia que Paul ia ficar obcecado com a ideia das cartas e ela se sentiu apavorada com a possibilidade de ter de dar seu endereço para aquele homem.

"Como?", perguntou Paul. "A gente pode mandar uma carta para um navio?"

Charlie não sabia. Remexeu no seu bolso e retirou algo que logo viram ser o itinerário do navio. "Fique para você", disse Charlie para Josie, e ela viu que, no itinerário, vinha a lista dos portos em que o navio faria escala.

IV.

Na manhã de luz branca, Josie não tinha dormido bem e seu humor era apocalíptico. Não era uma questão de pegar no sono. Depois do show de mágica, tinham caminhado o quilômetro e meio até o trailer, pela orla, a noite fresca e a lua brilhante. Passaram ao lado dos barcos de pesca, chegaram ao fim do cais e depois seguiram pela estrada de terra e através da mata, até chegar ao Chateau. Ana e Paul, no início, estavam animados, recapitulando o espetáculo, fazendo perguntas sobre Charlie, de onde ele era e quando ia morrer (foi Ana quem quis saber, enquanto atirava uma pedra na água fria), mas depois, quando chegaram ao Chateau, as crianças ficaram caladas, soturnas, e não se deram ao trabalho de tirar os jeans nem as meias antes de pegarem no sono.

Depois de tomar uma última dose de vinho pinot — a última da segunda garrafa, ela merecia, tendo em vista tudo que havia feito e suportado —, Josie subiu para o compartimento acima da cabine do motorista para se juntar aos filhos e adormeceu depressa. Mas, à primeira luz do dia, acordou, como acontecia muitas vezes, a mente aos pulos, com a compreensão de que ela havia, de fato, matado aquele rapaz. Um procurador jovem, com o rosto da própria Josie — era ela mesma, porém mais jovem e com o cabelo preso num coque apertado e alto, e com um terno excelente. Aquela versão jurídica dela mesma estava saltitando em volta de uma sala de tribunal, com as paredes forradas de madeiras e com cidadãos sensíveis insistindo naquela tese. Condenem essa mulher! Confirmem que ela é responsável!

Josie abriu a porta para a mata silenciosa e caminhou até a orla. O sol começava a emprestar uma cor pálida para as montanhas do outro lado da baía. Josie estreitou as pálpebras em face das ofuscantes cintilações do mar e do brilho sobrenatural do sol baixo, na neve da montanha, mais além. Caminhou pela praia, quase pisou no crânio de lontra que seus filhos tinham mostrado para ela no dia anterior. Sentou-se de novo no seu toco de árvore branco e petrificado e correu as mãos pela areia de cascalhos, ergueu um punhado e deixou-a escorrer entre os dedos.

Jeremy. Foi seu paciente desde os doze anos. Um daqueles meninos que diziam *senhora*. *Tá bem, senhora*. *Obrigado, senhora*. Ele tinha dentes lindos. Toda vez que Josie o encontrava, torcia para que tivesse cáries, de tanto que adorava ver Jeremy, mas eram só duas vezes por ano no consultório, uma limpeza, uma revisão, um pouco de conversa e algum encontro ocasional na rua. O tipo de menino que, quando topavam com ele no parque, saía de seu grupo, um grupo de adolescentes deitados à toa, um orgulho de leões preguiçosos, sem fazer nada nos bancos do parque, junto ao riacho, e ele vinha correndo e se agachava e falava com Paul e Ana, lhes oferecia qualquer chiclete ou bala de menta que tivesse no bolso. Seus pais não tinham dinheiro, mas tinham uma vida estável — os dois trabalhavam na prefeitura e tinham bons planos de saúde. O pai era da Venezuela, a mãe, de Cuba, e começaram a ir também ao consultório para fazer revisões, por recomendação dele — Jeremy tinha dado seu aval a

Josie, era a luz da família e, embora os pais não fossem nem de longe tão falantes ou incrivelmente radiantes quanto o filho, todos gostavam de falar sobre o Jeremy. Como poderíamos criar mais Jeremys? Ele tinha quatro irmãos mais novos e sabia tudo a respeito de cada um deles. Josie podia perguntar qualquer detalhe: Como vai a pequena Ashley? E ele tinha uma história para contar. O que é que o bebê anda fazendo agora?

Então, ele tinha dezessete, dezoito anos, tinha ficado alto e era um rapaz incrivelmente bonito, com o maxilar em forma de bumerangue. Tania, a higienista, observou a maneira como ele ocupava o espaço da sala, um metro e oitenta e sete de altura, ombros largos, e enquanto Tania limpava dos dentes de Jeremy, fazia questão de roçar os peitos nele. Os olhos verde-claros, a carne imaculada, o queixo inacreditavelmente liso. Não precisava se barbear, explicou Jeremy. "Não, senhora. Uma ou duas vezes por ano, é tudo de que preciso agora." Ele sorria e passava as mãos pelo rosto nobre. Jogava futebol, lacrosse e depois, por insistência de Josie — ela fez questão, quando matriculou o filho —, foi o monitor de Paul no centro de recreação da colônia de férias de verão.

Paul não tinha nenhuma inclinação para ser atleta, mas foi especialmente bem tratado. Jeremy lhe deu um apelido, El Toro, porque Paul, certo dia, estava com uma camiseta com a silhueta de um touro, e desde então sorria timidamente quando Jeremy gritava o apelido, do outro lado da rua, através da janela de seu carro, toda vez que passava por Paul, na cidade. "El Toro! Ataque!" Josie encontrou aquilo escrito em todos os folhetos que Paul trazia da colônia de férias para casa. Embaixo da linha "Nome do acampado", Jeremy sempre escrevia, em maiúsculas grossas, EL TORO! Até com o ponto de exclamação.

Depois da colônia de férias de verão, ela foi uma das muitas mães que chamaram Jeremy para ser babá. Era muito raro um babá homem, disse ela, todas as mães diziam. Ela conseguiu, a muito custo, obter seus serviços três vezes e, até onde sabia, Jeremy passou as três noites sendo afetuosamente atacado por seus filhos. Será que estavam tão sedentos assim de contato? Quando ela chegou em casa, encontrou os filhos dormindo, seus cabelos enrolados no travesseiro, Jeremy no sofá, exausto, com cheiro doce de suor, e ele lhe contou sobre a noite. Tinham comido pizza, contou Jeremy, e, quando saíram da mesa, Ana pulou em cima dele como um diabo-da-tasmânia.

"Acho que ela não me largou durante três horas", disse ele. Paul, a princípio, se mostrou reticente, mas logo os três estavam lutando, combatendo com os tacos de jogar lacrosse e usando as almofadas do sofá como escudos. "Mas o principal era a luta corpo a corpo. Eu no chão e eles pulando em cima de mim como animais. Eles são muito corporais. Bem mais do que Paul era na colônia de férias", disse Jeremy.

Convencida de que os filhos estavam liberando alguma agressão latente contra seu pai ausente, e que isso só poderia ser algo saudável, Josie pediu para Jeremy voltar, e ele voltou mais duas vezes, e a cada vez as batalhas se tornaram mais épicas. A batalha final ocorreu no quintal.

"Se não fosse lá, eles teriam quebrado alguma coisa em casa", explicou Jeremy. "A certa altura, Ana me chamou de pai. Quando eu estava escovando os dentes dela. Foi muito engraçado. O Paul ficou sem graça."

Josie ficou envergonhada. Será que Jeremy sabia que Carl tinha ido embora? Seria ele maduro o bastante para saber que seus filhos estavam sedentos de uma presença masculina na casa e que sua filha de quatro anos, que não tinha memória quase nenhuma do pai, sentia-se feliz com Jeremy como um homem substituto, que ele poderia eclipsar e apagar Carl em questão de semanas?

"Quer dizer que a senhora esteve no Panamá?", perguntou Jeremy, apontando para uma fotografia de Josie com um punhado de voluntários dos Peace Corps. Ela passara dois anos em Boca del Lobo e foi um pouco de tudo, alguns poucos sucessos, alguns poucos amigos, toda a questão com seu amigo Rory, agora na prisão, mas valeu a pena. Dava para fazer um bom trabalho, disse ela.

Jeremy não sabia o que ia fazer depois de terminar o colégio. Estava no outono de seu último ano. Josie imaginou que ele teria um plano consistente àquela altura, infinitas opções de faculdade.

"Não quero seguir direto para outras salas de aula", disse ele, e virou-se ao ouvir o barulho de passos. Era Ana, acordada, em seu pijama de Toy Story. Josie abriu os braços e Ana correu para ela, mas depois fez uma pausa entre os dois, como se quisesse cair nos braços da mãe, mas tivesse medo de que isso, de algum modo, afastasse Jeremy, prejudicasse as chances de ele voltar. Então ela deu uma espécie de rodopio sobre o tapete e disse "Champanhe nos meus ombros!". Ela andava dizendo aquilo, ultimamente.

"Pise aqui", disse Jeremy, agachado no chão, oferecendo as mãos. Ana não hesitou. Pisou com seus pés descalços em cima de uma das mãos dele, enquanto se equilibrava com as mãos na cabeça preta e lustrosa de Jeremy. Os olhos de Ana revelavam que ela não sabia o que ia acontecer, mas sabia que ia ser incrível e que valeria o risco.

"Muito bem, agora solte", disse ele. Ana obedeceu.

Então, lentamente, ele levantou-se até ficar ereto, equilibrando Ana de algum modo sobre a palma das mãos com tamanha segurança que ela sentiu-se livre para abrir os braços ao máximo, como se estivesse recebendo a recompensa do sol.

"Meu pai fazia isso comigo", disse Jeremy, quase sem fazer esforço nenhum, com aquela criança de dezoito quilos ainda de pé em cima de suas mãos. Então, ele a ergueu mais alto. "Consegue tocar no teto?", perguntou.

Ana esticou o braço, gemendo, até tocar o teto com o dedo. "Abaixa, por favor", disse ela, e Jeremy a fez descer devagar, depois soltou-a, com um pulo, em cima do sofá e fingiu que ia sentar em cima dela, tentando se acomodar confortavelmente, enquanto Ana, embaixo dele, dava gritinhos alegres.

"Você é uma ótima mãe", disse Jeremy para Josie, ainda sentado em cima de Ana. "Quero dizer em geral, mas especialmente porque me deixa fazer coisas assim. Não é qualquer mãe ou pai que age desse jeito. Mas as crianças são feras. Precisam suar, gritar e brigar." Jeremy colheu Ana em seus braços, mergulhou a boca na barriga da menina e soprou, emitindo um som alto de peido. Os olhos de Ana estavam em brasa, as mãos pareciam garras à sua frente, à espera do próximo ataque. Em vez disso, porém, Jeremy alisou sua blusa do pijama, deu palmadinhas na sua pança e colocou-a de pé sobre o tapete, como se estivesse restaurando uma estátua tombada.

"Obrigada", disse Josie, encantada.

Em troca da bondade e da força de Jeremy, tudo o que Josie queria na vida era dizer que tinha a sensação de que ele era a esperança do mundo. Foi só isso que ela fez? Não. Ela disse mais, e é por isso que ela nunca mais devia falar, nunca mais, e é por isso que ela adorava cada dia em que não falava com ninguém, a não ser com seus filhos. Ela sabia que a cor do céu afetava seu humor, o sol modificava sua aparência e suas palavras e, se ela caminhasse depressa durante o horário do almoço e visse algo bonito, estava sujeita a dizer algo exuberante, ou ficar cheia de felicidade durante uma hora, mais ou menos, e era então que cometia erros. Em sua exuberância, ela acabava revelando coisas demais sobre si mesma. Elogiava demais, incentivava pessoas a fazer coisas que não poderiam concluir.

Aconteceu duas semanas depois daquela noite. Ela voltara do almoço e sentia uma espécie de alegria que o ar do outono havia transmitido para ela, e mal conseguia se concentrar. Tinha três pacientes naquela tarde e todos foram alvo de sua felicidade inútil. Primeiro foi Joanna Pasquesi, uma aluna do segundo ano do ensino médio, que parecia com as mulheres das pinturas de Rubens e que contou que estava pensando em se candidatar para uma vaga no musical da escola. Naquele ano, era A *Chorus Line* e, com um empenho totalmente exagerado, Josie a incentivou a fazer uma tentativa, transformar sua candidatura para aquele papel em uma coisa indiscutível, e ainda discorreu um pouco sobre a necessidade de haver diversidade de tipos corporais no palco, embora, na realidade, ela estivesse tentando obter uma vitória numa revanche muito tardia contra os guardiões que haviam mantido a própria Josie fora do seu musical escolar, *Cabaré*, para o qual não foi chamada. Assim, Joanna Pasquesi, que na verdade olhou duas vezes para o relógio de pulso enquanto Josie tagarelava, saiu do consultório muito animada — pelo menos, ela disse isso — embora estivesse, talvez, apenas atordoada pela submissão.

E então Jeremy entrou no consultório e os dois conversaram, por um tempo, sobre os filhos de Josie, *Que crianças legais*, disse ele, e riram de sua hiperatividade, de sua loucura, de sua necessidade de lutar com ele, de tocar no teto com a ajuda dele, e depois a conversa se desviou para ela, os Peace Corps, e embora Josie raramente se mostrasse entusiástica sobre o assunto, dessa vez lhe disse que foi a maior experiência de sua vida, que eles foram muito importantes lá, que tinham ido logo depois de o país recuperar a soberania do canal, que havia muito otimismo na época, muitas mudanças, e que ser parte de uma transição, representando os Estados Unidos no Panamá, aquela parceria crucial, num momento crucial — ela continuou falando e falando e foi incrivelmente convincente. Até Tania prestava atenção.

E então, com seu rosto jovem e liso e sua sinceridade, Jeremy disse que queria se alistar. Queria ser fuzileiro naval. Queria fazer algo importante no Afeganistão, ajudar a abrir escolas para as meninas do Afeganistão, trabalhar em projetos de limpeza de água, levar estabilidade para um país à beira de coisas grandes. Os olhos de Josie cresceram e ela apertou o ombro de Jeremy. Ela não fez o que pessoas boas fariam, que era não dizer nada. Alistar-se durante uma guerra era uma coisa tão grave que só um idiota poderia elogiar essa ideia. Josie podia ser perspicaz o bastante para saber que ela não podia, não devia influenciar de maneira nenhuma uma decisão como aquela — admitir que se tratava de uma questão entre Jeremy e seus pais. Saber que ela não era nada.

Mas Josie era uma tola que não conhecia os limites e não tinha muita certeza sobre a situação da guerra — estava relativamente certa de que estava esmorecendo e que representaria pouco risco para Jeremy. Portanto lhe disse que a ideia parecia maravilhosa. Que ele, como a esperança do mundo, uma alma gentil, uma figura formidável, poderia ser muito importante. Que os fuzileiros navais, que a região — que o Afeganistão mesmo! — precisavam de alguém como ele. De algum modo, ela confundiu seu entusiasmo pelas ambições musicais de Joanna Pasquesi com as esperanças de Jeremy ajudar a construir uma nação e, além disso, tinha misturado sua própria temporada no Panamá, a expressão do amor americano por meio de cisternas e de aulas de inglês para homens e mulheres que calçavam sandálias e roupas cáqui (pois o impulso veio mesmo do amor, amor pelo mundo) com a expressão de Jeremy do mesmo amor, embora de uniforme e empunhando um fuzil AK-47. Não era a mesma coisa, e agora ele estava morto e seus pais, desde então, não falaram mais com ela.

Isso não tem absolutamente nada a ver com você, disseram suas amigas, espantadas com o fato de Josie sentir alguma responsabilidade. Mas, então, por que os pais dele nunca voltaram ao consultório? Mais tarde, Josie ouviu falar que, desde o início, eles foram contra a ideia de ele se alistar. E o que não sabiam, e ela jamais contaria, e não tinha contado para ninguém, era que Jeremy foi falar com ela no estacionamento do consultório, naquela tarde, às cinco horas — ele sabia quando Josie estaria ali, semanas depois daquela visita em que ela apertou seu ombro e disse *Maravilhoso* —, e contou para ela que seu apoio tinha sido muito importante para ele. Que seus pais estavam hesitantes, ficaram preocupados, mas tinham respeito por ela, por Josie, sua dentista, que o apoio dela tinha muita importância para os pais e para ele. Jeremy tinha se alistado e foi morto seis meses depois.

Era por isso que ela nunca mais dava conselho nenhum, foi por isso que ela ficou feliz de abandonar seu consultório. Liberada. Excitada. Distante e livre. Foi por isso que, exceto por suas obrigações maternais, ela não havia saído de seu quarto durante a maior parte do mês de janeiro, não conseguia levantar os braços e as pernas e teve paralisia facial. Ninguém lhe contou. Nem os pais, nem os amigos dele. O enterro já tinha ocorrido. Tinha levado um tiro em alguma encosta remota do Afeganistão e sangrara durante seis horas antes de morrer. Teve tempo de escrever um bilhete para os pais, que foi encontrado com ele, e cujo conteúdo Josie jamais saberia. Um rapaz de dezoito anos morrendo sozinho, sangrando sozinho, escrevendo para os pais — como tudo isso foi acontecer? Como foi permitido? Josie não queria mais nada disso. Essa ideia de conhecer as pessoas. Conhecer pessoas significava dizer a elas o que fazer ou o que não fazer, dar conselhos, incentivos, orientação, sabedoria, e tudo isso trazia desgraça e morte solitária.

"Mãe?" Era Paul.

Josie se virou. O filho estava com as roupas da véspera e, de alguma forma, tinha saído do Chateau, andado no meio das árvores, atravessado o estacionamento e encontrou a mãe ali, na beira da praia.

"A gente está com fome", disse ele.

Comeram na cantina do parque, os ovos com salsicha estavam excelentes e custavam só cinquenta e cinco dólares, quase de graça. Os noruegueses estavam comendo ali perto e acenaram de novo.

Havia um televisor pendurado no teto, mostrava um panorama dos serviços que o parque oferecia — passeios pelo iceberg, passeios pela geleira, observação de baleias, cada excursão custava cerca de mil dólares por pessoa — e toda hora aparecia o anúncio de algum serviço público apresentado pelo Urso Smokey. Josie tinha até esquecido a existência dele, não o via mais desde seus tempos de escoteira e, no intervalo entre aquela época e agora, algo havia acontecido: o urso andou fazendo ginástica. O velho Smokey fofinho e barrigudo era agora um urso musculoso, de barriga achatada e braços como aço torneado. Na mensagem em animação, os amigos tentavam organizar uma festa de aniversário para ele e traziam um bolo cheio de velas acesas. Smokey não gostou. Fez um gesto de desaprovação, os braços enormes com as mãos na cintura, e Josie sentiu uma vibração dentro de si. Será que tinha tesão por aquele novo Smokey?

Sua mesa sacudiu. Alguém tinha esbarrado. Um velho virou-se para pedir desculpas, mas sua esposa falou primeiro.

"Ágil como um gato", disse a mulher, sua voz como um ronronar aristocrático. Josie ergueu os olhos para ela, riu e observou melhor o rosto da mulher: era lindo, com o nariz arrebitado, o queixo delicado. Devia ter uns setenta anos.

Ao ouvir o riso de Josie, a mulher virou-se para ela. "Desculpe. Ultimamente, ele anda pisando em falso. Era um homem muito charmoso até o mês passado." A mulher sorriu, virou-se, obviamente constrangida. Tinha falado demais.

"Quem são essas pessoas?", perguntou Ana.

Josie deu de ombros. O rosto da filha estava riscado de poeira e de muco nasal seco. Josie tinha visto uma placa indicando chuveiros na área do campo, em algum lugar, numa grande cabana feita de toras, na floresta. Portanto, depois do café da manhã, eles calçaram sandálias de dedo, compraram as fichas necessárias e pegaram seu xampu, seu sabonete e suas toalhas.

Despiram-se, deixaram as roupas no alto de um escaninho e atravessaram o piso de madeira compensada até a área dos chuveiros femininos, onde havia duas jovens, sem nenhum acanhamento ou embaraço, passando xampu nos cabelos com todo vigor. Eram criaturas deslumbrantes, rijas e coradas, com seios pequenos, vivas e alertas, e tinham os dentes brancos, as nádegas empinadas e lustrosas e os pelos púbicos tratados artisticamente. Josie olhou para elas como se contemplasse um par de unicórnios. O que vocês estão fazendo aqui?, queria perguntar, embora não tivesse a menor ideia de onde elas deveriam estar. Qual é o lugar da beleza jovem? Talvez devessem estar andando dentro de fontes e chafarizes em Roma, gritando *Marcelo! Marcelo!*. Ou num avião. Pilotando um avião. Josie imaginou as duas moças voando num avião em meio a nuvens, como travesseiros, as duas de branco, as pernas descobertas e muito lisas.

Uma das moças, agora, estava olhando para Josie, que, em seu devaneio, se viu apanhada de surpresa em sua contemplação, e a moça disse para a amiga que estavam sendo observadas, e logo as duas saíram às pressas dos chuveiros e se embrulharam nas toalhas. Josie pensou nos pais, ambos enfermeiros num hospital de veteranos, pensou em como eles haviam lhe ensinado como se enxugar, depois do banho. A mãe e o pai, por meio de mímica, mostravam como esfregar todos os excessos de água dos braços e das pernas, braço esquerdo, braço direito, perna esquerda, perna direita, preservando a toalha para o que mais restasse. Josie pensou na demonstração que eles faziam — era na sala, quando Josie tinha oito anos de idade — toda vez que ela tomava banho de chuveiro; em vários dias, era o único momento em que ela pensava nos pais. O que isso dizia a respeito dela? A respeito dos limites da memória, do limiar para a tolerância da dor?

Vendo que agora eles tinham os chuveiros só para si, Ana correu nua para dentro da névoa. Será que ia começar a cantar? Josie ergueu-se e Paul a acompanhou, penduraram as tolhas baratas e ásperas em ganchos grosseiros e os três formaram um círculo estreito, de frente um para o outro, enquanto a água quente caía no meio deles. Ana olhou entre as pernas de Paul e disse: "Oi, pênis". Não era a primeira vez que ela cumprimentava o instrumento de Paul. Ele já estava acostumado e sentia certo orgulho de ser o único integrante da família provido daquele equipamento. Josie ensaboou o corpo dos filhos e passou xampu no cabelo deles, enquanto Ana emitia ruídos subaquáticos e sapateava no chão. Estamos nos deslocando rumo ao conforto, pensou Josie, mas isso tem de ser racionado. Que nos seja concedido um terço de conforto e dois terços de caos — isso é o equilíbrio.

Com o cabelo molhado e o corpo limpo, eles saíram da cabana de higiene, passaram para a luz do sol entremeada de sombras e Josie sentiu que estavam no lugar certo. Os últimos dias, suas várias experiências, tinham sido apenas ajustes. Agora, ela sabia o que estava fazendo. Tinha pegado o jeito da coisa e tudo era possível. Descansaram um pouco dentro do Chateau, e nesse intervalo Paul levou para Josie um cartão ditado por Ana e escrito por ele, que dizia: "Mamãe, eu amo você. Eu sou um robô".

Decidida essa questão, foram a pé até a cidade.

"Mãe?", disse Paul. "Aquele show foi bom?"

"O show de mágica? Foi sim", respondeu. "Você não achou?"

Paul fez que sim com a cabeça, absolutamente inseguro.

No ponto onde a cidade recebia as investidas da baía negra e bravia havia um monumento em homenagem a Seward, com um longo relato que explicava por que a cidade fora batizada com o nome do conselheiro de confiança de Lincoln. Josie tentou explicar tudo aquilo para os filhos, mas eles precisavam conhecer o contexto.

"Muito bem, quem libertou os escravos?", perguntou ela, afinal. Paul sabia a resposta, por isso Josie levantou o dedo para que Ana tivesse um tempo a mais para tentar responder.

Ana refletiu um pouco sobre a questão e, aí, uma luz brilhou em seus olhos. "Foi o papai?"

Josie riu, bufando, e Paul voltou os olhos para cima.

Ana entendeu que tinha dito algo engraçado, portanto continuou dizendo a mesma coisa.

"Papai libertou os escravos! Papai libertou os escravos!"

Perto do monumento, havia uma praia pedregosa, decorada pelos detritos mais diversos e por pedaços de madeira trazidos pelo mar. Os três caminharam no meio de grandes vigas talhadas toscamente, do tamanho de eixos de caminhão, e largadas na praia como se fossem lápis. Paul pegou um volante de carro e Ana achou os restos mortais de uma boia, amassada até ficar no formato do torso de uma criança. Josie sentou-se em cima de uma pedra redonda e sentiu o toque áspero do ar salgado. A felicidade inchava dentro dela com uma força contínua e sua vontade era ficar ali o dia todo, a noite inteira, queria viver naquele momento pelo maior tempo que fosse permitido. Josie tinha razão quando pensava, toda hora, que as crianças, ou pelo menos os seus filhos, precisavam ficar ao ar livre, no meio de coisas brutas, e tudo de que ela precisava, além de alimentá-los, era sentar-se em cima de pedras redondas e olhar para eles enquanto erguiam objetos e, de vez em quando, jogavam de volta para o mar. A areia estava úmida, um marrom-escuro salpicado de nuvens ligeiras de areia seca. Dali a pouco, Paul e Ana sentaram-se junto dela, cada um de um lado.

"Que cheiro é esse?", perguntou Paul, mas Josie não sentia cheiro nenhum.

"É ruim mesmo", disse ele e, então, Josie viu uma coisa. Havia uma pedra grande na sua frente, do tamanho de um sapato, e parecia ter sido removida e colocada de novo no lugar, havia pouco tempo. Josie levantou a pedra e o cheiro saltou para cima e encheu o ar. Ela recolocou a pedra no lugar, mas tinha visto, de relance, uma coisa terrível. Eram fezes, e parecia haver ali, também, uma espécie de fralda. Josie pensou naquilo, enquanto analisava a memória do que tinha visto. Não, não era isso. A resposta veio: era um absorvente coberto de fezes. "Vamos andar", disse Josie, e arrastou Paul e Ana para fora da praia, passando pelo monumento ao grande homem e pela cidade.

Não havia dúvida de que os seres humanos eram as criaturas mais repugnantes do planeta. Nenhum outro animal poderia fazer algo tão desprezível. Alguém, alguém que andava ao ar livre, foi àquela praia ciente de que era um lugar lindo e rústico. Então eles cagaram ali, muito embora houvesse um banheiro a duzentos metros de distância. Cagaram de tal modo que a maior parte das fezes ficou grudada no absorvente — o processo físico daquilo, Josie não era capaz de conceber. E então, em vez de levar o absorvente cheio de merda para uma lixeira, e havia uma a apenas cinquenta metros, eles deixaram aquilo embaixo de uma pedra. O que mostrava uma estranha mistura de vergonha e estética. Sabiam que ninguém ia querer ver o absorvente cheio de merda, por isso esconderam embaixo de uma pedra, onde, como seguramente sabiam também, aquilo nunca iria se decompor.

Então, os três caminharam pelo centro de Seward e Josie, sentindo-se magnânima, a fim de compensar a depravação do resto da humanidade, deixou Ana e Paul explorarem as lojas de suvenires e comprou, para cada um dos filhos, horrendas camisetas com um alce falante e globos de neve. Caminharam pelo calçadão à beira-mar e, depois de uns oitocentos metros, encontraram um vasto parque verdejante, com um elaborado parquinho infantil, cheio de crianças louras e morenas.

"A gente pode ir?", perguntou Paul, mas Ana já tinha corrido na frente, atravessando um estacionamento onde, por muito pouco, não foi esmagada por um caminhão que andava de marcha a ré. Durante toda a breve vida da filha, Josie teve de prever o diminuto caixão, as palavras que ela diria, a vida sem aquela menina. Ana fazia tudo que podia para dar um fim rápido a si mesma e nada superava a força e a concentração que ela canalizava para esse propósito. Alheia a tudo, Ana passou correndo no meio do serralho e permaneceria entre os vivos pelo menos durante mais uma hora.

Josie encontrou um banco, baixou as sacolas com os suvenires medonhos e observou Ana correr pelo parquinho. Perto dela, Paul estava parado, braços estendidos dos lados do corpo, observando com atenção o parquinho, vendo seus variados equipamentos, decidindo criteriosamente qual seria o melhor brinquedo para experimentar primeiro. Josie abriu o jornal gratuito que tinha recebido na porta de uma das lojas, enquanto vigiava Ana, que ela sabia que, a qualquer momento, iria se jogar do escorregador ou encontrar um jeito novo de aterrissar de cabeça. Dali a pouco, Ana parou, tinha visto uma pequena pista de skate ali perto e estava hipnotizada pelos adolescentes em suas rodinhas. Sem nenhum motivo, Josie lembrou algo que Carl tinha escrito num bilhete dobrado, enfiado embaixo do travesseiro: *Eu nunca vou me cansar da sua bunda doce.* Isso era sexy? As letras dele eram um garrancho de assassino. De qualquer forma, Carl não levava o sexo a sério. Gostava de fazer piadas durante e depois. "Bom trabalho", dizia depois, imediatamente depois, apagando qualquer alegria, extinguindo qualquer vibração. Quando Josie lhe disse que preferia ficar sem as piadas, Carl ficou muito triste. Ele adorava suas piadas. Depois disso, toda vez que ele terminava, Josie podia vê-lo olhando para o teto, com vontade de dizer "bom trabalho" ou "acho que funcionou muito bem", mas não conseguia. Ela havia interditado sua avenida principal para a autoexpressão.

"Muito bem, os nativos contra os turistas", gritou um garoto. Ele estava no parquinho, parado num lugar entre Paul e Ana e parecia ter uns doze anos, era moreno e bonito, e estava organizando as brincadeiras de todas as crianças no parquinho. Ele era o líder — se havia uma verdade era que certas pessoas, certas crianças, certos bebês, eram líderes e outros não — e, em segundos, ele havia dividido dezoito crianças em equipes, Paul segurou Ana com firmeza, e todas as crianças menores escutavam devidamente as instruções do menino. "É assim que funciona", anunciou o menino líder, balançando o cabelo comprido e muito preto que cobria os olhos. "É como brincar de pega-pega, mas em vez de pegar é como se a gente fosse zumbi e morresse, se o pescoço quebra, assim." E então, enquanto Josie olhava, horrorizada e desamparada, ele pegou Paul, pôs as mãos dos dois lados da cabeça de Paul e fez uma torção rápida, imitando o gesto de quebrar o pescoço de alguém, como aparece nos filmes de ação. "Agora, cai", disse o menino, e Paul, obediente, desabou. "É assim que funciona. E aí você fica morto até o jogo terminar e depois a gente começa de novo. Todo mundo sacou?"

Os olhos de Ana estavam arregalados. Se era de medo ou fascínio, Josie não sabia. Mas ela sabia que estava indo embora e que seus filhos estavam indo embora. Ver um menino de doze anos fingindo que quebrava o pescoço do seu filho tinha deixado Josie gelada. Acenou chamando Paul, como se ela tivesse alguma novidade ou instrução qualquer, então agarrou seu braço e não soltou. "Ana!", gritou, e eles foram embora. Ana logo veio atrás.

Seward tinha sido bonito mas estava na hora de partir. Ainda tinham um dia para matar antes de chegar a Homer, por isso prepararam o Chateau para a viagem, Josie encheu o tanque de combustível — duzentos e doze dólares, uma abominação —, comprou um mapa e saiu da cidade.

"Aonde a gente está indo, mãe?", perguntou Paul.

"Ponha o cinto de segurança", disse Josie.

V.

Era um jeito diferente de fazer planos. Sam tinha dito que ia encontrar Josie às cinco da tarde, na segunda-feira, e como Josie não tinha telefone celular e Sam nunca levava o seu, aquele plano teria de ser o bastante e precisava ser seguido. Segundo os cálculos de Josie, se viajassem direto de Seward para Homer, chegariam lá ao meio-dia, com cinco horas de antecedência. Contava que houvesse uma churrascaria na praia para dar as boas-vindas a ela e às crianças.

Josie surpreendeu Paul olhando para ela, pelo espelho retrovisor. Ele estava avaliando, ponderando, se sua mãe sabia ou não o que estava fazendo. Josie virou-se e olhou para ele, transmitindo um ar de competência. Suas mãos estavam no volante, ela estava de óculos escuros, tinha um mapa aberto no banco do carona e as indicações do caminho para Homer.

Estou em dúvida, diziam os olhos de Paul.

Pode ficar sossegado, responderam os olhos de Josie.

Josie girou o botão do rádio para a esquerda e para a direita, de vez em quando pegava um sinal no meio e, quando o sinal ficou mais claro, parecia a transmissão de uma maratona de musicais da Broadway. Gwen Verdon em Redhead. Eram canções obscuras, canções só conhecidas de alguém que passou seus anos de formação imerso nos sons desarvorados dos musicais conhecidos e obscuros, os fracassados e os mundialmente famosos — eles agora, em sua maioria, soavam minúsculos e muito ansiosos para agradar. A relação de Josie com a música era complicada, para dizer o mínimo, pois estava presa ao trabalho dos pais e a seus desdobramentos.

Os musicais aconteceram quando Josie tinha nove anos. Ela nem sabia que os pais tinham interesse por música, qualquer que fosse. A família não possuía nenhuma aparelhagem de som estéreo. Havia um rádio na cozinha, mas, nas raras vezes que ficava ligado, estava sintonizado nas notícias. Não havia discos em casa, nem fitas, nem CDs, mas aí, um dia, apareceram caixas de discos, vinis pretos furados espalhados por todo o chão. Seus pais eram enfermeiros da ala psiquiátrica, mas, em casa, não falavam muito do trabalho. Quando criança, Josie ouviu os pais mencionarem internações e arrotos causados pelo medicamento clorpromazina, ouviu os pais conversarem sobre o homem que achava que era um lagarto, sobre o homem que dava telefonemas imaginários o dia inteiro, usando uma colher. Mas agora havia lição de casa. Eles tinham sido incumbidos de levar música para a ala psiquiátrica. Seu supervisor os incentivara a providenciar, para a ala psiquiátrica, música animada, bonita e que distraísse. Todo mundo votou a favor dos musicais da Broadway como o tipo de música com menos probabilidade de induzir ao suicídio ou ao assassinato.

Com um toca-discos emprestado e cinquenta LPs comprados numa liquidação de espólio — um professor de música tinha morrido numa cidade vizinha —, a casa deles, durante os anos seguintes, ficou lotada de *Jesus Cristo Superstar* (condenado por estimular o pensamento) e *Anne of Green Gables* (maravilhoso, alienado, sem nenhuma referência) e *On the Town* (perfeito, pois apresentava uma abordagem mais sadia da vida doméstica de homens alistados no exército). Toda noite, ouviam um disco novo, tinham de examinar com atenção música por música, palavra por palavra das letras, para verificar se era adequada, se era capaz de romper a barreira do sofrimento e levantar o astral. Emergiram algumas constantes: Irving Berlin era bom, Stephen Sondheim era complexo demais, moralmente problemático. *West Side Story*, por incluir gangues e facas, estava fora. *My Fair Lady*, como não tratava de nada que os veteranos pudessem reconhecer como sua vida, estava dentro. Musicais mais antigos sobre tempos supostamente mais simples prevaleciam. *Oklahoma!*, *Carousel* e *The King and I* rapidamente ganharam uma vaga no prato do toca-discos, ao passo que *South Pacific* foi arquivado; não queriam nada sobre soldados que ainda lutassem em qualquer guerra no estrangeiro. Foram muitos os espetáculos famosos deixados de lado em favor de outros já esquecidos, porém menos perturbadores, os quais agora Josie podia recordar. Jackie Gleason em *Take Me Along* — um veículo para Gleason ser Gleason. Richard Derr e Shril (Shril!) Conway, em *Plain and Fancy*, sobre nova-iorquinos no condado dos amish. *Pippin* foi excluído, as palavras foram circuladas pelo pai de Josie e depois riscadas: "E então os homens marcham para a luta/ Derrotam o inimigo e levam a melhor/ Hurra! O sangue palpita em nossos ouvidos/ Gritos de júbilo! Ouvimos os aplausos agradecidos da nação!". Isso não podia dar certo.

O primeiro musical de que Josie se lembrava com clareza era *Redhead*, um espetáculo montado em torno de Gwen Verdon. Os primeiros segundos do disco eram uma revelação: tudo era impetuoso. A muralha de otimismo delirante atraía Josie, como criança, embora seus pais analisassem as palavras em busca de questões controversas. Às vezes, consultavam Josie, de vez em quando dançavam com ela — houve uma ocasião em que sua casa teve algo em comum com a felicidade bizarra de dúzias de pessoas que cantam num palco, para desconhecidos no escuro, que pagam em troca de alegria e relaxamento. Josie se lembrava da mãe, deitada de costas e com as pernas erguidas no ar, fazendo uma espécie de alongamento de ioga, e do pai tentando colocar Josie sobre os ombros para dançar, ele achou que o teto era mais alto do que era na verdade, Josie bateu com a cabeça, e os dois ficaram rindo, a mãe o repreendeu pelo descuido, enquanto o musical continuava tocando. Josie, naqueles anos, imaginava a vida dos pais no trabalho como uma espécie de festa constante, em que os soldados dançavam também, com seus problemas simples e solucionáveis — braços e pernas quebrados, entra dia e sai dia, enquanto os pais serviam gelatina e afofavam os travesseiros para os pacientes.

"Está cheirando", disse Ana, do banco de trás.

Josie baixou o volume do rádio.

"O quê?", perguntou.

Paul concordou, alguma coisa estava errada. Ana sugeriu que era um gambá. Parecia alguma coisa no motor, mas só que não era cheiro de óleo, de câmbio nem de gasolina.

Josie abriu as janelas da cabine de motorista e Paul abriu as janelas da cozinha. O cheiro se dissipou, mas continuava presente.

"Aqui dá para sentir bem forte", disse Paul. Ana disse que sua cabeça estava doendo e depois Paul também sentiu dor de cabeça.

Numa parada da estrada, Josie estacionou e desceu até a quitinete. Agora o cheiro estava muito mais forte — era um cheiro ligeiramente industrial, parecia algo muito ruim.

"Saiam", disse Josie.

Ana estava achando aquilo divertido e fingiu dormir, com a cabeça pousada na mesa da quitinete.

"Já para fora!", berrou Josie, Paul soltou o cinto de segurança de Ana e empurrou-a na sua frente, até os dois descerem a escadinha da porta.

"Vão para a grama", disse Josie. Agora, ela já sabia o que era. O gás estava aberto. Os quatro botões de gás do fogão tinham sido girados todos para a direita. Josie teve o pensamento momentâneo de que devia pular para fora, que o veículo inteiro podia explodir se ela apenas tocasse no fogão. Porém, de modo inexplicável, no intuito de preservar o Chateau, sua nova casa, ela estendeu o braço, girou os quatro registros para a esquerda, com força, e depois pulou para fora, pela porta, e foi empurrando Paul e Ana, que estavam parados na grama, Paul atrás de Ana, com as mãos nos ombros da irmã, até pararem a cinquenta metros de distância, ofegantes. O Chateau aguentou firme, não explodiu.

Passou um carro, avançou na direção do Chateau, e Josie correu para o estacionamento e acenou para que o carro fizesse uma volta grande em torno do Chateau. "O que foi?", perguntou o homem. Era um avô, com três crianças no banco de trás.

"Estava escapando gás. Das bocas do fogão", disse Josie.

"Você devia fechar", disse o vovô.

"Obrigada", respondeu Josie. "O senhor ajudou muito."

Ele fez um contorno com sua caminhonete e Josie agachou na frente de Ana, que estava segurando seu boneco dos ThunderCats na sua frente, como uma forma de proteção. De que modo ela ainda conseguiu agarrar aquele boneco em sua fuga? Ela arranjou tempo para apanhar o boneco dos ThunderCats na hora em que fugia de uma iminente explosão causada por gás. "Você sabe que quase causou um acidente muito grave?", Josie perguntou.

Ana balançou a cabeça, os olhos arregalados, mas desafiadores.

"Ela abriu o gás?", Paul perguntou para Josie. Ele virou para Ana. "Você girou os botões do fogão?"

Ana olhou para os joelhos.

"Ana, isso é muito feio", disse ele. Josie sabia que aquilo era a pior coisa que ele jamais tinha dito para a irmã. O queixo de Ana tremeu e ela começou a chorar, e Josie ficou parada, satisfeita. Queria que Ana chorasse uma vez, que pelo menos uma vez ela sentisse remorso. Durante boa parte do ano anterior, o apelido de Ana tinha sido Desculpe, por causa da quantidade de vezes que ela dizia a palavra, mas aquilo não produzia nenhum efeito em sua tendência de colocar a si e sua família em sério risco.

Isso é um tipo de vida, pensou Josie. Levantou-se, olhou em redor, percebendo agora que tinham estacionado perto de um lindo lago redondo, a superfície tão limpa e plácida que o céu se refletia na água, em perfeita simetria. Olhando para o lago, Josie sentiu uma espécie de calma, enquanto se movia em círculos em torno de certas questões e observações. Ela se perguntou até que ponto estiveram, de fato, perto da morte. Será que todos eles poderiam ter morrido, no meio da manhã, num dia ensolarado no Alasca? Ela se perguntou, com certa seriedade, se Ana era uma emissária de outro reino, disfarçada de criança, mas incumbida da missão de matar Josie e Paul. Ela se perguntou por quanto tempo teriam de esperar até que o Chateau ficasse livre de gases letais. Ela se perguntou o que era a vida — se aquilo era uma vida. Isto é uma vida? E ela se perguntou sobre o gene que ela possuía, algum asfixiante cordão de DNA que lhe dizia, diariamente, que ela não estava onde devia estar. Na faculdade, ela mudava de sua área de estudos todo semestre — primeiro, psicologia; depois, estudos internacionais; depois, história da arte; depois, ciências políticas e, durante todo o tempo em que ficava no campus, ela desejava estar longe dali, longe da rotina prosaica absurda da maioria de suas aulas e do páthos sem rumo da maioria de seus colegas. Foi para o Panamá e, por um breve intervalo, sentiu-se vital, mas depois se cansou de cagar num buraco na terra e dormir embaixo de uma rede e quis ir para Londres. Em Londres, quis ir para o Oregon. No Oregon, quis ir para Ohio e, em Ohio, teve a certeza de que precisava ir para lá, para o Alasca, e agora ela queria ir para onde? Para onde, cacete? Antes de tudo, para algum lugar acima de todo esse nojo e de toda essa calamidade.

"Mãe, tire uma foto." Era Ana. Suas calças estavam abaixadas até as canelas, as mãos estavam abertas, como se ela estivesse pronta para segurar um homem que ia cair.

Josie tirou a foto.

Chegaram a Homer. Era só uma hora da tarde. Josie parou o Chateau num estacionamento de trailers chamado Cliffside, pagou sessenta e cinco dólares para pernoitar e depois saíram de novo, desceram a estrada rumo ao "cuspe". Ou: o Spit. Era o lugar mais movimentado em Homer, Sam tinha dito, por isso Josie desceu do morro, seguiu pela estrada de duas pistas até o promontório estreito que se projetava sobre a baía Kachemak. Claro, era bonito, pensou Josie, sem ser Seward. Para Josie, nada se comparava a Seward. Talvez fosse a proximidade das montanhas. O espelho duro daquela baía. Os icebergs que pareciam navios fantasmas. Charlie.

Na rua principal de Spit havia uns prédios velhos onde funcionavam, ou tinham funcionado, atividades relativas à pesca, e também um trecho de lojas e restaurantes, e assim, ao se dar conta de que não tinham comido, Josie estacionou o Chateau perto de outro trailer, muito mais luxuoso, ciente de que aquilo deixaria seus donos bastante contentes, quer dizer, saber que estavam bem melhores do que ela, do que seus filhos. Josie agachou-se embaixo da pia, puxou um punhado de notas de vinte dólares de dentro da bolsa de veludo e os três saíram.

Josie pegou Paul e Ana pelas mãos e atravessou a rua, na direção de uma pizzaria que, vista de fora, parecia feita de navios quebrados — a parte externa era uma mixórdia de paredes e mastros curvados e janelas tortas, tudo cinza-azulado, como os pedaços de madeira que o mar joga na praia. A porta estava coberta de adesivos proibindo a entrada de quem estivesse descalço, de quem levasse cachorros, de crianças desacompanhadas, de fumantes e de republicanos. Embaixo dessa última advertência vinham as palavras: "É só brincadeira", e embaixo: "Mais ou menos". Dentro, era bem iluminado e aquecido, e a equipe de funcionários era formada só por mulheres. Parecia uma espécie de pizzaria política, uma pizzaria que encarnava sua versão de utopia. Havia um gigantesco forno de pedra no meio do primeiro andar e mais ou menos cinco moças zumbindo em volta, todas de avental branco e blusa azul, todas de cabelo curto ou com rabo de cavalo. Josie pediu uma pizza, com medo de olhar para o preço, e a mulher atrás do balcão, o cabelo à joãozinho e olhos exaustos, disse para Josie ir para o andar de cima e sentar-se onde quisesse.

O segundo andar era bastante claro, envidraçado e com uma vista panorâmica para o estreito. Ali, o sol estava tão quente que os três tiraram os casacos e as camisas de manga comprida e, mesmo só de camisetas, ainda sentiam calor. Ana perguntou se podia usar a faca e Josie respondeu que não. Paul tentou explicar para a irmã por que as facas eram perigosas, mas Ana já tinha ido para o banheiro e, em segundos, veio o barulho de alguma coisa caindo. Ela voltou para a mesa sem dizer nada.

"Pode dar uma olhada no banheiro?", Josie perguntou para Paul, e ele saltou da cadeira, ciente de que estava numa missão que combinava seus dois amores: verificar o que irmã tinha feito e apontar o erro do comportamento dos outros.

Ele voltou. "A coisa está muito feia", disse, e virou-se para Ana. Ela não estava escutando; tinha visto uma lancha a motor que cortava as águas da baía.

Josie foi até o banheiro e achou um porta-toalhas caído no chão, sabendo que Ana tinha feito aquilo e sabendo que só Ana poderia ter arrancado o porta-toalhas da parede com tamanha rapidez. Centenas de pessoas, se não milhares, sem nenhuma dúvida, tinham usado aquele banheiro e o porta-toalhas sem quebrá-lo, mas Ana tinha feito aquilo em menos de noventa segundos.

A pizzaria política já estava produzindo um efeito intoxicante sobre Josie, pois se deu conta de que não dava a menor importância ao porta-toalhas. Na verdade, ficou espantada por um breve intervalo, inequivocamente impressionada, com o fato de aquela menina ter um sentido tão agudo para a fragilidade dos objetos. Impressionada com o fato de ela poder entrar em qualquer lugar, em qualquer banheiro em Homer e saber qual era o objeto mais passível de ser quebrado e exatamente como fazer isso.

Josie desceu e disse para uma das mulheres que um de seus filhos tinha quebrado o porta-toalhas.

"E como ele fez isso?", perguntou a mulher. Outra mulher — com brincos de penas — estava tirando algo de dentro do forno.

"Foi a minha filha", respondeu Josie, e logo entendeu que não teria de pagar o prejuízo. Sua vantagem estratégica era invisível, mas real.

"Pode deixar", disse a mulher. "A gente conserta."

Josie pediu uma taça de vinho chardonnay e dois copos de leite.

No andar de cima, eram duas da tarde, mas parecia o nascer do sol. A luz cintilava loucamente na água, como se fizesse um grande esforço, na verdade, e havia um barco lá longe, que eles ficaram olhando — um iate grande com velas brancas. Josie terminou seu chardonnay e, quando uma das mulheres da pizzaria política, uma terceira, com cachos pretos como lã de ovelha em volta da cabeça grande, trouxe a comida, uma pizza cheia de calombos servida sobre o que parecia ser um pedaço de cortiça, Josie pediu outra taça.

Era por isso que as pessoas demoravam a sair. Às vezes, um lugar pede para a gente ficar, não correr para nenhum outro, aqui está aquecido, tem essa água que cintila, e o céu azul-claro, e eles estavam sozinhos, tinham o primeiro andar todo para eles. Josie tinha a impressão de que, se alguém mais subisse e entrasse ali, ela ia levar os filhos embora, era capaz de jogar uma faca. Agora, ali era seu lar.

Dali a pouco, Ana estava de pé e usava a cadeira como se fosse mesa, comia sua fatia de pizza com os cotovelos apoiados no assento da cadeira. Ela era uma pestinha nojenta, mas Josie, naquele momento, a amava monumentalmente. Sua nunca questionada confiança em si mesma, em como seus braços e pernas deviam funcionar, deixava claro que ela sempre faria as coisas à sua maneira e talvez fosse realmente a maneira correta — isso significava que ela podia ser presidente e, com certeza, estaria sempre feliz. Ana esfregou a boca com o braço, como um bárbaro num festim, Josie sorriu para ela e deu uma piscada. O sol sibilou num giro por dentro do ouro que estava em sua taça de vinho e cantou uma canção para o dia de amanhã. Josie bebeu de um só gole.

As crianças comeram duas fatias cada e Josie comeu duas e depois quis mais vinho. Perguntou aos filhos se queriam mais alguma coisa. Não queriam, mas ela os convenceu de que queriam uns biscoitos que tinha visto num vidro, no balcão no térreo. Depois convenceu Paul de que seria muito divertido se eles escrevessem um pedido numa folha de papel e se ele levasse o pedido para as mulheres da pizzaria política, no térreo. Josie não queria ver os olhos delas nem suas bocas franzidas, quando ouvissem seu pedido de uma terceira taça de chardonnay às três horas da tarde, numa segunda-feira. Além do mais, Paul se encontrava numa fase em que gostava de ter autorização para dar um telefonema, digitar a senha no teclado do caixa eletrônico ou entrar sozinho numa loja de conveniência 7-Eleven. Ele sabia que só dali a uma década Ana teria autorização de fazer aquele tipo de coisa. Paul sabia que era responsável e gostava de provar isso.

Josie escreveu o pedido: *1 copo de leite, 2 cookies, 1 taça de vinho chardonnay e a conta*, e Paul levou o pedido para o térreo. Voltou minutos depois com outra bandeja de cortiça, todos os itens do pedido se equilibrando sobre ela. Paul estava fazendo algum esforço, e Josie chegou a pensar, por um segundo fugaz, que podia levantar-se e ajudar o filho, mas será que ele queria? Ela ficou onde estava.

Paul levou a bandeja até a mesa e olhou para ela com um terror que parecia indagar se sua mãe sabia mesmo o que estava fazendo. A fim de deixar Paul mais relaxado, Josie sorriu com benevolência, como uma santa vovozinha. Ela queria brindar a ele e chegou a erguer a taça, mas mudou de ideia. "Olhem aquele barco novo", disse ela, antes de virar para a baía, e se deu conta de que era o mesmo barco que tinha visto antes.

O chardonnay lhe deu um ar de nobreza e a deixou burra. Sua língua ficou pesada e ela não conseguia mais articular as palavras. Não queria que os filhos a ouvissem com a fala mole, à tarde. Por isso, Josie disse que ia descansar os olhos, absorver a quentura do sol, e ergueu o rosto para o teto de vidro raiado. Josie viu o rosto de Jeremy, depois viu o rosto de seu próprio pai, e ouviu a voz do pai, vestido em seu uniforme branco de enfermeiro, fazendo piadas sobre meter a cabeça no forno. Josie abriu os olhos e viu Paul e Ana parados, de pé, o rosto do menino perto da janela de trás, olhando para alguns cachorros que pulavam nas dunas.

Depois de Carl, Josie havia alternado entre a completa indiferença a qualquer anseio carnal — não tinha nenhuma premência, nenhuma inclinação, não fazia planos, era incapaz de esboçar qualquer coisa parecida com um esforço — e aí, uma vez a cada seis semanas, surgia um apelo dentro dela, algo como uma possessão, e Josie ficava com tesão. De vez em quando, dormia com Tyler, um ex-namorado dos tempos do ensino médio. Não, não chegara a ser seu namorado. Era só uma pessoa que ela havia conhecido de passagem, no colégio, e com quem, graças ao milagre do sexo nostálgico da internet, ela havia se reencontrado. Tyler escreveu para ela, um dia, anexou uma fotografia de Josie com sua roupa da festa do Dia das Bruxas — Josie tinha se fantasiado de Sally Bowles, do musical *Cabaret*, depois de seu teste para o papel (Eu contesto o veredicto, sra. Finesta!). Ela recordou o toque do cetim nas pernas, na noite fria, a peruca prateada, e lembrou-se de seus numerosos admiradores, naquela noite e nos dias seguintes. A calça de cetim justa, o colete preto e a imaginação de centenas de rapazes ficou viva por décadas. Assim, Tyler redescobriu uma fotografia, telefonou, disse que estava na cidade — de passagem. Certo, tá legal. Comeram macarrão, ficaram entorpecidos pelo vinho tinto e depois, no hotel dele, Tyler fez um belo trabalho com seu pau pequeno, até que ele cismou de enfiar o dedo na bunda de Josie. Tentou uma vez e Josie se moveu de maneira a desencorajá-lo. Cinco minutos depois, ele tentou de novo e, dessa vez, educadamente, ela empurrou sua mão para o lado, achando que a questão estaria resolvida. Só que ele tentou novamente, cinco minutos depois, e dessa vez Josie tentou fazer graça com aquilo, rindo um pouco, enquanto dizia: "Por que você teima tanto em enfiar o dedo na minha bunda?". Mas, apesar do cuidado de Josie e de seu evidente decoro, ele recuou, saiu de dentro dela, mal deu para sentir a diferença, e então — essa parte foi encantadora — cheirou o próprio dedo. Bem devagarzinho, muito discretamente, como se estivesse apenas coçando o nariz. Chegou a olhar para o lado ao fazer aquilo! Olhou para a janela! Como se esperasse ter apanhado pelo menos um pouquinho das fezes dela no dedo indicador antes de Josie rechaçá-lo. Era por isso que ele enfiava o dedo ali. Para, depois, sentir o cheiro no dedo. Ele era memorável. E houve outro homem, um que morreu. O último homem com quem Josie foi para a cama e que morreu poucas semanas depois. O que Josie sentia a respeito disso?

    Vincent. Era um homem gentil. Um homem gentil que disse que nunca mais ia deixar Josie. Por causa dos filhos, disse ele, e ela gostou disso, da sua seriedade grave, quando falou que não ia fazer mal aos filhos dela de nenhuma forma, entrando e depois saindo da vida deles, pois sabia a respeito do pai daqueles dois, tinha noção dos poderes de invisibilidade de Carl. Não vou deixar você, disse ele. *Não vou fazer isso com seus filhos*, disse ele. Pouco importava se ele mal conhecia seus filhos e pouco importava que eles não fossem capazes de identificar Vincent numa fila de suspeitos numa delegacia. Era cedo demais. Josie entendia que ele tinha boas intenções, mas, depois de dois meses de encontros, ele disse que, se fosse o caso de algum dia se separarem, a iniciativa teria de ser dela. Ele não podia abandoná-la. Continuaria firme pelo tempo que fosse. Josie ficou lisonjeada, talvez até impressionada, mas era um pouco constrangedor, não era? Josie perguntou para as amigas: Isso é constrangedor, não é? Ouvir que um homem vai ficar ligado à gente pela eternidade por causa dos filhos, que ele, na verdade, nem conhece.

    Ele tinha o hábito de ficar observando Josie enquanto ela via filmes. Tinha surpreendido Josie chorando durante um sobre a viúva de um soldado da guerra do Iraque e, depois disso, toda vez que havia algum tipo de cena emotiva numa tela na frente deles, Vincent se virava para ela. No escuro, ela sempre percebia que o rosto dele se virava de leve para ela, a fim de ver se estava chorando, ou prestes a chorar, ou muito comovida. Com que finalidade? Que planilha interior ele estaria montando? Vincent não levava lenços consigo e nunca lhe oferecia um lenço de papel. Mas ele tinha sido doutrinado. Fique com a mulher por causa dos filhos. Cuide da mulher e observe como exprime as emoções.

"Venha comigo para a Normandia", disse ele certa vez. "As crianças também. Quero que vocês todos vejam uma coisa." Não quis dizer por que tinha tanta vontade de ir para a Normandia. Achou que seria uma surpresa maravilhosa. Josie explicou a dificuldade de interromper a atividade do consultório e manter os filhos pequenos aprisionados dentro de dois aviões durante catorze horas — e tudo sem saber por que estava indo para aquela praia francesa. Por fim, ele acabou contando. Tinha obtido mais informações sobre aquele tio — melhor dizendo, tio-avô; ele se corrigiu no dia seguinte, ao que parecia, depois de alguns telefonemas para seus genealogistas em Salt Lake — um tio-avô que tinha lutado e morrido no Dia D. Vincent queria ir, queria prestar sua homenagem e, ao que parecia, como tinha decidido que o que era dele era também dela, queria compartilhar com Josie aquilo tudo, o campo cheio de sepulturas.

Ela sugeriu que os dois ficassem algumas semanas separados e ele fez que sim com a cabeça, concordando, elogiou a sabedoria de Josie, e duas semanas depois morreu. Teve um infarto na praia. Na Normandia. Foi depositar flores no túmulo de seu tio-avô e, ao que parecia, depois disso, resolveu dar uma corrida e sofreu um tromboembolismo venoso. O enterro, em Ohio, foi uma confusão de ex-namoradas e irmãs — o homem teve uma vida repleta de mulheres e todas o amavam. Então, por que Josie não foi mais insistente?

A conta da pizzaria política chegou. Queriam oitenta e dois dólares. Mais a gorjeta e ela ia acabar pagando cem dólares por uma pizza, dois cookies e três taças de vinho. Isso era o Alasca. Parecia o Kentucky com frio, mas os preços eram de Tóquio, em 1988.

Josie pagou e desceu a escada, saiu pela porta e sentiu-se muito livre, na rua, e feliz com o fato de as mulheres da pizza não terem visto uma mãe bêbada já de tarde. Então sentiu a friagem nova da tarde, olhou para os filhos e se deu conta de que não estavam de casaco. Onde estavam seus casacos? Josie deu meia-volta para logo topar com uma das mulheres da pizzaria parada na porta, segurando os casacos deles e também suas camisas de manga comprida, sorrindo como se pudesse mandar Josie para a cadeia.

Josie pegou os casacos, vestiu-os em Paul e depois em Ana e todos saíram andando pela rua. Três lojas adiante, havia um quiosque cheio de chapéus e suéteres feitos à mão, e Josie teve certeza de que jamais tinha visto coisas tão lindas.

"Isso é feito aqui mesmo?", perguntou Josie para a mulher de cabelo grisalho e olhos grandes, cor de opala. A mulher sorriu de contentamento mal disfarçado, como se estar em Homer e vender peças feitas à mão fosse mais do que ela merecia.

"Não", respondeu a mulher. "A maior parte é feita na Bolívia." Ela ronronou o *lív* do nome do país, sugerindo que aquele era o único lugar ou o único modo de fazer aquilo, *to live*,* e Josie teve a impressão de que aquela era a única forma de se pronunciar a palavra.

Josie remexeu os suéteres e os chapéus, achando que devia comprar aqueles artigos bolivianos no Alasca e que, se não comprasse, perderia uma oportunidade de desfrutar plenamente aquele momento.

"Me avise se precisar de ajuda", disse a mulher, e sentou num banco ali perto, erguendo o rosto para o sol, com um sorriso de beatitude.

---

* Em inglês, "viver". (N. T.)

Josie achou um cachecol, enrolou no pescoço de Paul e recuou um passo a fim de admirá-lo. Ele parecia cinco anos mais velho, por isso ela tirou o cachecol.

"Mãe, como é que você vai reconhecer Sam de novo?", perguntou Paul.

Aquilo era raro nele. Normalmente, ela não precisava dizer nada duas vezes para Paul; sua memória era invulnerável quando se tratava de informações incomuns sobre os adultos em sua vida. Antes que Josie pudesse explicar, dessa vez de um modo mais fácil de guardar na memória, ele perguntou: "Eu já vi Sam alguma vez?".

Ele tinha visto Sam. Ou Sam tinha visto Paul, o havia segurado nos braços, quando bebê. Josie contou isso para Paul e inventou alguma coisa sobre a maneira como ele havia se ligado a ela e como Sam era uma espécie de madrinha dele.

"Então ela é a minha madrinha?", perguntou Paul.

Josie olhou rapidamente para a mulher de olhos cor de opala, à espera de algum julgamento, mas sua expressão de êxtase não havia se alterado.

A verdade era que Josie ainda não tinha escolhido os padrinhos de Paul. Quando ele nasceu, ela adiou a escolha, queria esperar até que a personalidade dele estivesse formada, a fim de escolher as pessoas certas, que combinassem melhor com o filho. Na época, aquilo pareceu um gesto radicalmente esclarecido, mas de lá para cá ela simplesmente deixou de lado a questão. Agora, a ideia de escolher Sam parecia inevitável.

"Claro", disse Josie.

Qualquer pessoa seria melhor do que os padrinhos de Ana, uns amigos de Carl que receberam a honra como se fosse um presente de casamento ruim que é rapidamente enfiado numa estante e esquecido lá. Ana nunca tinha recebido nenhum sinal deles — nenhum cartão, nada.

Com Sam, bem, podia acontecer de tudo. Provavelmente ela não seria uma madrinha do tipo asfixiante, mas talvez pudesse ser do tipo que, à distância, representa uma fonte de inspiração. Josie podia falar com Sam sobre o assunto, quando as duas se encontrassem. Ninguém nunca tinha respondido não a um convite para ser madrinha, portanto a questão já estava praticamente resolvida.

"Sam é a melhor", acrescentou Josie. "Já contei para vocês que Sam tinha um arco e flecha?" Sam nunca tinha sido a melhor, e Josie estava só chutando quando falou do arco e flecha, mas ela estava dominada por um repentino desejo de ver Sam e reforçar seus laços com ela, por meio daquela ideia de ser madrinha. Ela amava Sam de verdade, de uma forma complicada, e fazia cinco anos que não a via, as duas tinham trilhado o mesmo caminho estranho e, acima de tudo, e o mais importante para Josie, naquela ocasião, Sam era uma mulher adulta. Com exceção de Stan e do Charlie do espetáculo de mágicas, Josie não tinha falado nada além de obrigada e por favor para ninguém com mais de oito anos de idade, desde que chegara ao Alasca.

"Ela é sua irmã postiça?", perguntou Paul.

Isso era verdade, num sentido geral. Não era possível contar toda a verdade de sua relação de irmã. Não para uma criança de oito anos. Por mais que tivesse tentado, Josie não havia conseguido estabelecer um roteiro simples o suficiente para explicar aos filhos quem era Sam.

"Isso mesmo", respondeu Josie. "Quase isso."

Agora, a mulher de cabelo grisalho abriu os olhos. Josie surpreendeu-a olhando para Paul, como que avaliando se ele tinha força para aguentar tudo aquilo — uma tia adotiva e madrinha nebulosa, uma mãe embriagada. Josie comprou suéteres e chapéus para Paul e Ana, mostrando para a mulher sua competência e amor, ao gastar duzentos e dez dólares com roupas bolivianas radiantes, que os filhos só usariam com relutância.

* * *

Josie fez uns cálculos e se deu conta que havia gastado todo o dinheiro que havia trazido, trezentos e dez dólares em uma hora, num estado mental que a maior parte das pessoas chamaria de intoxicação. Do outro lado da rua, ela viu o Chateau acenando, quente e parado.

"Quem quer ver *Tomás y Jerry?*", perguntou Josie.

Voltaram para o trailer, as crianças se instalaram no compartimento do café da manhã e ela pôs o filme para rodar. Josie rastejou para a parte mais alta, totalmente vestida, deitou-se no colchão ensolarado. Antes de adormecer, ouviu Paul dizer para Ana: "Não vai pegar seu livro de colorir? Não sei por quanto tempo você vai poder brincar com uma cenoura". Será que estavam vendo o filme ou não? Que importância tinha aquilo? Josie pegou no sono e despertou uma hora depois, suando muito. Olhou para baixo e viu que Paul e Ana estavam dormindo, com os fones de ouvido e o cabelo embolado.

Josie fechou os olhos de novo, sentindo o calor da tarde, pensando que o que ela havia feito, ao levar os filhos para lá, sem avisar ninguém, sobretudo sem avisar Carl, poderia ser considerado um crime. Será que era ilegal? Louco? Carl podia usar essa palavra. Para Carl, as coisas boas eram loucas. Coisas ruins eram loucas. Josie era louca. "Você foi criada perto de um hospício!", dizia ele, como se aquilo quisesse dizer alguma coisa. Como se a cidade inteira onde Josie tinha sido criada tivesse ficado doida por um efeito de osmose. Como se o fato de Josie ter sido criada perto do Hospital de Tratamento de Veteranos de Rosemont, antiga Casa dos Soldados, mais conhecido como Candyland*, fosse capaz de

---

* Em inglês, "Terra dos doces", nome de um jogo de tabuleiro para crianças pequenas. (N. T.)

explicar qualquer coisa que ele quisesse explicar. Ele achava que a infância de Josie, sua proximidade do escândalo, sua emancipação dos pais aos dezessete anos, dava a ele uma espécie de vantagem. Carl era da raça dos mais robustos, obedecia a uma lógica implícita, portanto tinha o direito de vagar sem rumo — tinha permissão de não fazer nada. Aquilo era um absurdo, está claro. O pai dele fazia parte de uma enorme empresa produtora de carne que havia desflorestado uma grande extensão da Costa Rica a fim de abrir espaço para vacas e capim, vacas que acabariam picadas nas churrascarias americanas. É por isso que Carl foi educado numa luxuosa escola de expatriados em San José — na Costa Rica, e não na Califórnia — e é por isso que ele tinha sido criado com serviçais e não tinha a mais remota ideia do que era trabalhar, do que significava o trabalho. E, como ele nunca tinha visto a mais ligeira relação entre o trabalho e a capacidade de pagar hipotecas e coisas semelhantes, sentia-se à vontade para julgar qualquer peculiaridade de Josie. E como Josie era filha de dois enfermeiros — ocupação que Carl associava com a classe servil que ele havia explorado, quando criança — e como os pais dela se envolveram no escândalo de Candyland, qualquer discrepância no comportamento de Josie, qualquer falha ou fraqueza, podia ser aproveitada, associada àquela tragédia do Departamento de Veteranos.

Quando ela e Carl se uniram, resolveram que não iam contar nada a respeito de Candyland para os filhos, mas agora, com Josie deitada no Chateau, ensopada de suor, respirando o ar fétido acumulado a poucos centímetros do teto, ela entendeu que teria de se manter em guarda com Sam. Ela sabia que Sam tinha contado às suas gêmeas a história toda, sobre Sunny e a emancipação de Josie, e estaria determinada a levantar o assunto na frente de Paul e de Ana.

Os pais de Josie eram enfermeiros num hospital. Ela podia contar isso para os filhos — já tinha contado. Por ora era o suficiente. Na idade de Ana, isso era tudo que Josie sabia. Os pais se vestiam de branco, quando saíam para trabalhar no Hospital de Rosemont e voltavam juntos para casa, tiravam as roupas brancas e nada diziam sobre seu dia de trabalho. O conhecimento de Josie sobre o trabalho deles foi vindo aos poucos. Quando tinha sete anos, se deu conta de que o hospital deles era para veteranos. Quando tinha nove anos, vieram os musicais para sua casa, e Josie tomou ciência do Vietnã e de que a maioria dos pacientes no Rosemont tinha lutado lá. Mas ela não sabia o que os fazia sofrer: imaginava fileiras de camas de soldados felizes com os tornozelos torcidos e os olhos roxos. Como criança, ela não sabia onde era a guerra exatamente, se ainda estava em curso ou não.

De vez em quando, os pais falavam sobre os pacientes. Havia um homem que passava os dias batendo a mão no lado da cabeça, como se quisesse soltar algum parafuso frouxo. Havia o homem que, como não queria perturbar a perfeição da cama arrumada, dormia embaixo dela.

"Espero que seus pais não estejam envolvidos nesse problema em Candyland", disse um dos professores de Josie naquele dia. Josie nunca tinha ouvido falar de nenhum problema em Candyland. Mas as notícias, naquele ano, se tornaram incontornáveis. Os suicídios. Rosemont estava prescrevendo medicamentos sem necessidade para os pacientes psiquiátricos e eles estavam morrendo em proporções alarmantes. Dormiam dezoito ou vinte horas por dia e, quando não estavam drogados e em estupor, estavam se matando num índice que chegava a um suicídio a cada poucos meses. A maior parte dos suicídios ocorria na própria ala psiquiátrica, alguns depois de terem recebido alta, e todos eram horrorosos, com seus detalhes estranhos. Um homem de trinta e dois anos usou um lençol para se enforcar na maçaneta da porta. Outro bebeu água sanitária e rompeu a parte de baixo do intestino. Um homem de trinta e três anos se jogou do telhado e caiu em cima da mãe de outro paciente, quebrando o pescoço da mulher, e depois, ao se dar conta de que não tinha morrido, usou um caco de vidro para cortar os pulsos e a jugular, ali mesmo na calçada.

    Foi isso que atraiu a curiosidade nacional para o hospital de Rosemont. Os jornais descobriram que o hospital tinha um apelido entre os veteranos, Candyland, e esse toque macabro atiçou o fascínio do público. Dezoito suicídios em três anos, cinco overdoses acidentais, talvez mais. O rosto de todos aqueles jovens, a maioria de uniforme militar, olhava fixo para os leitores, nas páginas dos jornais, todos os dias. *Nós os mandamos para o Vietnã para morrer*, dizia o editorial. *Quando voltam vivos, nós os matamos de novo.* O chefe da enfermaria, dr. Michael Flores, foi preso, e a maior parte da culpa recaiu sobre ele — "eu só queria que vivessem sem sentir dor", disse Flores —, mas a casa de Josie virou uma bagunça. Seus pais foram questionados, foram condenados nas esferas privada e pública. Quatro suicídios tinham ocorrido durante seu plantão e os comentários aumentavam sem parar. Como podiam ter deixado que aquilo acontecesse? Seus colegas no hospital de Rosemont lhes deram apoio, disseram que eles não foram negligentes, mas as dúvidas persistiram e cresceram. A ala psiquiátrica foi fechada e depois o hospital todo foi fechado, os pais de Josie ficaram sem trabalho e Josie aprendeu o sentido da palavra *cumplicidade*.

    Então, naquilo que ela, como adolescente, viu como uma exibição impressionante de ironia, os dois começaram a abusar das mesmas drogas que Flores havia prescrito sem necessidade — hidromorfona, clorpromazina, fenitoína. Logo após Josie fazer catorze anos, seu pai saiu de casa e, um ano depois, mudou-se para o Camboja, onde se estabeleceu. Quando Josie tinha dezesseis anos, sua mãe trabalhava como enfermeira na casa de uma família a oitenta quilômetros de distância, para cuidar de uma idosa, a sra. Harvey. "Estou apaixonada, Joze", disse ela, certo dia. Tinha se envolvido com o filho da sra. Harvey, homem de meia-idade, outro veterano de guerra, outro viciado, e queria que Josie fosse morar com eles naquele novo lar, junto com a mulher moribunda e seu filho, e fazia promessas enganosas de que a vida delas seria boa outra vez.

Josie pensou: Não. Faltavam dois anos para terminar o ensino médio. Um dia, na sala de espera do consultório do dentista, Josie sofreu uma crise de choro e a recepcionista teve de levá-la ao banheiro, sentou-a na privada e enxugou seu rosto com uma toalha molhada e quente, e isso fez Josie chorar com mais força ainda, mais alto ainda e, dali a pouco, ela estava sentada numa das cadeiras de dentista, o rosto ensopado de lágrimas, e a dra. Kimura estava a seu lado, imaginando, no início, que se tratava de uma crise de insatisfação com o próprio corpo. Quando a recepcionista pegou Josie chorando, estava com uma revista *People* aberta no colo, numa reportagem sobre adolescentes gordos que sofriam *bullying* na escola. Por isso, ela e a dra. Kimura acharam que Josie, que era maior do que elas duas, estava abalada por causa de seu tamanho e tinha sido assediada na escola. Levaram Josie para uma sala nos fundos, onde faziam cirurgias, e as duas a consolaram como santas. Havia algo nos olhos molhados da dra. Kimura e em sua voz de cristal que convidava Josie a falar. E, quando a dra. Kimura pediu à recepcionista que saísse e disse para Josie que tinha a tarde toda livre, Josie lhe contou tudo. O pai estava em Chiang Mai e, pelo que a mãe contava, morava com um harém remunerado de quatro mulheres, uma delas com treze anos de idade. A mãe tinha dormido no sofá por dois anos. Agora, estava apaixonada, mas tinha voltado a se drogar e estava prestes a se casar com um viciado. Pessoas estranhas iam à sua casa. Se estavam traficando ou não, Josie não sabia dizer. Lembrava-se de ter visto mochilas perfiladas no vestíbulo, mochilas sempre diferentes, e homens estranhos chegavam e saíam com uma daquelas mochilas. Josie tinha passado a se esconder no seu quarto.

Durante as falas desencontradas de Josie, a dra. Kimura falava muito pouco. Mas seus olhos pareciam ter se fixado em alguma coisa. "Por que não vem para cá, depois do colégio, por um tempo? Diga para sua mãe que está fazendo um estudo dirigido", disse. "Você precisa ficar num lugar calmo durante algumas horas, todos os dias."

Na primeira semana, Josie ficou na sala de espera, fazendo o dever de casa, sentindo a excitação daquela pequena traição à mãe. Mas acabou se acostumando à calma, à simplicidade, à previsibilidade do consultório. As pessoas entravam, saíam, pagavam, conversavam. Não havia nenhum caos, nenhuma gritaria, nenhuma mãe no sofá, nenhuma mãe interagindo com homens furtivos, de olhos fundos. Às vezes, a dra. Kimura a chamava para mostrar algo interessante — um raio X fora do comum, o modo como eram feitos os moldes. Porém, no geral, Josie passava aquelas horas no consultório de Sunny — a dra. Kimura tinha dito para usar seu prenome —, onde fazia seu dever de casa, às vezes cochilava, de vez em quando imaginava quem seria a adolescente numa fotografia, uma menina de cabelo louro bem claro e que parecia tão diferente de Sunny que Josie achou que devia ser alguma paciente. Depois do último paciente, Josie ajudava a fechar o consultório e Sunny pedia atualizações sobre os acontecimentos em sua casa. Sunny escutava, os olhos indignados, mas nunca dizia nenhuma palavra desabonadora sobre a mãe de Josie. Eram mais ou menos da mesma idade, Sunny e a mãe, beirando os quarenta anos, mas Sunny parecia estar a uma ou duas gerações de distância, muito mais estável e sensata.

Certo dia, ela fechou a porta do consultório. "Sei que essa pode ser a última vez que falo com você", disse ela. "Pois o que vou sugerir pode desencadear uma série de acontecimentos que talvez me ponham no meio de um mundo de problemas e que podem até me impedir de continuar trabalhando como dentista. Mas acho que você devia pedir a emancipação de seus pais e, se conseguir isso, eu gostaria que viesse morar comigo. Conheço uma advogada."

A advogada, uma mulher tranquila, mas persistente, chamada Helen, era amiga de Sunny. Elas se encontraram no dia seguinte. Tinha um capacete de cabelos crespos e olhos vidrados. As duas, Sunny e Helen, sentaram lado a lado, de frente para Josie. "Não vamos levar isso adiante se houver a menor possibilidade de encrenca", disse Helen. "Você já tem drama de sobra em sua vida", acrescentou Sunny. "Se sua mãe não aceitar...", começou Helen, mas Sunny terminou o pensamento: "então, podemos reavaliar a questão. O que você acha?".

A ansiedade das duas era, ao mesmo tempo, enervante e contagiosa. Josie queria fazer aquilo. Queria ficar perto daquelas mulheres sóbrias, funcionais, eficientes, que rapidamente faziam planos de grande alcance.

"Tudo bem", respondeu Josie, completamente insegura.

"Ótimo", disse Sunny, e segurou a mão de Josie. "Vá lá em casa jantar com a gente esta noite. Quero apresentar você a uma pessoa."

Então, Josie foi para casa, contou a verdade para a mãe — que ela ia jantar na casa da dentista e, como sua mãe tinha perdido toda noção do que era próprio ou não, concordou, disse para ela voltar às dez horas. Josie foi no banco de trás do carro de Sunny, um carro velho, mas limpo. Helen no banco da frente, Josie com uma sensação muito parecida com a de estar fugindo de carro, certa de que as três, dali para a frente, seriam as melhores amigas e formariam um trio inseparável. Josie entrou na casa de Sunny, entre Sunny e Helen, como se estivesse sendo escoltada, como um presidente ou o papa.

"Samantha!", gritou Sunny, e uma garota desceu a escada em passos pesados e parou no meio. Era a tal garota da fotografia.

Portanto, Josie era o segundo projeto de Sunny e Helen. A descoberta foi um choque para ela. Samantha tinha chegado um ano antes, fugindo de uma mãe que batia nela e de um pai caminhoneiro que a havia fotografado tomando banho. Samantha morava a sessenta e cinco quilômetros dali, e Helen fora avisada de seu caso por um conselheiro da escola. O processo de emancipação de Samantha foi rápido. Agora, Samantha tinha aulas em casa, segundo um sistema de ensino domiciliar que Josie não compreendeu de imediato. Também não compreendeu por que Sunny não tinha lhe contado a respeito de Samantha antes de as conversas sobre emancipação terem começado.

"Eu não podia falar com você sobre Samantha antes que tivéssemos certeza", explicou Sunny. Depois do jantar, naquela noite, Sunny sugeriu darem uma caminhada e assim, embaixo de um escuro caramanchão de árvores, ela explicou a situação de Samantha. "É melhor que a presença dela aqui se mantenha discreta. Obtivemos uma medida liminar contra o pai, mas é melhor não arriscar. Entende? A existência de Samantha muda sua posição a respeito de tudo isso?"

Mudava. Durante o trajeto de carro do consultório de Sunny até sua casa, Josie acreditava que Sunny a estava assumindo num ato de bravura, de uma coragem desenfreada e até irresponsável. Mas, na verdade, era algo mais mecânico do que isso. Ela e Helen tinham um sistema.

"O fato de você vir para mim depois de Sam foi um lance mágico do acaso", disse Sunny, tentando converter a situação em algo semelhante a um conto de fadas. "Na idade, vocês têm só um ano de diferença, e as duas podiam dar força uma para a outra."

Ou podemos arrastar uma a outra para uma sucessão de ferozes dramas adolescentes, pensou Josie.

"Sei que é meio estranho", disse Sunny, naquela noite e muitas outras vezes, dali em diante. "Mas aqui é tranquilo e seguro."

Era mesmo meio estranho. Josie e Samantha ficaram morando no mesmo quarto, o que significava que o quarto de Samantha foi instantaneamente repartido ao meio e seu espaço pessoal evaporou. "O que essas duas putas inventaram de fazer, agora?", resmungou ela para si mesma, enquanto deslocava seus pertences pelo quarto, a fim de abrir espaço para as coisas de Josie. Ela cooperava, tinha raiva, era competitiva num mês, depois se fazia distante, tendia a explosões ocasionais. Josie ficava no colégio e as duas tinham amigos diferentes, então seus contatos eram eventuais e evitáveis. Sam tratava Josie como uma andarilha errante que vivia à custa dos outros e que, para fugir da chuva, estava dividindo um quarto pelo qual Sam havia pagado.

No fim, houve uma distensão e as duas revelaram mutuamente suas fraquezas, apenas para que a outra as explorasse mais tarde. Eram garotas espertas e revoltadas, que não se sentiam particularmente agradecidas a Sunny nem a Helen, discutiam com os professores, flertavam com os namorados uma da outra, roubavam ou quebravam as coisas uma da outra.

Mas a casa delas era sadia e calma e a emancipação da própria Josie foi concluída sem resistência. "Apresentei os prós e os contras para sua mãe", disse Helen, certo dia, e Sunny sorriu — a conclusão era que elas haviam dominado completamente a mãe de Josie; aquilo causou uma pontada de culpa em Josie. Ela foi visitar a mãe todos os meses, durante o ano seguinte, e seus encontros, sempre numa lanchonete da rede Denny's, na rodovia, situada no meio do caminho entre as duas cidades, eram tensos e cordiais e elas conversavam, sobretudo a respeito de como seria bom se, dali a alguns anos, quando tudo ficasse resolvido, quando qualquer mágoa que houvesse entre elas tivesse sido queimada, as duas poderiam voltar uma para a outra, como adultas e iguais. Pois sim.

Havia algumas fofocas sobre Sunny e Helen, sobre o que elas tinham em mente — organizar algum tipo de culto, pegando adolescentes perdidas, uma de cada vez. Seriam lésbicas? Seriam lésbicas que planejavam organizar um tipo novo de culto? Porém, depois de Josie, não veio mais nenhuma jovem desgarrada, pelo menos não naquele ano. Com o tempo, a casa de Sunny se tornou um porto seguro conhecido para moças fugindo da desgraça, e a força do interesse de Sunny por Josie foi diluída por todas as garotas que vieram depois. Sunny sabia disso e se preocupava com a ideia de que Josie e Sam se sentissem relegadas. Não se preocupe, disse Josie para ela. Não tem motivo para se preocupar.

VI.

Afobada, Josie acordou os filhos, prendeu-os nos cintos de segurança, dirigiu o trailer de volta pelo Spit até o estacionamento de trailers Cliffside, para encontrar Sam. Estavam atrasados, ridiculamente atrasados. Vinte minutos depois, Josie estava calçando os sapatos nas crianças, no estacionamento, os sapatos de Ana pareciam tijolinhos de borracha, e logo todos eles estavam de pé, no alto do penhasco, olhando para baixo, para Sam, que estava com mais vinte pessoas, um churrasco a todo vapor, na praia lá embaixo, tudo para dar as boas-vindas a Josie e seus filhos.

"Desculpe!", berrou Josie para baixo, enquanto os três iam descendo a trilha íngreme, tentando sorrir, tentando rir, como se estivessem todos juntos naquilo, o estilo de vida do Alasca, a vida sem agendamentos e sem hora marcada para churrascos na praia. "A gente pegou no sono!", disse Josie, com entusiasmo, tentando soar agradável, enquanto Paul e Ana se arrastavam trôpegos atrás dela; então ela manteve um sorriso congelado na cara enquanto eles davam o último pulo da trilha para a praia. Sam veio logo para cima dela, engoliu-a num abraço de lã, seu cabelo e seu suéter tinham cheiro de fumaça de carvão. Ela estava de shorts, botas com o cadarço desamarrado e um suéter preto tricotado à mão. O cabelo estava solto pelo vento e não tinha sido lavado.

"Não se preocupe, você se atrasou só uma hora para sua própria festa", disse Sam, soltou Josie, agarrou Ana e suspendeu-a bem alto. "Você nunca me viu antes, mas meu plano é devorar você", disse, e os olhos de Ana ficaram elétricos, como se dando o alerta de outra criatura de sua estirpe selvagem. Sam beijou a orelha de Ana de um jeito rude, enquanto examinava Paul com mais cautela. "Esse é o Paulie?", disse, e baixou Ana no chão. Paul olhou para ela e pareceu estar disposto a aceitar a possibilidade de Sam erguê-lo no ar também. Mas ela não fez isso. Agachou-se na frente dele e segurou seu rosto entre as mãos. "Eu sempre me lembro desses seus olhos", disse, e depois se levantou.

O churrasco estava sendo servido perto do penhasco, numa praia ampla, na maré baixa, a praia riscada por faixas de água do mar empoçada, prateadas pela luz do sol baixo. Do outro lado da água estavam as montanhas Kenai, mas ninguém dava nenhuma atenção a elas. O restante dos convidados estava habituado a toda aquela beleza rude, todas aquelas madeiras trazidas pelo mar e todas aquelas pedras cinzentas e redondas, os volumosos troncos de árvore escavados por dentro pelo mar e calcinados pelo sol. Os convidados para o churrasco foram apresentados — uma mistura de gente desmazelada que trabalhava para Sam, gente desmazelada que já havia trabalhado para ela algum dia, os pais das amigas das filhas gêmeas de Sam e os vizinhos, que em sua maioria vestiam colete ou suéter de lã, todos com botas velhas. O tempo todo, um homem parecia ficar bem perto de Sam, e Josie achou que era uma espécie de namorado. Josie tentou lembrar a concepção que Sam tinha do casamento. Josie tinha ido ao casamento de Sam, o marido era um pescador comercial chamado JJ, mas de lá para cá nunca mais o tinha visto. Será que era um casamento aberto? Alguma coisa do tipo.

Esse homem na sua frente, que se encostava em Sam com uma familiaridade óbvia, podia ser dez ou quinze anos mais jovem que ela, mas a barba espessa e cor de ferrugem tornava difícil dizer ao certo. Sam o apresentou por último.

"Este é o Doug", disse ela, e levantou a mão dele acima de sua cabeça, como se tivesse sido declarado o vencedor.

Não. Não era um casamento aberto. Agora Josie lembrou. JJ ficava fora de casa durante meses e os dois tinham feito um acordo: o que quer que acontecesse enquanto ele estivesse longe, naquelas viagens, não tinha importância. Nenhuma pergunta podia ser respondida e ele só tinha uma exigência: a pessoa com quem Sam ficasse não poderia ser alguém que ele conhecesse. Mas ali estavam eles, entre todos seus amigos comuns, e havia aquele homem, Doug, que, para todo mundo que tivesse olhos para ver, estava dormindo com Sam.

"Você ainda mora com suas filhas?", perguntou Josie. "Ou já estão trabalhando em alguma fábrica de conservas ou algo assim?"

Sam ergueu o queixo na direção da costa. A algumas centenas de metros na direção da água, duas silhuetas estavam paradas diante de um pedregulho. Em cima do pedregulho estava uma ave gigantesca, e Josie riu sozinha, imaginando que, a qualquer momento, alguém lhe diria que aquilo era uma águia careca.

"Uma águia careca", disse uma voz de homem, e Josie virou para ver Doug, que segurava uma garrafa marrom de alguma cerveja local e a oferecia para ela.

"Vocês não querem conhecer Zoe e Becca?", disse Josie, e lançou um olhar suplicante para Paul. "Vão até lá dar um alô e depois voltem para comer." Paul pegou a mão de Ana e os dois caminharam na direção da água.

Josie teve uma sensação repentina de que Sam havia construído uma vida boa ali — tinha muitos amigos, amigos dispostos a ir para a praia à noite, num dia de semana, para saudar Josie e seus filhos.

"Você se perdeu?", perguntou Sam. "Chegamos aqui às quatro horas, arrumamos tudo e todo mundo apareceu às cinco. Nós combinamos às cinco, não foi?"

Josie tentou abrir as narinas.

"Batemos na porta de uma porção de trailers lá em cima", continuou Sam. "Mas ninguém tinha visto vocês."

Era fascinante, pensou Josie, como tinha pouca ideia do que esperar de Sam. Cinco anos era um bocado de tempo, e Sam, um camaleão desde sempre, já que vivia mudando de aspecto, podia muito bem ter se transformado numa entidade completamente distinta, àquela altura. Mas ela ainda guardava rancores.

Josie explicou que ficou dirigindo o dia todo e que eles ainda não estavam adaptados ao fuso horário, pegavam no sono em horários estranhos, explicou que não tinha celular e, portanto, não tinha despertador e, de todo modo, que importância tem isso, é verão, e Sam estava entre amigos, no final das contas, portanto o que é que tem se ela chegou tarde, será que faz tanta diferença assim?, ha, ha, ha.

E, no fim de seu monólogo, Josie viu que Sam estava olhando para ela de certa maneira, os olhos minuciosos e a boca divertida, e Josie lembrou que Sam fazia aquilo muitas vezes, supunha que tinha um acesso direto à alma elementar de Josie, era capaz de captar mensagens que mais ninguém podia receber ou decifrar.

"Não faça isso", disse Josie. "Não aja como se me conhecesse tão bem. Faz cinco anos que não nos vemos."

Aquilo deixou Sam ainda mais encantada. Seus olhos abriram como os faróis de um carro de desenho animado. "Você abandonou seu consultório e fugiu do Carl. Ou fugiu do seu consultório e abandonou o Carl. Foi o que ouvi falar."

A única pessoa que poderia ter contado aquilo para Sam era Sunny, que estava aflita com o fato de Josie ter perdido seu trabalho e que jamais diria aquilo naqueles termos. Mas Sam sempre tinha sido irreverente quando se tratava de alguma perda, alguma tragédia. Achava que era seu direito, como sobrevivente de um mundo pessoal destroçado.

"Enfim", respondeu Josie, e não conseguiu encontrar um jeito de concluir seu pensamento. Torcia para que só aquela palavra já bastasse.

Durante o silêncio de Josie, Sam ficou ainda mais encantada. "Enfim, de fato!", disse ela, como se as duas estivessem envolvidas numa espécie de dança verbal graciosa, que ambas conhecessem e adorassem.

"Meus filhos precisam comer", disse Josie, na esperança de voltar sua atenção e a de Sam para assuntos mais práticos.

"O Doug vai cuidar disso", respondeu Sam, acenando com a cabeça para uma fogueira, que Josie percebeu que era também uma churrasqueira. Era um arranjo meio bárbaro — uma fogueira grande e desimpedida, alimentada com toras enormes, com uma grelha por cima, suspensa bem no alto, por meio de uma complicada treliça de madeira, feita de varas.

"Eles gostam de salsichão?", perguntou Doug.

Josie disse que sim, sabendo que teria de picar em pedacinhos bem pequenos e dizer aos filhos que era cachorro-quente.

Paul e Ana voltaram com as gêmeas, treze anos de idade, idênticas, esguias e atléticas, mais altas do que a mãe ou Josie. O cabelo delas era louro cor de palha e denso, e com as sardas claras, os olhos escuros, brilhantes, intensos e risonhos, elas tinham o aspecto de guerreiras medievais que acabavam de voltar de algum saque, de alguma surra ou de algum passeio montadas no dorso de uma baleia. Caminharam ao encontro de Josie e lhe deram um abraço, como se de fato a conhecessem e a amassem.

Josie, espantada, disse que elas eram lindas, que ela nem conseguia acreditar, e as duas olharam direto para ela, na verdade escutando com atenção. Elas não eram deste mundo.

Afastaram-se, jogando pedaços de pau para que os vários cachorros grandes pudessem correr atrás, e Josie deu para seus filhos pratos repletos de fragmentos de salsichão, além de milho assado em papel laminado. Seus filhos sentaram num tronco enorme, perto de uma fileira de meninos, todos de nove ou dez anos, e cada um segurava sua própria faca de entalhar. Enquanto Paul e Ana comiam, os garotos entalhavam, os punhos alvos, o cabelo comprido cobrindo os olhos. Paul olhava passivamente, mas Ana estava fascinada. Josie sabia que ela ia querer uma faca e, durante dias, não falaria de outra coisa senão de facas.

"Você parece cansada", disse Sam.

"Você está bronzeada", disse Josie. "Ele é seu namorado?" Apontou para Doug, esquivando-se da fumaça da fogueira, que mudava de direção. Sam deu de ombros e foi para perto de Doug, esfregou suas costas e depois se abaixou para evitar a fumaça, quando ela a envolveu.

Josie ergueu os olhos para ver que Ana tinha mudado de lugar. Agora estava sentada na areia, de frente para as crianças entalhadoras, os olhos no nível das lâminas. Os garotos riam, pensando que Ana era uma piração, a coisa mais doida que já tinham visto na vida. Então, os olhos de Ana se acenderam com uma ideia e levantou o suéter, o suéter boliviano, toda aquela lã pesada e trançada de modo meio frouxo, puxou-o por cima da cabeça, com grande esforço, para revelar a blusa do Lanterna Verde que estava usando por baixo. Estava mostrando aos garotos que ela não era uma menininha qualquer — que ela era igual a eles, que gostava do Lanterna Verde, que apreciava combater o mal com um grande poder sobrenatural, apreciava entalhar madeira com facas grandes. Mas os garotos não deram muita importância: olharam, riram, porém não disseram nada. Ana não desanimou. Tremendo na sua blusa do Lanterna Verde — a temperatura já estava baixando para a faixa dos dez graus —, ela se espremeu junto deles em cima do tronco, de vez em quando colocava a mão no antebraço de um garoto, como que para participar, de alguma forma, do trabalho de entalhar. Como se, por meio daquela transferência humana, ela também pudesse estar entalhando a madeira. Josie serviu para Ana um segundo salsichão num prato de papel e Ana devorou, sem sequer desviar os olhos dos meninos e de suas facas.

Enquanto isso, Paul pegou seu prato e andou até as gêmeas, perto da águia e do pedregulho, na praia. Josie observou, enquanto ele caminhava direto até elas, e depois parou, de repente. As meninas se viraram para ele e pareceram reconhecer sua presença com alguma satisfação. Ele se pôs de cócoras na praia, comeu, e os três ficaram olhando para a águia, e um par de cavaleiros passaram a trote lento pela linha do horizonte, na água rasa, até que uma das meninas atirou uma pedra perto da ave e ela voou, seus ombros pareceram cansados, o movimento das asas lento e laborioso demais para produzir o voo, mas então ela subiu e foi para o alto, como se não fosse nada, como se o voo não fosse nada, o planeta não fosse nada, absolutamente nada, só mais um lugar para deixar para trás.

VII.

Depois do churrasco, as crianças subiram na traseira da caminhonete de Sam, enquanto Sam e Josie ocuparam parte da frente, e todos voltaram para a casa de Sam, passando por pinheiros jovens em todo o trajeto, mais ou menos por dois quilômetros, morro acima, por uma encosta cheia de casas bem cuidadas. A casa de Sam, com um gramado liso e fileiras bem ordenadas de arbustos ao redor, oferecia uma vista desimpedida do resto de Homer, lá embaixo. Não era nenhuma cabana de toras típica dos rincões remotos da zona rural. Era uma casa moderna e respeitável, recém-pintada, sólida e limpa.

Trabalhar como guia de observadores de pássaros em Homer, puxa vida! Sam tinha acertado em cheio. Havia se mudado para o Alasca e criado seu negócio de observação de pássaros, sem criar problemas, sem pedir autorização para ninguém. Sam conseguira a licença para tomar conta da floresta, alguma ilha perto de Homer, e teve aquela ideia. Teria ela abandonado a sociedade como Josie pretendia fazer? Sim e não. Cuidava de um negócio, tinha filhas, as filhas iam para a escola, ela pagava os impostos, enviava e-mails. Estava tão encurralada quanto Josie, mas tinha um barco, calçava botas, e suas filhas eram aquelas criaturas sagradas que viviam ao ar livre, com cabelos compridos, esvoaçantes, doces e cor de milho. Ela havia resolvido algumas coisas. Tinha simplificado.

Paul e Ana trocaram de roupa e subiram para o primeiro andar da casa, atrás das gêmeas, e as gêmeas disseram que iam pôr os dois para dormir. Ana estava empolgada e Paul, num êxtase cauteloso. Josie fizera planos de contar para Paul que Sam era sua madrinha de fato e de anunciar isso para Sam, mas agora não tinha mais tanta certeza. Torcia para que Paul tivesse esquecido o assunto.

"Tenho uma surpresa", disse Sam.

Ela andava fabricando seu próprio uísque em casa e queria que Josie provasse. Josie nunca havia desenvolvido o gosto por bebidas destiladas marrons e tinha plena certeza de que o uísque de Sam não poderia ser bom.

Sam trouxe uma garrafa medieval e serviu de maneira descuidada, acabou servindo muito e, pior, serviu numa xícara de café. Josie cheirou, e o odor era mais forte do que o do uísque comum — era nocivo e insondável, um cheiro predatório. Josie fez de conta que bebeu, fingiu fazer uma careta, fingiu engolir e desfrutar o uísque, da maneira corajosa e rude que Sam esperava.

"Nossa!", disse Josie.

Sam ficou encantada. Pelo visto, o propósito do fabricante de uísque era fazer o bebedor ter engulhos.

"Muito bom", disse Josie. Ainda não havia provado.

Levaram suas xícaras para a varanda nos fundos. Sam apanhou uma manta pesada, acendeu um aquecedor movido a gás propano e o trouxe para perto delas. A noite estava esfriando e o céu estava cinzento, com uma capa de nuvens baixas. As duas sentaram, com os pés se tocando, os corpos desenhavam um V, de frente para as árvores escuras.

Josie supôs que estavam prestes a começar uma conversa mais séria e, por isso, tratou de tomar um gole demorado de uísque, desejando provar seus efeitos, sem sentir seu gosto. Mas o gosto era incontornável e infame. Queimava. Ela pensou num par de tênis em chamas. "Isso aqui é terrível", disse.

Sam sorriu e encheu sua xícara de novo.

"Mas, então, que porra você veio fazer aqui?", perguntou Sam.

Josie riu. Sam riu. As duas riram alto, tão alto que uma janela no primeiro andar se abriu e uma das gêmeas, Josie não soube dizer qual, debruçou-se para fora e seu rosto escuro disse: "Silêncio aí embaixo, senhoritas. Está na hora das crianças dormirem".

A janela fechou e Sam virou-se para Josie.

"Quer dizer que Carl não quis vir?" Ela estava brincando. "Sério. Você tem contato com ele? Ele ainda está na área?"

Josie deu a Sam um breve quadro da participação de Carl na vida dos filhos, o que levou entre oito e nove segundos.

"Ruim demais", disse Sam. "Lembra quando ele apelidou a Ana de *Ah, não*, e depois de *Foi Mal*? Ele até que era engraçado. Na verdade, era muito bom com crianças." As duas coisas foram verdade para algumas pessoas durante algum tempo, no entanto seu sumiço, de alguma forma, tornou Carl, pelo menos para Josie, menos engraçado e também menos amigável com crianças. Toda vez que ouvia um elogio ao Carl, ela evocava seus crimes cômicos. Mais de uma vez, ele havia *pedido* que Josie fingisse um orgasmo. Ela estava quase contando isso para Sam, mas Sam já tinha mudado de assunto.

"E é mesmo verdade o que me contaram, que você vendeu seu consultório? Você não é mais dentista? E você teve mesmo paralisia facial por um ano ou algo assim? Você não está com a intenção de despencar com esse trailer do alto de um penhasco, não é? Me diga pra parar, se eu estiver sendo intrometida."

"Não", disse Josie. E não conseguiu pensar em mais nada para dizer. Pensou: *Você, que fugiu para o Alasca e, de algum jeito, está casada, mas não está casada — você está querendo me julgar?* Mas preferiu não dizer. Não havia motivo. Josie tomou mais um gole demorado do uísque pernicioso e teve a sensação de que podia apenas deixar que a noite passasse por cima dela, durante uma hora, até que pudesse alegar esgotamento e ir dormir. O ar da noite estava quente e os grilos ou sapos faziam seus ruídos, batia uma brisa e, ao longe, alguma estrada zumbia uma melodia feita para ser esquecida.

Sam encheu de novo a xícara de Josie. "Então, você largou o trabalho? Vendeu o consultório? O que a Sunny falou sobre isso?", perguntou Sam, e Josie ficou contente por Sam ter parado de chamar Sunny de *mãe*. Na última vez em que tinha visto Sam, ela estava empregando essa palavra, mãe. Nem ela nem Sam chamavam Sunny assim, quando moravam com ela, e ouvi-la usando a palavra, vinte anos depois, ou quantos anos fossem, era chocante — como se Sam tivesse avaliado melhor o que Sunny foi para ela e tivesse lhe dado um nome. Algum dia, Sam não a havia chamado de Sunsy? Tinha sim! Sam gostava de nomes, apelidos. Para que serviam esses nomes? Ajudavam Sam a definir, ou redefinir, o que ela e Sunny eram uma para a outra. Os nomes davam a ela algum controle, como se chamar Sunny de Sunsy a pusesse no lugar dela, uma mulher pequena e que estava ficando velha, ao passo que mãe era um título honorífico sagrado. Mas, agora, ela era Sunny outra vez. Sunny era só o nome dela. O nome pelo qual as duas a conheciam. *Vamos combinar uma coisa e deixar esse assunto para lá*, era o que Josie queria dizer.

Tomou um gole de seu uísque, olhou para o céu de um preto vulcânico. Talvez fosse aquela a causa de toda a neurose moderna, pensou, o fato de não termos nenhuma identidade inalterável, nenhum fato indiscutível. Tudo que conhecemos como verdade fundamental está sujeito a alterações. O mundo está ficando sem água. Não, na verdade, existe no subsolo água bastante para cobrir a superfície da Terra com uma camada de trinta metros de profundidade. Portanto, não existe nenhum problema de água? Bem, só seis por cento dessa água no subsolo é potável. Então estamos condenados? Bem... As evasivas e as ressalvas não acabavam nunca. Os cientistas, os astrônomos eram os piores transgressores. Nós somos matéria. Não, estamos rodeados por matéria. Existem nove planetas. Não, oito. Nós somos excepcionais, nosso planeta é único em sua capacidade de sustentar a vida. Não, existem bilhões de planetas como a Terra, a maioria deles maior do que o nosso, a maioria deles provavelmente muito mais desenvolvida. Sunny. Sunsy. Mãe.

Sam estava falando alguma coisa. Josie se concentrou nas palavras. "Ela deve ter ficado arrasada. *Arrasada*."

Ah, isso. Josie já esperava isso. Quando ela começou a cursar odontologia, na faculdade, Sam foi cruel. "Você não precisa puxar o saco tanto assim, Joze." E Josie levou aquilo até o fim e abriu seu próprio consultório. Sam ficou furiosa. Paralisada. Então, Sam mudou-se para Anchorage, depois para Homer, e havia a teoria, nunca declarada, entre Sunny, Josie e Helen, de que Sam havia escolhido o Alasca como seu modo de ceder a vitória e o terreno para Josie. Josie tinha vencido, havia garantido o maior amor de Sunny e, assim, podia ficar com Sunny e com os Estados Unidos, menos o Alasca.

As botas de Sam, com os cadarços soltos, bateram no chão. Ela colocou os pés enormes, calçados em suas grossas meias de lã, em cima da mesa cinzenta de piquenique.

"Desculpe. Que merda!", disse Sam, e de repente sua cara estava bem na frente da de Josie. Seus narizes se tocaram. "Não estou brava com você. Nem com ciúmes", disse ela. "Não estou com nada. Nada desse tipo. Mas sei que você sempre achou que eu fiquei com rancor." De repente, Josie lembrou-se de uma vez em que Sam a acusou de se colocar numa posição favorável para herdar o consultório de Sunny. Ela foi tão baixa, e tantas vezes, usando sempre a desculpa de que o consultório estava muito ferrado, mas e daí? "Eu amo você. Somos irmãs", disse Sam, e agora os olhos de Josie estavam cheios de água e Sam estava chorando. "Eu quero saber o que aconteceu. Falar ajuda."

Josie achou que era um argumento duvidoso. Em geral, falar não ajudava. Falar magoava como o diabo. Era como dizer para uma pessoa que está afundando na areia movediça: *Ficar parado ajuda*. Nesse caso, Josie tinha certeza de que a dor seria causticante, tinha certeza de que ela pensaria naquilo de modo mais vivo durante a noite, mais tarde, deitada na cama de armar no porão da casa de Sam. Ela sabia, de fato, que ia ficar lá deitada, com frio e com a cabeça cheia de uísque ruim, e que ia repassar todo aquele filme de novo dentro de sua cabeça, ao mesmo tempo em que pensaria, também, nos filhos, que estariam dormindo dois andares acima e que poderiam muito bem acordar no meio da noite sem saber onde estava sua mãe — não iam nem imaginar o porão e até achariam aquilo uma coisa aterradora, sua mãe dormindo num porão. Josie tinha certeza de que falar sobre tudo aquilo era uma ideia horrível — falar sobre horrores nunca tinha adiantado de nada para ela, sentia-se muito melhor esquecendo, estruturando sua vida em torno do esquecimento, mas Sam queria saber e, num momento de fraqueza induzida pelo uísque, Josie achou que abrir aquela ferida era uma ideia maravilhosa.

O rosto dela era muito meigo. Tinha o cabelo branco, as bochechas rosadas, qualquer um que a visse pensaria logo na esposa do Papai Noel. Como era possível uma mulher assim, uma mulher chamada Evelyn — Evelyn Sandalwood! Um nome para consolar os cansados e os exaustos! —, como aquela viúva com cinco netos poderia se transformar em tamanho demônio? Josie pensou nos monumentos estranhos no deserto, as formas arqueadas e ocas que o vento e os rios fizeram com as montanhas respeitáveis.

Evelyn foi paciente de Josie. Anos sem problema nenhum. Tinha a boca suja, sim, era fumante e tinha dentes fracos, duas dúzias de obturações, gengivas ruins. Mas nada muito fora do comum. Em geral, dava para perceber quando os pacientes estavam perturbados — tinham tantas preocupações, ficavam se sacudindo na cadeira, agarravam com força os braços da cadeira, olhavam para a gente com olhos magoados, antes de cuspirem na pia. Depois, faziam tantas perguntas, ficavam muito mais tempo do que deviam, iam pedir uma segunda opinião para suas higienistas dentárias. No passado, Josie tinha interrompido o atendimento de muitos pacientes desse tipo, encaminhava-os para dentistas mais baratos ou mais caros, qualquer um.

Mas Evelyn era uma das pacientes boas. Elas conversavam sobre o riacho que corria perto do consultório de Josie, como Evelyn pegava uma canoa e remava em suas águas sulfurosas, quando menina. De vez em quando, falava de um jeito muito bonito sobre o pai que havia morrido, nada de mórbido, ela estava ciente de que o pai tinha partido e sentia-se uma pessoa de sorte por ter desfrutado sua companhia por tanto tempo. Não ficava zangada com nada, não tinha nenhuma índole de confronto. Parecia uma mulher honesta. E, então, por que ela atacou Josie daquela maneira? Josie sentia que havia pressões em torno da mulher. Um genro que era advogado especializado em processos de indenização por danos pessoais. Uma sobrinha que tinha visto um documentário sobre erros médicos. Josie ouviu certas coisas, mas não teve certeza. Era uma cidade pequena, Josie não podia saber o que era verdade, o que estava acontecendo na casa de Evelyn, na cabeça dela.

O que soube, certo dia, é que os dados sobre Evelyn Sandalwood em seu consultório foram requisitados pela justiça. Christy, a recepcionista, abriu a carta de um advogado conhecido como um terror sagrado, perguntou para Josie a respeito, e Josie respondeu que sim, é claro, ia enviar, enviar os dados, tudo. Mas ficou sem fôlego. Olhou para o cabeçalho. Aquele advogado era uma fera. Eram três da tarde, ela só tinha mais um paciente, apenas uma limpeza e uma revisão. Olhou para a carta com medo de ler, mas viu as palavras "negligência grave" e "atraso importante no diagnóstico" e entendeu que seu consultório não ia sobreviver. Deixou Christy fechar o consultório e parou no mercado, a caminho de casa, para comprar uma garrafa enorme de prosecco. Foi ao estacionamento e voltou em seguida, para comprar também um gim.

Josie devia ter visto o tumor. Essa era a acusação. Em toda revisão, Josie fazia um exame-padrão para prevenir o câncer oral e, para alguém como Evelyn, uma fumante, ela fazia um exame mais demorado. Erguia e levantava aquela língua nojenta, a cor e a textura de um tapete de carro. Lembrava nitidamente que fazia aquilo, lembrava que não tinha visto nada, lembrava que havia marcado *negativo* em sua ficha.

Porém, dezesseis meses depois, Evelyn tinha câncer no estágio 3 e queria dois milhões de dólares de indenização. Josie não sabia quem procurar. Ligou para Raj. "Venha me encontrar depois do trabalho", disse ele. Raj tinha seu próprio consultório na cidade e eles conversavam com frequência, trocavam opiniões sobre tratamentos de canal e, por diversão, encaminhavam um para o outro seus pacientes mais irritantes. Raj era um homem arredondado, à beira dos sessenta anos, com voz de trovão, dado a filosofices duvidosas, em volume alto. Ficava de pé, parado, as pernas plantadas com firmeza no chão, como se estivesse pronto para enfrentar uma rajada de vento repentina, e dizia coisas como: "Adoro meu trabalho, não posso negar, porque adoro todo mundo!". Ou, num dia menos feliz: "O único problema com nossa profissão, Josephine, são as pessoas e suas bocas horríveis".

Dessa vez, Josie chegou a seu consultório e topou com ele de pé, na sala de espera vazia, de braços abertos. No entanto, em vez de abraçá-la, começou um de seus pronunciamentos: "Falei para minhas filhas, 'Não estudem medicina!'". Estavam só os dois ali, mas ele falava alto como se estivesse num comício político ao ar livre. "Pode imaginar, um indiano dizendo para as filhas não serem médicas? É por causa desses processos judiciais! Essa denúncia constante. Essa cultura da queixa! Não somos os fornecedores da imortalidade! Somos falíveis! Somos humanos!" Josie perguntou se alguma paciente já tinha movido uma ação judicial contra ele e Raj respondeu que sim, claro, lá na Pensilvânia, uma vez, mas ele não conhecia nenhum bom advogado em Ohio. Ela passou quase uma hora, depois disso, ouvindo Raj falar sobre seus pacientes problemáticos, a dúzia de vezes em que ele mesmo escapou por pouco de processos na justiça.

Quando Josie, finalmente, achou uma advogada, uma jovem que tinha acabado de deixar o escritório da promotoria do distrito em Cincinnati, percebeu que estava liquidada. Tinha contratado uma advogada mirim para defendê-la de uma mulher que estava morrendo de câncer, uma mulher que, ainda por cima, parecia a esposa do Papai Noel. Josie não tinha a menor chance. Era uma questão de fazer um acordo e saber quanto teria de pagar.

A ideia de abandonar sua carreira veio a Josie, certo dia, quando estava chegando ao consultório. No momento em que a chave girou na fechadura, a ideia bateu com uma simplicidade deslumbrante. Passaria o negócio para as mãos de Evelyn Sandalwood. A mulher tinha envenenado o negócio e agora podia ser tudo dela. Sua advogada estava aconselhando um acordo de dois milhões de dólares. O seguro de Josie alcançava um milhão e ela achava que o negócio talvez valesse quinhentos mil, mais ou menos, por isso ela propôs uma troca. Entregaria a coisa toda, os equipamentos, os clientes, tudo, e iria embora. Eles podiam ficar com tudo, um milhão e meio, agora, ou esperar para sempre para receber menos.

O advogado de Evelyn disse que era ridículo, sem a menor chance, até que o promotor explicou quanto tempo Evelyn ia levar para arrancar de Josie aquela mesma quantia em dinheiro. A casa de Josie, mesmo que a vendesse, era só metade sua e, depois da venda, da separação da receita e do pagamento dos impostos e taxas, talvez rendesse para Evelyn cento e cinquenta mil. O restante viria de penhoras no salário de Josie durante o resto de sua vida — e Josie já deixara claro que não tinha intenção de voltar a exercer o ofício de dentista, portanto nunca mais voltaria a ter aquele nível de renda. O melhor era Evelyn ser a dona do negócio. Essa era a oferta de Josie. E foi ideia de Josie dar ao pessoal de Evelyn setenta e duas horas para decidir. Durante aqueles três dias, o pessoal de Evelyn enviou especialistas para examinar o prédio, avaliar as máquinas, as luzes, as ferramentas. No meio daquilo tudo, Raj telefonou. "Vou comprar por um milhão", disse ele. Josie disse que não valia aquilo tudo. "Acho que vale!", disse ele — rugiu. De alguma forma, a voz dele soava ainda mais alta ao telefone. Josie lhe disse que ele era um santo. "Quero a sua felicidade, Josie!", berrou. "Quero que você esqueça essa feiura toda e encontre a serenidade! Agora você está livre!"

Mesmo antes de Evelyn, o trabalho já não tinha graça, não chegava nem a ser tolerável. Certo dia, Josie chegou ao consultório e topou com um bilhete colado na porta com uma fita adesiva. "Como você *foi capaz?*", indagava numa caligrafia bruta de letras maiúsculas. O bilhete a aterrorizou por semanas. Quem tinha escrito? O que significava? Seria sobre Jeremy ou era alguém reclamando que seus preços eram altos demais? Josie ficou nervosa. Começou a balbuciar. De tanto medo de dar conselho, de transmitir uma sabedoria que pudesse levar alguém a morrer num vale solitário no Afeganistão, Josie passou a não falar quase nada. A angústia da influência! Em seu país, naquele momento desvairado específico, uma dentista tinha o poder de mandar um homem para a morte. Uma dentista! Ela havia falado coisas loucamente encorajadoras para Jeremy acerca de sua capacidade de mudar o mundo e ele acabou alvejado e morto. Depois, na direção oposta, marcou a opção "negativo" e, era o que Evelyn ou sua família carnívora declarava, isso tinha causado o câncer naquela mulher doente. Bem, chega. Era melhor não dizer nada, evitar todo mundo. Ela estava farta de todas as bocas, a começar pela sua própria.

"Não se preocupe", disse Raj. Os dois estavam caminhando pelo consultório vazio de Josie. Todos tinham saído. Em breve, Raj ia tomar conta do negócio, recontratar a maioria do seu pessoal. Ela o adorava por ter feito aquilo. "Josie", disse ele, segurando suas duas mãos como se estivessem prestes a sair dançando uma quadrilha, "a perda da força de vontade sempre ataca os competentes. Assim como a vontade de se afogar puxa para baixo até uma pessoa que está na água mais rasa."

A última reunião com Evelyn e seu pessoal foi uma coisa muito feia. Alguns meses haviam se passado desde a primeira citação judicial, e a velha tinha perdido catorze quilos. Ela não conseguia falar e seus olhos, antes mansos, tinham ficado duros. Josie queria ter pena dela, mas não sentia nada. Queria ir embora. Evelyn aceitou os termos do acordo, pegou o dinheiro, enquanto o genro vigiava, e assinou os papéis com seus dedos murchos e amarelados.

E Josie ficou livre.

* * *

"Foi por isso que teve paralisia facial?", perguntou Sam, com voz enrolada. Encheram suas xícaras mais duas vezes, durante o relato.

"Não sei", respondeu Josie. "Claro."

Josie olhou para a noite negra.

"É assim que você leva a vida?", perguntou Josie.

"O que isso quer dizer?", perguntou Sam, e se levantou e olhou para a noite, tentando ver o que Josie estava vendo.

"Você tem a sensação de que está fazendo aquilo que deveria estar fazendo? Que está usando seu tempo, aqui, de forma adequada?"

Josie riu para rebater o que havia acabado de dizer, mas sabia, mesmo em seu estupor, que aquele era o pensamento central que ocupou sua mente durante a maior parte daqueles vinte anos. Onde quer que estivesse, podia estar satisfeita, podia estar fazendo seu trabalho ou alimentando os filhos ou amando temporariamente um homem como Carl e morando na cidade onde morava, no condado onde ela havia nascido, mas, mesmo assim, mil outras vidas se apresentavam a ela diariamente e pareciam igualmente dignas de se viver, ou mais.

Sam não respondeu. Então Josie se deu conta de que não havia pronunciado as palavras alto o bastante. Josie quis dizê-las de novo, porém, agora, o momento havia passado e ela não era mais capaz.

Em troca, disse: "Está bem", e com isso queria dizer que elas, Josie e Sam, deviam ser melhores uma para a outra. Todos devemos ser melhores uns para os outros, ela queria dizer. Evelyn não devia ter ficado com câncer e não devia ter tomado o meio de vida de Josie como indenização, e, mais uma vez, por que ela não tinha recebido nenhuma notícia do pai durante onze anos e por que Jeremy tinha morrido? Como aquilo podia ser aceitável?

"O que você está olhando tanto?", perguntou Sam.

"Está bem", repetiu Josie, e depois disse: "Acho que está na hora de dormir".

Só que ela não dormiu. Desceu para o porão e deitou na cama de armar que havia ali. Seu trabalho não existia mais e não havia placas, nenhum agradecimento. Seus empregados a culpavam, e não a Evelyn Sandalwood, não a atmosfera de canibalismo legal, não no abismo que era a ordem moral, mas Josie, pela transferência da propriedade do consultório e pela perda de seus empregos. Tania a repreendera por não ter feito um seguro-saúde adequado. Tania! *Para quem ela havia feito um seguro-saúde!* Todas aquelas jovens — elas tinham procurado Josie em busca de trabalho, sim, porém, mais importante que isso, elas queriam um seguro-saúde. Um consultório de dentista, certamente, teria a melhor cobertura. Elas tinham listas desconhecidas de condições preexistentes e não conseguiam se conter — nos primeiros dez minutos de qualquer entrevista, perguntavam logo sobre o seguro-saúde. Josie cuidou de Tania, Wilhelmina e Christy, cuidou de todas essas pessoas e nenhuma perdeu dinheiro. Todo dinheiro perdido era de Josie, elas receberam seus pagamentos e se consideraram lesadas. Não havia nenhum motivo para ter um pequeno negócio e empregar pessoas. Aquelas pessoas foram criadas para se sentirem lesadas por qualquer empregador, se sentirem enganadas em todo pagamento de salário. Josie havia, repetidamente, levantado a ideia de uma cooperativa, um sistema em que todos no consultório dividissem os lucros e os riscos. Ninguém quis saber disso. Prefeririam ser lesados.

Ela fechou os olhos.

E se deparou com o rosto de certa mulher vigilante na escola, a que usava um cachecol, sempre um cachecol, que achava que Josie era uma espécie de malandra. "Como é que podemos fazer você ter mais compromisso, aqui?", perguntava, os olhos de contas de vidro enlouquecidos e o cabelo preto desarvorado que nem uma vassoura de piaçava. Não, não. Outro pensamento. Jeremy. Jeremy não. Outra pessoa qualquer. Carl não. *Li um livro sobre html!*, bradou Carl, um dia, a única vez em que Josie o ouviu berrar. *Li o livro de ponta a ponta!* Para ele, isso era uma espécie de trabalho. Isso justificava sua indolência. Podia ser a coisa mais importante que ele já havia feito fora do banheiro. Lembra aquela vez em que Carl comprou duas embalagens com doze rolos de papel higiênico? Ele precisava; gastava um rolo por dia. Não. Chega de Carl. Josie varreu Carl para longe. Patti? O que será que aconteceu com Patti, sua colega desde o jardim de infância? Patti era legal. Patti era engraçada, desbocada, reconhecia logo uma conversa fiada quando alguém vinha com conversa fiada. Com um choque de reconhecimento, Josie se deu conta de que era culpa dela — Patti tinha procurado Josie várias vezes, na primavera passada, e Josie fez o quê? Esqueceu-se de escrever uma resposta? De telefonar? Não, Patti se mudou. Divorciou-se e mudou-se. Por que ela não conseguia lembrar essas coisas? Ser dona de um negócio assassina nossa capacidade de ser o tipo de amigo que as pessoas esperam ou merecem. Passam dias e semanas e é impossível haver qualquer constância. Seus melhores amigos eram os mais velhos amigos, que não esperavam mesmo ter contatos constantes. Todos os outros ficavam decepcionados.

A primeira reação que ela provocava nos outros era esta: decepção. Seus empregados ficavam decepcionados com suas horas de trabalho e com seu pagamento, seus pacientes ficavam decepcionados com seus cuidados, suas cáries, com o fato de suas bocas serem sujas, seus dentes serem fracos, com seus seguros de saúde serem escorregadios. A caixa de sugestões, uma ideia dos funcionários, foi um desastre. *Um pouco decepcionada. Muito decepcio-*

nada. Superdecepcionada. Josie jogou fora a caixa de sugestões, teve alguns anos felizes, depois apareceram os websites com a opinião dos clientes, meu Deus, tantos descontentes, todos aqueles pacientes anônimos se vingando de cada escorregão dela, de cada momento imperfeito. Decepcionado com sua maneira de tratar. Decepcionado com o diagnóstico. Decepcionado com as revistas na sala de espera. Cada decepção era um crime.

Vivemos num tempo vingativo. Você não recebeu o frango com laranja que pediu *ou* o arroz pegajoso? E agora você já está em casa? Quer dizer que vai ter de fazer todo o caminho de volta para conseguir o frango com laranja e o arroz pegajoso que pediu? Injustiça! E, portanto, vingança. Vingança contra os crimes do proprietário! Era essa nossa versão contemporânea de equilíbrio, de dizer a verdade para o poder. Vingança contra o proprietário, naquele website com as reclamações dos clientes! Corrigir o desequilíbrio! Josie mesma tinha feito aquilo. Tinha feito aquilo três vezes, e em todas ela se sentiu bem por dois ou três minutos, para depois sentir-se desprezível e arrasada. Aquilo não tinha a menor importância para o mundo. Esqueça. Como tinha conseguido permanecer naquele negócio por tanto tempo? Também estou decepcionada, ela queria dizer. Decepcionada com sua halitose, com seu pau duro, quando Tania se inclina sobre você, apertando os peitos no seu ombro pubescente. Decepcionada com a maneira como você segura os braços da cadeira, como se eu estivesse machucando você, vá se foder, mal estou tocando em você. Seus bebês chorões. Seus bebezões. Mamãe de cabelo de piaçava ficou descontente. Evelyn é a mais decepcionada de todas. Ah, merda: aquilo era um espetáculo: *Decepcionados: o musical.*

Imagine só: a plateia sai de *Decepcionados.* O que vocês acharam? Gostaram? *Decepcionados.* Este seria o cartaz de publicidade! *Depois do espetáculo, vocês vão sair decepcionados.*

Não podia dar errado. Deitada no porão, separada dos filhos adormecidos que babavam, agora de olhos abertos, Josie pensou em pegar um caderninho de anotações. Não precisava, ela ia lembrar. Era melhor do que *Noruega*! Todas as canções de *Decepcionados: o musical* seriam uma ladainha de lamúrias, escoradas numa partitura repleta de alegria. O cenário seria uma orgia caleidoscópica de cores e produtos, a inimaginável exibição de coisas e utilidades acessíveis a nós, tudo insatisfatório de alguma forma, tudo nos deixava na mão. Produtos feitos para nos decepcionar. Nossos amigos: decepcionantes. Nossos pais: decepções. Empresas aéreas: decepcionantes. Nossas nações e líderes, todos decepções. O espetáculo tornaria a decepção quadridimensional. Os atores cantariam e dançariam em figurinos fenomenais que, de certa forma, seriam insatisfatórios. Os assentos do teatro seriam confortáveis, é claro, mas poderiam ser melhores. No intervalo, haveria bebidas refrescantes, mas não estariam à altura do espetáculo, e o tempo livre que antecede o segundo ato não seria longo o bastante para desfrutar os refrescos. Preços dos ingressos: não chegam a ser escandalosos, mas, positivamente, são uma decepção. Acessibilidade, também decepcionante. O espetáculo seria longo demais.

 A estrela seria Evelyn. Quem representasse seu papel teria mais de setenta anos, mas seu número de abertura falaria sobre tudo o que ela ainda teria para viver, milhares de possibilidades abertas à sua frente. Veríamos uma mulher idosa e uma mulher que não seria absolutamente capaz de saltitar pelo palco — e estaria fumando, também, possivelmente nem se mexeria muito, talvez ficasse apenas sentada num banco — e cantaria uma canção, como na chegada a uma cidade grande, repleta de animação: todas as coisas que desejava fazer. Mas e depois? Mas e depois, ela vê a dentista, que é, de certa maneira, distraída, que, de certa maneira, lhe causa o câncer — isso seria o fim do primeiro ato —, a dentista causa o câncer por não ter percebido a doença. Seu segundo número de solista seria uma canção trágica sobre os horizontes perdidos, sobre o tempo finito, sobre a decepção. O grande sucesso do espetáculo seria aquela canção: "Toda decepção é um crime" e, nesse ponto, viriam se juntar a Evelyn todos os seus filhos e netos, todos lamentando o destino de Evelyn, porém esperando alguma dose de satisfação, quando a justiça fosse feita, quando a dentista negligente fosse punida e humilhada — talvez algum alçapão no palco? O espetáculo terminaria dessa forma, com a dentista descendo no mesmo instante em que Evelyn subia — ela subiria para o paraíso, em meio a uma rajada de cornetas e trompas e depois, lá, é claro, ela também ficaria decepcionada.

VIII.

Josie acordou com o som de batidas nos cômodos de cima e sabia que era o barulho de Sam e das gêmeas comendo e se vestindo e também, Josie desejava, indo embora bem depressa. Ela não tinha nenhum relógio perto e não queria saber as horas. Só queria que aquelas pessoas saíssem de casa de uma vez, antes que acordassem Paul e Ana. Sam precisava trabalhar de manhã, tinha dito isso, ia guiar um grupo que veio de Nova Jersey, e as gêmeas iam para a escola, portanto Josie e seus filhos ficariam sozinhos até de tarde.

A porta da frente fechou com civilidade, depois a porta de tela, com um estrondo de canhão, e Josie pôs o travesseiro em cima da cabeça. Depois, a porta abriu novamente, a tela bateu com força mais três ou quatro vezes. Era uma espécie de brincadeira, pensou Josie. Mas, no fim, a casa ficou em silêncio, Josie sentiu-se bem aquecida e por um momento pensou que ia dormir outra vez, só para se deparar, ao fechar os olhos, com o rosto de Jeremy, e da mãe dele, e com seus olhos acusadores. Em face da escolha entre acordar cedo demais ou fechar os olhos de novo para rechaçar aqueles rostos e suas acusações, ela jogou os cobertores e os travesseiros para o lado e levantou-se.

O andar térreo estava silencioso e limpo. Sam e suas filhas não tinham deixado nenhuma bagunça, nenhum vestígio de que tinham comido ou mesmo habitado aqueles cômodos alguns momentos antes. Na casa de Josie, os pratos não eram lavados depois do jantar; parecia melhor deixar tudo ali até de manhã, como se limpar e lavar os pratos depressa demais significasse apagar de forma prematura a memória de uma boa refeição. Josie andou pela casa e, enquanto sua memória despertava lentamente, ela pensava com um pequeno prazer que, durante mais ou menos vinte minutos, poderia explorar a casa sem ser observada nem interrompida. Sam não tinha café, por isso Josie fez um chá e andou pela cozinha, abrindo armários e gavetas.

A organização era assombrosa. Havia um armário para copos, outro para pratos e tigelas, e entre eles não havia nenhuma mistura — nenhum prato ou copo invasor. Havia uma gaveta para sacos plásticos. Um armário para panelas. A gaveta dos talheres tinha talheres e mais nada — nenhum ralador de cenoura, nenhum prendedor de milho. Aqueles desgarrados tinham sua gaveta própria. Em vão, Josie procurou a gaveta ou a lata ou o armário onde todas as coisas inclassificáveis ficavam guardadas — ou escondidas, durante as faxinas frenéticas —, mas não achou nada. A geladeira, embora fosse um modelo antigo, era limpa e reluzente e, dentro, havia potes de plástico com sobras de macarrão e hambúrgueres vegetarianos. Havia leite feito a partir de cânhamo e suco de laranja produzido e engarrafado em Homer. Uma banana comida até a metade tinha sido cuidadosamente envolvida em plástico.

Josie estava na porta da sala, bebia devagar seu chá e refletia sobre a estranheza de estar, pura e simplesmente, numa casa. Josie e seus filhos estavam fora de casa fazia apenas poucos dias e já aquilo, essa casa grande com suas paredes robustas, paredes tão fortes que, nelas, dava para pendurar espelhos e quadros, era uma espécie de templo da solidez, exótico e insondável. Josie se viu tocando nas paredes, encostando-se nelas, se deliciando com sua firmeza. Havia uma lareira que parecia já ter sido usada, uma parede pequena, de um lado, de toras cortadas em quatro partes, uma pirâmide menor de gravetos, do outro lado. Sobre o consolo da lareira, havia antigas fotos de família que Josie reconheceu, uma de Sunny e Helen e de Josie e Sam, uma exposição rotineira de fotos das gêmeas na escola e troféus de lacrosse, e uma placa grande que Josie não reparou na primeira vez em que olhou, depressa, para se dar conta, depois, quando voltou a olhar, viu que tinha sido feita para comemorar a aposentadoria de Sunny. Como é que *Sam* tinha *aquilo*?

Vindo de cima, Josie ouviu o barulho de pés que tocaram o chão e, pela rapidez dos movimentos, deduziu que era Ana. De manhã, Paul era mais lento ao reingressar no mundo. Seria melhor, pensou Josie, se seus filhos tivessem um pai como o de Zoe e Becca: heroico e distante, em vez de alguém próximo e covarde. Era muito melhor, e Josie tentava sufocar a inveja que se derramava dentro dela. Como Sam conseguiu arranjar uma casa assim, fazendo excursões para observar pássaros três meses por ano? Era absurdo e nada justo. Por que suas filhas sem pai eram tão lindas e fortes? Por que ela havia alcançado sem esforço soluções para tudo, enquanto a cabeça de Josie era espremida num torno?

"Mãe?", Ana chamou no primeiro andar, sem se preocupar nem um pouco com o irmão que dormia.

"Aqui embaixo", respondeu Josie, e Ana desceu a escada num tropel.

Ana estava com fome, por isso Josie achou iogurte e as duas dividiram um copo. Acharam uvas e bolachas e comeram. Acharam ovos e Josie fez omeletes. Enquanto comiam a segunda porção, Ana percebeu os brinquedos num parquinho no quintal e correu para lá. Paul continuava dormindo, por isso Josie voltou para a frigideira, achou bombons de chocolate e comeu seis de um total de oito. Abriu a porta da frente, na esperança de encontrar alguma resposta à pergunta sobre sua infelicidade naquele dia, mas achou apenas o jornal da manhã.

Levou o jornal para a cozinha e folheou, enquanto, com o rabo do olho, vigiava Ana, que estava ocupada procurando pontos fracos nos brinquedos do parquinho. Josie sabia que ela ia quebrar alguma parte dos brinquedos e sabia também que as filhas de Sam estavam crescidas demais para brincar ali. Com Ana, Josie fazia cálculos todos os dias: Qual a probabilidade de ela quebrar isso ou aquilo? Quanto custaria, em tempo e dinheiro, consertar aquilo? Observou o parquinho, procurando o pior que Ana poderia fazer, e chegou à conclusão que envolvia as correntes finas que sustentavam os balanços às traves grossas, no alto. As correntes eram o ponto mais fraco, e Ana sabia disso e já estava puxando as correntes furiosamente.

Josie encheu sua xícara de chá mais uma vez e voltou sua atenção para o jornal semanal local. As matérias da capa falavam de um funcionário da prefeitura que tinha fugido com vinte e cinco mil dólares em moedas de vinte e cinco centavos que ele havia surrupiado dos parquímetros durante três anos. O jornal se mostrava perplexo, magoado, mas Josie pensou: isso sim é um plano e uma execução extraordinários. Aquele homem tinha talento. Algumas folhas adiante, a arte da página de anúncios estampava duas palavras, em letras grandes: *Nascimentos*, acompanhada por um chocalho e uma mamadeira, e *Polícia*, com a imagem de algemas. As duas palavras e as imagens estavam perto uma da outra, inclinadas de um jeito vibrante, e por cima do que, na maior parte, era um registro policial de uma clareza extraordinária.

* * *

16/8

Um telefonema anônimo relatou que um caminhão rodava pela estrada com um pneu em chamas, na East End Road e na Kachemak Bay Drive.

Um telefonema relatou um cão agressivo em Beluga Court.

Um telefonema relatou uma lontra ferida na praia. O Centro da Vida Marinha do Alasca foi consultado e disse para deixar a lontra onde estava, para ver se voltava sozinha para a água.

Um telefonema relatou que vizinhos faziam muito barulho perto da sua janela na alameda Ben Walters.

17/8

Um telefonema relatou que encontrou um cão labrador preto em Baycrest Hill.

Um homem na rua Svedlund relatou que sua mulher gritava com ele o tempo todo. Declarou que não queria policiais lá.

Uma mulher entregou à polícia uma bolsa perdida.

18/8

Alguém relatou que havia um trailer capotado na Ocean Drive Loop.

Uma mulher telefonou e disse que o marido foi agredido, enquanto caminhava pela estrada.

Um telefonema comunicou o roubo de um motor de lancha em Kachemak Bay Drive.

Um telefonema relatou que havia um homem andando pela estrada com algemas.

19/8

Um homem procurou a delegacia e avisou que achava que alguém tinha roubado seu cachorro da raça *golden retriever*.

Um telefonema relatou que havia uma lontra marinha ferida. Uma mulher relatou que uma luz brilhante enchia sua casa.

Era tudo muito claro, no entanto Josie tinha uma porção de perguntas. Será que o homem de algemas estava, de alguma forma, envolvido na agressão do tal marido na estrada? Será que a lontra do dia 16/8 era a mesma do dia 19/8?

Paul desceu para o térreo e alguma coisa em seus olhos ecoava os pensamentos da própria Josie acerca daquela casa: era quente, sólida e fazia a existência da família de Josie no Chateau parecer completamente irresponsável, algo que rebaixava a humanidade deles. Josie fez uma omelete para ele e serviu o resto do leite de cânhamo, enquanto os olhos de Paul indagavam o que eles estavam fazendo no trailer, em Homer. Por que eles não podiam morar ali, ou viver como as pessoas dali? Um ganido alto cortou o silêncio do dia, e Josie olhou pela janela para descobrir um homem que estava com uma espécie de mochila com um propulsor a jato ligado a um aspirador de pó. Ah, não. Um soprador de folhas. A maneira mais fácil de testemunhar a burrice e as esperanças desproporsitadas da humanidade inteira é olhar, durante vinte minutos, um ser humano usando um soprador de folhas. Com aquela máquina, o homem estava dizendo: Eu vou matar todo o silêncio. Vou destruir a sensibilidade auditiva. E farei isso com uma máquina que executa uma tarefa com eficiência muito menor do que eu mesmo faria com um ancinho manual.

Sam tinha dito que ia voltar às três horas, portanto, às duas, se dando conta de que eles não tinham feito nada o dia inteiro a não ser comer, Josie entendeu que tinha de ir ao mercado. Trocou as roupas dos filhos e seguiram todos pela estrada abaixo, enquanto ela desfrutava a experiência nova de ser capaz de caminhar até a loja. Josie tinha certeza de que tinha visto um mercado naquele caminho, no dia anterior, mas a loja que encontraram era metade uma loja de ferragens e metade um mercado que vendia produtos em promoção, não era o que Josie tinha em mente. Os tetos eram altos e, nas prateleiras, mercadorias vendidas por atacado se empilhavam de maneira precária, enormes sacos de arroz e farinha e uma variedade incrível de comida para cães. Todas as marcas eram diferentes das que Josie já tinha visto, nenhuma era reconhecível. As crianças ficaram confusas. O corredor de cereais não tinha nenhuma diferença do corredor ao lado, que vendia material para jardinagem.

Encontraram o que puderam e pagaram uma quantia irracional por aquilo tudo. Ao caminhar para casa, Josie carregava quatro sacos e as crianças, um saco cada uma e, debaixo de uma garoa incessante, subiram o morro. Tudo seguiu a rotina, até Ana começar a bater os pés com força nas poças de chuva, e Josie, pouco sensatamente, deixou. A água acabou amolecendo o saco de papel de Ana e seus produtos vazaram e caíram na rua. As crianças começaram a pegar as mercadorias, mas havia carros que passavam a toda velocidade e não havia nenhuma calçada, por isso Josie colocou Paul e Ana na estreita faixa de grama entre a estrada e a vala e arrumou as mercadorias soltas dentro dos sacos remanescentes, deu um saco empapado para Paul e carregou os outros ela mesma, e então retomaram seu caminho. A dignidade andava em baixa.

Com a casa à vista, três quarteirões morro acima, Paul virou para Josie. "Por que está suspirando?"

"Estou bocejando."

"Não, você está suspirando", disse ele.

Josie disse que não sabia o que tinha feito nem por quê, e disse que estava chovendo e, portanto, eles tinham de se apressar. Quando dobraram a esquina, Josie viu o caminhão de Sam e seu coração disparou. Ela chegou em casa cedo e Josie teve a sensação inequívoca de que estava prestes a levar uma bronca.

"Puxa vida, você fez uma verdadeira exploração da casa, ha-ha", disse Sam, depois de uma pausa, sem nada parecido com alegria. "E também comeu bem! Vocês deviam estar com um bocado de fome!" Josie tentou recapitular. Será que eles tinham deixado as gavetas abertas? As portas dos armários? Na certa, foi isso.

"Compramos comida", disse Josie, erguendo os sacos bem alto. Levou os sacos para a cozinha e, quando começou a tirar as mercadorias dos sacos, se deu conta de que não tinham feito nenhum reabastecimento organizado. Comprou alguns itens básicos, ovos e leite — leite comum; eles não tinham o leite de cânhamo que Sam preferia —, algumas coisas que ela e as crianças queriam, coisas que as crianças puseram no carrinho e depois uma porção de mercadorias que Josie nem tinha certeza de que iam comer de fato. Lembrou-se de si mesma apenas uma hora antes, na loja, e não conseguiu entender nada da pessoa que tinha feito aquilo.

"Parece que vou ter de fazer compras no mercado, ha-ha", disse Sam.

"Faça uma lista para mim", disse Josie. "Vou sair de novo."

"Está tudo bem."

"Deixe que eu vou, Sam."

"Não, está tudo bem. Você é a hóspede. Relaxe."

A fim de deixar sua posição o mais clara possível e caprichando na chatice, Sam pegou as chaves e saiu na mesma hora.

Uma hora depois, Sam voltou, as mãos cheias de mercadorias mais novas e melhores e um largo sorriso no rosto. Era como se, uma vez comprovada sua tese — não se podia confiar em Josie para executar nenhuma tarefa —, uma elevada benevolência a havia dominado. Parecia estar sob a impressão de que ela e Josie estavam próximas outra vez, que a bronca que tinha dado em Josie uma hora antes era algo justo e correto e tinha sido devidamente assimilada. Sorrindo como se as duas estivessem de pijama e ainda compartilhassem o mesmo quarto, Sam sugeriu um plano para aquela noite, em que as gêmeas seriam as babás de Paul e Ana, enquanto ela e Josie iriam dar uma volta pela cidade. Quando as crianças souberam da possibilidade de ficarem em casa sozinhas com Zoe e Becca, pedindo pizza e vendo televisão, a questão ficou resolvida.

Dali a pouco, Josie estava na caminhonete de Sam e as duas foram para um bar que Sam fez questão de dizer que só era frequentado por pessoas locais, como se Josie quisesse e precisasse, mais do que qualquer outra coisa no mundo, beber com pessoas locais — como se beber com turistas ou perto deles não fosse correto.

"Este é o meu cantinho", disse Sam, e Josie fez que sim com a cabeça, com ar de aprovação. Parecia um bar de veteranos de guerra. Aquele era o cantinho de Sam. Sam tinha um cantinho. As paredes eram decoradas com quadros de peixes e de navios de guerra. Parecia que era um momento crucial e lamentável, quando a gente tinha um cantinho seu e esse cantinho era um lugar assim. Sam pediu margaritas não para o bartender, mas para Tom. Era um homem grande, de cara rosada, que parecia estar amolecendo prematuramente, como um boneco de cera em processo de derretimento.

"Já transei com ele uma vez", disse para Josie, alto o bastante para que Tom e qualquer um ouvisse. Ele sorria sozinho, enquanto virava um copo de cabeça para baixo e o colocava em cima de um monte de sal.

"Saúde", disse ela, e bateu seu copo no de Josie. Quando era adolescente, Sam não bebia. Na faculdade, também não — era uma jovem puritana cujo combustível era seu senso de controle, sua capacidade de evitar todas as substâncias e tentações. Sunny não conseguia convencê-la a tomar nem uma aspirina.

Agora, Sam era assim. Tinha engolido metade de sua margarita e tinha transado com o garçom. Quando?

Acima do balcão, uma partida de futebol americano estava no meio de algum momento de comemoração. "Olhe só isso", disse Tom.

Mas não tinham feito um ponto. Os jogadores, agora, comemoravam depois de qualquer lance. Estivessem ganhando ou perdendo, toda vez que faziam alguma coisa, encontravam motivo para comemorar.

"Tenho de tirar minhas meninas da escola", disse Sam, com os olhos na tevê, onde um homem adulto, com uma calça colante prateada, executava uma espécie de dança que envolvia uma bola de futebol americano e uma toalha. "Você já ouviu falar que as garotas fazem boquete arco-íris?"

Josie nunca tinha ouvido falar. Tom parou de se mexer e, visivelmente, estava escutando e pensando com tanta força que sua testa havia sido sulcada por diagonais que iam das têmporas até o nariz. Ele mal podia esperar para ouvir sobre boquetes arco-íris.

"Parece que andam fazendo assim", explicou Sam. "Uma garota passa batom vermelho e põe um anel vermelho na pica de um cara. Em seguida, uma amiga dela põe um anel laranja. Depois, outra garota põe um anel amarelo, outra, um verde. Depois, é o azul?"

Tom fez que sim com a cabeça, energicamente. Sim, azul.

"Pois é, e agora eu tenho de pensar nisso", continuou Sam, enquanto terminava seu primeiro coquetel e pedia outro. "Será que alguma de minhas meninas vai fazer isso? Quer dizer, não tenho saída. Ou deixo que façam o que bem entendem, e aí elas vão fazer boquetes arco-íris, ou então tento controlar as meninas e, contra minha vontade, elas vão fazer boquetes arco-íris."

Nada daquilo parecia possível no Alasca, não com aquelas garotas. Todas as garotas que Josie tinha visto, sobretudo as filhas gêmeas de Sam, pareciam criaturas de outro mundo, muito diferente, de outro tempo, bem distante de qualquer absurdo dos adolescentes contemporâneos; era mais provável que pusessem arreios numa baleia e a cavalgassem do que querer ficar dentro de casa junto com minúsculos pênis de meninos.

"Qual é a idade delas?", perguntou Josie.

"Treze. Tenho uma amiga, uma mulher mais velha, que se ofereceu para ficar com elas em sua casa, na floresta. Como Sunny fez com a gente, de certa maneira."

Sam avistou alguém do outro lado do bar e acenou. "Um velho amigo", disse como se fosse uma explicação. Dali a pouco, o homem andou na direção delas e ele era tal como Sam havia anunciado: velho. Sessenta. À medida que se aproximava, parecia ir ficando mais velho. Sessenta e cinco, setenta.

"*Velho* amigo", disse Josie, e Sam demorou um segundo, como se estivesse resolvendo se fingia que o comentário era engraçado ou fingia que era ofensivo. Preferiu piscar os olhos algumas vezes.

Aí, ele chegou até elas e pareceu ter setenta e cinco anos. Era uma espécie de Leonard Cohen do Alasca, alto e bonito, mas sem nenhum chapéu fedora.

"Robert", declarou o homem, e apertou a mão de Josie. Seu toque era enrugado e oleoso, como um peixe agonizante. Olhou para Josie e para Sam algumas vezes, enquanto fazia que sim com a cabeça. "Esta é mesmo minha noite de sorte!", disse bem alto, em voz alta e vacilante. Tom ouviu, mas não sorriu. Josie sentiu que estava no meio de um quadrilátero amoroso escorregadio — um paralelogramo do amor? —, mas ou Robert era distraído ou não julgava que Tom fosse uma parte relevante da questão.

Josie olhou de novo para a tevê. De novo, os jogadores pareciam estar comemorando algum acontecimento ínfimo. A princípio, aquilo agredia os olhos, depois Josie começou a entender.

É isso que está faltando na minha vida, pensou. A comemoração de todos os momentos, como esses idiotas de merda estão fazendo na tevê.

"Um coquetel de Jägermeister para as damas", disse Robert para Tom. A cara de cera de Tom ficou tensa, como se resistisse àquilo, o fato de não ter escolha senão servir. Ele havia optado por uma vida em que tinha de servir qualquer tipo de ser humano, tinha de torcer para ganhar uma boa gorjeta de um homem ruim.

Sem dúvida, Robert parecia um homem ruim. Havia algo nele, tudo nele, que era desagradável, suspeito, libidinoso e dissimulado. Sua camisa estava aberta até a ruga em que o peito fundo encontrava a barriga abrupta.

"Às irmãs", disse ele, pronunciando a palavra *irmãs* de um jeito estranho e safado. Sam piscou o olho para Josie por baixo de seu copo erguido. Na certa, ela havia simplificado as coisas para ele, contando que as duas eram irmãs simplesmente.

Robert pediu outra rodada de bebidas, mas Josie escondeu sua parte da segunda leva atrás do cotovelo. Ele não viu ou não ligou.

"Josie é lá de Ohio", disse Sam.

"Ah, é?", disse ele, agora tomando aquela informação geográfica como uma autorização para examinar Josie, de cima a baixo. Ao voltar para os olhos dela, soltou aquilo que seguramente consideraria a grande tirada da noite. "Um dia, eu gostaria de conhecer essas terras ao sul."

Sam não pareceu perceber a indireta.

"Está bem", disse Josie, tentando dar um bocejo. "Acho que vou para casa."

"Não vá", disse Robert, tentando tocar na mão de Josie. Josie puxou-a para trás tão depressa que esbarrou no homem que estava atrás.

"Desculpe", disse para ele.

"Não peça desculpa", disse Robert. "Apenas fique."

Sam não estava acompanhando nada daquilo. Tinha bebido duas margaritas e mais dois Jägermeister, segurava agora a mão de Robert e parecia decidida a transformar aquilo, o Leonard Cohen do Alasca, numa noitada. Tom estava do outro lado do bar, olhando para a tevê, bem no alto, num ângulo que parecia incômodo.

"Vamos lá", disse Sam, "tem tanta gente aqui que você podia conhecer." Robert queria um ménage e Sam queria ficar sozinha com ele. Esquadrinhou o bar em busca de pessoas para quem pudesse empurrar Josie, mas não achou ninguém.

"Encontro você em casa, mais tarde", disse Josie.

Josie virou-se, mas não esperava que Sam a deixasse ir embora. Quando chegou à porta, Josie virou-se e viu Robert enfiando sua língua de setenta anos de idade dentro da garganta jovem de Sam.

No céu, havia nuvens baixas e brancas e nuvens de um cinza como a fumaça de um navio a vapor, mas havia também estrelas visíveis e uma incisiva lua branca. Josie subiu o morro de volta para casa, pensando no rosto de Sam, no rosto de Leonard Cohen. Ela estava sóbria, furiosa e exultante por ter conseguido escapar daquele bar, e muito agradecida por ter sido poupada da visão da inevitável dança que Robert faria questão de executar com Sam, os caprichosos balanços que os velhos safados e bêbados querem fazer em público, seus giros, suas apalpadelas — eles não se preocupavam mais em esconder nada disso. Josie sentia uma confiança intermitente de que seria capaz de chegar em casa sem se perder e logo teve uma razoável certeza de que tinha avistado a igreja que ficava no fim da rua de Sam, mas aí olhou para o relógio de pulso e viu que eram só dez e meia. As crianças ainda estariam acordadas e achariam que sua mãe não estava disposta a lhes dar nenhum espaço, e muito menos tempo, para ficarem sozinhos com as gêmeas.

Josie parou na beira da estrada e pensou em algumas coisas, inclusive na certeza de que, apesar de sua organização e limpeza, de seu barco de Popeye e de suas filhas maravilhosas, Sam era um monstro, um animal imoral, e que ela não queria ter mais nada a ver com Sam. E também pensou: Isto sou eu vivendo minha vida. E pensou: Será que Sam era fã de Leonard Cohen? Será que foi isso que a atraiu? Josie concluiu que eles não deveriam nem ter vindo a Homer.

Coerência. *Preciso ser coerente*, pensou. O sol era coerente, a luz. A vida na terra floresce porque pode confiar que o sol vai nascer e se pôr, que as marés vão subir e baixar. Os filhos de Josie só precisavam de previsibilidade. Mas, então, por que ela os levara para o Alasca, um lugar novo a cada noite? Ela precisava ser coerente. A hora de dormir deve ser a mesma. Seu tom deve ser o mesmo. Atticus! Atticus! Ela precisava ser Atticus. Era simples ser a mesma. Como era simples! Mas e que tal não ser simples? Que tal ser interessante? Os pais não podiam ser interessantes, podiam? Os melhores pais se levantam e se põem como sóis e luas. Circulam com a previsibilidade de planetas. Com grande clareza, Josie se deu conta da verdade incontestável: pessoas interessantes não conseguem suportar crianças. A propagação da espécie fica por conta dos medíocres. Quando a gente acha que é diferente, que tem talento, que tem humor, que fica entediado, que quer ver a Antártida, então não deve ter filhos. O que acontece com os filhos das pessoas interessantes? Ficam invariavelmente de cabeça virada. São reprimidos. Não têm os sóis previsíveis e, portanto, são carentes, desesperados e inseguros — onde o sol estará amanhã? Merda, pensou ela. Será que eu devia me desfazer desses filhos, dar para algum sol confiável? Eles não precisam de mim. Precisam de boas refeições, de alguém que lhes dê banho do jeito adequado e que limpe a casa não porque deve, mas porque tem vontade. Não precisam de alguém para mantê-los dentro desse trailer com paredes de aglomerado, carregando os pratos dentro do pequeno boxe do chuveiro e as fezes num tanque.

    Mas, espere, pensou Josie. Talvez eles pudessem morar ali. Talvez houvesse destino e simetria no fato de terem chegado ali para morar perto de Sam, sua colega selvagem. Mas quem poderia morar ali? Agora é bonito, mas os invernos, sem dúvida nenhuma, eram um horror total. As nuvens continuavam a se mover por cima de Josie, como tropas em formação de combate.

    Iria embora de Homer amanhã mesmo, ela decidiu, só que não sabia para onde ir. Essa cidade, porque tinha gente como Robert, era um lugar onde era impossível viver, nem um pouco melhor do que a cidade que ela havia deixado, e aquela cidade estava ultrapassada. O que havia acontecido em sua cidadezinha? "Eu realmente preciso ir embora", disse Deena, certo dia. "Não consigo mais me entender com este lugar." Ela havia crescido ali. Antigamente, era um lugar real, uma cidadezinha com uma praça de paralelepípedos de verdade, onde as crianças andavam em seus patinetes e eram perseguidas por minúsculos cachorrinhos de dar pena, perversões de cruzamentos seletivos de raças, que andavam sem coleiras e latiam alto. Agora, o lugar estava lotado de gente, não havia vagas para estacionar, mulheres de rabo de cavalo dirigiam seus carros em velocidade perigosa, a caminho de suas aulas de ioga e de pilates, colando na traseira dos outros carros, tocando a buzina, desrespeitando a placa de pare em cruzamentos de mão dupla. Virou um lugar infeliz.

    O crime das damas de rabo de cavalo era que estavam sempre com pressa, pressa para fazer seu exercício, pressa para pegar os filhos na capoeira, pressa para examinar a pontuação do programa de imersão no idioma mandarim da escola, pressa para comprar brotos na nova mercearia de produtos orgânicos coberta de heras, uma filial da recente rede dominante nacional, fundada por um megalomaníaco libertário, uma loja em que a comida era certificada e que as mulheres de rabo de cavalo percorriam depressa, sorrindo maldosamente quando o caminho de seus carrinhos era momentaneamente bloqueado por alguém. Em sua evolução radical rumo a uma comida melhor, uma educação melhor, uma saúde melhor, a cidade se transformou num lugar funesto. As pessoas que trabalhavam nos caixas dos mercados não estavam felizes ali, e as pessoas que ensacavam os produtos no mercado estavam apopléticas. Os açougueiros pareciam contentes, os queijeiros pareciam contentes, mas todos os outros eram homicidas. As mesmas mulheres (e homens) terríveis que dirigiam agressivamente rumo à ioga, agora dirigiam agressivamente rumo ao mercado de produtos orgânicos e estacionavam o carro com raiva, roubavam a última vaga de alguns cidadãos idosos que queriam ir à farmácia ali perto, saíam correndo de seus carros, meio lívidas, para comprar queijo Havarti, prosecco e hambúrgueres vegetarianos. Aquelas pessoas agora estavam por todo lado na cidadezinha de Josie, pondo em perigo seus filhos, com sua maneira predatória de dirigir e com sua fúria mal contida.

A cidade, verde e cheia de morros, atravessada por riachos, embora não ficasse distante de uma usina de aço abandonada, tinha sido descoberta por aquelas hordas, em sua sanha, e todo seu dinheiro novo e sua sanha nova culminaram no incidente, a Mutilação da Bomba de Bicicleta — só Josie chamava desse jeito, mas vá lá —, ocorrido no meio da cidade. O incidente envolveu um homem numa picape e outro de bicicleta, e a consequência foi uma briga que deixou um homem à beira da morte. Mas não foi o homem da picape que bateu no homem da bicicleta, não nesse momento, nessa cidade — não, essa era a inversão contemporânea, a versão em que o homem que andava de bicicleta, usando calça colante e pilotando uma máquina de cinco mil dólares, triunfa sobre o gentil jardineiro que apara os gramados e anda em sua caminhonete enferrujada. O homem da bicicleta, aparentemente, ficou indignado com o motorista da picape, que ganhava a vida aparando grama e fazendo bicos de jardinagem e que, aparentemente, ao passar, não tinha deixado um espaço largo o bastante para o ciclista transitar. Os dois estavam na rua, passando pelo pequeno lago que um grupo de ambientalistas havia preservado para patos migratórios e garças estacionárias. Assim, na placa de pare, o ciclista emparelhou, berrou suas palavras seletas, momento em que o motorista da picape saiu do carro e foi prontamente golpeado na cabeça com uma bomba de bicicleta. O motorista caiu e foi golpeado de novo e mais uma vez, até que o ciclista, com sua calça elástica e seus minúsculos calçados especiais, fraturou o crânio do aparador de gramados e o sangue cobriu seu rosto e espirrou no rododendro que tinha sido plantado recentemente no canteiro central pelo Clube dos Jardineiros Aposentados (CJA), que havia suplantado a Associação dos Aposentados Verdes. Foi às avessas, completamente ao contrário, mas perfeitamente emblemático daquelas novas pessoas furiosas que viviam correndo para lá e para cá, sempre em disparada para irem, furiosamente, praticar sua corrida, explicar furiosamente, esclarecer furiosamente, explodir quando eram interrompidas ou eram obrigadas a andar mais devagar, sempre prontas para se mostrar decepcionadas. Eram essas as pessoas! Josie fez uma anotação mental. O homem da bicicleta, o mutilador, faria parte de seu musical *Decepcionados*. Será que podia ter uma referência ao musical *Mame*? Não seria um exagero?

 Josie conheceu aquele homem, o ciclista. Tinha sido seu paciente. Quando veio pela primeira vez, alguns anos antes, ele tinha uma agenda e disse: *Podemos pular a limpeza? Eu sei o que quero.* Queria substituir suas seis obturações de prata por cerâmica. A prata estava quase preta, agora, e ele tinha casado com uma jovem que achava que sua boca precisava de melhorias, por isso ele marcou duas consultas em tardes de sexta-feira consecutivas, foi ao consultório na sua bicicleta, todo paramentado e enfeitado, estalando em seu trajeto pelo calçamento de pedra, com seus calçados especiais cor de laranja e com sua calça colante, sua suave camiseta de corredor suada. Era um homem diminutivo e sempre tenso que vivia conferindo seu celular, enquanto suas novas obturações de cerâmica secavam, que pedia que o volume da música do consultório — naquele dia, tocava *Oklahoma!* — fosse abaixado um pontinho, obrigado. Ele era uma abominação e não passou nem um minuto na cadeia depois da mutilação. Estava enfrentando alguns processos civis, mas ninguém contava que ele fosse sofrer grande coisa.

    Josie tinha ido de bicicleta para o consultório por um tempo, na esperança de que sua viagem de casa para o trabalho fosse transformada de algum modo. Durante uma semana, mais ou menos, até que foi assim. Mas depois não foi mais. Ela tentou pegar o ônibus, que a deixava a oitocentos metros do consultório, e tinha de caminhar pela beira da rodovia como um quixotesco adepto de caminhadas pela montanha. No entanto, a despeito de como ela fizesse a viagem, Josie passava pelos mesmos prédios, os mesmos estacionamentos. Como é que alguém consegue aguentar isso? Depois de seus pais e de sua separação, Josie sempre se identificou com aqueles que ficam, com os que trabalham na sua terra. Mas ela sabia que ninguém mais ficava em lugar nenhum. Mesmo no Panamá, a maioria dos habitantes locais que ela havia conhecido logo foi morar em outro lugar e a maioria deles lhe perguntava, indireta ou diretamente, a respeito da obtenção de vistos para ir para os Estados Unidos. Portanto, quem ficou? Você é maluco de ficar em algum lugar? Os que ficam ou são o sal da terra, a razão pela qual existem famílias, comunidades e continuidade de cultura e país, ou são completos idiotas. Vamos mudar! Vamos mudar! E a virtude não é só para os que não mudam. A gente pode mudar de ideia ou de cenário e ainda assim preservar nossa integridade. A gente pode ir para longe, sem se tornar um desertor, um fantasma.

Aquela cidade de Ohio, então, estava no passado de Josie. O passado podia ser uma coisa deliciosa. Romper com alguma coisa, com algum lugar. Chegar ao fim, sentir-se pronto para ser empacotado, começo, meio, fim, encaixotado e posto na prateleira. A cidade já abrigara hippies, os hippies de Ohio, todos pareciam a Josie pessoas fantasticamente agradecidas, felizes com as árvores, felizes com os rios, com os riachos e os passarinhos, com o fato de suas vidas e com a existência de sua maconha e do sexo fácil. Eles construíram suas casas com barro e galhos de árvores, aqui e ali uma cúpula, aqui e ali uma banheira de água quente. Mas agora eles estavam mais velhos e estavam se mudando ou morrendo, eram substituídos por aqueles ciclistas, por aquelas mulheres que dirigiam correndo, de rabo de cavalo, que desejavam tudo, que queriam tanto o mundo que não admitiam limitações, interrupções, bebês em restaurantes ou patinetes nas calçadas. Ohio, terra natal da maioria dos presidentes do país, agora era o lar da maioria dos babacas.

SE NÃO FOR VOCÊ, QUEM VAI SER? Mais uma daquelas placas. Essa era pintada a mão, fincada no aterro da estrada. Será que havia perigo de incêndios florestais ali, também? Josie pôde avistar a casa de Sam mais acima. Parecia um lar feliz, e seu coração se expandia à medida que ela se aproximava. SE NÃO FOR VOCÊ, QUEM VAI SER? Josie sorriu diante da linda estupidez daquela pergunta. Que tal você *e* eu? Eu *e* você? Por que a negatividade? Por que nos dividir? De repente, Josie foi dominada pelo vento frio, o céu de granito, as nuvens ligeiras e sentiu-se firmemente situada no mundo. O mundo de Sam era sólido, era novo para ela, mas era sólido, profundamente enraizado, lógico. Os filhos de Josie estavam dentro daquela casa sólida, em êxtase com as primas. Ficariam ali alguns dias. Ela podia estacionar o Chateau no quarteirão de Sam. Seus filhos e as filhas de Sam iam tomar o café da manhã juntos. Podiam passar muitas semanas e meses satisfeitos ali. Era cedo demais para pensar em escola, mas ainda assim. Sam podia ser a âncora. Essa noite foi só um escorregão, foi só um acidente. Mais importante era lembrar a longa história das duas juntas, sua narrativa comum. Quantas jovens são emancipadas como elas foram? Ela estava sendo mesquinha e cabeça oca para perder a esperança em Sam tão depressa, não acha? Ela precisava se prender a esse mundo, a esse mundo duro e racional que Sam tinha criado. Ela podia e ia fazer isso. Mas o que era aquele barulho de algo que se movia em disparada, aquela luz branca aterradora?

IX.

Leonard Cohen estava tomando conta de seus filhos. Parecia que era isso que Sam estava dizendo para ela, enquanto segurava sua mão, como se estivesse morrendo. Obviamente elas estavam num hospital.

"É câncer?", perguntou Josie.

"Você estava dentro de uma vala", disse Sam.

Agora Josie estava lembrando. Ela foi jogada para fora da estrada por um caminhão e escorregou pelo aterro na beira da estrada e depois... Depois, ela não sabia mais. Deve ter acontecido mais alguma coisa. O braço estava enfaixado com gaze e Sam dizia que Robert estava em casa com as crianças. Com os filhos de Josie. Quem era Robert? Então, o rosto de Leonard Cohen surgiu na sua frente.

"Eles estão dormindo há horas", disse Sam. "São quatro da madrugada. Eles não sabem que você está aqui. Você ficou adormecida ou desmaiada."

"Leonard Cohen está molestando meus filhos?", perguntou Josie, e Sam garantiu que não, não estava, não era capaz, ele era avô, tinha seis netos. Josie riu. Doeu. Sam, que era casada, estava saindo com um avô.

"Quebrei alguma coisa?", perguntou Josie, achando que eram as costelas. Respirar era doloroso.

"Acho que não", respondeu Sam, e ficou óbvio que ela ainda estava bêbada. Enquanto Josie era atropelada por um caminhão de entregas e lançada dentro de uma vala, Sam estava no bar, trepando.

Josie olhou para o rosto doce de Sam e teve vontade de dar um soco. Sam espremia seu braço, pensando que aquele era um momento especial. Ela ainda não tinha dito nada parecido com desculpas. Em sua vida, Josie só tinha ouvido uma ou duas pessoas pedir desculpas. Não era incrível? Não seria isso uma coisa importante para os futuros antropólogos? Era um tempo da história em que ninguém pedia desculpas. Nem Ana, cujo apelido durante um ano foi Desculpe, nem ela achava que devia pedir desculpas. Desculpas exigem coragem demais, força, fé e retidão demais para ter um lugar nesse século covarde.

"Me deram algum sedativo?", perguntou Josie.

"Acho que não", respondeu Sam.

Josie imaginou. Ela estava perto daquela placa SE NÃO FOR VOCÊ, QUEM VAI SER?, quando o caminhão fez a curva muito aberta e passou excessivamente perto. Ela se virou depressa demais e bateu com a cabeça no canto da placa. Por isso o ferimento no lado da cabeça.

"Posso ir embora?"

"Não sei. Vou perguntar."

Dali a pouco, veio um médico para o lado da cama de Josie, careca e barbado, com uma cara despreocupada. Parecia o conselheiro de colégio ideal de todo mundo. Apresentou-se, mas Josie não conseguiu decifrar o nome. Dr. Blá-blá. Ela pediu que repetisse e ele repetiu, e dessa vez parecia haver um som estalado no meio. Dr. Blak-blá?

Ele perguntou como ela estava se sentindo.

Ela respondeu que se sentia ótima.

O médico disse que tinha examinado a parte neurológica e disse que estava tudo bem, nenhum sinal de concussão, nenhuma pupila dilatada.

"Sua irmã falou dos pontos?"

"Não." Josie olhou para Sam, mas Sam estava olhando para a janela.

"Oito pontos na cabeça. Aqui em cima", disse o dr. Blak-blá, e tocou num ponto acima da orelha de Josie. Agora, os olhos de Sam retornaram para Josie e estavam cheios de lágrimas. "No início, ficamos preocupados com uma concussão", disse ele, "porque os socorristas disseram que você estava cantando quando a encontraram."

Agora, o rosto de Sam endureceu, como se Josie tivesse decaído de algo digno de pena para algo inferior, algo intocável. Cantando dentro de uma vala — esse foi o divisor de águas.

"Me disseram que você é dentista, não é?", perguntou o dr. Blak-blá. "Acho que seus dentes estão bem, mas essa já é a sua área." Sorriu, achando que tinha feito uma piada.

Voltaram para a casa de Sam às cinco da manhã. Leonard Cohen estava sentado no sofá, dormindo, como uma dessas estátuas que colocam em bancos de praça para assustar as crianças. Ao ouvir a porta da frente bater, o avô e parceiro sexual de Sam abriu os olhos e olhou em volta, como se, durante seu cochilo, o mundo e os membros de seu corpo tivessem sido substituídos por versões estranhas. Quando voltou à realidade, levantou-se, um espantalho a quem tinham concedido o dom da vida, e beijou Sam na bochecha.

"Eles não acordam nunca mais", disse ele e então se deu conta de que aquilo soava bastante mórbido. "Estão dormindo como anjos", disse, piorando mais ainda.

Josie só queria saber uma coisa: Meus filhos morreram, é isso?

Foi ao primeiro andar para conferir e eles estavam dormindo, os quatro, no quarto das gêmeas. Os dois dela sobre um colchão colocado no chão. Dormiriam até em cima de cacos de vidro, se estivessem ao lado daquelas duas jovens guerreiras.

No térreo, no espelho do banheiro, Josie observou seu ferimento. Tinham raspado um refinado retângulo de oito centímetros no lado de sua cabeça. Parecia quase intencional, como se ela tivesse ido a um estilista que imitava a moda da década de 1980 e pedido alguma coisa que dissesse ao mundo que ela não era confiável para ser deixada perto das provisões do escritório, e que ela não devia ter filhos.

Ela voltou para a cama no porão e, atiçada pelo hospital, pelas luvas de borracha, teve alguns pensamentos improdutivos, começando com Jeremy e Evelyn. Jeremy sangrando, numa encosta poeirenta. A língua preta de Evelyn. Não, pensou ela. Isso não, agora não. Ela podia escrever uma carta para os pais de Jeremy. Não. Já tinha feito isso e não tivera nenhuma resposta. Pensou nas muitas cartas que tinha escrito no ano anterior, nenhuma delas obteve resposta. Por que não respondiam às suas cartas? Uma carta sem resposta fazia o remetente sentir-se um idiota. Para que mandar cartas? Para que sentir-se um idiota? Para que ir embora de casa? Para que pegar uma caneta? Será que estou apodrecendo? Josie se perguntava. Sentiu o cheiro de algo azedo e se deu conta de que era ela.

A dor fez Josie acordar. O dia estava nascendo e seu cérebro estava inchado. Ela estava no sofá e Sam estava no primeiro andar, com Leonard Cohen, por isso Josie não podia pedir a ela um comprimido de Advil, e Sam não havia pensado em deixar nenhum para ela — apesar de ter garantido ao dr. Blak-blá que tinha uma porção daqueles comprimidos em casa.

Josie ficou deitada no sofá, vendo o céu ficar azul bronzeado, depois cinzento, depois branco. Era impossível mexer a cabeça sem provocar uma lâmina quente de dor que retalhava sua cabeça no sentido longitudinal, por isso ela fechou os olhos e planejou com exatidão como ia deixar Sam e partir de Homer. Algo havia mudado — seria o fato de ter sido atropelada na beira da estrada? Será que aquilo havia alterado a química da visita? —, e agora uma saída rápida, enquanto Sam estava no trabalho, tinha certo apelo.

Josie tentou evocar o nome do dia da semana. Será sexta-feira? Quarta-feira? Será isso? Ela podia ir embora. Sam iria para o trabalho dali a pouco e aí eles poderiam ir embora. Josie podia escrever um bilhete, dizendo para Sam que eles estavam indo para o norte e que voltariam em breve. Talvez voltassem mesmo. Josie foi à cozinha e, é claro, achou um bloco de papel bem limpo e arrumado, com uma caneta presa nele. Pegou a caneta e começou a escrever e então, pela primeira vez, Josie teve a sensação familiar de que estava fazendo uma escolha contrária ao que seria melhor para as crianças. Seus filhos, ela sabia, prefeririam ficar ali, com Zoe e Becca, aprender com elas, adorar suas maneiras de gêmeas mais velhas, usar banheiros normais, ficar livres por um tempo dos perigos desconhecidos do Chateau. A caneta de Josie ficou em suspenso, acima do bloco de papel, sem dizer nada.

Leonard Cohen desceu para o térreo e agora, por algum motivo, parecia mais velho, seu rosto não era diferente da banana mumificada que estava na geladeira, e Josie se escondeu na despensa. Ele calçou os sapatos e saiu em silêncio. Josie voltou para o sofá, de repente insegura a respeito do seu plano, e pegou no sono.

Às sete horas, Sam desceu a escada batendo os pés com estrondo, sem fazer o menor esforço para manter o silêncio. Preparou o café da manhã para todas as crianças, e Josie permitiu que Sam lhe desse a comida ainda sentada no sofá. Durante todo esse tempo, Sam não falou nada sobre Josie ter estado no hospital, quase morta, horas antes. Aquilo parecia uma singularidade alasquiana, e Josie, de má vontade, admirou isso — ser atropelada por caminhões e ser encontrada dentro de valas, esse era um jeito legítimo de passar um fim de semana, nada para ficar muito alvoroçada.

"Como está se sentindo?", perguntou Sam, afinal.

"Feito uma campeã de boxe. Eu me sinto como uma campeã de boxe."

"Quer tomar um dos comprimidos de Vicodin?"

Josie disse que não. "Pode ficar para você", disse, sentindo-se estoica e superior. Queria muito que Sam ficasse com o Vicodin, pois isso significaria que Sam ia tomar o remédio algum dia, no futuro, e quando ela tomasse, Josie teria em seus arquivos o registro de uma vitória pequena e insignificante.

Agora, Sam sentou-se na mesinha de centro, à sua frente.

"Escute, me esqueci de dizer para você, noite passada. Eles ligaram para o Carl."

Josie parou de respirar. Ela ergueu um dedo e endureceu os olhos, dizendo em silêncio para Sam ficar calada. Agarrou o cotovelo de Sam e levou-a para o lado de fora da casa, para a varanda dos fundos, e lá Sam explicou que, quando Josie estava inconsciente, disse para as enfermeiras que ela, Sam, tinha de voltar para junto de Paul e Ana, os filhos da paciente, e aí a enfermeira perguntou sobre o pai, e Sam talvez tenha feito uma cagada — suas palavras, *talvez tenha feito uma cagada* — ao explicar a situação em linhas bem gerais, que o pai estava na Flórida, e a enfermeira sugeriu, muito gentilmente, que eles podiam telefonar para o pai e, talvez, disse Sam, ela tenha ficado nervosa, disse Não!, e as enfermeiras ficaram desconfiadas e então a coisa ficou mais séria, com todo mundo, inclusive o dr. Blak-blá, fazendo questão de telefonar para o Carl, e aí a coisa ficou estranha durante mais ou menos uma hora.

"Mas você não podia dizer para as enfermeiras que você já tinha ligado para o Carl?"

"Meu trabalho não é mentir por você, Joze."

"Tem razão", disse Josie, já sabendo que ela e seus filhos estariam na estrada uma hora depois de Sam sair para trabalhar. "Você tem razão. Obrigada por tudo que fez."

Sam ficou surpresa e se mostrou gentil e abobalhada. "Talvez isso seja até bom. Alivia a pressão." Mais uma vez, colocou a mão no braço de Josie.

Permitir que o pai soubesse não só que Josie tinha raptado os filhos mas também exatamente para onde os havia levado não parecia nada capaz de aliviar qualquer pressão. "Você tem razão, de novo", disse Josie, reprimindo uma risada. "É melhor você se arrumar. Não quero que se atrase para o trabalho por minha causa."

Quando Sam foi para seu barco e as gêmeas foram para a escola, Josie guardou as coisas dos filhos e resolveu não contar para Paul e Ana que estavam indo embora para sempre.

Josie encontrou o perfeito bloquinho de recados de Sam.

Vamos embora, escreveu.

"O que está escrevendo?", perguntou Paul.

"Um bilhete para a tia Sam."

"E o que ele diz?"

Ana veio olhar.

"É um bilhete curto", ela disse.

X.

O retângulo raspado no lado da cabeça de Josie era algo fascinante para Paul. Foi por isso que ele quis sentar no banco do carona do trailer. Eles saíram de Homer e estavam se aproximando da confluência de muitas rodovias, que seguiam para leste, oeste e norte.

"Dói?", perguntou Paul.

"Não", respondeu. "Parece que está bom?"

Paul balançou a cabeça devagar. Seus olhos diziam como ele estava assustado com aquele retângulo cortado no couro cabeludo da mãe. Não era uma coisa maternal. Aquilo o deixava chocado, assim como Josie ficara chocada ao ver a própria mãe voltar do hospital com a cabeça envolta em gaze. Ela havia levado um tombo na varanda dos fundos, entontecida com os remédios misturados. Foi então que ela começou a tomar as drogas que estavam dando para os soldados, antes do escândalo, antes de Sunny. Josie virou a cabeça para observar o retângulo raspado, as linhas tão exatas. Não queria assustar o filho desse jeito, com o conhecimento de sua fragilidade, de sua capacidade de ser abandonada por sua pseudoirmã, ser atropelada por caminhões de entrega de Homer, ser jogada dentro de uma vala na beira da estrada. Mas conhecer a fragilidade do pai ou da mãe — será isso tão terrível assim? Era melhor, talvez, conhecer isso de uma vez só, assim mais tarde o choque não será tão grande. É melhor para nós quando já contamos com a tragédia, a calamidade, o caos.

"Orçamento!", Raj tinha dito para ela, numa de suas reveladoras falas bombásticas. "Tudo de que você precisa é de um bom orçamento!", disse ele, ou exclamou. Ele era o único ser humano que Josie tinha visto que, de fato, falava de um jeito capaz de justificar o emprego desse verbo, *exclamar*. Era uma palavra estranha, tão comum nos livros ilustrados que ela lia para os filhos. Lá, nas décadas de 50 e 60, todo mundo exclamava, porém na vida real Josie nunca tinha visto o verbo posto em prática. Mas, então, lá estava Raj, com seus olhos grandes e sua voz alta, exclamando o tempo todo. "Você precisa fazer um orçamento de vida!", exclamou. "Já tentou fazer um orçamento doméstico?"

Josie respondeu que não. Na verdade, não. Em vez disso, preferia estimar por alto suas economias, saber mais ou menos seu saldo, superestimar seus ganhos e subestimar suas despesas.

"Nunca?", exclamou Raj. "Quando a situação aperta, ou quando as coisas parecem caóticas, isso pode trazer uma grande dose de paz. Um punhado de contas para pagar pode dar a sensação de um assalto, mas dentro da estrutura de um orçamento, de expectativas, elas são razoáveis, até inofensivas. A gente já está à espera das contas e tem meios para liquidá-las."

Josie olhou em volta, ansiosa para escapar.

"Portanto, pense nisso do mesmo jeito como pensa em sua vida, no país e no mundo. Num determinado ano, a gente espera certas coisas. A gente pode esperar que vai ver algum horrível atentado terrorista, por exemplo. Mais uma decapitação de um homem de roupa laranja é um choque e vai fazer a gente querer nunca mais sair de casa, mas não será assim se a gente tiver um orçamento com essa previsão. Um novo massacre a tiros num shopping ou numa escola pode deixar a gente incapacitado por um dia, mas não se aquilo estiver no nosso orçamento. Esse é o massacre a tiros previsto para este mês, a gente pode dizer. E, se não houver nenhum massacre a tiros naquele mês, tanto melhor. Estamos com um saldo positivo na contabilidade. Temos um superávit. Uma restituição a receber."

Raj era um dos motivos por que Josie achava que seus colegas no mundo médico ou semimédico estavam a apenas uma sinapse da verdadeira loucura. "No orçamento está previsto que seus filhos vão sofrer algum ferimento mais grave antes dos dez anos", prosseguiu Raj. "Metade de suas amigas vai se divorciar. Seu pai ou sua mãe vai morrer mais jovem do que devia. Dois de seus amigos héteros são, na verdade, gays. E a certa altura alguém, algum estranho, algum paciente, vai acordar um belo dia e resolver fazer de tudo para destruir você e tomar seu negócio!", disse ele. Exclamou ele.

Josie pôs de lado aquela conversa e a teoria de Raj, até que cada um de seus pontos, um por um, se transformaram em fatos — as decapitações, os tiroteios e depois Evelyn —, tudo em questão de semanas. O homem era um profeta.

"Para onde a gente está indo?", perguntou Paul.

"Estou pensando em ir para o norte", respondeu Josie. Ela nutria a esperança de que conseguiria levar os filhos a crer que, desde o início, aquele tinha sido o plano, que eles tinham planejado ficar na casa de Sam só por duas noites e depois ir embora, sem se despedir e sem nenhum destino previsto. Mentalmente, anotou que precisava comprar um chapéu.

"Vamos voltar", disse ela.

Nesse momento, Ana se deu conta de que alguma coisa estava acontecendo. "Para onde a gente está indo?", perguntou ela.

"Fomos embora da casa da tia Sam e não vamos mais voltar", disse Paul para ela, e Ana começou a chorar.

"Acho que a gente devia voltar", disse Paul. Falou como se fosse uma ameaça. Tinha demonstrado seu poder de fazer Ana chorar e parecia sugerir que podia fazer e faria aquilo outra vez.

"Não há motivo para isso", respondeu Josie. "Sam está trabalhando e as meninas estão na escola. E, depois da escola, as meninas jogam lacrosse. A gente ia ficar à toa o dia inteiro."

Um silêncio demorado deu a Josie a sensação enganosa de que havia marcado um ponto importante a seu favor. De fato, para que ficar na casa de outras pessoas, quando elas passam o dia inteiro fora e chegam só à noite, cansadas? Josie tinha acabado de convencer a si mesma de que aquilo não fazia nenhum sentido. A viagem para Homer, que ela havia deixado em aberto, foi breve com mais razão ainda. Josie olhou pelo espelho retrovisor e viu que Paul estava olhando desconfiado.

"Por que *a gente* não está na escola?", perguntou.

Josie olhou para a estrada.

Ana parou de chorar. "Está na hora de começar a escola?", perguntou para os dois.

"Não, meu anjo", respondeu Josie.

"Está, sim", disse Paul para ela, mas em voz alta, em tom jurídico, declarando aquilo para o tribunal de justiça itinerante do Chateau. "A gente está em setembro. A gente devia ter começado a escola na segunda-feira. Todo mundo está na escola, menos a gente."

Então Ana começou a chorar de novo, embora não tivesse a menor ideia do motivo. Ela não estava nem aí para a escola, mas Paul estava criando a impressão de que toda a ordem havia desmoronado, de que não existia passado nenhum, futuro nenhum.

"Por que a gente veio para cá bem na hora em que a aula ia começar?", perguntou Paul.

"Eu quero ir para a escola!", berrou Ana, chorando.

Josie queria explicar tudo para eles. Estava morrendo de vontade. Pelo menos para o Paul. Na verdade, ele compreenderia seu ponto de vista; Paul não tinha nenhum sentimento de lealdade com Carl. Sobretudo depois que Carl se ofereceu para ser o líder de seu clube de aventureiros. Ele e Paul tiveram aquela ideia juntos, mas depois ele simplesmente não fez nada. Paul arranjou mais quatro meninos e organizou um grupo para fazer caminhadas pela floresta, todo sábado à tarde, e Carl seria o líder, mas quando chegou a hora, Carl nem apareceu, fingiu que nada tinha sido combinado, não havia plano nenhum, e se tinham chegado a traçar algum plano, não era a sério, ora essa, francamente. Os quatro meninos passaram a noite toda na casa de Josie, sem sair, lendo revistas em quadrinhos impróprias para sua idade.

Mas Paul era pequeno demais para ouvir aquelas explicações todas.

"Chega de discussão. Cinco minutos de silêncio", disse Josie e depois pensou num arremate gentil. "E esta viagem é educacional. Verifiquei tudo antes com a escola de vocês. Isto aqui é um estudo independente."

"Não é verdade", disse Paul.

"Vá lá para trás", falou Josie, com voz cortante. Estava farta de insolências. Ele tinha oito anos. "E esta é a verdade." Era verdade. Josie tinha mesmo falado com a coordenadora da escola, uma senhora maliciosa que se vestia como uma agente funerária sexy, contou tudo sobre Carl, e a coordenadora-chefe deu autorização para Josie matricular os filhos em alguma data posterior, no outono daquele ano. "Ninguém deveria ter de suportar uma coisa dessas", Josie tinha dito, e toda vez que as dúvidas se infiltravam nela, Josie pensava na sra. Gonzalez e na forma deliciosa como ela virava os olhos para o teto, ao ouvir cada um dos delitos de Carl.

Os delitos eram muitos e Carl era conhecido de todos, que sabiam que ele era um homem ridículo, mas aquela novidade era demais, era digna de um Calígula, de um Karl Rove, e ela não tinha nenhuma obrigação de colaborar. Como tantas outras coisas de Carl, seu pedido — quase uma exigência — desafiava todo sentido de decência, era algo tão sem precedentes em sua depravação que chegava a tirar o fôlego. Como explicar? Ele estava para se casar com outra pessoa, uma mulher chamada Teresa, claro que era Teresa, ela não tinha escolha a não ser chamar-se Teresa. Pertencia a uma família de algum modo bem estabelecida e havia, na sua família, alguns que tinham lá suas dúvidas sobre Carl. Dúvidas sobre Carl! Quando Josie soube daquilo, por meio de um intermediário, deu uma gargalhada, adorou aquelas palavras. Dúvidas sobre Carl. O nome dele não podia ser pronunciado sem dúvidas. Seu nome precisava de pontuação: Carl? Não ficava correto sem o ponto de interrogação.

"Mamãe?", chamou Ana, atrás dela. "Passaram cinco minutos."

Josie olhou para trás pelo espelho retrovisor, viu Ana, depois olhou pelo espelho lateral, sete ou oito carros em fila, atrás. Josie encostou o trailer no acostamento para deixar que os carros passassem, enquanto rogava pragas contra Stan. Depois que a caravana passou, e cada um dos motoristas olhou com raiva para Josie, ela voltou para a estrada.

"Mais cinco minutos", disse Josie.

Um dia, Carl telefonou, explicou a história deste jeito: "Eu adoraria ficar com as crianças por uma semana, mais ou menos", disse, como se fizesse aquilo com regularidade, o tempo compartilhado desse jeito, como se todo mês ele catapultasse os filhos para o outro lado do país para visitar seu maravilhoso pai cagão. "A família de Teresa quer passar um tempo com eles", disse Carl, adotando uma espécie de sotaque da Flórida, completamente inventado por ele (Carl era de Ohio), "e é claro que eu gostaria de mostrar meus filhos."

Josie ficou sem fala. Muitas vezes, ela ficava sem fala. Como algumas poucas frases podiam conter tantos crimes linguísticos e éticos? Mas, desde seu rompimento, toda vez que interagia com Carl, Josie ficava impaciente, atônita, sem fôlego, irritada. Valia a pena atender o telefone quando Carl ligava, porque sempre havia alguma coisa supremamente covarde, indubitavelmente relevante para antropólogos e estudiosos de desvios psiquiátricos. Como quando ele viu uma notícia sobre soja na tevê e ligou às dez e meia da noite para falar do assunto. "Espero que você esteja monitorando a ingestão de soja pelas crianças. Sobretudo Ana. Dizem que a soja acelera a entrada das meninas na puberdade." Ele falou isso de verdade. Falou mesmo e fez muitas outras coisas, algumas tão requintadas que quase extrapolam os limites do comportamento humano previsível. Agora, aquela visita a Punta del Rey. "Eles vão adorar", disse Carl. "Podem ir nadar, vão conhecer os novos avós. Jogar golfe. Lançar dardos no gramado." Dardos no gramado, foi o que ele disse. Um brinquedo que tinha sido banido desde a década de 80. Era maravilhoso, era uma perversão, era Carl. Carl?

Finalmente, por meio de alguns intermediários — bem, o mesmo intermediário, a mãe de Carl, que gostava mais de Josie que de Carl —, Josie teve uma ideia completa da situação: o casamento era no outono, mas na família de Teresa havia algumas pessoas que se opunham, imaginando ou conhecendo Carl por aquilo que ele era — um pai ausente, um pai que abdicou, um homem que nasceu sem tutano — portanto Carl (e Teresa? Não estava claro até que ponto ela sabia) havia concebido aquele plano para mostrar para eles que era próximo de sua prole, que ele era uma parte de suas vidas. E Josie pensou: Imagine, vá para o inferno. Você está na Flórida? Pois eu vou para o Alasca.

Só que Josie não contou isso para ele.

"Vamos voltar para a casa vermelha?", perguntou Ana, das profundezas do Chateau. Tinha desafivelado o cinto de segurança e estava de pé, junto à porta do banheiro.

"Sente e ponha o cinto de segurança", disse Josie.
"Paulie disse que não precisa", respondeu Ana.
"Paul, você está sob observação", disse Josie.
"Obrigado", disse Paul.
Que diabo estava acontecendo? Agora Paul conhecia o sarcasmo. Ana sentou-se de novo e pôs o cinto de segurança.

"Claro que estamos indo para lá", disse Josie, em resposta à pergunta de Ana. A casa deles não era vermelha, mas cinzenta, porém os arremates eram marrons, por isso Ana se habituou a chamar a casa de vermelha, e Paul e Josie nunca a corrigiram.

Será que Josie devia dizer para Ana que não iam voltar? Ou que, se voltassem, seria apenas para se mudarem de lá? Os sentimentos de Josie a respeito da casa eram uma coisa embaralhada e cheia de farpas. Ela e Carl acharam que comprar uma casa era uma coisa sensata, um objetivo raras vezes questionado no mundo civilizado. Tinham visto casas e discutiram seus méritos e acabaram comprando uma, uma que exigia algum trabalho de reformas. Carl disse que faria o trabalho, pelo menos supervisionaria e faria ele mesmo uma parte (não tinha a menor ideia de como fazer aquele tipo de serviço) e Josie achou que aquilo serviria para mantê-lo ocupado e concentrado, ainda que ficasse apenas observando os outros trabalharem. Desse modo, fizeram um empréstimo e compraram a casa pelo preço que estavam pedindo, tudo foi muito simples e, enquanto continuavam pagando aluguel, Carl responsabilizou-se (supervisionou; às vezes dava um pulo lá) pelas reformas básicas, três meses de prazo, até que eles pudessem mudar-se para a casa. O que acabou acontecendo: mudaram-se, as crianças eufóricas, de verdade, não se cansavam nunca do quarto novo que iam dividir, do seu armário incrivelmente espaçoso, do porão estranhamente pequeno, e então, depois de passarem uma semana dormindo na casa, uma casa bonita e sólida, avaliada no preço médio das casas em sua cidade, Carl começou a pirar.

"Isto está errado", disse ele. "Isto é decadente." Ficava de pé, no meio do seu quarto, olhando em volta como se tivessem entrado no terreno da grande mansão dos Vanderbilt, em Newport.

Josie olhou em redor e viu apenas um colchão, uma cama desfeita e uma janela pequena com vista para uma macieira torta. Josie ficou espantada, mas não tanto quanto ficaria se Carl fosse uma pessoa sã e estável. "O que foi? Por quê? A gente acabou de mudar para cá."

Aconteceu que Carl estava em conflito, dilacerado, retalhado, pela justaposição — seria um paradoxo? O que era?, Carl se perguntava. O que é?, ele gemia bem alto — do fato de ter acabado de comprar uma casa e estar no meio de obras de modernização. Falou a palavra *modernização* como se fosse algo sórdido, como se eles estivessem queimando dinheiro aos pés de crianças órfãs — enquanto o movimento Occupy estava tentando bravamente modificar os fundamentos de nosso sistema financeiro. Como é que eles, Carl e Josie, eram capazes de ficar discutindo que tipo de piso de madeira iam usar? A história estava sendo feita em outra parte, em toda parte, e eles estavam preocupados em escolher a cor das tintas e resolver se as luminárias teriam acabamentos de níquel ou de cobre. Um dia, na loja de material de construção, eles tinham de escolher um armário para colocar embaixo da pia do banheiro, e Carl não foi capaz de sair do carro.

"Não consigo fazer isso", disse ele.

"A maçaneta da porta está logo aí, abaixo da janela. É só puxar", disse Josie. Ela já conhecia o estado mental dele. Carl era inconstante e surpreendente, mas jamais causava surpresa o fato de se metamorfosear. Era incoerente em tudo, menos em sua covardia. Podia-se confiar plenamente na sua falta de confiabilidade. Será que Josie devia denunciar sua incrível hipocrisia? O fato de Carl ser filho de um criador de gado que havia dizimado incontáveis quilômetros de florestas da América Central para alimentar vacas que serviriam para alimentar americanos e japoneses? E o fato de ele nunca ter tido um emprego? E o fato de ele querer julgá-la, sua vida, a vida pela qual ela pagou...

Era impossível. Não tinha por onde começar, nada para dizer.

"Não! Não. Vá você", disse ele. "Vou ficar aqui."

Será possível que eles estavam prestes a gastar seiscentos dólares com um armário de pia de banheiro?, era o que Carl queria saber. Será possível que eles tinham mesmo gastado quinhentos e cinquenta dólares com camas para as crianças?

"Se não fosse assim, onde as crianças iriam dormir?", perguntou Josie. Ela achava que ele talvez tivesse mesmo uma alternativa.

"Não sei", respondeu Carl. "Mas acho que a gente precisa começar a fazer essas perguntas."

Ela riu bem alto. Aquilo não estava nos planos.

Ele não podia tomar parte num gasto de dinheiro como aquele, disse Carl. Dinheiro que, de resto, ele não tinha ajudado a ganhar. Quando os dois se conheceram, Carl tinha sido demitido de um emprego meio vago, numa agência de publicidade; ele nunca ficava no mesmo emprego por mais de um ano. Será que Josie tinha mesmo permitido que Carl vivesse à toa? Será que foi culpa dela? Será que ela disse mesmo para ele as palavras — será que ela disse as palavras *vá atrás de sua paixão*? Meu Deus! Carl não tinha a menor ideia de como ganhar dinheiro para seus filhos nem para si, não tinha a menor ideia dos passos envolvidos entre acordar de manhã e, algum tempo depois, ser pago pelo trabalho que fez. Ele sabia como acordar e sabia como descontar um cheque, mas tudo o que havia entre uma coisa e outra era uma barafunda. Todos seus chefes foram ogros e psicopatas — principalmente, pelo visto, porque tentavam dizer para ele o que devia fazer. E isso, em si mesmo, era um crime grave.

Todos aqueles meses do movimento Occupy foram um desastre. Carl ficou paralisado. Josie encontrava-o na cama, estirado de barriga para cima, sobre seu colchão de capitalista, uma toalha em cima da cara. Encontrava-o deitado no chão no quarto dos filhos, esparramado, como se tivesse caído dentro de uma vala. Carl dizia que tinha enxaqueca. Dizia que não conseguia aguentar a dor. Cancelou as obras de modernização, demitiu os operários, deixou a casa cheia de capas plásticas que ondulavam escandalosamente pelas janelas abertas.

"Agora esses caras não vão receber pagamento", disse Josie. "Por acaso *eles* também não precisam de trabalho?"

"A questão não é essa", disse Carl, mas seus olhos mostravam algum sinal de compreensão de que aquilo podia ser parte da questão. Carl nunca foi forte em enxergar a relação entre qualquer uma de suas ações e a gestão das finanças de sua casa, da cidade ou do mundo.

Tudo que ele queria, na verdade, era estar no parque Zuccotti, não em Ohio. Essa era a questão. A média de idade dos militantes do movimento Occupy acampados ali era de vinte e quatro anos, disse Josie. Não havia nem pais nem mães de crianças pequenas. E se havia crianças, elas estavam vivendo na imundície. Ele concordava, mas ficava em estado catatônico. Carl não era capaz de viver o dia a dia. Saía para correr vinte e quatro quilômetros e depois se embebedava. Dormia metade do dia, depois ia procurar cursos de pós-graduação. Procurava lugares para morar em Bali. Procurava escolas internacionais no Brasil, para os filhos. Depois dava uma corrida de trinta e dois quilômetros e ficava ainda mais bêbado.

"Por que estamos aqui?", perguntou Carl.

"No planeta Terra?", perguntou Josie. Ela estava brincando, mas ele não.

"Como é que a gente veio parar num lugar tão longe de tudo?", perguntou Carl, e Josie se deu conta de que ele estava falando sério. De algum jeito, ele passara a se confundir com um membro de uma espécie de movimento revolucionário clandestino que, nos últimos tempos, tinha tomado posições mais moderadas. Josie não conseguia desencavar nada nem vagamente revolucionário que Carl tivesse feito algum dia. Ela sabia que, em certa ocasião, ele tinha votado no Partido Verde. Talvez fosse isso. Agora, Carl tinha um fraco pelos irmãos e irmãs do movimento Occupy, e era como se Josie tivesse vindo pessoalmente para impedir que ele tomasse seu lugar nas barricadas. Mas, ahá, no dia em que os manifestantes deixaram o parque Zuccotti, o estado de ânimo de Carl melhorou muito. Os ativistas voltaram para suas casas e Carl, pelo visto, estava pronto, também ele, para morar numa casa.

Então começaram os treinos de triatlo. Carl entrou para o grupo — pagou para fazer parte, gastou o dinheiro de Josie para fazer parte —, um grupo de homens e mulheres treinados por um ex-fuzileiro naval. Corriam, andavam de bicicleta, escalavam muralhas de mentira, em ambientes fechados. Josie acabou sabendo o nome de todos eles: Tim, Lindsay, Mercury, Warren, Jennifer. Era maravilhoso saber tanta coisa sobre eles. O treinamento levava Carl e percorrer Ohio inteiro e a ficar fora de casa todo sábado, quase o dia inteiro, e a maior parte dos domingos também. Josie se organizou para que os filhos tivessem quem cuidasse deles nos dias de semana, mas achava que seria útil ter o pai por perto nos finais de semana.

"Eu me sinto tão bem com isso", dizia Carl.

Era sobre o triatlo, não sobre os filhos. Carl nunca competiu numa prova de triatlo. Mas saía todo fim de semana para treinar, e Josie se viu destroçada pela mesmice. Sozinha com Paul e Ana, depois do café da manhã, ela decidia terminar os afazeres da manhã às onze horas. Às onze, encerradas as tarefas de casa, Josie lutava contra a vontade de tirar um cochilo. Paul ia para a casa do vizinho para brincar, infeliz, com a única criança que havia ali, um menino tagarela que dizia coisas cruéis para ele. Portanto, eram só Josie e Ana e, na verdade, Ana não se importava muito com o que elas fizessem ou não. Podiam, talvez, ver um vídeo no celular dela. Depois, sim, um cochilo de vinte minutos, ao lado de Ana — uma tentativa, pelo menos, pois durante aqueles vinte minutos Josie ficaria pensando nas sessenta ou setenta piores coisas que já havia feito na vida, as coisas mais burras que tinha falado. Ela abria os olhos em brasa. Calçava seu tênis de correr e depois levava os filhos para passear. Pensava em tomar um drinque. Quem vai ficar sabendo? Servia a bebida no copo e, imediatamente, devolvia o líquido para dentro da garrafa. Como é que as horas vão passar?

 Carl voltava para casa à tarde e, depois de algum exercício físico, ou simulação de exercício físico, ele ficava cheio de tesão e não se mostrava muito preocupado com a maneira como seu sêmen tinha esguichado — ele ficava tão satisfeito usando a própria mão ou a mão dela, mas, por algum motivo, a operação manual sempre tomava mais tempo e era duas vezes mais enfadonha. Em seguida, deitados de barriga para cima, o teto bem branco, eles compartilhavam um momento, tinham concluído alguma coisa juntos, mas depois, mais uma vez, tudo acabava. Então ele estalava a língua e se levantava. "Tenho que ir ao banheiro", dizia.

 As lembranças que Josie tinha de Carl eram dele cagando ou deitado, paralisado pelos heróis de Zuccotti. Ah, espere. Isso é melhor do que *Decepcionados: o musical*. Imagine só: *O herói de Zuccotti*. Seria sobre Carl, um homem de Ohio, filho de um barão da pecuária que estuprou mil e seiscentos quilômetros de floresta na Costa Rica para alimentar suas vacas. Agora Carl era o Herói de Zuccotti. Um filho da fartura, dedicado à causa dos pobres, muito embora, tecnicamente, ele nunca tivesse ido a Zuccotti nem tenha feito nada para apoiar, explicitamente, os Ocupantes. Talvez ele fizesse parte dos noventa e nove por cento, porque, tecnicamente, não tinha renda, não é? Seria essa a relação? O espetáculo ia se concentrar em suas corridas — correr à noite com uma lanterna presa na cabeça! Numa esteira. Só correndo. Seus pensamentos, seus sonhos, representados pelo vídeo de vários protestos e passeatas, projetados atrás dele, enquanto corre, enquanto se alonga depois de correr, enquanto esfrega as pernas com bálsamo Bengué depois de correr, enquanto bebe cerveja gelada depois de correr, enquanto assiste a uma partida de futebol feminino no celular depois de correr, se masturba no banheiro do térreo depois de correr — nesse ponto, podemos mostrar Josie, no primeiro andar e sozinha, na cama — enquanto, o tempo todo, o resto do mundo acontece num telão atrás dele, as barracas e os cartazes e as passeatas e as brigas com os policiais, e de vez em quando ele erguia os olhos e fazia que sim com a cabeça, com ar expressivo, como se estivesse unido com um dos manifestantes, embora esteja sozinho, com o pau na mão.

Alguns meses depois que eles se separaram, Carl arranjou um emprego na Flórida e foi embora. Seu emprego fora do estado, ao que parece, o autorizava a transformar-se num fantasma. Carl achou essa lógica inapelável. Não posso estar em dois lugares ao mesmo tempo, disse ele. Um colega de faculdade tinha dado para Carl um emprego de vendedor, só ganhava comissão, numa pequena empresa em fase de pesquisa de mercado. Dá para chamar de pequena empresa em fase de pesquisa de mercado uma firma que vende rack de teto para carros compactos? Alguma ajuda para criar os filhos, isso nunca foi discutido nem levado em consideração. Durante seis meses, não houve nenhum sinal de Carl. Mas, quando reapareceu, agia como se estivesse ali o tempo todo. "Tem certeza de que essa escola em que eles estudam é boa mesmo?", perguntou no último outono, a última vez que fez uma visita. "Eles estão sendo plenamente desafiados?" Quando falou isso, estava de shorts e sandália, e com uma viseira. Eram trajes de praia, roupas da Flórida, só que ele estava em Ohio. Ele tinha pegado um avião para passar o fim de semana, alugou um carro e apareceu na casa deles. Quem era aquele homem? Onde ele achou aquela viseira? Na verdade, Josie perguntou para ele, ela precisava saber.

"Onde arranjou a viseira?"

Ele respondeu que tinha comprado pela internet. É assim! É assim que existia no mundo um homem que encomendava viseiras pela internet e dizia coisas como *Eles estão sendo plenamente desafiados?*

Desde então, Josie conheceu outras pessoas na mesma situação que ela, mães solteiras que tinham esses parceiros apêndices-fantasmas, gente como Carl que não fazia nada, que simplesmente não estava presente, pelo menos em nenhum lugar que fizesse parte da vida dos filhos — mas que andavam por aí, com perfeita certeza de que estavam contribuindo com sua cota. Josie estava pilotando o barco da vida dos filhos, levantava as velas, girava o cabrestante, baldeava a água, e Carl não estava nesse barco, Carl estava pegando sol numa ilha distante e sem nome — usando sua viseira! —, mas acreditava que estava no barco. Acreditava que estava no barco! Como pode alguém estar no barco, quando na verdade não está no barco? Quando, na verdade, está numa ilha distante? Carl tinha visto os filhos uma vez nos últimos catorze meses, mas em sua mente ele os acomodava na cama, embaixo do cobertor, todas as noites. Que mutação da evolução permitia esse tipo de autoengano?

Tudo isso podia figurar no musical. O tempo todo, enquanto Carl corria, se alongava, se masturbava, sua família e o movimento Occupy ficariam à sua volta, projetados no telão atrás dele, embora ele confundisse aquela imagem com algo que se passava a seu lado. E, no fim do espetáculo, durante o qual o ator que representava o papel de Carl não tinha feito absolutamente nada para ninguém, vinha para a frente do palco e se curvava para agradecer os aplausos, e tinha de voltar várias vezes para receber mais aplausos e dizia *Obrigado a todos, obrigado a todos, muito obrigado.*

Agora, tudo que Josie queria era que a deixassem sozinha. Queria dizer para ele: Não reapareça. Não dê nenhum conselho. Não entre na minha casa nem comente minha vida doméstica. Não comente nada sobre o papel da soja na entrada de minha filha na puberdade. Não, ela não vai mandar seus filhos para Punta del Rey. Ela não vai tomar parte na farsa dele. Será que era um gesto mesquinho da sua parte? Rancorosa? Sem generosidade? Era ridículo fugir de casa para o Alasca, onde ela e os filhos não podiam ser encontrados por Carl para que posassem para sua fotografia? Sim, ele, Teresa, os pais dela e sei lá mais quem, estavam querendo fotografias de Carl com os filhos — para mostrar que ele era um pai de verdade. Olhe só para ele todo contente com seu filho e sua filha! Queriam pôr aquela foto numa moldura, aquelas fotos, e ter as fotos ali na mesa do casamento, no centro de qualquer decoração que fossem montar para seus convidados desgraçados. Algum descendente de Goebbels era, agora, produtor de festas de casamento e tinha sido contratado por aqueles chacais para produzir essa ficção.

"Mãe, estou sentindo um cheiro."

Era Paul.

"O que foi? Já tivemos cinco minutos de silêncio?"

Josie estava desligada.

"É um cheiro muito ruim mesmo", disse ele.

Josie inalou fundo. Era ao mesmo tempo familiar e exótico — pungente, uma mistura de orgânico e químico.

"Borrife um pouco daquele protetor solar", disse ela, e Paul fez isso, e aí o Chateau adquiriu um ar cremoso de abacaxi. Não durou muito tempo. O cheiro anterior era forte demais. Josie abriu as janelas e olhou em volta. Para ver se havia algum incêndio ou bombeiros, mas não viu nada. Afinal, mais à frente, avistou uma coluna de fumaça que saía da chaminé de um prédio industrial. "Deve estar vindo de lá", disse e apontou. Fechou a janela. Eles andaram em silêncio durante dez minutos, até ficarem fora do alcance do prédio e da sua chaminé.

O único homem legítimo na vida de Josie, desde Carl, além do homem que queria cheirar o dedo sujo de cocô, foi Elias. Josie leu sobre ele no jornal da cidade. Era advogado e estava reunindo um grupo de queixosos para processar uma indústria que queimava carvão nas redondezas, além de cometer várias outras violações ambientais. A história levou-o a se tornar um advogado comum que decidiu, por conta própria, processar uma empresa de um bilhão de dólares. Havia milhares de residências no raio de alcance da fábrica, todos os moradores estavam sujeitos a riscos ignorados por causa das partículas em suspensão no ar, fragmentos de cinzas e subprodutos da combustão incompleta de carvão que se depositavam nos gramados e nos telhados. Ele saiu chamando todo mundo num raio de cinco quilômetros para se apresentar e chamar à responsabilidade a empresa GenPower.

Josie ficou surpresa ao descobrir que ela também estava no raio de alcance da fábrica — ficava só a três quilômetros — e por isso mandou uma carta para ele, que lhe telefonou, e ela se viu dirigindo o carro para o centro da cidade para falar com ele. Josie imaginou que ele trabalhava num grande centro de escritórios de advocacia, com pilhas de papel muito bem-arrumadas pelo chão, assistentes que carregavam caixas de documentos para lá e para cá. Só que ele trabalhava sozinho e seu escritório era limpo, despojado, sem papéis acumulados em lugar nenhum.

Aquilo foi um alívio. Desde que havia escrito para ele, Josie sentia-se estranha, vigiada, sorrateira. Se Elias trabalhasse num escritório num porão sombrio, Josie teria passado de preocupada a paranoica. Mas ele era jovem, tinha o rosto franco e sorriu fácil, quando apertou sua mão. Tinha dentes perfeitos. Foram até um café ali perto e ele perguntou se ela ia se juntar à ação coletiva que ele estava movendo. Num ímpeto irracional provocado pela pele imaculada de Elias e por seus olhos cintilantes, Josie respondeu que sim. Perguntou qual a possibilidade de o processo suscitar alguma retaliação da empresa, se eles podiam processá-los, em troca, ou até fazer algo menos legal e mais nefasto. Josie tinha lido sobre aquelas coisas. "Pode ser", respondeu o advogado, mas não se mostrou nem um pouco preocupado. Ele deu entrada no processo, agora com o nome dela entre os queixosos principais. Josie se orgulhou daquilo — ela estar na linha de frente era uma honra para a comunidade, disse ele.

Algumas semanas depois, Elias veio pôr Josie a par das novidades do caso e ela lhe mostrou a van branca que já estava estacionada no seu quarteirão havia um mês, e os dois foram juntos até a van dar uma espiada e riram sozinhos, mesmo assim se perguntaram por que uma van sem identificação tinha de ficar estacionada logo na frente da casa de Josie, sempre exatamente no mesmo lugar, nunca mais abaixo — nunca do outro lado da rua — e com a janela traseira coberta.

"Desafio você a dar uma batidinha no lado", disse ela. Josie tinha catorze anos de novo, o coração estava aos pulos, explodindo. "Veja se tem alguém com fones de ouvido lá dentro." Elias bateu com o nó dos dedos. Ela respirou fundo.

"É você quem mora aqui", disse ele, e os dois riram enquanto corriam da van, de volta para dentro da casa dela.

Josie ficou um pouco apaixonada por Elias, embora os olhos dele dissessem que ele era jovem demais (ou, de modo mais significativo, que ela era velha demais). Elias não tinha mais de trinta anos e parecia ainda mais jovem. Quando entraram em casa correndo e fecharam a porta, ofegantes e rindo, Josie achou que era pelo menos possível que os dois caíssem nos braços um do outro, se beijando e se apalpando. Mas ele disse que tinha de ir ao banheiro. Todos os homens na vida de Josie preferiam ficar sozinhos, no banheiro, a ficar com ela.

Depois do banheiro, Elias retirou da pasta o processo propriamente dito, as duzentas páginas, com sua capa-padrão e utilitária, mas estranhamente bonita. Josie se emocionou ao ver seu nome no processo. O que significava? Ter seu nome acima do nome deles, GenPower, como se o lugar de Josie acima deles fosse o código de sua superioridade moral. Então a palavra contra, uma exibição de desafio e agressão. Eu processo você. Eu contra você. Eu contesto você. Eu responsabilizo você. Eu digo seu nome. Eu digo meu nome.

Enquanto ela e Elias examinavam o processo, e seus ombros se tocavam, inocentes, mas não completamente inocentes — Josie sentia o calor dele através da camisa branca e, em consequência, sentia seu próprio calor elevado —, alguém bateu na porta e aí o rosto de Carl entrou de novo em sua vida.

Josie não podia provar que foi aí que Carl decidiu se casar com a sua então namorada, Teresa, com um entusiasmo novo para ele, mas não seria improvável. Carl entrou antes que ela o convidasse e então percebeu a presença dos dois, Josie ao lado daquele advogado bonito, com sua camisa branca e limpa. Josie e Elias estavam debruçados sobre os documentos, e todo o tamanho de Elias e sua altura estavam ocultos, por isso Carl avançou depressa, achando que ia enfrentar, ao seu jeito, de algum jeito, aquele homem novo que estava na casa que, antigamente, era dele — ou, pelo menos, era a casa onde ele morava —, porém, quando chegou mais perto, Elias se pôs de pé e revelou sua estatura completa, um metro e noventa, mais ou menos, e o coração de Josie quase explodiu. Agora, ela adorava lembrar-se daquilo, ver Carl baixar a cabeça para o alto e bonito Elias. Josie se lembrava de ver como Carl diminuiu o ímpeto, reavaliou a situação e estendeu a mão para cumprimentar Elias, já sem ares de confronto, agora respeitoso, fingindo simpatia — era uma delícia.

"Desculpe interromper", disse Carl.

"É melhor eu ir", disse Elias.

"Não, não vá", disse Josie. Mas dali a pouco Elias se foi e Carl estava numa agonia de êxtase, confusão e raiva reprimida. Quem era aquele homem, o homem alto de camisa limpa, de sapatos reluzentes? Na mesma cozinha, um momento de intimidade intelectual que ela havia compartilhado com Elias se converteu num bate-boca idiota com um idiota.

"O que está procurando?", perguntou Josie.

Carl estava andando pela cozinha, para lá e para cá, olhando tudo, abrindo as gavetas como um macaco novato no complexo interior de um lar humano. Estava usando um moletom com capuz e enormes tênis coloridos, que, em contraste com Elias, mais jovem que ele, e com sua mínima paleta de cores, faziam Carl parecer ainda mais infantil e perdido.

"Uma chave para abrir o depósito", disse Carl, deitando.

"Você levou. Sei que levou", disse Josie, apesar de não ter a menor ideia de que chave era aquela e de não saber se ele tinha mesmo levado.

"Pratos amontoados na pia…", disse Carl, então — ele parecia ter desistido daquela farsa da chave — e fez, com a boca, um som de *tsc*, como uma avó da década de 1950. E por que os pratos dentro da pia são o emblema universal do desleixo doméstico e do fracasso dos pais? A questão é o empilhamento? Os pratos não deviam estar empilhados — era essa a conclusão? Ou o problema é que estão dentro da pia? Tudo bem que estejam empilhados, mas não deviam estar dentro da pia? Será que deviam estar empilhados em outro lugar? Dentro de um armário, sobre a cama?

"Sua chave não está aqui. Você tem de ir embora", disse Josie.

"As crianças vão chegar da escola daqui a pouco", disse Carl, olhando para o relógio de pulso, vendo que era só uma hora, quando sabia (ou não sabia? Ele não sabia! Ele não sabia!) que eles só saíam da escola às duas horas. "Eu esperava ver as crianças."

"Você não pode ficar esperando uma hora", disse Josie. "Não aqui."

"Espere. Ana está na pré-escola até as duas? É um dia muito longo."

Josie viu uma faca sobre o balcão e pensou como seria fácil pôr um fim naquilo tudo. Agora ele estava olhando para a janela, acima da pia, com ar desconfiado, examinando para ver se estava limpa. Não estava limpa. Será que estava anotando mentalmente alguns itens para abrir um processo contra ela, no futuro? Sim, estava.

"Interrompi o encontro que vocês estavam prestes a começar?", perguntou, cravando seus olhinhos verdes em Josie. Quem é esse homem?, pensou Josie. Será que ele sempre foi ridículo assim? E depois veio — tinha vindo tantas vezes, após sua separação — a compreensão esmagadora de que ela havia ficado com esse homem-fuinha durante oito anos, de que ela teve dois filhos com esse mamífero sórdido que revirava o lixo, que ela nunca mais conseguiria se livrar dele. Depois que ele saiu — ele saiu e assim talvez tenha salvado sua vida, a faca na mão dela dava uma sensação muito justa —, Josie teve de sair para dar uma caminhada ligeira, a fim de tentar limpar a mente do ciclo de autorrecriminação. Ela não ia dizer as palavras, nem pensar as palavras, *Eu desperdicei minha mocidade*, mas é claro que tinha feito isso. Ou não exatamente a mocidade — tinha desperdiçado seus trinta anos, um tempo de florescimento para ela, em que Josie adquiriu segurança profissional, ganhou controle pleno sobre seu corpo, trouxe ao mundo Paul e Ana e estava pronta para cuidar e construir. Ela havia desperdiçado tanto tempo com Carl. Oito anos. Oito anos com o inseto Carl, o desempregado Carl, o confuso

Carl, e agora ela estava com quarenta anos e era tarde demais para Elias, para qualquer pessoa como Elias. Qualquer um com sua coragem. Agora, ela se encontrava num estado cercado por bombeiros. Aquilo traria opções?

"O cheiro agora ficou pior", disse Paul, e Josie viu que era verdade. Era um cheiro azedo, algo parecido com lixo queimando.

Dessa vez, antes de Josie perceber que eles tinham soltado o cinto de segurança, Paul se levantou para verificar o fogão e informou que todos os botões estavam na posição em que deviam estar.

"Abra as janelas", disse Josie, e estendeu o braço para baixar o vidro da janela do carona. O cheiro se dissipou, mas não muito.

Seguiram em frente e, embora não houvesse nenhum indício para acreditar nisso, Josie continuou a supor que o cheiro — tinha toques de terra com certo viés tóxico — estava vindo de fora. No entanto, ela estava feliz, porque Paul demonstrava espírito de colaboração — ou pelo menos tinha abandonado sua atitude de franca hostilidade. O cheiro os havia unido.

Avançaram por oito quilômetros, talvez dezesseis. Mais tarde, ao recordar aquilo, Josie podia admitir que viajou até muito mais longe do que uma pessoa mais responsável deveria ir.

Por fim, Paul disse que estava passando mal, com a sensação de que ia vomitar, por isso Josie encostou o trailer na beira da estrada, que dessa vez não tinha acostamento, e assim, quando pararam, o Chateau ficou num ângulo tão oblíquo que um vento mais forte teria feito o veículo tombar como um elefante alvejado por um tiro de espingarda de caça.

As crianças saíram, e Josie orientou-os a descer pelo aterro da estrada e a ficar parados junto a um solitário pé de abeto, atarracado e bastante torto pela força de alguma tempestade. Josie entrou ligeira na área da sala do trailer e, embora soubesse que Paul era incapaz de se enganar, verificou o fogão e confirmou que os botões não estavam abertos, mas o cheiro, perto do fogão, era muito mais forte do que no banco da frente. Abriu os armários, imaginando que ia achar alguma fruta podre ou um animal morto. Não achou nada disso, mas então teve certeza de que um animal morto era a solução para o problema daquele cheiro. Abriu todas as gavetas, olhou embaixo das almofadas. Olhou no banheiro, por fim, esperando que a resposta estivesse ali, mas, embora tenha encontrado apenas o monte de pratos e toalhas dentro do boxe do chuveiro, descobriu que o cheiro estava mais forte. Ergueu a tampa da privada, achando que uma das crianças tinha jogado algum segredo lá dentro, e viu que a privada estava vazia, porém o cheiro emergiu com grande agressividade.

Saiu do Chateau para vomitar, ficou ao lado dos filhos na beira da estrada por alguns instantes e se deu conta da rodovia coalhada de lixo. Alguém tinha jogado um absorvente pela janela de um carro e, em questão de segundos, por causa da proximidade de Ana e da maneira como ela observava o objeto, Josie viu logo que, enquanto ela estava dentro do Chateau, Ana tinha pegado o absorvente e depois, por uma ordem de Paul, havia largado no chão. Ana olhava para Josie com ar cauteloso, se perguntando se estava prestes a ver, pela primeira vez, a mãe vomitar, mas, ao mesmo tempo, mantinha o absorvente ao alcance de sua visão periférica — à espera da oportunidade de examiná-lo mais de perto, ou talvez, de algum jeito, de pôr sua boca nele.

"Descobri o que é o cheiro", disse Josie.

Mas não tinha descoberto nada.

Voltou para dentro do Chateau, imaginando uma forma de fechar o banheiro com fita adesiva, ou de embrulhar a privada com plástico ou com algum material impermeável a odores fecais. E, enquanto seguia de volta para o banheiro, viu algo que não tinha notado antes. Na parede ao lado do fogão havia um interruptor, sobre o qual Stan não tinha falado nada, porque Stan era um filho da puta. Era um interruptor do tipo daqueles pequenos de metal que havia em abundância nos aviões antigos, o tipo de interruptor que dá um estalo de satisfação no usuário. Acima dele estavam as palavras *aquecedor do tanque*.

Josie observou que o interruptor estava ligado, o que significava que algum tanque estava sendo aquecido. Primeiro, pensou no tanque de combustível, mas sabia que não dava para imaginar que, entre a cozinha e o banheiro, houvesse um interruptor para aquecer um tanque cheio de gasolina inflamável. Portanto, o único tanque que ela podia imaginar era o tanque de fezes e urina que ficava embaixo da privada.

Um suspiro escapou de sua boca. Aquilo começou a fazer sentido. O Chateau tinha um mecanismo para aquecer o tanque. Por quê? Josie deduziu que, no inverno, os proprietários não queriam que as fezes congelassem, porque fezes congeladas não escoavam através do tubo azul-celeste flexível, e assim não haveria espaço para fezes novas. Era preciso manter as fezes aquecidas e em estado líquido, para que pudessem ser escoadas e fezes novas pudessem ser depositadas dentro do tanque.

Ana tinha ligado o interruptor do mecanismo de aquecer as fezes. Tinha feito isso em agosto, quando as fezes não precisam ser aquecidas. Portanto, Josie e sua família estavam viajando pela faixa central e baixa do Alasca não só carregando suas fezes, mas também aquecendo-as. Cozinhando as fezes. O que seria aquilo? Josie procurou o verbo. Grelhar? O processo em que o calor provém das superfícies internas do fogão, em oposição ao gás e à chama? Josie tinha certeza de que a palavra correta era grelhar.

Desligou o interruptor, voltou para Paul e Ana, junto ao abeto solitário, e disse que eles não deviam ligar nenhum interruptor dentro do Chateau. Contou para eles o que tinha acontecido, as fezes grelhadas e tudo, e os dois fizeram que sim com a cabeça, agora muito sérios. Acreditaram naquela história sem a menor hesitação e Josie ficou maravilhada com aquela fase pura da vida, em que a criança ouve falar daquelas coisas pela primeira vez, como grelhar as fezes, e por que não se deve fazer isso no verão.

Entraram no Chateau e foram em frente. Era um dia maravilhoso para se viver.

XI.

"Estou tentando entrar em contato com o sr. e a sra. Wright. Perdi os prenomes deles", Paul leu em voz alta. "Havia três meninos, L. J., George e Bud Wright. Havia duas meninas, que eu saiba, Anna e outra cujo nome esqueci. Meu irmão Wheeler e eu trabalhamos para eles em 1928 ou 1929, na colheita de trigo. Também debulhamos linho, a primeira e única vez que trabalhamos com linho e até mesmo que vimos linho. Os Wright moravam num casebre de taipa em Chaseley, Dakota do Norte, perto de Bowdon, Dakota do Norte. Na última vez que tive notícias deles, George estava casado e morava perto de Scottsbluff, no Nebraska. Nós adorávamos aquelas pessoas queridas. Gostaríamos muito se alguém pudesse nos dar qualquer informação sobre seu paradeiro."

A ideia de mandar Paul ler a seção "Rastros apagados" para ela, enquanto dirigia, foi brilhante, pensou Josie. Tinham percorrido cento e sessenta quilômetros para o norte, depois da cena do aquecimento das fezes, com as janelas abertas, e o ar do Chateau, agora, estava razoavelmente melhor, se bem que eles não eram as melhores pessoas para julgar — estavam respirando emanações de dejetos humanos havia tanto tempo que já não sabiam mais a diferença.

Passaram por um grande estacionamento, anexo a um shopping center abandonado, onde haviam montado uma base de operações do corpo de bombeiros. Uma placa dizia: TRANSPORTE DE COMBUSTÍVEL. VENDEM-SE CAMISAS À PROVA DE FOGO, dizia outra. Meia dúzia de caminhões de bombeiro, vermelhos, amarelos e brancos, de vários tamanhos, aguardavam as ordens.

"Leia mais um", disse ela.

"Tá bem", disse Paul, uma expressão séria, mas encantada, no rosto. Estava sentado no banco da frente com ela, e Josie tinha bastante certeza de que aquilo era contra a lei, mesmo naquele estado de renegados, deixar um menino de oito anos de idade sentar no banco da frente, em cima de uma pilha de toalhas. Mas Josie estava curtindo demais a companhia dele para deixar que o filho sumisse na parte de trás do trailer.

"Este é o último da página", disse Paul. "Estou interessado em descobrir o paradeiro de meu tio-avô, Melvin H. Lahar (pronuncia-se Laiar). Ele nasceu no estado de Washington entre 1889 e 1893, filho de Charles A. Lahar e Ida Mae Gleason Sharp. Tinha uma irmã, Nancy L. (apelidos: Emma e Dottie) Lahar Ferris. Foi visto pela última vez em Washington pouco antes da Primeira Guerra Mundial. Depois disso, ninguém na família teve mais nenhuma notícia dele. Foi criado em Colfax, Washington, na casa da tia, sra. Minnie Longstreet. Também correu a história de que ele era ladrão de bancos e se envolveu num tiroteio em Bend, Oregon. Qualquer tipo de informação será bem-vinda."

"Essa é boa para encerrar", disse Josie, torcendo para que Ana não tivesse ouvido a palavra "ladrão". Ia provocar uma série de perguntas, se não a mantiver acordada a noite inteira. "Ela está dormindo?", perguntou Josie para Paul.

Ele nem teve de se virar. "Não. Está só olhando para a janela." Paul acenou com a cabeça para os quadriciclos. Era um fenômeno novo. As principais estradas eram acompanhadas, lado a lado, por estreitas faixas de terra, nas quais homens, mulheres e famílias viajavam indo e vindo da cidade, levando mantimentos ou qualquer coisa, em pequenos quadriciclos motorizados. Agora, aquelas trilhas alternativas estavam em toda parte, naquela região do Alasca, aonde quer que eles fossem.

"Por que a gente não pode viajar assim?", perguntou Ana, na parte de trás do trailer. Josie virou-se e viu que o rosto de Ana estava colado ao vidro.

Eles observaram mães com filhos pequenos sentados na frente de seus quadriciclos, ajudando a dirigir, enquanto subiam e desciam os morros suaves de suas estradas de terra, e Josie também pensou que parecia um jeito lógico de viajar. Por fim, viram um garoto de oito anos de idade pilotando seu próprio veículo, um quadriciclo em miniatura, e Josie sabia que a imaginação de Ana ia ligar a ignição. Sem emitir nenhum sim, Josie apenas formou com a boca as palavras, antes de Ana falar: "Eu quero um".

"Você não pode ter um", disse Paul. "Você tem cinco anos." Virou-se para Josie. "Tá legal, você quer que eu conte como é o meu dia na escola, não quer?" Falou como se ela estivesse insistindo por semanas e, finalmente, ele tivesse cedido ao impulso de contar para Josie. Aquele era um Paul novo: capaz de deixar Ana de lado num instante, sentindo-se merecedor de assumir o comando da conversa. Será que ficar sentado no banco da frente dava a ele tanta coragem assim? Josie lhe disse que gostaria muito que ele contasse como era seu dia na escola.

Para contar tudo, Paul levou vinte e cinco minutos completos. Houve uma explicação demorada a respeito das fileiras. Eram quatro fileiras na sua sala de aula, explicou Paul, e uma delas, a azul, estava tomada pelas crianças bagunceiras, além de Paul.

"Você foi colocado na fileira azul para fazer um contrapeso com as crianças ruins?", perguntou Josie.

"Acho que foi isso", respondeu.

E contou para ela a vez em que um guarda entrou na sala de aula para falar com as crianças sobre como atravessar a rua em segurança, na faixa de pedestres, e sobre o perigo de falar com pessoas desconhecidas, e quase na mesma hora quatro crianças se apresentaram voluntariamente para contar que seus pais estavam na prisão. O guarda não soube como lidar com aquilo e teve de pedir às crianças que parassem de levantar as mãos.

A cidade de Ohio, onde eles moraram — dava uma grande alegria pensar naquilo com um verbo no passado —, tinha uma escola particular também, para onde ia metade das crianças, e enquanto ouvia Paul contar sua história, e achava aquilo interessante, veio à Josie a ideia de que, para os pais, em sua cidade, o propósito supremo da escola particular, e de seu custo absurdo, era que as crianças da escola particular não tinham de compartilhar suas tesouras e sua cola com as crianças cujos pais estavam na prisão. Isso era a marcha da civilização. Primeiro havia a barbárie, nenhuma escola, todo ensino feito em casa, de forma caótica, quando havia algum ensino. Depois, vem a sociedade civil, a democracia, o direito ao ensino público para todas as crianças. Nos calcanhares do direito ao ensino público e gratuito está o direito de pôr essas crianças para fora das escolas públicas e levá-las para escolas particulares — *temos o direito de pagar por aquilo que é oferecido de graça!* E isso, inevitavelmente, e com petulância, é seguido pelo direito de retirar as crianças de toda e qualquer escola, cuidar disso em casa, por conta própria, e o círculo inteiro se fecha.

"Arco e flecha", disse Paul. Havia uma placa, mais à frente.
ARCO E FLECHA, AULAS, ALVOS.

Eles não tinham nenhum lugar para ir em especial, mas Josie achava que podiam chegar a Denali no dia seguinte.

"A gente pode ir?", perguntou Paul, e como era tão raro ele pedir alguma coisa, Josie saiu para o acostamento, deixou a rodovia e entrou num caminho comprido, de brita, onde o Chateau parecia uma mula que gemia em protesto por ser guiada daquela forma.

Seguiram as placas por oitocentos metros e então viram o vasto campo verde, os alvos vermelhos e brancos. Mas não viram ninguém. Mesmo assim, saíram do trailer e, sem acordar Ana, que estava dormindo, ensopada de suor, olharam em volta. Havia uma espécie de cabine de madeira, pintada de verde-pinho, em que as pessoas pagavam para receber um arco e na qual diziam para onde elas deviam ir. A porta da cabine estava fechada, mas havia uma janela aberta. Josie espiou lá dentro, porém não viu ninguém. Não havia outros carros, por isso acharam que o lugar estava fechado. E provavelmente estava mesmo.

"Olhe", disse Paul, e apontou para uma árvore perto do alvo mais à direita. Havia um arco encostado na árvore, uma peça velha, um modelo antigo. Josie não viu mal nenhum em Paul dar uma olhada no arco, por isso ele correu para o outro lado do campo e voltou com o arco e três flechas, que achou no mato, ali perto. Uma das flechas estava curvada em forma de parênteses.

"Posso tentar?", perguntou ele.

Paul nunca se machucava, nunca se punha em risco de se ferir, nem a si nem aos outros que estivessem perto dele, por isso Josie respondeu que podia. Pegou o arco numa das mãos e a flecha na outra e levou certo tempo para entender como fazer aquilo direito, mas logo Paul já estava pelo menos disparando as flechas para a frente, embora a flecha curvada se contorcesse como uma cobra voadora.

Os olhos de Josie vagaram para o lado e logo fizeram o caminho de volta à cabine de arco e flecha, e chegou na janela aberta. Olhou lá dentro e viu que a cabine estava quase vazia, a não ser por um cilindro cheio de copos de isopor, uma lata com arcos quebrados e, pendurada num prego, uma viseira verde com as palavras FLECHA RETA estampadas na frente, na horizontal. Josie imediatamente soube que ia pegar a viseira, mas soube também que ia relutar em pegá-la por alguns minutos, enquanto observava Paul disparar as flechas. Afinal, estendeu a mão, agarrou a viseira, experimentou na cabeça, achou que encaixava e depois inventou uma desculpa — estava no lixo — para usar, quando Paul visse a viseira em sua cabeça e perguntasse de onde tinha saído.

"Onde você achou?", perguntou Paul, quando voltou do alvo com o arco e as flechas, e com um ar estranhamente especialista e profissional.

"Estava jogada no chão, ao lado da cabine", disse Josie, de improviso, fazendo uma leve adaptação na sua história, achando que assim ficaria mais branda e mais inconsequente. "Desse jeito, escondo o lugar raspado."

Paul espiou o lado da cabeça de Josie e depois puxou delicadamente a viseira para cima, a fim de cobrir melhor a parte raspada, e depois voltou a seu exercício de arqueiro. Por fim, de tanto treinar, e chegando cada vez mais próximo do alvo, Paul acertou algumas vezes perto do centro, e aí não quis mais parar. Por isso ficaram ali. Tinham comida no Chateau e não tinham nenhum lugar para ir, por isso Josie pegou uma das cadeiras de jardim que estavam ao lado, sentou-se e ficou vendo Paul disparar flechas, até que Ana acordou. O sol estava baixando por trás da linha das árvores na serra alta, atrás deles, quando Ana saiu do Chateau, num ligeiro estupor, até que viu a viseira na cabeça da mãe.

"Igual ao papai", disse ela.

Josie contou para ela a história de que tinha achado a viseira perto da cabine, Ana achou aquilo crível e que, muito provavelmente, ela também faria a mesma coisa, se estivesse na mesma situação — Paul, se pudesse, teria levado a viseira para a polícia, para que o dono pudesse buscar —, no entanto, ouvir Ana lembrar Carl, e lembrar-se do fraco de Carl por viseiras, retirou boa parte do atrativo que havia, para Josie, no chapéu com os dizeres FLECHA RETA. Pensou em jogar fora a viseira e resolveu que faria isso, assim que tivesse uma oportunidade.

Josie observou seus filhos dispararem flechas, correrem e rirem, e se deu conta de que o esquecimento da alegria que se experimenta durante a infância é o maior crime que um filho comete contra os pais. Raj, num de seus arroubos bombásticos, tinha falado sobre isso. A filha dele tinha dezessete anos. Ah, meu Deus, disse Raj. Esse pessoal de dezessete anos, eles são capazes de rasgar o coração da gente. Toda uma infância cheia de alegria e eles vão dizer para nós que foi tudo uma merda. Que cada ano foi uma fraude. Vão jogar tudo no lixo. Josie sentiu pena de Raj e teve medo do rancor de seus próprios filhos, mas depois se lembrou: ela não tinha se emancipado da mãe e do pai?

Porém, no caso de seus filhos, Josie estava resolvida a frustrar aquele crime do esquecimento. Ela iria lembrá-los da alegria. Documentar a alegria, contar histórias de alegria na hora de dormir, tirar fotografias e escrever diários. Crônicas de alegria que nunca poderiam ser contestadas ou esquecidas por conveniência. Ela começou a conceber uma teoria nova sobre ser mãe, na qual o objetivo não era alcançar determinado resultado. O objetivo não é criar um filho para obter algum benefício futuro, não! Momentos como aquele, todos juntos entre os pinheiros, sob a luz do pôr do sol, enquanto as crianças correm pela grama alta, enquanto o filho, muito sério, aprende sozinho a disparar o arco e flecha, enquanto a filha tenta causar algum ferimento em si mesma, apenas aqueles momentos eram o objetivo. Josie teve a fugaz sensação de que poderia morrer depois de alcançar um dia assim. Chegar a um lugar como aquele, ter um momento como aquele, o objetivo era só esse e mais nada. Ou podia ser esse o objetivo. Um jeito novo de pensar. Estique e junte alguns dias, isso é tudo o que se pode querer e esperar. Criar filhos não era uma questão de aprimorá-los, prepará-los para exercer uma profissão. Que objetivo mais vazio! Vinte e dois anos de luta para o quê — seu filho senta diante de uma mesa Ikea e olha para um monitor enquanto, do lado de fora, o sol sobe e desce, gaviões flutuam como zepelins. Era essa a busca criminosa comum de toda a humanidade contemporânea. *Deem para meu filho uma mesa Ikea e doze horas de digitação sedentária. Isso vai significar sucesso para mim, para ele, para nossa família, nossa linhagem.* Josie não ia almejar aquilo. Não ia sujeitar os filhos a uma coisa dessas. Eles não iam procurar essas coisas ilusórias, não. A questão era só se sentirem amados, num dia de sol.

Ana caminhou até a cadeira onde estava a mãe e encostou-se nela. Seu arco estava preso ao ombro de um jeito incrivelmente profissional.

"Mãe?", disse Ana. "Os ladrões estão aqui?"

"Não", disse Josie. Naquela hora, uma sirene distante estava cortando o ar. "Isso é um carro de bombeiros", disse, para prevenir. Paul estava perto, ainda disparando suas flechas.

"Mas eles são caras maus?"

"Não."

"Então, onde é que eles estão?"

"Estão muito longe, mas longe mesmo", respondeu Josie, e percebeu o olhar de Paul. Para que dizer a Ana que existem caras maus?, era o que ele parecia estar dizendo.

"Você nunca vai ver nenhum deles em toda sua vida", disse Josie. "E além do mais tem caras do exército para lutar contra eles." De novo, Josie se viu dizendo coisas prejudiciais.

"E o Coringa?", perguntou Ana.

"O que tem ele?"

"Ele existe de verdade?"

"Não. É uma invenção. Alguém só desenhou, assim como eu mesma poderia desenhar. Alguém como eu fez o Coringa."

"Alguém como você?"

"É. Ou alguém como seu pai. É mais parecido com seu pai."

"Mas e os gambás?", perguntou Ana.

Josie tentou não rir. "Os gambás?"

"Eles existem de verdade?"

"Claro, mas não são perigosos. Não podem machucar você."

"Mas os monstros existem de verdade?"

"Não, não existe nenhum monstro."

"Então como é que a gente sabe dos monstros?"

"Bem, as pessoas inventaram tudo isso. Alguém apareceu com uma ideia, desenhou e aí inventou um nome."

"Então alguém pode inventar um nome, que nem Homem de Ferro?"

"Claro."

"E Randall?"

"Randall?"

"É, não é um nome?"

"É, sim. Você ouviu esse nome em algum lugar?"

"Acho que ouvi. Ouvi essa palavra." A testa de Ana se enrugou. "Eu não sabia que era um nome."

"É um nome", disse Josie.

Mais um par de sirenes abriu caminho pelo céu. Ana escutou, os olhos concentrados no braço de Josie. Estava dando batidinhas no braço com seus dedos minúsculos, como se enviasse uma mensagem subterrânea codificada.

"E os caras do exército são grandes?", perguntou.

"São, sim. Muito maiores do que os caras maus."

"Eles são monstros?"

"Quem?"

"Os caras do exército."

"Não. São pessoas comuns. Têm filhos também. Mas depois vestem o uniforme e lutam contra os caras maus." E, para tentar pôr um fim naquela discussão, Josie acrescentou: "E eles sempre vencem".

"Mas eles mataram o Jeremy."

"O quê?"

"Alguém matou ele, não foi?"

Ana estava com aquilo na cabeça desde o início, Josie se deu conta. Tinha ouvido a leitura do trecho da seção "Rastros apagados", as palavras *ladrões* e *tiroteio* e, desde então, vinha elaborando a ideia.

"Quem foi que contou para você que mataram o Jeremy?"

Agora Ana virou para Paul, que tinha parado de usar o arco e flecha e estava escutando tudo. Quando Ana virou de novo para Josie, os olhos dela estavam alagados. Josie não contou para Ana sobre a morte de Jeremy, e não contou para Paul também. Josie olhou para ele, agora desolada.

"Mario me contou", disse Paul, com ar petulante. Mario fazia parte do grupo que queria acampar, outro garoto para quem Jeremy serviu de babá. E então, como que para responder à pergunta seguinte de Josie, ele disse: "Ana tinha de saber. Senão ela ia pensar que uma pessoa está viva quando ela já morreu. E isso é uma idiotice".

Um chiado mecânico ressoou atrás de Josie, que se virou para deparar com um veículo enorme, diminuindo a velocidade para estacionar atrás do Chateau. A poeira levantou por todos os lados, e, quando baixou, Josie viu que era uma picape prateada que trazia na caçamba uma casa de madeira com um telhado duas águas e pintada de preto. A casinha tinha janelas e uma chaminé minúscula, em todos os aspectos parecia algo fora do comum, exceto pelas palavras *Última chance*, pintadas na parede da frente. Abaixo dessas palavras, em letras menores, estavam as palavras *Sem dívida com ninguém*.

"O que é isso, mãe?", perguntou Ana.

Josie não disse nada. Esperava que uma das portas da picape abrisse a qualquer momento e não queria ser apanhada falando dos moradores. Havia bons motivos para pegar seus filhos, juntar suas coisas e ir embora, em vista de não poder garantir a cordialidade de pessoas que dirigiam daquele jeito um veículo que não podia ter autorização para rodar pelas ruas normais e que ficava escondido naquele fim de mundo.

"Paul venha aqui", sussurrou Josie, e ele levou seu arco e flecha até ela, que, sutilmente, dispôs Paul e Ana de tal modo que Josie ficou entre os dois e aquele arauto do apocalipse.

A porta abriu. "Está funcionando?", disse uma voz alegre. Era uma jovem com uma juba reluzente de cabelo preto, cor de corvo. Ela emergiu da picape com um salto e caiu apoiada nos dois pés, as botas pesadas sobre a brita branca emitiram um som assertivo de chegada. Vestindo uma camiseta preta folgada e shorts de brim, começou a se alongar, ergueu um braço bem alto, revelando um torso flexível, de peitos grandes, enquanto a outra mão empurrava o banco do carona para a frente, permitindo a liberação de três crianças das profundezas da picape, todas atléticas e bronzeadas de sol. Todas pularam para fora da picape do mesmo jeito que ela — ou seja, como se tivessem aterrissado na Lua. Todas pareciam estar na faixa de idade dos filhos de Josie, correram direto para a cabine vazia, supondo que Ana e Paul tinham pegado seus arcos ali. A porta do motorista abriu e dela saiu um homem baixo, não era mais alto do que a mulher, e disse: "Está aberto?". Curvou o corpo para trás e alongou-se, com um gemido bem alto. De ombros largos e musculoso, usava uma camiseta com gola em V e calças de trabalho feitas de brim grosso, com a bainha enfiada nos canos das botas de fazer caminhada. Ele deu a volta em torno da picape e desceu a ladeirinha rumo ao campo de arco e flecha.

"Perguntei para ela, mas não respondeu", disse a mulher, e acenou com o queixo para Josie. O tom de voz dela era familiar.

"Desculpe", disse Josie. "Não sabia que estava perguntando para *mim*. Não trabalho aqui. A gente chegou aqui por acaso e foi ficando, meio à toa."

"Então é de graça", disse o homem. Tinha um sorriso malandro, de lábios fechados, mas os olhos eram contraídos e brilhantes, iluminados por uma espécie de malícia que podia ir para qualquer direção — pegadinhas em volta da casa ou bombas caseiras montadas no barracão dos fundos.

"Não tem mais arco nenhum, pai", disse uma das crianças novas. Era uma menina de uns nove anos. Ela e os irmãos menores tinham investigado a cabine e acharam tudo vazio.

"Você trouxe essas flechas?" A mulher perguntou para Josie e apontou para as flechas que Ana e Paul estavam segurando.

"Não, estavam jogadas por aí no campo", respondeu Josie. "Seus filhos podem usar à vontade. Já estamos aqui há algum tempo." Com isso, Josie queria dizer que ela e seus filhos estavam cedendo o campo para aquela família e iam escapulir dali bem depressa.

"Não, não. A gente veio porque viu que vocês estavam aqui. A gente pode esperar", disse o homem e estendeu a mão. "Sou Kyle. Essa é Angie." Josie apertou a mão deles e apresentou Paul e Ana. Os filhos de Kyle e Angie logo se aproximaram e se apresentaram — Suze, Frank e Titter — com a maior civilidade, fazendo Paul e Ana, em comparação, parecerem medrosos e mal-educados.

"Vocês moram lá?", perguntou Ana. Estava apontando para a casa preta sobre a caçamba da picape.

"Ana", disse Josie, depois virou para Kyle e Angie. "Desculpe."

"Não tem do que se desculpar. Dormimos ali de noite, sim", disse Kyle para Ana e ficou de cócoras na frente dela. "Você gosta?" De início, Ana se mostrou reservada, depois fez que sim com a cabeça, bem de leve. "Claro que gosta", disse ele, sorrindo com seu sorriso de boca fechada, os olhos brilhantes cintilando no seu jeito de santo ou de demônio. Seu sorriso cresceu, e agora Josie viu seus dentes, incisivos enormes, que davam a seu rosto uma feição de lobo. "Nós mesmos construímos", disse ele. "Quer dar uma olhada por dentro?"

"Não, não. Está tudo bem", disse Josie, mas, quando viu, ela e os filhos estavam sendo levados para a picape pelo ansioso Kyle. Angie ficou com os filhos, que agora usavam os arcos e as flechas que Paul e Ana tinham largado no mato. Kyle pulou sobre o para-choque traseiro da picape e abriu a porta de trás da estrutura, que, por fora e por dentro, parecia um galinheiro, um barracão do exército, com uma série de beliches dos dois lados, e o chão era revestido por um resto de carpete. Também havia pilhas de toalhas, revistas, bolas e bastões de beisebol, cobertores. Na ponta de cada cama havia uma lanterna pendurada num gancho.

"Legal, não é?", disse Kyle.

Ana concordou prontamente, depois disse: "A gente também mora num carro".

Kyle riu. "Puxa, então foi bom a gente se encontrar, não foi? Colegas de viagem. Mãe, deixe que eu pegue uma cadeira para você." Por um segundo, Josie achou que a mãe de Kyle também estava em algum canto da picape, talvez num compartimento por baixo do piso, depois se deu conta de que ele estava se referindo a ela.

Kyle puxou uma pilha pequena de cadeiras dobráveis que estava na cozinha — a estrutura era semelhante à dos objetos usados num iate, um primor de espaço e economia — e abriu as cadeiras, três numa fila, com uma visão que dominava o campo. Num instante, Josie tinha ganhado uma garrafa de cidra forte, estava sentada ao lado de Angie e Kyle, os três olhando para as cinco crianças, que se revezavam, cumprimentando umas às outras, e agiam com uma civilidade assombrosa.

Kyle bateu na garrafa de Josie, depois na de Angie, numa espécie de brinde sem brinde. "E aí, para onde é que vocês estão indo?"

Josie respondeu que não tinha nenhum itinerário definido.

Angie ergueu as sobrancelhas e dirigiu um olhar conspirador para Kyle. "Bem que eu falei para você", disse. "Mãe sozinha com dois filhos, usando um campo de arco e flecha abandonado. Gente como nós, eu bem que avisei."

Josie, Kyle e Angie compararam observações sobre Homer, Seward, Anchorage e o resto das paradas e das atrações no caminho entre aqueles lugares. Kyle e Angie também tinham visto aquele trágico zoológico nos arredores de Anchorage e tinham notado o páthos inequívoco daquele antílope solitário. Quando eles o viram, o animal também estava olhando para as montanhas, em busca de salvação. Angie era uma mulher linda, Josie se deu conta, e ela e Kyle eram mais jovens do que ela havia pensado no início. Nenhum dos dois tinha uma ruga sequer, embora estivesse claro que não saíam do sol. Pareciam alunos de uma faculdade mista dos anos 70, os tipos de cabelos sedosos e pele bronzeada que, antigamente, figuravam nos anúncios de cigarro.

"Você foi embora de vez?", quis saber Angie.

"Como assim?", perguntou Josie, embora tivesse compreendido implicitamente. Ela queria dizer: *Algum dia, você vai voltar para a sociedade dominante?* Até então, Josie não tinha pensado em quase nada para além de agosto e setembro.

"Não sei", disse ela.

Kyle e Angie sorriram. Eles tinham ido embora de vez, disseram. Ela tinha sido contadora de uma empresa de petróleo e ele, professor de geografia no ensino médio. Num ímpeto, esboçaram seu plano de ir ao ponto mais ao norte do Alasca e depois dar a volta pela costa oeste e descer até o Canadá. Suas queixas sobre a vida anterior incluíam morar num bairro cheio de grades e de cães ferozes, o trânsito engarrafado no caminho entre a casa e o trabalho, mas as queixas pareciam mais concentradas nos impostos — imposto de renda, imposto de propriedade, imposto de venda, ganhos de capital. Estavam cheios de ter de pagar tudo isso. "Ele é o *fugitivo*", explicou Angie. "Eu sou a *cruzada*." E os dois deram um tempo para que aquela ideia fosse devidamente compreendida. Pelo visto, tratava-se de um jogo de palavras de que os dois muito se orgulhavam.

"Nenhuma renda, nenhuma propriedade, nenhum imposto", disse Kyle, e Angie, a contadora, acrescentou: "Pensamos em renunciar à nossa cidadania, mas acho que, para fazer isso, teríamos de virar canadenses. Estamos pensando em ficar sem nacionalidade nenhuma".

A mente de Josie, que normalmente teria registrado a semiloucura deles e começaria a fazer planos de fuga, em vez disso se ocupou com o rosto perfeito de Angie. Tinha os ossos da face salientes, os olhos risonhos — ela parecia ter algum sangue americano nativo, mas será que Josie podia perguntar? Não podia perguntar. Josie se deu conta de que estava com o olhar fixo em Angie — os dentes também eram magníficos, incrivelmente brancos —, por isso desviou os olhos, virou-se para o campo, onde viu Ritter, o menino mais novo deles, prestes a disparar uma flecha. Ana estava a seu lado, a mão segurava delicadamente a aba da camisa do menino: como sempre, estava procurando um jeito de tocar no portador da violência. Mas onde estava Paul? Agora, ela o avistou. Paul estava abaixado, recolhendo flechas que tinham caído para além dos alvos.

"Ritter!", berrou Angie.

Ele estava prestes a disparar a flecha, enquanto Paul, ao ouvir a voz de Angie, ergueu-se. Ritter, assustado, disparou a flecha, mas ela caiu, frouxa, a poucos passos do arco.

"Desculpe", disse Angie, e correu para seu filho. Curvou-se sobre ele, pôs o braço em volta de seus ombros, seu cabelo preto, cor de corvo, escorreu todo por cima do garoto, ela o repreendeu, apontou para Paul, que estava correndo a trote na direção do grupo, com a mão cheia de flechas. O perigo não tinha sido grande, já que Ritter tinha só seis anos de idade e Paul estava a cinquenta metros de distância, mas mesmo assim.

"Fique de cabeça erguida", Josie gritou para ele, tentando parecer calma. Nos dias que viriam a seguir, ela iria se perguntar por que foi tão importante para ela se mostrar calma ou permanecer no campo de arco e flecha, ficar naquela cadeira dobrável bebendo sua cidra forte, tentando impressionar de alguma forma aqueles dois jovens deslumbrantes.

"Em geral, meus filhos costumam ser mais responsáveis", disse Kyle.

"Preste atenção", disse Josie para Paul. E com isso ela queria dizer que era bastante normal ficar catando flechas num campo de arco e flecha em funcionamento. Que era bastante normal ficar fazendo aquilo, com três crianças que eles tinham acabado de conhecer, que moravam num barracão de madeira montado em cima de uma picape. Que era responsabilidade de seu filho ficar atento, no caso de uma criança desconhecida estar prestes a disparar uma flecha mortífera em sua direção.

"Você caça?", perguntou Kyle.

Josie admitiu que não.

"Angie!", gritou Kyle. "Você acha que posso dar um tiro, só um?"

Angie passou os olhos de Ritter para ele e deu de ombros. Depois, pareceu mudar de ideia e balançou a cabeça para dizer que não.

"Está vendo alguém por aqui?", perguntou Kyle para Josie. Ela disse que não. "Ela vai me deixar dar unzinho só", disse Kyle. "Você viu que ela encolheu os ombros. Ela sempre me deixa dar unzinho. E os alvos... é difícil resistir, não é?"

Com um sorriso conspiratório na direção de Josie, ele pulou de sua cadeira e correu para a picape. Voltou com uma pistola e uma espingarda, colocou a pistola na cadeira e encostou a espingarda também ali.

"Não, por favor", disse Josie.

"Quase esqueci", disse Kyle, e voltou correndo para a picape. Voltou com um caixa de plástico que chacoalhava bem alto. Balas.

"Paul! Ana!", gritou Josie, e os dois correram para junto da mãe, percebendo algo novo em sua voz, algo perturbado. "Era minha vez", disse Ana, enquanto Josie agarrava sua mão e a puxava para perto.

"Seus filhos são lindos", disse Angie. Ela estava sentada perto de Josie novamente, sua mão estava no joelho de Josie, apertou-o duas vezes, uma para cada sílaba de *lindos*.

Josie agradeceu, de novo sentindo-se por um momento desorientada com a juventude e a beleza de Angie, pensando que parecia ter ainda vinte e quatro anos. Devia ter quinze quando teve seu filho mais velho.

Um estampido abriu uma fenda no ar. Josie girou para ver que Kyle estava de joelhos, os braços esticados, a pistola apontada para o alvo.

"Kyle!", berrou Angie. "Pelo menos dê um aviso para a gente." Virou-se para Josie. "Desculpe. Ele é tão bobo."

"Foi de verdade?", perguntou Ana, torcendo para que fosse.

Kyle deu uma corrida para pegar o alvo e Angie confirmou que era de verdade. "Você já viu uma arma de verdade disparar?", perguntou a Ana, que estava paralisada, congelada em algum ponto entre a alegria e o terror.

Josie queria ir embora, mas a mão quente de Angie continuava sobre seu joelho.

"Droga", disse Kyle, junto ao alvo.

Por que estou aqui?, Josie continuava a perguntar a si mesma, enquanto a tarde ficava mais pálida e escura, mas Kyle montou uma churrasqueira, e Josie e seus filhos continuaram ali, e dali a pouco ele estava grelhando hambúrgueres, que os filhos de Josie devoraram com sofreguidão, de pé, e Josie já estava bebendo sua segunda cidra forte, ainda se perguntando como é que ela podia continuar ali, no meio daquela maluquice toda. Mas Angie continuava a tocar nela, no braço, no ombro e, cada vez que tocava, Josie sentia uma agitação e, apesar de ficar preocupada com aqueles dois, e apesar de uma em cada cinco frases que eles diziam ter algo a ver com fuga ou cruzada, Josie queria ficar perto deles e, ainda por cima, estava ficando embriagada demais para ir embora.

"Mais um?", perguntou Kyle para Angie. "Antes que escureça?"

As crianças estavam longe, no campo que escurecia, cada uma com uma lanterna, ziguezagueando como vaga-lumes gigantes, e Josie tinha se convencido de que aquelas eram pessoas como ela. De fato, não deviam nada a ninguém. Seus filhos eram felizes, fortes e educados. A família fazia o que gostava. Todos tinham dentes perfeitos.

Mas então ressoou mais um tiro. Josie deu um grito.

"Você não pediu!", gritou Angie.

"Pedi, sim!", gritou Kyle, rindo, em resposta, segurando a espingarda, na extremidade do campo. "Josie ouviu", disse ele, enquanto caminhava na direção do alvo. Josie lembrou que ele tinha dito "Mais um", só que ela não deu atenção.

"Agora, acabou!", disse Angie para ele, e Kyle ergueu a mão acima da cabeça, num gesto vago de concordância.

"Bem, acho que era melhor a gente ir embora", disse Josie, evocando vividamente a imagem de seus filhos sendo arrebanhados e de uma fuga rápida. Josie tinha em mente sair pela estrada, ir para longe daquelas pessoas, em menos de um minuto.

Angie apertou seu braço com força. "Você não pode dirigir. Nem sonhando." Então ela gritou para Kyle: "Josie tinha planos de dirigir esta noite".

A cabeça de Kyle abaixou e ele não disse nada, até voltar para junto da cadeira de Josie e deitar a espingarda na grama ao lado dela. Kyle olhou para Josie como se ainda fosse professor, e ela, uma aluna relapsa. "Você não tem condições de dirigir, Josie. Seria uma irresponsabilidade." Olhou para Angie e os dois trocaram pensamentos em silêncio, pareciam estar avaliando se deviam ou não dizer algo indizível.

"Minha mãe morreu por causa de um motorista embriagado", disse Kyle.

"Lamento", disse Josie.

"Você não deve dirigir", disse ele gravemente. "Por favor. Suas chaves."

Ela não dirigiu. Entregou as chaves para aquele homem. Tudo continuou onde estava. Ela continuou sentada com Kyle e Angie, enquanto a noite foi ficando preta e os insetos foram se tornando vorazes. As sirenes continuavam seus gemidos esporádicos, e ela sentada com Kyle e Angie, que soltavam risadas a plenos pulmões, pareciam estar curtindo a companhia de Josie e aquela noite de forma imensurável. De vez em quando, uma das crianças voltava correndo para junto deles para perguntar se podia fazer algo novo, trepar nos ombros uns dos outros para uma luta, subir num monte de terra que havia ali perto, e em todas as vezes Kyle e Angie ponderavam a questão com seriedade salomônica. As crianças davam gritos esganiçados e tagarelavam no crepúsculo, mas finalmente Ana voltou, descansou a cabeça no colo de Josie e chegou a hora de se recolher. Josie, Kyle e Angie deram boa-noite com abraços apertados e reuniram seus filhos, e Josie teve certeza de que tinha acabado, de que, o que quer que houvesse acontecido ali, agora tinha acabado, mas então Paul perguntou se um dos meninos, o mais velho, Frank, podia dormir com eles. Angie e Kyle acharam que era a ideia mais maravilhosa do mundo, nem valia a pena discutir, e logo Frank estava com seu saco de dormir e um travesseiro e se instalou na cama acima da cabine do motorista, espremido entre Paul e Ana, todos meio constrangidos.

Josie arrumou uma cama embaixo, para si, fazendo as contas, entendendo que aqueles desconhecidos estavam com suas chaves e que ela estava com o filho deles, e assim que Josie se acomodou embaixo do cobertor, soou uma batida forte na janela. Josie se ergueu com um pulo. "Só mais um!", disse Angie.

Josie não disse nada, pois ainda não estava claro o que ia acontecer. Um estampido oco rompeu a noite, o que significava que Kyle tinha disparado outra arma, ou quem sabe dessa vez fosse a espingarda.

"Agora acabou!", berrou Angie, já mais distante. "Boa noite!"

Josie devolveu o cumprimento e as crianças também, mas ninguém dormiu. Os filhos dela estavam empolgados com a novidade da noite, com os tiros, com a presença do menino desconhecido e bronzeado perto deles, e Josie estava pensando seriamente que ela havia perdido a razão. Como era capaz de ficar ali? As chaves estavam nas mãos da cruzada. Ou do fugitivo? No alto, na cama acima da cabine do motorista, Josie ouviu Ana fazer perguntas para Frank sobre as armas de fogo. Houve uma discussão categórica a respeito da maneira como Kyle ia atirar contra todo e qualquer ladrão que aparecesse, e Ana deu uma risadinha ao ouvir aquilo.

E havia as sirenes. Algo tinha acontecido, nos arredores, uma espécie de acidente. Ou os incêndios florestais estavam chegando mais perto. Agora, as sirenes soavam mais alto. Era impossível dormir. Sua mente disparou através das matas escuras. Será que tinha mesmo passado a tarde com aquelas pessoas, com aquele pai que atirava em alvos a cinquenta metros de distância? O que Josie sabia sobre eles? Nada. De algum modo, ela precisava acreditar que só usariam as balas para atirar nos alvos, e não em sua família, e essa confiança absurda parecia estar no cerne da vida nos Estados Unidos. Josie pensou em sua própria estupidez. Riu da própria surpresa de descobrir pessoas assim, ali, no Alasca rural. O que ela estava esperando? Tinha fugido da violência bem-educada, silenciosa, de sua vida em Ohio, e acabara conduzindo a família para o interior do coração bárbaro do país. Não somos pessoas civilizadas, ela se deu conta. Todas as questões sobre o caráter nacional, as agressões e as motivações podiam ser respondidas, quando reconhecíamos essa verdade elementar. E por que essa outra criança estava dentro de seu trailer? E aquele sacana do Mario, que contou para o Paul o que aconteceu com o Jeremy? Ele não tinha nenhum direito de fazer isso. E Paul não tinha direito de saber. Mais uma sirene, essa estava alucinada e solitária, seguida pelo uivo de um coiote, sinistramente similar, como se o animal tivesse confundido a sirene com algum semelhante.

XII.

Josie acordou com um susto. Ainda estava escuro. As crianças estavam dormindo e a noite estava sossegada, mas Josie sabia que estava tudo errado. Ergueu-se, apoiando-se no cotovelo, ficou escutando e, durante alguns minutos, não ouviu nada. Em seguida, batidas estrondosas de um punho cerrado na porta do Chateau. As crianças se levantaram de um pulo, Paul bateu com a cabeça no teto. Josie saltou para o chão para abrir a porta. Ouviu movimento do lado de fora. Um carro deu a partida. Uma voz ao longe berrou: "Frank!".

Josie abriu a porta e viu Kyle de roupão. "A gente tem que sair daqui", disse ele. "Evacuação. Vamos partir em cinco minutos."

"Espere. O que foi?", disse ela, e olhou para a estrada e viu, ao longe, no meio das árvores, as luzes vermelhas, azuis e brancas de dois carros da polícia. Kyle correu de volta para sua picape e Angie apareceu na porta e pôs a cabeça para dentro do Chateau.

"Frank", disse ela. "Acorde." Enquanto Frank descia da cama, Angie explicou que uma mudança na direção do vento tinha soprado para o sul um fogo na mata e seu avanço tinha acelerado muito mais do que qualquer um podia prever e podia chegar ali em uma hora. "Temos de ir para o norte", disse Angie, enquanto saía com Frank, enrolado em volta da mãe. "Siga a gente."

Josie fechou a porta e, dentro, encontrou Paul e Ana parados logo atrás dela, com os olhos arregalados. "Ponham o cinto de segurança", disse ela.

Josie não tinha as chaves. Pulou do Chateau e correu atrás deles. "Esperem!", berrou. As luzes traseiras de Kyle e Angie tingiram Josie de vermelho.

"Vocês estão com as minhas chaves!", berrou.

"Desculpe", disse Kyle. "A gente ia acabar notando logo. Não íamos deixar você aqui para queimar no fogo."

Entregou as chaves para Josie. "É melhor correr."

Ela voltou depressa para o Chateau.

"Eles estavam com as nossas chaves?", perguntou Paul.

"Sim", disse Josie.

"Por quê?", perguntou Ana.

"Não tenho a mínima ideia", respondeu Josie. Seguiu a picape morro abaixo, rumo à rodovia. À frente, não via nada de estranho — só uma dúzia, mais ou menos, de lanternas traseiras piscando, dando início ao processo de abandonar a área. O campo de arco e flecha, ao que parecia, não ficava longe de uma cidadezinha que estava sendo evacuada pela polícia. As silhuetas de algumas poucas pessoas corriam, mas, a não ser por isso, o cenário era de ordem. Josie seguia a coluna de veículos em fuga, mas na confusão ela perdeu de vista Kyle e Angie.

No ponto onde a estrada de terra encontrava a rodovia, a maioria dos carros estava seguindo para a esquerda, mas ela viu um homem acenando freneticamente. Ela queria seguir os outros carros, mas aquele homem — dava para ver que ele usava um uniforme amarelo — estava acenando para a outra direção de forma tão nervosa que ela obedeceu, e seguiu sozinha para aquele lado. Depois de algumas centenas de metros, parou e olhou pelo espelho retrovisor, tentando decidir se havia feito o que era correto. Mas a massa de luzes era confusa. Um carro parecia estar dando meia-volta para ir atrás dela. Josie concluiu que os outros veículos tinham se enganado e agora estavam desviando para seguir a direção certa. Ela seria a líder e, assim supôs, quem ficaria mais distante do fogo.

Seguiu em frente. Durante mais ou menos um quilômetro e meio, não havia placas, mas então viu uma, na luz repentina dos faróis, um choque verde e prateado, dizendo que a rodovia ficava cinco quilômetros à frente. Parecia um bom sinal.

"Tem um incêndio, mãe?", perguntou Ana.

"Aqui perto, não", disse Josie.

"Angie disse que estava perto", disse Paul e depois pareceu se dar conta de que tinha cometido um erro. No geral, Paul tomava todo cuidado para evitar que a irmã ouvisse qualquer notícia de algum perigo.

"Não", disse Josie. "Angie disse que levaria uma hora para o fogo chegar aqui. E isso é uma grande distância. E agora estamos andando para longe do fogo, portanto, para cada quilômetro que avançamos, a distância vai dobrar. Daqui a uma hora, vamos estar a duas horas do fogo. Em duas horas, vamos ficar a quatro horas dele. Entendem? Estamos indo na direção contrária."

A estrada estava vazia, e Josie achou que isso significava que ela era a primeira a deixar o parque e seria a primeira a alcançar a rodovia. Sentia-se como uma nave espacial solitária fugindo de um planeta que vai explodir — tudo estava escuro, tudo estava em silêncio e, com seus dois filhos, Josie tinha tudo de que precisava. Em sua mente embaralhada, disparada com a adrenalina, por um momento ela fundiu o fogo e aquele lugar com sua própria cidade e imaginou a casa deles no caminho do fogo, a casa tomada pelas chamas, e Josie se perguntou se haveria algo lá dentro de que ela sentiria falta. Pensou num punhado de coisas e depois voltou atrás, achando que ia sentir-se purificada e livre, se tudo que estava lá dentro queimasse, sumisse, virasse cinzas.

"Para onde a gente está indo?", perguntou Paul.

"Vamos viajar por algumas horas, até ter certeza de que estamos bem longe e depois vamos achar um lugar diferente para dormir. Ou vamos estacionar num canto qualquer." Josie imaginou um estacionamento perto da água, como aquele em que ficaram em sua primeira noite, até que o guarda mandou que saíssem. Ela queria ficar perto da água, para o caso de... o caso de quê? Para o caso de o fogo cercá-los e eles terem de pular dentro do lago? E eles iam sair nadando por aquele lago? Ou iam montar uma jangada e sair flutuando? Josie decidiu que os detalhes não tinham importância. "É estranho", Josie ouviu sua própria voz.

"O que é estranho?", perguntou Ana.

Josie achava estranho não estar vendo nenhum carro, mas depois se corrigiu, lembrando que foi a primeira a sair do parque, que era meia-noite e que aquilo era o Alasca e que não era mesmo para haver trânsito intenso ali, de noite, muito menos com um incêndio descontrolado avançando nos seus calcanhares.

"Nada", disse ela.

"O *que* é estranho?", perguntou Paul.

"Como eu amo vocês", tentou Josie.

"Não é isso, na verdade. Conte para a gente. Conte para mim." E agora Paul estava no banco do carona. Ele achou que era algo que só ele devia saber.

"Não. Não há nada de estranho."

"Não quero ficar sozinha aqui atrás!", esbravejou Ana.

"Mãe", Paul sussurrou. "Conte para mim."

"Tudo é estranho", disse Josie.

Agora, ele ficou calado. Era uma afirmação simples e honesta, que não chegava a lugar nenhum. Não era o segredo proibido que ele esperava ouvir.

Josie ligou o rádio e pegou Dolly Parton, "Here You Come Again", e deixou tocar.

"Pode ir sentar junto com a sua irmã?", perguntou Josie.

Paul voltou para a parte de trás. "É a Dolly?", perguntou Paul.

Josie confirmou que era e aumentou o volume. À sua frente, Josie viu a rodovia e pegou a saída. Embora não esperasse encontrar tráfego, ficou surpresa de não ver nenhum carro, em nenhuma direção. Veio ainda mais forte a sensação de que estava sozinha no espaço, numa nave espacial antiga, uma nave espacial barulhenta, porém sozinha e sem nenhuma ordem para cumprir.

E agora, se esquivando pela beirada de um morro alto, quatrocentos metros à frente, apareceu uma luz. Era um brilho alaranjado que espreitava numa curva de terra, como se fosse o nascer do sol, e Josie se viu olhando as horas no relógio, para conferir se não poderia mesmo ser o sol. Não. Era meia-noite e vinte. Ela reduziu a velocidade. Supôs que era algum tipo de equipamento de segurança, de luzes de alerta. Preparou-se para parar.

A estrada completou a volta em torno da curva cega e, quando emergiu do outro lado, uma faixa alaranjada brilhante tomou toda sua visão. A encosta estava em chamas.

"É um incêndio, mãe?", perguntou Ana.

Era um incêndio, um quilômetro e meio de largura e uma profundidade sem fim, mas não podia ser um incêndio. Não havia ninguém ali. Nenhuma polícia, nenhum carro de bombeiro, nenhuma barreira. A estrada que ela estava seguindo a levaria mais ou menos direto para as chamas. Sua nave espacial estava avançando direto para o sol.

"Mãe, o que é que a gente está fazendo?", perguntou Paul.

Josie parou o Chateau. Seu coração estava dando pulos, mas os olhos estavam hipnotizados pela imagem estranhamente passiva da muralha de chamas. Uma rajada de vento branco dominou sua visão, uma rajada de poeira.

Os estalos das pás de um helicóptero irromperam em algum ponto acima dela e o facho de um holofote apareceu na encosta do morro, depois focalizou a estrada à sua frente e, por fim, derramou-se em cima do Chateau. A luz branca atravessou as persianas, riscando o rosto de seus filhos.

"Meu braço está brilhando!", disse Ana, fascinada.

Uma voz latiu alguma coisa, do alto. Josie não conseguiu entender as palavras. Abriu a janela e, na mesma hora, engasgou. O ar estava ácido, envenenado. Josie tossiu, teve engulhos e fechou a janela.

"Mãe, você tem de dar meia-volta", disse Paul. "É o que eles estão dizendo."

Agora Josie ouviu também. "Dê meia-volta imediatamente", falou uma voz de mulher, no alto, parecendo um Deus mecânico e irritado. "Dê meia-volta e siga adiante. Imediatamente."

Josie fez uma manobra em três movimentos, para a frente e para trás, enquanto o helicóptero pairava acima dela, e depois Josie seguiu pela estrada, na direção oposta. Durante alguns quilômetros, o helicóptero de vez em quando descia ao alcance de sua visão, como se quisesse conferir que Josie não era uma motorista suicida, com tendência à autodestruição.

"Continue por essa estrada", disse a voz. "Não volte. Continue para o norte." Dali a pouco, o helicóptero perdeu o interesse por ela e eles seguiram sozinhos, de novo, no meio do negror silencioso.

"Aquele incêndio era de verdade, mãe?", perguntou Ana.

"Claro que era", disse Paul. "Um incêndio na floresta. Um milhão de hectares."

"E agora ele vai queimar a gente?", perguntou Ana.

Josie respondeu que não, não era um milhão de hectares, não ia queimar nenhum deles, nada disso podia acontecer e, além do mais, eles já estavam bem longe, estavam a salvo, iam correr mais do que o fogo.

* * *

    Josie seguiu para o norte durante uma hora, duas horas, e as crianças finalmente pegaram no sono. Não havia placas indicativas naquela região do estado, nenhuma parada de estrada para descansar nem sinais de qualquer povoação. Era loucura continuar viajando assim, sem ter ideia nenhuma de algum destino, sem saber se estavam entrando no coração escuro do estado — a região não era, sobretudo, um parque nacional, governado pelos ursos?
    Josie procurou algum tipo de acomodação ou estacionamento para o trailer, mas não encontrou nada. Seguiu em frente e, afinal, viu uma placa que dizia CAMA E CAFÉ DA MANHÃ, e parou. Olhou as horas. Eram quatro e meia. Entraram pela estrada de terra, as crianças acordaram com a mudança de velocidade. A propriedade era um terreno de um hectare, próximo à beirada de um barranco alto. O prédio principal era uma casa de família de dois andares, com bicicletas e triciclos na frente, e até um veículo motorizado para crianças, que os olhos de Ana já haviam prontamente capturado. Na escuridão, Josie e as crianças saíram do trailer e olharam em volta da casa, tentando adivinhar onde ficava a porta, e então tocaram a campainha. Ninguém atendeu.
    Via-se uma pequena luz cor de âmbar por trás da casa, e Josie achou que era o chalé para hóspedes. Levou Ana e Paul até lá. "A gente vai ficar aqui?", perguntou Ana, e Josie pensou em como era estranho o que eles estavam fazendo, vagando por uma trilha na mata, rumo a um chalé junto a um barranco, sozinhos, muito depois da meia-noite.
    O chalé surgiu diante de seus olhos e pareceu novo. A luz cor de âmbar vinha de uma arandela na varanda, alegre, com cadeiras novas e almofadas grossas. Também havia luz do lado de dentro, e Josie, ao mesmo tempo em que teve mais ou menos a certeza de que o chalé estava ocupado e de que havia alguma

chance superficial de aparecer alguém armado e furioso, também sentiu a nítida confiança de que o chalé estava vazio. Espiou lá dentro e esperou por algum movimento. Não aconteceu nada. Era um chalé em forma de pirâmide, construído de pinho novo, e tudo dentro dele era visível: a cozinha arrumada, dois sofás e cadeiras que formavam um conjunto, um cômodo em cima, onde havia uma cama grande, vazia, era visível, coberta por uma colcha amarela e grossa.

"A gente não pode entrar aí", disse Paul.

"Por que não?", perguntou Josie.

"Não pedimos para ninguém", disse ele.

Josie já tinha resolvido que eles iam dormir naquele chalé ou no Chateau, estacionado no pátio de terra. Naquela noite, ela não ia mais dirigir, e aquela propriedade parecia habituada a receber hóspedes.

Josie girou a maçaneta da porta do chalé. A porta abriu. Dentro, tudo era obviamente novo, tudo bem construído, ainda com cheiro de madeira recém-cortada e verniz. Era sólida, limpa, parecia nunca ter sido usada. Ela entrou.

"Venham", disse para os filhos. Eles estavam parados na varanda. Paul segurava Ana pela mão.

"A gente tentou pedir. Eles não estão em casa", disse Josie, e aí teve uma ideia. Paul precisava de ordem e precisava se manter na trilha da correção moral, e também, felizmente, ele gostava de cumprir tarefas e se orgulhava de sua letra boa. Josie juntou tudo isso.

"Esses albergues tipo *bed and breakfast*", disse ela, mudando de voz, passando para um tom de autoridade quase blasé, "funcionam de um jeito em que muitas vezes a gente chega depois que os proprietários já foram dormir." Ela sabia que Paul não ia entender o sentido da palavra "proprietários", mas a palavra servia para aumentar sua autoridade. "E às vezes eles moram perto, mas não no próprio local. Portanto, a coisa-padrão para se fazer" — agora, ela estava mesmo blasé, pensou até em dar um bocejo — "é você escrever um bilhete e colar na porta da frente."

"Nesta porta aqui?"

"Não, a da casa principal. Você pode fazer isso, Paul?"

Claro que ele ia fazer. Ia escrever o bilhete, dobrar bem e colar na porta da frente com uma fita adesiva, e executaria o trabalho com seriedade e alegria. O único truque era levar Paul a executar aquilo depressa. Em vista de sua exatidão e cautela, tarefas como essa, em geral, tomavam dele uma hora. Isso foi mencionado na escola — trabalho bem-feito e cuidadoso, mas seu problema é a administração do tempo.

Portanto, eles foram para o Chateau e, enquanto Paul ficou sentado numa banqueta para elaborar o bilhete — ele não precisava de nenhuma instrução; sabia a essência e pretendia dar nova vida à forma —, Josie pegou seus artigos de toalete e encheu depressa uma bolsa com roupas e brinquedos. Quando a bolsa ficou pronta, Paul havia terminado o bilhete.

"Saudações! Vimos a placa de vocês. Estamos dormindo no seu chalé maravilhoso. Obrigado!"

Parecia suficiente, de fato, e Josie disse isso. O rosto de Paul desanimou.

"Ou então você podia continuar", disse ela, "só que a gente tem que tocar nossa vida." Josie sugeriu que ela e Ana instalassem suas coisas no chalé, enquanto Paul ficava no Chateau para concluir o bilhete, e ele nem titubeou.

"Vou ficar aqui com ele", disse Ana. Tinha ido para junto de Paul e observava atentamente seu trabalho.

Josie voltou para o chalé e abriu a porta, sentindo o cheiro de limpeza e de bom gosto. A casa tinha sido construída com grande atenção nos detalhes e para o conforto avassalador de seus visitantes. Tinha geladeira nova, fogão novo, cafeteira nova —

na verdade, havia meia dúzia de aparelhos na cozinha e nenhum deles parecia ter sido usado. Josie abriu a geladeira e viu que estava ligada, e fria, mas vazia, intacta.

Sem dúvida, eles eram os primeiros a ficar ali.

Ela voltou para o Chateau e encontrou Paul e Ana no mesmo lugar, a língua de Paul expressivamente espichada, enquanto a mão trabalhava, apertando o lápis com força excessiva — sempre com força excessiva. Josie perguntou se Paul estava perto de terminar.

Ana balançou a cabeça, como se fosse sua assistente e tivesse recebido o encargo de repelir qualquer distração.

"Quase", respondeu Paul, sem erguer os olhos.

"Posso ver?", perguntou Josie.

Ele disse que não, mas em poucos segundos terminou o trabalho. O bilhete dizia:

> Saudações! Vimos sua placa. Estamos dormindo no seu maravilhoso chalé. Obrigado! Batemos na porta e tocamos a campainha, mas ninguém atendeu. Vocês estavam dormindo? Nós não vai acordar vocês. Por favor, não nos acorde de manhã. Vimos um incêndio na floresta e estamos cansados. Obrigado,
> Josie, Paul e Ana
> P.S. Vamos pagar por usar o chalé.

Depois que Josie apontou o problema do "vai/ vamos", Paul corrigiu o bilhete e colou na porta da frente da casa principal. Josie levou os filhos de volta para o chalé e, lá dentro, sentaram-se em todas as cadeiras; Ana, rapidamente, subiu a escada para o sótão e, lá de cima, fingiu que ia cair. "Ah, não!", gritou. "Quase morri."

A cama do sótão era grande o bastante para todos eles. Ana esperneou e se contorceu para extravasar de alguma forma seu conforto e sua alegria, e Paul afofou seu travesseiro. Josie deitou-se com os filhos naquela casa que eles tinham mais ou menos invadido. Se aparecesse alguém, agora, não seria bom. Se alguém chegasse dali a algumas horas, depois que ela já estivesse dormindo, poderia ser muito ruim. Será que iam ler o bilhete que Paul escreveu? Josie chegou a pensar que eles deviam ter deixado um bilhete também na porta do Chateau, indicando ao leitor que estavam no chalé. Paul adoraria fazer isso, aquela sensação de controle e de continuidade que há num mapa do tesouro.

Mas estavam fazendo algo aceitável, Josie disse para si mesma. Estava dentro dos limites da conveniência e até do comportamento legal, para os voluntariosos. Houve um tempo, não houve?, em que era bom e correto sair em viagem, achar um chalé desabitado na mata, passar a noite ali e depois limpar e arrumar tudo, deixando o chalé do jeito como haviam encontrado, pronto para o próximo viajante, não é? Tudo aquilo devia ser permitido. Ela e os filhos, tão confortáveis, aquecidos e cansados, em sua cama no sótão com cheiro de pinho e cedro, deveriam também receber essa permissão.

Depois de ler a única revista que havia no chalé, *Iates e Iatismo*, Josie desceu do sótão, trancou a porta, apagou a luz, subiu a escada de novo e os três ficaram abraçados embaixo da colcha pesada. Só então notaram que havia uma claraboia através da qual podiam ver uma fatia da lua, o mais leve sorriso do mundo.

Ana dormiu em segundos, mas, mesmo sem olhar em sua direção, Josie sabia que Paul estava acordado e concentrado na lua.

"Ouvi sua conversa com a Ana, no outro dia", disse Josie. "Quando você inventou aquela história dos anéis de pássaros em volta do mundo."

Josie pôde ver a forma vaga do rosto de Paul, quando ele se virou para ela. Achou que ele estava sorrindo, mas não pôde ter certeza. "Você é maravilhoso com ela", disse Josie, e então começou a chorar.

Tinha certeza de que Paul estava olhando atentamente para ela. Paul não disse nada, mas, no escuro, Josie teve a impressão de que ele estava lhe dizendo que a conhecia. Que sabia tudo sobre ela. Como era fraca. Como era imperfeita. Como era pequena e humana. Transmitiu para Josie a ideia de que a amava assim mesmo. Que ela fazia parte deste mundo, não era uma criatura vinda do céu e infalível — algo assim seria mais penoso para ele e mais ainda para Ana.

Sei que você ficou apavorada, esta noite, os olhos de Paul disseram para ela.

Você também ficou assustado, Josie transmitiu para ele.

Você lidou muito bem com a situação. E nos trouxe até aqui. Eu entendo por quê.

Então, como se essa troca de pensamentos tivesse terminado ou fosse intensa demais para continuar, Paul se virou para dormir.

Josie fechou os olhos e relaxou e, dali a pouco, caiu no sono, um conforto de um tipo que ela ainda não havia sentido naquele estado em chamas.

XIII.

A manhã enevoada caiu através da claraboia, quente e leve como pluma, e eles continuavam sozinhos, na cama. Eram quase dez horas. Josie sentou-se e olhou pela janela na direção da casa principal, e viu que o bilhete de Paul continuava lá. Ninguém tinha vindo. Ela se espreguiçou, com a sensação de que tinha dormido numa nuvem. Era a cama mais decente que tinha visto na vida. Olhou para Paul, que continuava mergulhado no sono e sonhava embaixo das cobertas, só os olhos e o cabelo estavam visíveis. Agora Ana estava acordada, esfregando os olhos. Josie pôs o dedo sobre a boca para pedir a Ana que não acordasse Paul, e Ana fez que sim com a cabeça — uma rara demonstração de autocontrole. Ali, os três haviam tomado algo que não era deles, uma coisa inocente, roubaram uma noite de sono.

A cabeça de Paul se virou. "A gente vai levantar agora?"

"Não", disse Josie, e fechou os olhos, torcendo para que ele também fechasse os olhos.

Mas o som da voz de Paul tinha ativado Ana, e Ana era um cometa — ela não conseguia voltar atrás. Estava acordada e, num instante, ficou de pé em cima da cama, depois se enfiou de novo embaixo das cobertas, esperneando furiosamente, exultante. Então ela ficou de pé de novo e sentou-se na barriga de Josie, baixando a cabeça pesada na direção do rosto de Josie, uma bola devastadora recoberta de pelo vermelho.

"Vou trazer alguma comida para nós", disse Josie.

Foi para o Chateau, passando pela casa principal, e ainda não havia nenhum sinal dos moradores, nenhum veículo novo. Dentro do Chateau, a área de estar na traseira provocou em Josie uma tristeza terrível. Agora, mais do que antes, o veículo era uma coisa imunda. Imundas eram as pessoas que andavam nessa máquina imunda. Mas, novamente, maravilhosas eram as criaturas que se sentiam em casa num chalé imaculado junto a um barranco de trinta metros de altura. Josie pegou leite, cereais e maçã e voltou para o chalé em forma de pirâmide.

Fora do chalé, os passarinhos fofocavam, o sol estava subindo. A muralha de montanhas, do outro lado da baía, absorvia com magnanimidade o sol caudaloso. Josie, Paul e Ana comeram, lavaram os pratos sob a maravilhosa pressão da água da torneira e enxugaram a louça com as toalhas de papel suaves e absorventes que estavam na cozinha. Josie resolveu que iam ficar mais um dia. Podiam arrumar as camas e ajeitar o chalé de tal modo que não seria óbvio que eles haviam passado a noite ali. Iam ficar na área, ver o que ia acontecer e depois, se de tarde não chegasse ninguém, poderiam dormir ali outra vez. Era o lugar ideal, levando em conta que, agora, talvez alguém andasse à procura deles: polícia, departamento de proteção à criança, Carl, alguém enviado por qualquer um deles. Ali, seu trailer estava escondido, eles mesmos estavam escondidos, não havia nenhum registro, nenhum rastro de sua presença. Na verdade, Josie pensou que sua inversão de rumo, o fato de terem seguido na direção do fogo, talvez acabasse servindo — sem querer, porém de forma perfeita — para despistar quem quer que estivesse andando atrás deles.

Depois do café da manhã, exploraram o terreno, Josie preparada para a chegada, a qualquer momento, dos donos ou dos encarregados. Retiraram o bilhete da porta e resolveram que, se chegasse alguém, Josie ia fingir que ela e os filhos tinham acabado de chegar ali.

Encontraram uma trilha na mata, que seguia na direção do precipício. Mas, antes de chegar à beirada, fez uma curva e levou-os a um caramanchão que ficava a poucos metros do penhasco, e Josie achou que se tratava de um tipo de cenário para festas de casamentos. Talvez todo aquele local fosse alugado para cerimônias, onde cinco ou dez famílias podiam se reunir, assistir à troca de juramentos e, em seguida, passar a noite. Ana começou a correr em círculos dentro do caramanchão e, depois da terceira volta, ficou tonta, segurou no corrimão e ficou ofegante. Eles não conseguiam pensar em mais nada para fazer.

Voltaram ao gramado principal e logo Ana estava com uma bola de futebol, que ela havia encontrado, chutava e depois corria atrás dela, atacando-a como um gato investindo contra uma bola de linha gigante. Paul achou aquilo muito divertido, o gramado era amplo e plano, o sol estava claro e o céu, limpo, portanto Josie não viu mal nenhum em sentar-se numa das cadeiras de plástico do gramado e deixar as crianças correndo em volta, enquanto ela não fazia nada. Será que posso morar aqui?, pensou Josie. A quilômetros de nada. A estrada inaudível, ali do jardim. Um ou outro alce, de vez em quando. A possibilidade de ursos e lobos. Aquela paisagem espetacular. A impossibilidade de os vizinhos virem reclamar de você, por ter deixado aparelhos quebrados no seu jardim. Josie pensou em ficar ali por tempo indefinido, mas ficar significava estar à espera de ser apanhada, e então haveria uma negociação e ela teria de enfrentar o olhar de desconfiança de quem quer que os encontrasse. Se, dali em diante, ela conseguisse evitar olhos que julgam, Josie seria capaz de sobreviver. Só que todos os olhos julgavam, então o melhor era seguir em frente e ver sem ser vista. No entanto, mais uma vez, aquela casa, aquela propriedade, era uma prova da glória da terra, desse país. Havia tanto. Havia tanto espaço, tanta terra, tanto para poupar. Aquilo convidava os fatigados e os sem-teto, como ela e seus filhos preciosos. Ela teve um pensamento nebuloso, de que todos os procurados e perseguidos do mundo podiam encontrar um lar ali. O clima do Alasca estava aquecendo, não era assim? Em pouco tempo, seria um lugar acolhedor, com invernos mais brandos e incontáveis milhões de hectares despovoados, e tantas casas vazias como aquela, à espera para receber os viajantes desesperançados do mundo. Era um pensamento maravilhoso, uma ideia entorpecedora. Josie fechou os olhos, sem esperar que fosse dormir.

Quando abriu os olhos, o ar tinha esfriado e seus filhos não estavam em nenhum lugar à vista. Josie se levantou assustada, chamou por eles, sua mente deflagrou imagens dos dois pulando pela beira do penhasco — Ana pulando primeiro, Paul tentando salvá-la, os dois despencando lá embaixo, pensando onde sua mãe tinha se metido no meio de toda aquela história. Ela havia adormecido numa cadeira de plástico.

Encontrou os dois num celeiro, sentados num trator velho. Não era completamente seguro, mas também não chegava a ser perigoso. Paul estava em cima do velho banco de metal do tratorista e Ana estava sentada no colo dele, suas mãozinhas brancas sobre o volante redondo. Ela virou para Josie, sorrindo.

"Olha, mãe!", disse.

A garagem estava cheia de cabeças de animais empalhadas. O que pareceu estranho, todo o trabalho de matar e empalhar aqueles bichos todos só para pendurar naquele local escuro e que ninguém visitava. Já imaginou? Matar animais e dar tanto valor a eles, ou ter tanto interesse em celebrar a matança, que a pessoa chegava a ponto de pagar centenas de dólares para empalhar suas cabeças, só para guardá-las naquele lugar em que ninguém ia ver. Aquilo lembrava a dádiva infinita do mundo animal, legiões de mamíferos que podiam ser substituídos, mais do que o suficiente para empalhar e esconder uma grande percentagem deles.

Josie pensou no seu próprio porão, nas coisas que ela guardava lá, mesmo sabendo que se sentiria mais livre sem elas. Sabia que se sentiria livre fora daquela casa, e sentiu-se mais livre sem seu emprego, mais livre daquelas bocas quentes e sujas. Sentia-se mais livre ali do que em casa, mais livre ali sozinha do que rodeada por supostos amigos, e tinha certeza de que estaria muito mais livre sem seus ossos pesando sobre ela e sem a carne que revestia seus ossos, toda essa pele feia que não parava de envelhecer e que precisava de água, comida e hidratantes. Virar um fantasma! Ver tudo, ver qualquer coisa, mas nunca ser vista — isso devia ser a maior bênção.

"Temos de ir andando", disse para os filhos.

Paul ficou escandalizado. "Quer dizer, ir embora?"

Ela tinha acabado de ter uma sensação estranha. O motivo eram as cabeças na parede. A natureza sinistra das cabeças atingiu Josie. Ela teve sorte na noite anterior e essa sorte podia, e iria, se desmanchar, ou, o mais provável, mudar bruscamente.

"Não, mãe", disse Paul. Então ele expôs uma argumentação completamente racional. Eles já haviam passado uma noite ali. Ninguém tinha vindo. Tinham deixado um bilhete na porta. Ele podia deixar outros bilhetes — nas janelas, na porta do Chateau, do chalé. O pior que podia acontecer seria eles terem de pagar duas noites. O auge da tragédia de cuidar sozinha dos filhos é que o filho mais velho se transforma num conselheiro não apenas íntimo como também estimado.

Decidiram ficar ali, mas Josie reservou-se o direito de mudar de ideia a qualquer momento, naquele mesmo dia. O céu continuou azul durante toda a manhã e eles tiveram um almoço extravagante, de cachorro-quente, arroz e pastrami, usaram o fogão e o micro-ondas do chalé, comeram em pratos de verdade, beberam em copos de vidro, sentaram em bancos junto à bancada da cozinha e, depois, Paul e Ana voltaram para o gramado, onde se instalaram e jogaram sua própria versão de croquet. Acharam um sapinho minúsculo e Ana, de algum jeito, conseguiu capturá-lo sem nenhuma confusão e andou com ele, para lá e para cá, em suas mãozinhas gordas, durante uma hora. E Josie ficou olhando os filhos de sua cadeira de plástico e terminou sua leitura de "Rastros apagados".

Uma boa: "Meu bisavô James A. Layman, veterano confederado, soldado raso, Companhia D, Cavalaria, Companhia A, ganhou dispensa com honras em 10 de maio de 1865 e ingressou na Casa do Soldado Confederado em Higginsville, no Missouri, em 19 de outubro de 1900, vindo do condado de Pulasky, no Missouri. Foi matriculado ali como residente no máximo em 1902. Saiu de lá para ingressar no lar em Pewee Valley, no Kentucky, e estava lá no dia 31 de janeiro de 1905, no quarto 31 da ala sul. Nesse ponto, meus dados terminam — não há nenhum registro da data ou local de sua morte nem do local de sepultamento. Qualquer ajuda será bem-vinda".

O dia foi bruscamente engolido pelo crepúsculo, Josie estava exausta e tinha sobrado pouca comida. Mas ela ainda conseguiu fazer omeletes e uma salada bizarra, que continha alface, melancia, pedacinhos de bacon e salsicha picada. As crianças devoraram tudo e, às oito horas, todos estavam prontos para dormir.

"Podemos?", perguntou Paul.

"Claro que sim", disse Josie, e Ana subiu pela escada até o sótão e Paul foi atrás. Desceu para pegar a revista *Iates e Iatismo*, que pretendia ler para Ana, e Josie entregou para ele e olhou em volta, no chalé, para ver se havia alguma coisa para ela fazer. Não havia nada. A simplicidade era completa. Talvez, ela pensou, todos eles precisassem de um longo repouso — uma farra de doze horas de descanso, para sentirem-se bem outra vez. Josie apagou a luz principal, deixando acesa no chalé apenas a luz da varanda e uma lâmpada na cabeceira da cama das crianças, que ela ouvia debaixo das cobertas, enquanto Paul lia para Ana, em murmúrios.

A porta abriu tão silenciosamente que Josie achou que era uma das crianças. Mas elas estavam na cama acima dela. Então devia ser o vento, pensou. Não tinha fechado a porta direito e o vento tinha empurrado e aberto a porta.

"O que está acontecendo aqui?", disse uma voz de homem. Josie levantou-se logo à primeira palavra. Virou-se para topar com um jovem em calças de camuflagem, camiseta sem manga e boné de beisebol. Tinha olhos pequenos, azuis, cavanhaque preto. No breve segundo que se abriu entre eles, Josie teve tempo de torcer para que fosse um homem gentil, um proprietário que viu o bilhete e compreendeu, que achou graciosa a letra infantil de Paul. Naquele segundo, houve a possibilidade de que o homem quisesse apenas saber o que estava acontecendo e que Josie pudesse explicar facilmente, que ele aceitasse seu dinheiro e lhes desse as boas-vindas para ficarem ali.

"Que porra você está fazendo aí?", disse ele, em vez disso.

Josie nem respirava. Os olhinhos azuis dele, sua roupa de caçador — tudo podia acontecer.

"Deixamos um bilhete", ela conseguiu falar.

"Aquele trailer é seu? Você é uma invasora de propriedades? Quem é que está com você?", perguntou. Ainda não tinha visto as crianças. Ele estava parado na soleira da porta, Josie estava de pé a um metro e meio dele, os pés do homem estavam prontos para se mover, como se não tivesse certeza de que quisesse ficar com ela na sala fechada, como se tivesse topado com um morcego dentro do chalé e quisesse deixar aberta uma passagem para ele voar para fora.

Josie olhou para cima para ver onde estavam Paul e Ana e não viu nada. Estavam escondidos no sótão. Ela não conseguia imaginar como eles souberam se esconder, como Paul conseguia manter Ana calada, mas, numa fração de segundo, Josie teve um lampejo de admiração por seus filhos. Pensou em Anne Frank.

"Você foi entrando assim sem mais nem menos?", perguntou o homem.

Josie já havia decidido que não ia falar da noite anterior. Ia contar que tinha acabado de chegar, tinha escrito o bilhete, tinha dinheiro para pagar, ia acertar tudo. "Vimos a placa", disse Josie, ouvindo sua voz muito fina e assustada. "Ninguém atendeu a porta. Não tinha nenhum lugar para ficar."

"Então invadiu?" Agora o volume da voz aumentou. Algo tinha mudado. Talvez ele estivesse sob o efeito de drogas. Suas mãos eram punhos cerrados. Josie procurou uma arma. Depois, olhou de novo para o sótão. Nenhum sinal das crianças.

"Quem é que está lá em cima?", perguntou ele, ainda aos berros. "Quem é o *puto* que está aí em cima?"

"Por favor. Acalme-se. Já vamos embora."

"Não, vou chamar a polícia. É isso que vou fazer. Você fique aqui."

E saiu. Ela não sabia aonde ele tinha ido. Talvez ele não tivesse um celular, ou quem sabe tinha deixado na casa principal?

Mas o fato é que havia deixado Josie sozinha e, assim, tinha alguns minutos. Subiu a escada correndo e achou Paul e Ana acordados embaixo das cobertas. As cabeças coladas uma na outra, os braços de Paul em volta de Ana, numa espécie de abraço da morte, um pacto de Pompeia.

"Vamos embora. Já", disse ela.

Josie agarrou Ana e desceu a escada saltando de dois em dois degraus. Ela subiu e pegou Paul no primeiro degrau e empurrou os dois para fora, pela porta. Voltou, achou sua bolsa de lona, enfiou suas roupas ali dentro e foi ao encontro das crianças na varanda. Fez uma pausa, olhando e escutando, à procura do homem. Não havia nem sinal dele.

Precisavam chegar ao Chateau, mas não podiam usar a trilha. "Venham atrás de mim", disse ela. Pegou Ana no colo e segurou Paul pela mão, andando pelo mato, rumo ao barranco; seu plano era seguir rente ao penhasco até o pátio. O homem não os veria, até entrarem no trailer.

"Mãe, cuidado", disse Paul, apontando para a beirada do barranco a prumo, a pouco mais de um metro à esquerda deles.

"Pssiu", disse ela, enquanto se movia ligeiro na direção do pátio.

Então viu um homem sair da casa principal. Estava com um telefone encostado na orelha, o receptor sem fio de um telefone fixo, e olhava na direção do chalé. Josie supôs que ele estava ligando para a polícia.

Muito bem, pensou ela. Agora, tudo que tinha a fazer era chegar ao Chateau e ir embora. A polícia até podia persegui-la, mas os guardas não podiam estar em nenhum lugar próximo dali. Ela teria uns vinte minutos de vantagem. Tinha o coração na boca, nos ouvidos. Josie olhava para o homem, parado do lado de fora, de frente para o chalé. Estava à espera de algum movimento da parte de Josie, supunha que ela ainda estivesse lá dentro. Tudo de que Josie precisava era que ele voltasse para dentro da casa principal ou entrasse no chalé, atrás deles. Isso lhe daria tempo para entrar no Chateau e ir embora.

Josie virou-se para Paul. "Vamos correr para o Chateau. A qualquer segundo. Está pronto?"

Paul fez que sim com a cabeça.

O homem afastou o telefone da orelha, apertou um botão e as luzes laranja do receptor escureceram. Enfiou o receptor no bolso e andou a passos largos para o chalé, sua forma branca por trás dos riscos entrecruzados da mata cerrada.

"Agora?", perguntou Paul.

"Espere", disse Josie. Quando o homem estava quase no chalé, ela sussurrou: "Agora", e eles dispararam para fora da mata, atravessaram o gramado e seguiram na direção do Chateau. Estavam no pátio de brita quando seus passos os denunciaram.

"Ei! Voltem já aqui!", berrou o homem.

Josie abriu a porta da cabine do motorista e jogou Ana para dentro. Ana bateu em alguma coisa, com um baque; Josie sabia que ela ia chorar, mas também sabia que não tinha se machucado. Paul começou a entrar e Josie empurrou-o para dentro. Antes que ela entrasse, viu que o homem se precipitava na direção dela, através do gramado e pelo pátio. Ele era incrivelmente rápido. Ela fechou a porta, enfiou a chave na ignição e ligou o motor. Engrenou a marcha e o Chateau arrancou brusco para a frente, quando veio o som forte de uma batida no para-choque traseiro. Ela havia acertado no homem. Não. Ele estava batendo com a mão na traseira do Chateau. Agora na lateral. A traseira do Chateau abaixou. Ele tinha se agarrado na escada. Estava subindo na traseira. Impossível. Não, possível. Era o tipo de homem que pulava num veículo em movimento.

"Anda, anda, mãe!", disse Paul.

"Estou andando!", respondeu, esganiçada.

Ela afundou o pedal. O motor rugiu e a brita espirrou. Deram um tranco para a frente e viraram de modo brusco para a direita, enquanto o pátio descia, num vaivém, rumo à rodovia. Há um homem nesse carro, pensou Josie. Imaginou o homem pendurado na traseira, rastejando para a frente, na direção dela. Na hora em que a alcançasse, estaria pronto para cometer um assassinato.

Adiante, a estradinha da entrada subiu de repente para encontrar a rodovia, e Josie acelerou, achando que a inclinação repentina poderia jogar o homem para fora da escada. O para-choque dianteiro bateu na pista e o capô deu um pulo com o impacto. O Chateau quicou e guinchou quando ela fez a curva e passou para a pista da rodovia.

"Vão para a parte de trás", disse Josie para os filhos. Ana estava se esgoelando, mas Paul nem tinha prestado atenção na irmã, até agora. O que ia acontecer se o homem estivesse na traseira e entrasse? Através do teto. De algum outro jeito. "Não, fiquem aqui mesmo", disse para Paul. "Fiquem aqui, os dois. Se escondam aqui embaixo", disse e apontou para o chão embaixo do banco do passageiro. Ela queria os filhos perto, ao alcance da vista. Paul obedeceu e se encolheu junto com Ana, no canto escuro.

Agora, estavam na rodovia e a velocidade aumentou, quarenta, cinquenta, sessenta. Josie só podia supor que o homem ainda estava na escada, mas havia uma chance de ele ter pulado, caído. Só que ela não podia parar a fim de conferir. Se ainda estava pendurado, o homem agora estaria enlouquecido e desesperado e iria agredir Josie. Mas ela não podia simplesmente continuar indo em frente, acelerando na rodovia com um homem pendurado na escada, podia? Tinha de fazer isso. Portanto, fez isso mesmo, enquanto esperava pelo barulho do homem escalando ou batendo, ou pelo balanço na traseira, quando o homem pulasse para a estrada.

Num lampejo de inspiração, Josie se deu conta de que podia parar num posto de gasolina e ali, sob as luzes, podia parar e ficar a salvo — ele não ia tentar nada. Portanto, seguiu para o norte por mais uns vinte e cinco quilômetros, até que viu as luzes brancas e azuis de um posto de gasolina se aproximando. Reduziu a velocidade, escutando com atenção em busca de algum movimento — o barulho de um homem rastejando pela caixa de lata que ela estava dirigindo. Quando parou, viu uma figura dentro do vidro verde, uma mulher parada lá dentro da loja de conveniência, no balcão, olhando para um televisor minúsculo. Josie observou para ver se a mulher estava notando algo de estranho no Chateau. A mulher olhou depressa na direção dela e logo voltou a atenção para a tela.

Josie parou o Chateau o mais perto que pôde da porta do posto e ficou esperando. Ele podia escolher aquele momento para atacar, para vingar seu terrível passeio. Mas, de novo, não houve nenhum movimento. Josie teve uma ideia. Tocou a buzina. O volume foi triplicado, embaixo da cobertura do posto, e o som ecoou no vidro da loja de conveniência. A mulher no balcão da loja levou um susto e olhou para Josie, os olhos furiosos.

Josie acenou, pediu desculpas, através de três camadas de vidro, e acenou freneticamente para a mulher sair. A mulher sacudiu a cabeça, não. Ela não podia deixar seu posto. Por que motivo alguém podia querer que ela saísse? As únicas possibilidades eram todas perigosas.

Mas, afinal, Josie conseguiu convencer a mulher a sair do balcão. A mulher abriu a porta da frente da loja de conveniência e pôs a cabeça para fora.

"Não posso ir para o lado de fora", disse ela.

Josie baixou o vidro da janela do lado do carona.

"Não está vendo nada do lado de fora deste trailer?", perguntou.

"O que é que houve, afinal?"

"Não tem ninguém no trailer? Um homem pendurado lá atrás?"

"Um homem no seu trailer?" A mulher ficou olhando para o Chateau de ponta a ponta, mas não notou nada. "Não."

"Quer dizer que não tem ninguém lá em cima? Nem na traseira?"

Agora, a mulher pareceu assustada, confusa a respeito de Josie e da tarefa que estava lhe pedindo. Mesmo assim, esticou o pescoço para olhar na traseira do veículo e balançou a cabeça.

"Não."

Só então Josie sentiu-se confortável de abrir a porta. Em outro cálculo ridículo, tentou pensar no possível local de ataque do homem, bem perto da porta, por isso ela resolveu dar um pulo do portal do Chateau para a área de luzes brancas e azuis do posto de gasolina, criando assim o maior espaço possível entre ela e o Chateau. Talvez ele desse um pulo, errasse o alvo e caísse no asfalto, quem sabe?

Josie abriu a porta, deu um pulo e não aconteceu nada. Correu de volta para a porta a fim de fechá-la — pois não tinha acabado de deixar seus filhos encolhidos em perigo? — e depois, rapidamente, andou pelo posto, observando de todos os pontos de vista em busca de um homem de calças de camuflagem que podia ter ficado pendurado no trailer durante a última hora. Não viu ninguém.

A mulher lá dentro, porém, estava ao telefone. Era muito provável que estivesse comunicando às autoridades o caso de Josie. Ela pensou, por um momento, em ficar ali, pois afinal não tinha feito nada que a mulher da loja de conveniência pudesse acusar ou que algum policial pudesse provar.

Ela voltou para o Chateau e deu partida no motor, imaginando uma garrafa se espatifando de encontro a seu rosto. Aquilo não tinha acontecido recentemente, porém essa imagem, uma garrafa se espatifando de encontro a seu rosto, tinha sido uma parte intermitente de sua vida desde que tinha doze anos de idade. Não podia explicar aquele fenômeno para ninguém sem provocar uma preocupação grave, por isso nunca mencionava o assunto, pois não se tratava de nada problemático nem era o sintoma de alguma psicose florescente. Não tinha relação com a paralisia facial. Era anterior à paralisia facial, uns vinte anos, pelo menos. Josie estava na sexta série, logo depois do caso de Candyland, quando aquilo começou e, de lá para cá, se repetia com regularidade, mas não era nada sério. Apenas uma visão recorrente de uma garrafa se espatifando de encontro a seu rosto. Entre as centenas de milhares de pensamentos que ela, como qualquer um, tinha num determinado dia, havia, umas duas ou três vezes por dia, a nítida imagem de uma garrafa, uma garrafa de refrigerante da década de 70, com suas curvas e estrias, que se espatifava de encontro a seu rosto, e aquilo não era nada sério. Nunca estava claro quem exatamente estava segurando a garrafa e seus motivos eram ignorados, porém, em todo caso, a garrafa girava no campo de visão de Josie e se espatifava de encontro a seu nariz e sua bochecha, os cacos espirravam feito chuva. Nunca era doloroso. Não trazia preocupação. Era só uma garrafa que se espatifava de encontro a seu rosto. Tinha algo a ver com castigo, mas era também, um pouco, uma cena de comédia pastelão. Era um pouco aquela cena da torta jogada na cara, um pouco de castigo corporal, pelas mãos de um deus-palhaço zangado.

Na verdade, não era nada sério.

Seus filhos ainda estavam escondidos no chão.

"Vocês podem se levantar, agora", disse Josie.

"Ela pegou no sono", disse Paul. Os dois estavam tão enrolados um no outro que Paul não podia se mexer sem acordar Ana, por isso Josie deixou-os ali no chão escuro e empoeirado e continuou dirigindo o trailer.

XIV.

Josie acordou com um grito. Estava dormindo no sofá da quitinete, seus filhos dormiam no compartimento de cima, e eles estavam no estacionamento de trailers que ela havia encontrado em algum lugar, por volta da meia-noite. Josie não tinha a menor ideia de em que parte do estado estavam. Através das persianas da quitinete, o dia parecia agradável e claro.

Seis horas antes ela estava dirigindo no meio da noite, deu de cara com a placa, a estrada de terra e pagou quarenta e cinco dólares para estacionar e ter direito a todos os serviços. Josie fora ao escritório e acordara o gerente, homem bonito de cinquenta ou sessenta anos, chamado Jim, que foi gentil e compreensivo, lhe deu as chaves do chuveiro e uma senha para usar a fossa e descarregar seu esgoto (Josie não lhe explicou que não ia usar esse serviço). Ele também lhe deu uma dose de bourbon, adivinhando que ela precisava, e depois Josie saiu andando, meio zonza, para o Chateau, e caiu de sono no sofá.

Agora já era de manhã e Josie estava acordada e tinha alguém que ainda estava gritando. De certo modo, porém, era evidente que se tratava de gritos alegres, gritos alegres de "Alô!" e "Lá vamos nós!".

"Mãe?", chamou Paul.

"Estou aqui embaixo", disse ela.

Paul desceu e, enquanto Josie continuava deitada no sofá, ele se esparramou em cima dela como um macaco, ou um galho pesado. Ana veio logo atrás, desceu com cuidado do compartimento superior e depois ficou em cima de Paul, se empilhando cuidadosamente. Josie absorveu todo seu peso e, por um momento, pensou que aquilo era maravilhoso, depois entendeu que desse jeito ia acabar morrendo.

"Fora!", disse Josie.

Eles se espreguiçaram e comeram cereais e, quando o sol subiu por trás da linha das árvores, saíram do Chateau e Josie lembrou-se de onde estavam. Em sua mente, repassou as imagens de sua chegada, a luz cinzenta de seus faróis raspando pela brita do estacionamento, depois a entrada no escritório, o encontro com Jim, o bourbon, Jim mostrando o mapa do estacionamento e a vaga no local mais recolhido. Havia a casa principal, o escritório, uma varanda larga. Havia o pátio de brita do estacionamento que dava para o rio e, depois, um fundo quadriculado formado por trailers e casas-reboque, encostados na mata. A rodovia interestadual de duas pistas ficava perto, mais acima, porém era silenciosa e passava sobre o rio numa ponte simples, feita de pedra. Quando Josie saiu para sentir como estava o dia, notou que estava parada junto a outro veículo, que parecia mais ou menos permanente. Tinha uma cerca branca de estacas ao redor e, nas janelas, havia vasos de flores e bandeiras.

Josie pensou que dia da semana seria e se deu conta de que era sábado. Ia haver um casamento naquele dia, no estacionamento de trailers, envolvendo a mulher que gritava. Se estavam gritando às oito horas da manhã, enquanto levavam garfos de plástico para o salão de festas, que barulho não iam fazer quando a cerimônia estivesse em curso?

O salão de festas ficava entre o Chateau e o rio e, assim, para Josie, pareceu bastante natural armar sua cadeira dobrável virada de frente para a festa de casamento. Josie entrou, preparou um chá e voltou para assistir ao andamento da festa, como faria diante do noticiário da manhã.

A porta atrás dela abriu com um ganido e Josie virou-se para dar com Paul e Ana, vestidos com as roupas da véspera.

"Quem é que está casando?", perguntou Paul.

Eram muito jovens. Os homens usavam seus ternos de padrinho, sem paletó, enquanto as damas de honra estavam de shorts e regatas, mais tarde iam trocar de roupa e, juntos, começaram a decorar o salão de festas com fitas e cravos brancos, enquanto os tios e os pais levavam mesas e cadeiras para dentro. Todos estavam muito animados e, de vez em quando, as damas de honra eram erguidas do chão pelos padrinhos, que ameaçavam jogá-las no rio, o que provocava mais gritos. Eram muito jovens, e Paul caminhava devagar na direção deles, como se fosse atraído por uma força invisível.

Josie não disse nada, queria ver até onde seu filho ia chegar. Três passos e ele parava, observava. Mais quatro passos. Ana se mostrou desinteressada, ficou brincando na sombra do Chateau, falava consigo mesma em tom insistente, segurando um homem verde musculoso, mas Paul estava num transe, as mãos estendidas à sua frente, dedos torcendo dedos.

"Tem uma pessoa na minha turma com quem eu podia casar um dia", disse Paul sem nenhuma emoção, como se notasse uma nuvem que passa.

"Helena?", perguntou Josie.

"É", disse ele, os olhos fixos nos convidados, que continuavam chegando.

E então, debaixo da ponte, vindo de bicicleta por uma trilha ao longo do rio, chegou um grupo de seis pessoas. Primeiro, um homem de uns cinquenta anos, de colete preto, calças pretas e camisa social de manga comprida azul-celeste. Vinha numa mountain bike e parecia ter ganhado uma corrida, porque disse "Ah!", quando passou por baixo da ponte e entrou no terreno de brita do estacionamento. Atrás dele veio uma mulher de trinta e poucos anos, em roupas tradicionais dos velhos colonos americanos, indumentária conservadora de algodão cinzento com enfeites brancos, a bainha roçando nos tornozelos. Tinha um gorro na cabeça e estava sorrindo, seu rosto estava vermelho e vivo, muito feliz por ter chegado em segundo lugar.

Portanto, eram menonitas, pensou Josie. Ou amish. Mas tinham ido de carro até ali, disso não havia dúvida, e isso era contra as regras dos amish. Logo, eram menonitas. Um dia, Josie tinha visto uma família menonita rezando antes de uma refeição, numa loja do Burger King, e esse Burger King ficava perdido no meio do nada. Portanto, aquilo era permitido — ir de carro até o Burger King, comer no Burger King, ir de carro até um estacionamento de trailers no Alasca com bicicletas a reboque. Josie concluiu que eram mesmo menonitas e sentou-se na grama, com um olho nos filhos e o outro naquela cena de menonitas ainda em andamento.

Mais ciclistas chegaram, três crianças — meninos de oito e doze anos, uma menina de dez — e então, de maneira mais intrigante, outra mulher, que parecia ter uns vinte anos, muito velha para ser filha da primeira mulher. Todos desmontaram de suas bicicletas, riam, gritavam e enxugavam a testa. Tinham acabado de desfrutar momentos maravilhosos. Os meninos estavam de calças pretas e todos usavam o mesmo tipo de camisa azul, de uso diário, que seu pai vestia. A menina e a mulher vestiam roupas semelhantes às da mulher que chegou em segundo lugar. Estacionaram suas bicicletas, todos firmaram cuidadosamente no chão de brita o descanso lateral de sua bicicleta.

"Puxa vida!", disse o pai.

Um sorriso tomou conta do rosto de Josie. Girou a cabeça para ver se ela era a única a testemunhar aquilo. Olhou para os filhos, que agora estavam batendo com os pés na água rasa, distraídos.

Josie virou-se de novo para os menonitas. O homem era marido de uma das mulheres, mas qual? As crianças estavam sob as ordens da mulher mais velha, disso Josie tinha certeza. Portanto, a mulher mais jovem estava ali por diversão. Uma sobrinha, alguma colega de sua igreja, de sua aldeia. Será que os pais dela tinham morrido? Será que tinha ficado órfã e foi adotada por aquela família feliz? Josie tentou imaginar quem seria ela, se tivesse nascido ou casado naquela família. O que ela ia querer? Será que seus desejos seriam mais simples? Talvez tudo que ela quisesse fosse aquilo mesmo, um bom e vigoroso passeio de bicicleta ao longo do rio, chegar em segundo lugar, logo depois do marido bonito, como tudo aquilo era maravilhoso. Puxa vida!

"Olhe", disse Ana, e apontou rio abaixo, onde ele fazia uma curva. Um bando de crianças estava brincando na água rasa, no meio de uma minúscula floresta de juncos altos. Antes que Josie pudesse deter a filha, Ana tinha corrido pela margem. Paul foi atrás, avisando para a irmã tomar cuidado.

Havia umas doze crianças, entre quatro e dez anos de idade, e seu interesse parecia concentrar-se numa enorme árvore tombada e morta, na água rasa, seus galhos se erguiam de forma trágica, na diagonal, contra o fundo do céu. Metade das crianças estava montada a cavalo sobre os galhos, ou pendurada neles, e de vez em quando caíam na água rasa, que batia nas canelas. Só depois de ficar observando o grupo durante alguns minutos, Josie se deu conta de que era a única pessoa adulta presente.

Olhou para o outro lado do rio sem acreditar que aquilo podia ser verdade e, por fim, localizou o que parecia ser o adulto encarregado de vigiar as doze crianças. Era uma mulher de uns sessenta anos, talvez uma avó, de pé na água rasa, falava no celular, fumava, gesticulava, dava uma risada feliz e rouca. Ergueu os olhos e viu Josie e conseguiu, ao mesmo tempo, piscar o olho e acenar. Seu sorriso era muito simpático, sua piscada parecia confirmar a beleza do rio, do dia, a loucura maravilhosa que eram as crianças todas brincando juntas, o fato de elas duas poderem simplesmente ficar ali de pé ou sentar-se na beira do rio sem fazer nada.

Josie acenou para ela, em resposta. Percebendo que a mulher podia esperar um ou dois minutos, Josie foi buscar sua cadeira dobrável e levou-a para a grama na beira do rio, sentou-se e ficou olhando. Agora, havia quinze crianças, depois já eram vinte. As crianças do rio estavam tentando mover a árvore grande. O menino líder, sem camisa e de calça de pijama, tinha tomado controle do pelotão e fazia questão de que a árvore fosse deslocada e comandava as outras crianças para que segurassem *aqui e ali e do outro lado, e você pegue lá na outra ponta*. A certa altura, ele chegou a dizer: "Levantem com as pernas!". Sua voz era ríspida e impaciente.

Os filhos de Josie submetiam-se com alegria a seus comandos. Ele era o capataz de todo o trabalho que estavam executando e sabia como liderar. Josie estava intrigada, em busca de uma explicação, do motivo pelo qual o tronco tinha de ser deslocado, mas as crianças sob o comando do menino trabalhavam duro, sem questionar.

Agora, ele se mostrou contrariado. Parou, ficou olhando seus operários, as mãos na cintura, descontente. Algo estava errado. Ele baixou a cabeça, chegou a alguma conclusão e levantou-a.

"De agora em diante", disse, "vamos ter de usar a força do peido."

Falou isso em tom de seriedade, resignação. Era como se eles tivessem sem eletricidade, combustível fóssil, e agora usariam o que havia sobrado. Por muito tempo, Josie imaginou como os pioneiros, como os bandos de homens das cavernas sabiam onde deviam parar e estabelecer seus povoados. Durante aquela viagem, até então, Josie tinha visto alguns lugares onde havia pensado: Ali está um lago, lá está uma montanha, lá está uma campina plana, onde ela podia ficar olhando seus filhos brincarem. Porém existiam razões simples para que nenhum desses lugares parecesse adequado para se instalar. A maioria ficava perto de rodovias. Mas aquele estacionamento de trailers, situado na curva de um rio, falava de boas-vindas e de permanência.

Depois, mais uma vez, pensou Josie, olhando para a estrada no ponto onde ela cruzava o rio, existia pelo menos a possibilidade de que o silêncio da manhã fosse quebrado por sirenes, atrás dela. Josie teve uma rápida visão daquela mulher junto com ela, perto da água, e a imagem dos pais invisíveis das crianças do rio que se erguiam para protegê-las. Josie não tinha trocado nenhuma palavra com eles, mas acreditava que haviam formado um tipo de comunidade, enquanto viam os filhos movendo troncos com a energia da flatulência jovem.

"Hipnótico, não é?" Era a voz de um homem. Josie levou um susto. Virou-se para deparar com Jim, o homem que havia feito seu registro, na noite anterior. Agora estava atrás dela, estendendo uma caneca azul em sua direção. Parecia suco de limão--rosa. Ele tinha uma xícara para si.

"Não, obrigado", disse ela, mas Jim não fez nenhum esforço para remover a xícara do campo de visão de Josie, por isso ela pegou a xícara.

Jim bateu de leve sua caneca de plástico de encontro à de Josie. "Fui eu que registrei você ontem à noite. Esse é seu nome ou é seu modo de ganhar a vida?", disse, e apontou para a viseira.

"Achei essa viseira", respondeu, e viu que aquilo deixou o homem desapontado: ele achou que tinha dito uma coisa engraçada. Mas, era o que Josie queria dizer, nada de bom pode vir de alguém que repara na roupa dos outros.

Ela tomou um gole da limonada e descobriu que Jim tinha temperado o refresco com algo que tinha sabor de rum. Josie resolveu que, como era meio-dia, e como havia escapado do dono maluco de uma pousada na noite anterior, ela bem que merecia aquilo. "Obrigada", disse, tentando olhar para ele. O sol cobria a cabeça de Jim com um halo, dava à sua cabeça a forma de uma silhueta púrpura. Josie lembrou que ele era bonito.

"Você está de férias? Na estrada?", ele indagou.

"Você não vai sentar?", ela perguntou. "Não consigo conversar com você de pé desse jeito."

Não tinha outra cadeira, por isso ele sentou na grama, perto de Josie.

"Não precisa sentar no chão", disse ela.

"Eu quero", respondeu, e passou os dedos pela grama cheia de ervas daninhas, como se fosse um tapete felpudo. "Hummmm", disse. "Sua estada foi boa, até agora?"

"Melhor impossível", respondeu, com um sarcasmo fora do comum, que ela não aprovava. Jim explicou que era o dono do estabelecimento e que tinha comprado o negócio cinco anos antes, depois de se mudar do Arizona para lá. Josie supôs que Jim percebeu que ela era solteira e queria que ela soubesse que ele não era um empregado, mas sim o proprietário. Jim era mais jovem do que ela lembrava da noite anterior. Uns cinquenta e cinco? Físico vigoroso, ombros fortes, barriga redonda. Tinha uma tatuagem no bíceps, só parcialmente visível, algo militar; deu para Josie notar as garras de uma águia. Era um veterano. Tinha o corpo e a idade adequados.

"Tem um poço bom para nadar, depois da curva do rio", disse ele, e apontou rio abaixo, onde o rio fazia uma curva profunda para dentro da mata. "É só um remanso de um metro e meio de profundidade, mas tem um balanço numa corda. Você gosta de nadar?"

"Você é um desses maîtres de restaurante que não deixam o cliente em paz?", perguntou Josie, querendo parecer delicada, mas sua voz saiu cortante.

"Acho que sou", respondeu, e se pôs de pé. "A gente se vê depois."

Enquanto ele se afastava, a garrafa se espatifou de encontro ao rosto de Josie, mas não era nada sério. Era só uma garrafa no meio da cara.

O dia todo Josie deixou seus filhos andarem a esmo, perto da festa de casamento, comendo ao ar livre, próximo dos preparativos, e depois brincando no rio com as outras crianças, todas de olho nos homens e nas mulheres de preto e branco, que se movimentavam às pressas, para lá e para cá, entre as vans, os caminhões e o salão de festas.

"Vá ver de que estado são eles", Josie pediu para Paul.

Paul sorriu e correu. "Alasca", disse, quando voltou. "Vão mesmo casar hoje?", perguntou e, quando Josie disse que parecia que sim, ele perguntou onde é que estavam a noiva e o noivo, e Josie não soube dizer ao certo. Todos os homens se vestiam do mesmo jeito, mas havia um jovem que parecia ligeiramente menos alegre do que o resto, se movia mais devagar, sob o fardo de suas responsabilidades, e Josie concluiu que era o noivo.

"Vamos fazer uma aposta sobre quem é o noivo", disse Josie para Paul, e ele perguntou se podia pegar uma folha de papel para catalogar as possibilidades. Correu para dentro do Chateau e voltou com o bloco do jogo de dados General, que ele virou ao contrário e começou a anotar detalhes diferentes para cada um dos homens. *Magro alto cabelo vermelho*, escreveu. *Mais baixo moreno com barba*, escreveu. *Óculos e manca*, escreveu.

Por volta das duas horas, um carro novo chegou e estacionou atrás do escritório de Jim, perto do Chateau. A noiva, supôs Josie. Ela olhou, enquanto três mulheres saíam correndo do carro para dentro do escritório, e uma mulher mais velha carregou um vestido branco em cima da cabeça. Dali a pouco, uma série de carros novos surgiu no meio de uma nuvem de poeira. Um homem careca e corpulento saiu de um dos carros, vestindo smoking, o primeiro homem capaz de parecer confortável naquele traje.

"O pai da noiva", disse Josie, e mandou Paul ir escutar com atenção qualquer conversa, ali por perto, a fim de confirmar suas suspeitas.

Paul voltou dez minutos depois, sem nenhum dado consistente.

"Deve começar daqui a pouco", comentou Josie, em voz alta, achando que pelo menos um de seus filhos podia ouvir suas palavras. Mas nenhum dos dois estava ao alcance de sua voz.

Jovens de paletós esportivos, ternos azuis, ternos pretos, um terno branco, todas as mulheres de vestidos muito curtos e saltos muito altos, saíram de seus veículos e caminharam ligeiro, sobre a brita, até o salão de festas. Durante uma hora, não houve nenhum movimento, nenhum som. Eles estavam casando e Josie não conseguiu ouvir absolutamente nada.

Na hora do jantar, Josie tirou alguns pratos do chuveiro e os três comeram dentro do Chateau, uma pizza congelada e legumes que estavam ficando cinzentos e, enquanto o céu derramava um sangue alaranjado, as crianças ouviam as risadas das outras crianças.

"A gente pode ir olhar?", perguntou Ana.

Josie não viu razão nenhuma para não irem, a não ser o fato de querer que os filhos ficassem com ela, dentro do Chateau, vendo um filme, com a cabeça encostada em seu peito. Josie queria que eles ficassem perto dela e queria tomar vinho branco, enquanto assistia a um desenho animado, meio distraída. Ela estava pronta para deixar que aquele dia se consumisse em cinzas, pacificamente, mas seus filhos queriam prolongá-lo.

"Claro", disse ela. Não podia sonegar aos filhos nenhuma felicidade que houvesse do lado de fora.

Paul ajudou Ana a calçar seus sapatos e, enquanto observava Paul amarrar seus cadarços, Ana virou-se um instante para Josie e disse: "Eu tenho doenças!". Paul terminou um sapato e começou o outro. Ana estava bem à vontade, como se falasse com uma amiga, na cadeira ao lado, enquanto alguém fazia suas unhas. "Sabe como se soletra doenças?", perguntou Ana, depois respondeu à sua própria pergunta. "D-U-E-I-N-S-A-S."

"Acho que não é bem assim", disse Josie.

Ana tomou o rosto de Josie nas mãos e disse: "Josie, eu tenho *doenças*".

Paul terminou de amarrar os sapatos da irmã, levantou-se, os dois abriram a porta e Josie foi logo atrás. Paul e Ana olharam em volta, sem perceber imediatamente as outras crianças, mas por fim avistaram a tribo, não muito longe. As crianças tinham montado uma gangorra improvisada, usando uma tábua larga, apoiada numa trave de equilíbrio. O menino líder estava de pé no centro de toda a operação, os braços cruzados em triunfo.

Josie sentou-se na soleira do Chateau, enquanto observava Paul caminhando na direção da tribo, e Ana logo atrás. De repente, Ana voltou para Josie.

"Esqueceu alguma coisa?", perguntou Josie.

"Esqueci", disse Ana, e tomou o rosto de Josie entre as mãos. Josie riu e beijou o nariz de Ana.

"Não", disse Ana, e mudou a posição das mãos a fim de segurar melhor o rosto de Josie. Dessa vez, Ana se preparou para um beijo mais romântico. Estava tudo pronto: os olhos fechados, os lábios contraídos, e Josie deixou a filha ir em frente. Ficou de olhos abertos, para ver o que Ana ia fazer, mas, depois de um momento de lábios nos lábios, Ana pareceu satisfeita e recuou, com grande solenidade. Em seguida, enxugou a boca com as costas da mão e disse: "Até já".

A noite chegou, e Paul e Ana voltaram, suados e reclamando de que tinham caído da gangorra. Já estavam se arrumando para dormir, quando o som de batidas remodelou o ar. Josie imaginou que fosse um carro que estava passando pela estrada, mais acima, porém as batidas ficaram cada vez mais altas.
"O casamento", disse Paul.
Josie foi para fora a fim de ver se aquilo podia ser música, de fato, e não algum tipo de ataque militar. Caminhou para o salão de festas, onde as luzes internas estavam brilhando, e viu as silhuetas de umas cem pessoas se espremendo e se movendo em diagonais abruptas. Paul e Ana foram atrás dela, sem terem sido chamados.
"A festa", disse Josie, e explicou para eles a ideia, disse que a cerimônia e o jantar tinham transcorrido em silêncio e, agora, era aquilo, alto daquele jeito, e iria se prolongar até tarde. Josie pensou em ir embora do estacionamento. Pensou no que poderia enfiar nos ouvidos para abafar o som. Mas as vibrações das batidas iam persistir — pelo chão, pelo ar. Não iam conseguir dormir.
"A gente devia ficar", disse Paul, e se esticou, com os olhos piscando, para observar a casa onde ficava o salão de festas, como se eles tivessem comprado ingressos para um show ao ar livre e apenas não houvessem encontrado um lugar conveniente para assistir. Josie sentou-se e colocou Ana no colo. De seu ponto de vista privilegiado, podia ver os movimentos da festa através do ja-

nelão, os convidados passavam por aquele telão luminoso como se fossem atores numa cena de festa. A noiva tinha o cabelo louro brilhante e os braços cobertos de tatuagens. O noivo era muito alto e barbado e parecia estar chorando, rindo, erguia nos braços um convidado depois do outro e rodopiava junto com eles. A música derramava uma canção por dentro da outra, as cabeças não paravam de balançar e Josie fincou o queixo na massa felpuda do cabelo da filha, enquanto Ana traçava desenhos ovais no braço de Josie.

Não era novidade para Josie ficar separada dos outros e olhar tudo de longe. Adolescente, durante os piores anos do caso Candyland, ela havia passado por alguns anos de solidão, poucos e muito longos, um tempo brutal, maravilhoso e terrível, de exuberância em sua mente atormentada, as coxas repentinamente pesadas, o nariz cada vez maior, os boatos sobre os pais, a palavra Rosemont na boca de todo mundo, sempre envolvendo seus pais, sua sensação de estar horrorizada, por passar sozinha as noites do fim de semana, mas também sem querer ficar entre outras pessoas. Ela se revoltava contra a injustiça de ficar sempre sozinha, só que adorava ficar sozinha. Como uma espécie de concessão, passou a dar longas caminhadas à noite e isso a levava para dentro do bosque que se estendia por trás das casas, na cidade toda, e quando andava por trás daquelas casas, mantendo-se na parte mais escura da mata, muitas vezes surgiam luzes brilhantes e as pessoas dentro das casas apareciam iluminadas, como se fossem peixes num aquário.

Assim, naquelas longas caminhadas, muitas vezes Josie sentava e ficava olhando para as famílias que se reuniam ou cozinhavam ou trocavam de roupa, e ela achava isso necessário e tranquilizador. Num tempo em que Josie não estava certa de seu lugar, não estava certa de estar fazendo o que era correto, não estava certa de que sua pele era mesmo dela, não estava certa de que andava direito ou de que se vestia de modo correto, e num tempo em que cobria a boca toda vez que ela abria, observar o tédio sereno da vida de todo mundo lhe transmitia uma confiança renovada. Sua família era considerada estranha e pecaminosa, uma família desfigurada, destruída pelas drogas do hospital de veteranos, mas aquelas outras famílias não tinham nada de melhor. Todas eram profundamente maçantes e sedentárias. Mal se mexiam. Josie ficava sentada no meio da mata desigual, observava uma casa durante uma hora e mal via alguém passar de um cômodo para outro. Observava os colegas da escola e eles eram maçantes. Observava a mãe de um colega da escola andar pela casa de sutiã, observava outro colega, um atleta robusto, incrivelmente gentil com todos na escola, chegar em casa e ser, de imediato, atirado para o outro lado da sala pelo pai. Josie via certas coisas, cenas de violência fortes e explosivas. Por estar no fundo da mata nos arredores das casas, ela nunca ficava perto o bastante para ouvir qualquer palavra. E assim, na mata escura, sob a luz azul daquelas casas tristes, Josie se dava conta de que não era menos normal do que qualquer uma daquelas almas tristes.

"Estou cansada", disse Josie, e com isso queria dizer que estava cansada de ficar isolada do mundo. Fazia muitos dias que estavam sozinhos, rodando pela estrada, e aqueles dias pareceram semanas, semanas em que Josie só tinha os filhos para conversar, não havia nenhum lugar que pudessem considerar seu lar e agora estavam de novo observando, ou Josie estava de novo observando pessoas que faziam parte do mundo, que tinham raízes e adoravam seu lugar, que dançavam em triunfo, lá dentro. Nunca era bom pensar em Carl, no seu desdém por casamentos, seu desdém pelo menos naquela fase. Josie não queria estar com Carl. Já imaginou se tivessem casado? Meu Deus.

Mas um casamento seria bonito. Josie nunca tinha visto todo mundo num mesmo lugar, todo mundo que ela amava.

Seria possível ter um casamento assim aos quarenta, quarenta e um? Uma coisa turbulenta como aquela, mulheres descalças de vestidos apertados, dançando escandalosamente? Podia, sim, ela podia. Ou talvez ela houvesse cometido erros demais. Dois filhos de um homem que parecia uma enguia, um passado fraturado, nenhuma família. Seria ela uma pessoa sem rumo? Josie estava com uma criança pesada e calorosa no colo, o cabelo vermelho de Ana tinha cheiro de limões, e ainda havia outro filho, de pé a seu lado, acima dela, encostado nela, e esse filho era um ser humano nobre, e sempre seria assim. No entanto, a vida de Josie era a vida de uma pessoa sem rumo. De onde você veio? *Daqui e dali.* Onde estão seus pais? *Não interessa.* Por que seus filhos não estão na escola? *Estamos fazendo estudos independentes.* Para onde você está indo?

E aí uma porta abriu, na casa do salão de festas, uma fresta branca, radiante, que aumentou até formar um retângulo amarelo. A luz jorrou do prédio, escorreu pelo gramado até alcançar Josie, Paul e Ana, colhidos na luz. Havia um homem na porta e parecia estar fazendo xixi. Não era possível. Tinha de haver banheiros no prédio. Mas não. Ele ficou parado, a mão apoiada na parede, a outra mão segurando a braguilha aberta, um homem mijando de forma dramática e, mesmo daquela distância, deu para Josie ouvir o esguicho da urina batendo na parede de tábuas. Quando terminou, o homem se virou, como se quisesse inspirar o ar da noite e desfrutar o bom trabalho que tinha feito, só que pareceu ficar paralisado, como se tivesse visto Josie e seus filhos e se sentisse apavorado com eles.

E agora ele veio andando na direção de Josie. A vergonha a dominou na mesma hora. Sabia que o homem ia censurá-la por ficar ali sentada e espiar o evento sagrado dos outros. Era uma coisa vulgar para se fazer, ficar ali sentada como se tudo não passasse de um espetáculo para sua diversão. Josie ia responder que era míope e não conseguia enxergar àquela distância. Que era cega e estava só escutando a música.

Agora, o pai do noivo estava diante dela.

"Você e seus filhos maravilhosos têm de se juntar à nossa festa", disse.

Estava de pé, diante dela, o rosto redondo, gentil e radiante de bebida e de suor. Tinha a mão estendida, como se tirasse Josie para dançar.

"Não, não", respondeu, e de repente perdeu o fôlego.

"Ah, não", disse ele. "Não quero fazer você chorar."

Josie pediu desculpas. "Não, não. É muita gentileza de sua parte." Por que ela estava chorando? Tinha o rosto encharcado e sentia-se sufocar. "Não, eu não tinha intenção", conseguiu falar, mas não foi capaz de concluir o pensamento.

Porém ele compreendeu. Compreendeu que ela havia passado o dia se perguntando por que não tivera uma felicidade como aquela, meu Deus, por que tinha tomado todas as decisões erradas, aqueles adolescentes burros que estavam casando sabiam como fazer um casamento maravilhoso e humilde, junto àquele rio do Alasca, caramba, por que ela tornou tudo tão difícil, quando poderia ter sido tão simples? E agora o pai do noivo estava pegando sua mão e levando-a para as luzes da festa. Josie engasgou desesperadamente com as lágrimas, mas o pai apenas segurou sua mão com mais força. Ela virou-se e pegou a mão de Paul, ele pegou a mão de Ana e, como uma corrente de bonequinhos recortados no papel, andaram rumo às mesas brancas, às luzes e à música e, quando chegaram, Josie ainda estava chorando e esperava ser instalada em alguma mesa afastada e ganhar uma fatia de bolo.

Mas o pai puxou Josie e seus filhos para o miolo da pista de dança e, de repente, se viram no coração selvagem de tudo, enquanto o noivo e a noiva faziam seus movimentos fluidos e giratórios, todo mundo aos pulos e ninguém questionando, nem por um segundo, por que Josie estava ali. E agora Ana estava em cima dos ombros do noivo. Mas como? E agora uma dama de honra tinha erguido Paul até a altura de seu rosto e estava dançando com ele, de rostos colados. Todo mundo rodava, rodava e, de algum jeito, Josie conseguiu dançar também, encontrou o ritmo, enxugou o rosto e sorria o mais que podia, para dizer a todo mundo que ela estava bem e também sabia dançar.

A banda tocou até as duas horas e, quando a banda foi embora, os convidados foram pegar instrumentos musicais no porta-malas dos carros e tocaram uma música embriagada até as quatro da manhã. Josie não conseguia lembrar quando foi para a cama. As crianças estavam dormindo em pé à meia-noite, e Josie levou Ana para a cama a uma hora, enquanto o padrinho do noivo carregou Paul nos braços e, durante algum tempo, Josie ficou deitada, tentando dormir, no Chateau, tão perto dos risos em torno da fogueira, mas acabou voltando para a festa, foi bem recebida na fogueira e, um a um, os convidados caíam no sono, enquanto o padrinho, ciente de seu dever, mantinha a fogueira acesa.

XV.

Quando acordou de novo e arriscou ir para fora, o estacionamento estava radiante e vazio. Os carros dos convidados estacionados perto do viaduto tinham sumido. As vans e os caminhões tinham sumido. As flores tinham sumido, a tenda tinha sumido. Faltava pouco para o meio-dia. O melhor a fazer era ir embora. Josie sabia. O estacionamento era uma desolação sem os convidados do casamento, e Josie já ficara ali por tempo demais. Mais do que alguns dias num mesmo lugar, qualquer que fosse, era insensato. Ela sabia que deviam partir. Mas, em vez de ir embora, foi ao escritório e disse para Jim que ia passar mais uma noite e perguntou se ele não gostaria de almoçar com eles.

"Acabei de almoçar", respondeu.

"Jantar", disse ela.

"Que tal se eu fizesse um salmão para você?", perguntou. "Meu irmão me mandou um monte de salmões lá de Nome e agora tenho de comer. Não vão durar muito tempo no congelador."

Paul e Ana estavam brincando no rio com um grupo novo de crianças que tinha chegado naquela tarde e, às seis horas, foram ao chalé de Jim, a cem metros, mais ou menos, passando por um bosque de bétulas, e o encontraram diante da grelha, com calças jeans bem passadas e camisa polo cor de pêssego.

"Fiz um *mojito* para você", disse ele, e entregou para Josie um copo de cristal lavrado. Ela tomou um gole. Estava gelado e pra lá de forte.

"Já tomei um na frente", disse ele, e apontou para seu copo vazio, e serviu mais uma dose para si.

Josie olhou bem para ele, imaginou como era quando jovem. Dava a impressão de que ele havia conseguido tudo o que desejava.

"Granada", disse ele.

"Tudo bem", respondeu Josie. Nada mais a deixava surpresa — com certeza, não um homem que, de repente, fala "Granada", enquanto segura uma espátula de cozinha.

"Vi você observando a tatuagem", disse ele, e apontou para o braço, a tatuagem militar. Ergueu a manga para revelar as palavras antes encobertas: Operação Fúria Urgente. Josie nunca tinha ouvido falar daquela expressão. As palavras Fúria e Urgente aplicadas a Granada pareciam uma bela piada.

"Hoje em dia, é só uma piada", disse ele, e Josie relaxou. Ficou aliviada, antes de tudo, por ele não ser um veterano do Vietnã e não terem de conversar sobre o assunto nem sobre seus pais ou Candyland, e Josie sentiu-se muito agradecida porque, embora tivesse tomado parte da invasão de um país do tamanho do shopping Mall of America, e embora sentisse ou tivesse sentido algum orgulho daquilo (a tatuagem), Jim não levava o assunto muito a sério. Num instante, Josie imaginou um espetáculo musical, *Granada*! Não. O título seria *Granada*? Uma dúzia de soldados caíam no palco de paraquedas e perguntavam uns aos outros onde estavam. "Granada", respondia um deles. Outro perguntava: "Granada?". E isso se repetia durante todo o espetáculo. Pessoas morriam, helicópteros despencavam, estudantes de medicina eram resgatados de modo ostensivo, um ditador insignificante era deposto e, durante todo o tempo, os soldados dos Estados Unidos não paravam de esquecer onde estavam. Um deles punha abaixo a porta de uma casa local, apontava a arma para uma família de cinco pessoas. "Onde estamos?", ele exigia uma resposta. "Granada", respondiam, com os braços levantados e um bebê chorando. "*Granada?*", dizia o soldado, e fazia uma careta para a plateia. Iam chamar isso de comédia.

"Não julgue", disse Jim. "Granada tornou possível o Kuwait."

Agora, Josie ficou confusa. De que diabo ele estava falando?

"Você não se lembra do estado de espírito nacional na década de 70 e no início dos anos 80, lembra?", perguntou Jim. Josie era criança durante boa parte desse período e não prestava atenção ao estado de espírito nacional.

Tinha de mudar de assunto. Se fossem seguir aquele caminho, dali a pouco iam chegar à sua mãe e ao seu pai, Candyland, Jeremy — Jeremy já havia se infiltrado em sua consciência e lançado uma sombra na felicidade transparente do dia.

"Você é maravilhosamente envergonhada", disse Jim. E, por um momento, Josie achou que a noite tinha virado pó, primeiro pelo disparate sobre o Kuwait e agora aquilo, um insulto enviesado. "Você é linda, mas mostra isso de um jeito muito leve. Aqui", e então, com a mão aberta, pesada e quente, tocou na parte de baixo das costas de Josie, "é onde as mulheres presunçosas, as metidas, perdem seu atrativo." De algum jeito, ele soube mudar de assunto e, sem esforço, escolheu um lugar muito inocente e muito erótico para colocar a mão. Jim se mostrou muito confiante, o sentido de tempo de Josie mudou, partiu-se. Mas eles não tinham só começado a conversar? Agora, a mão dele estava apoiada com firmeza nas costas de Josie; estavam prontos para dançar. "As outras mulheres, elas são duras aqui", prosseguiu, a voz agora mais baixa, um rumor, "elas carregam toda tensão, revolta e impaciência bem aqui. É uma catástrofe. Mas você, o jeito como se curva, o jeito como muda o peso de um quadril para o outro é fluido, é só uma brisa que sopra no capim alto."

Merda, pensou Josie. Merda merda. Ser descrita é ser seduzida. Merda. Um jogo de palavras. Uma coisa observada, que ela nunca havia notado. Aquilo sempre dava certo. O hilário, porém, era que Carl não tinha a menor ideia disso. A única coisa original, a única vez em que ele notou algo em Josie, até onde podia lembrar — e não esqueceria — foi uma coisa que ele disse, certa noite, quando estava vendo televisão, um filme policial. Os detetives tinham ido ao gabinete do investigador e ele abriu uma gaveta de aço para mostrar o cadáver de uma jovem. "Parece você!", disse Carl, e se inclinou para a frente, sentado no sofá, e Josie pensou, *Será que esse homem inofensivo vai me matar?*. "Ele parece inofensivo", disse Luisa, a mãe de Carl, para Josie, certo dia, "mas tem uma tenacidade terrível." O que aquilo queria dizer? Muitas vezes, Josie pensava no assunto: *Ele tem uma tenacidade terrível*. Isso, somado à comparação com o cadáver, tornou seu último ano juntos menos descontraído.

No entanto, agora havia aquele homem, com a tatuagem de Granada, sua bandeira em homenagem aos prisioneiros de guerra e aos desaparecidos em combate, e ele era tão gentil. Josie sabia que cometer um erro com aquele homem era inevitável. A única esperança era, de algum modo, reduzir os danos, liberar o desejo, completar a sedução sem causar confusão demais.

Depois do jantar, Jim trouxe de seu escritório um jogo de canetas hidrográficas coloridas e um maço de folhas de papel de impressora, e Josie achou que a intenção dele era sugerir às crianças que se distraíssem com aquilo, enquanto levava adiante sua paquera. Porém, em vez disso, sentou-se e perguntou para Ana qual era seu animal predileto.

Josie sabia que a resposta de Ana mudava conforme o dia e o programa de tevê que tinha visto por último, por isso ficou curiosa para ouvir a resposta.

"O *ursinho Pooh*", disse Ana, e Jim repetiu as palavras tal como Ana havia pronunciado, "O urchin Pooh", imitando-a de um jeito respeitoso, que deu a impressão de confirmar, para Ana, que sua pronúncia foi correta.

Num gesto teatral, Jim estalou os nós dos dedos e começou a desenhar. Rapidamente, as crianças se deram conta de que ele sabia o que estava fazendo, ele sabia desenhar, e os dois deslizaram mais para perto dele, um de cada lado, fascinados. Logo, Ana estava com a mão no braço dele, demonstrando novamente sua crença na transferência da magia. Era uma cena tocante, até que Josie se aproximou para ver o progresso do desenho de Jim e deparou com um elefante anatomicamente correto, de pé sobre as patas traseiras, como um ser humano, segurando uma cerveja, um pênis flácido entre as pernas, apontado para a terra.

"Agora vocês vão correndo até as máquinas de venda automática, só um instante", disse Josie, e deu um dólar para cada um — era apenas a segunda vez na vida que eles tinham um dólar na mão. As crianças correram pelo bosque de bétulas, Jim deu um suspiro e sentou-se de novo na sua cadeira.

"Elefantes têm pênis", disse ele, para se defender. "Paul também tem. Já viu o de uma baleia?"

"Seu elefante tem até pelos pubianos, seu cretino", disse Josie.

"Estava *flácido*." Jim sorriu para ela, achando que Josie estava brincando.

Pegou o desenho e amassou. "Chega de pênis", disse ela.

As crianças voltaram da loja, Jim desenhou para elas de novo, todo mundo estava empolgado. Durante meia hora, Jim desenhava tudo que pediam e as crianças coloriam os desenhos

— mas por que Ana rosnava enquanto coloria? — e depois deixavam os desenhos estendidos sobre a grama, em volta da casa, com pedras em cima das folhas de papel, para não voarem. A noite havia baixado num local de serenidade perfeita, e Josie, os filhos e aquele desconhecido chamado Jim eram uma pequena família perfeitamente funcional. Jim não poderia estar mais feliz. Não estava nem um pouco entediado.

Ana pôs uma folha de papel em branco na frente dele. "Pode fazer um gigante, mas um gigante bonzinho?", perguntou.

Jim se atirou ao trabalho e mexia a boca, enquanto desenhava. Josie observava e uma verdade se revelou para ela: homens mais velhos não são confusos. Não estão indo em várias direções. Um homem aposentado sabe o que não quer — e para aqueles de nós que fomos triturados uma, duas vezes ou mais, e de um modo ou de outro descobrimos um jeito de tocar a vida, saber o que a gente não quer é, de longe, muito mais importante do que saber o que a gente quer. Talvez um homem aposentado seja o grande prêmio. Um homem mais velho, como esse (ou o Leonard Cohen, de Sam!), que não se preocupa com dinheiro; suas ambições foram satisfeitas ou ignoradas e agora ele pode se dar ao luxo de ficar desenhando para crianças durante horas seguidas; não tem nenhum outro lugar para ir, não tem nenhuma pressa.

"Quem quer jogar hóquei de mesa?", perguntou Jim. Josie não queria jogar hóquei de mesa nem ver ninguém jogar hóquei de mesa, mas seus filhos deram pulos e dançaram ao ouvir a ideia, portanto lá foram eles. Andaram de novo através do bosque de bétulas rumo ao escritório. Jim ligou a mesa de hóquei de brinquedo na tomada e virou-se para Josie.

"Por que não vai a algum lugar?", disse. "Aqui, eles estão bem."

"Mas ir aonde?"

"No outro dia, você não falou das bicicletas? Pegue uma. Qualquer bicicleta que estiver no barracão."

Josie rejeitou a ideia porque tinha imaginado que a sugestão de jogar hóquei de mesa era um truque para que Jim e ela ficassem sozinhos no escritório dos fundos — Josie tinha visto, de relance, que havia um sofá ali e imaginou-se relaxada no sofá —, mas Jim, num instante, estava envolvido no jogo com as crianças e mal dava atenção a Josie. Portanto ela se viu reconsiderando a ideia da bicicleta, depois decidiu aceitar a ideia, depois, em razão de seu estado de embriaguez, calculou a probabilidade de cair da bicicleta e se afogar no rio. Mas em seguida pensou nos menonitas e em sua alegria ao andar de bicicleta e se perguntou o que haveria do outro lado da passagem por baixo da ponte que tinha dado tanta alegria a eles.

"Vocês dois continuem jogando que vou voltar daqui a pouco para atualizar o placar", disse Jim, e levou Josie até o barracão, onde havia um monte de bicicletas, as mais diversas, emaranhadas umas nas outras. Jim ficou por trás dela e Josie sentiu seu cheiro de macho em ebulição e, pela terceira vez naquela tarde, achou que ele ia abraçá-la, apertar-se nela.

"Experimente essa aqui", disse Jim, e puxou do meio da selva cromada uma bicicleta azul feminina, com o selim largo e branco. Verificou os pneus e achou que estavam funcionais.

"De quem é?", perguntou Josie.

"De alguém. Não sei. Devem ter deixado aqui. Se não, deve ser de alguém que trabalha por aqui. Sei lá. É sua."

Com um vago desenho na terra, Jim traçou o mapa da trilha para bicicletas que corria ao longo do rio, passava por uma ponte de madeira, através do que foi, em outros tempos, uma floresta de extração de madeira, e depois voltava pela outra margem do rio e atravessava outra passagem, uma ponte para pedestres feita de aço.

Josie segurou a bicicleta, passou a perna por cima e teve a impressão de que estava torta. O guidom estava nitidamente virado para a esquerda. Achou que não era uma boa ideia andar naquela bicicleta. Seus filhos estavam com aquele desconhecido, estava escurecendo, ela estava um pouco embriagada e tinha três ou quatro quilômetros para percorrer numa bicicleta com o guidom todo torto para a esquerda.

"A gente se vê daqui a uma hora, mais ou menos", disse Jim, e voltou-se na direção dos filhos de Josie, cujas silhuetas ela pôde distinguir através da janela, curvados sobre a mesa de hóquei de brinquedo, empurrando os discos flutuantes uns contra os outros, com grande tensão. Eles estavam bem. Assim, ela deu uma arrancada para a frente e, no mesmo instante, deu de cara com a parede do barracão.

"Pegou o jeito?", berrou Jim em algum lugar invisível, no bosque.

"Estou bem", disse, e decidiu que precisava provar que era boa, por isso pedalou pelo estacionamento, ajustando seu sentido de direção e de equilíbrio à posição do guidom, que também estava torto para baixo.

Ergueu os olhos para a trilha, disposta a seguir em frente, achando que podia ir em frente, porém a máquina embaixo dela era um destroço e tinha outros planos. Achar que ela seria capaz de executar aquilo depois de beber um *mojito* muito forte era um desafio à lógica. No entanto, após cem metros, Josie já estava andando de bicicleta mais ou menos direito. Depois, mais uma vez, passou por uma mulher mais velha, que olhou fixamente para ela, espantada, enquanto passava. Ver-se nos olhos de outra pessoa não é nenhum presente. É sempre um choque, é sempre uma decepção ver o choque e a decepção dos outros. A gente parece velha demais. Cansada demais. O que você está fazendo com seus filhos? Por que está andando numa bicicleta toda torta, e ainda por cima embriagada, nessa trilha encantadora? Como pode ser essa a maneira correta de você usar seu tempo, sua humanidade? Será que nós desperdiçamos, com você, a preciosa poeira do espaço?

Mas, em pouco tempo, a bicicleta já estava bem confortável e a paisagem deslizava a seu lado e, como o sol estava se pondo, e se pondo tão tarde, ocorreu a Josie, na mesma hora, que ela jamais estivera tão ligada à terra e que nada à sua volta nunca havia se mostrado mais vivo, mais radiante e mais belo. As flores silvestres roxas, a terra cinzenta, o cheiro das folhas dos pinheiros, que esfriavam. A árvore alta cortada ao meio por um raio. O sol que se apagava nos morros à distância, azuis brilhantes e brancos. Afinal, de quem era a bicicleta em que estava andando? Uma cerca de mourões. O gemido de um caminhão distante, ao reduzir a velocidade. A monotonia de uma floresta que não pegou fogo, na encosta inundada pelo sol. Por que ela precisava estar meio alta para conseguir perceber qualquer coisa? Um coelho! Um coelho estava parado bem no pé da ladeira, na trilha, pequeno, castanho, e ficou parado por mais tempo do que era de esperar, olhou para ela com um absoluto reconhecimento de sua humanidade, de seu direito igual àquela terra, enquanto ela permanecesse humilde. Depois que o coelho evaporou dentro da mata, com forte ruído, veio o zumbido metálico dos grilos. A luz leitosa de algum chalé na mata próxima. O calor da pavimentação embaixo da bicicleta, o cheiro suave de asfalto onde alguém havia suturado seu cipoal de rachaduras. Os estalos das marchas da bicicleta, o chiado temeroso da rodovia do outro lado das árvores. O drama sem sentido de todos aqueles viajantes em disparada. "Sabe que horas são?", perguntou uma voz.

Josie olhou a paisagem em redor, que rodopiava em verde e ocre, e viu um homem numa estrada paralela. Estava de bicicleta, também, parado, os pés apoiados no chão, um de cada lado, equipado numa explosão de trajes coloridos. Depois de fazer a pergunta, tomou um gole de água de uma garrafa preta e vistosa. Tudo isso, assim ele acreditava, o tornava ao mesmo tempo viril e monumental: a bicicleta, as roupas, as pernas abertas sobre a bicicleta com os pés apoiados no chão, o fato de beber um gole de água logo depois de fazer uma pergunta idiota.

"Oito e meia", respondeu Josie, porque sabia que provavelmente era verdade.

"Obrigado", disse o homem, mas de um jeito que parecia querer dizer que ele era um hóspede pagante, e ela, uma espécie de inspetora de relógios da trilha de bicicletas — que ela trabalhava na trilha e estava ali para cuidar das horas. Josie pensou no homem da bicicleta lá de sua cidade, o responsável pela mutilação, o furioso e exuberante sentido de sua própria importância, que aqueles homens experimentavam. *Estou usando essas roupas e passo depressa. Saia do meu caminho. Conserte meus dentes. Me diga que horas são.*

"Vá à merda, seu sacana babaca", disse ela, não alto o bastante para que ele ouvisse, com ódio da humanidade inteira, e depois prosseguiu pela trilha, em segundos, de novo feliz, de novo ligada à terra, sentindo tudo deslumbrante à sua volta, esperando que a árvore atingida por um raio caísse bem em cima daquele homem e aprimorasse o mundo pela subtração de um.

Josie fez uma curva na trilha e viu um riacho e depois um lago, um banco vazio de frente para a água e pensou nos velhos, nos mortos, em pombos sujos, e depois em jardineiros sujos, em pintores de parede sujos. Uma raposa! Era mesmo uma raposa ali na sua frente, perto do lago, olhando para ela? Podia ser um coiote. Meu Deus, pensou Josie, como era bonita, com seu pelo vistoso, seu pelo cinzento exuberante, os olhos como os de Paul, os olhos de Paul, que sempre pareciam velhos, como se vissem Josie de uma época diferente, mais sábia, mais triste.

Como o coelho, a raposa se demorou um pouco mais do que ela achava plausível, antes de correr para longe, no meio do capim alto. Era a hora do crepúsculo, quando todos os animais aparecem. O crepúsculo era tudo que importava. O meio-dia não era nada, nada. O meio-dia era para seres humanos, para os zangões da humanidade, que se agitam em alvoroço para todo lado, no calor do dia, como idiotas, enquanto os bichos esperam até a terra esfriar, esperam até a luz baixar e o ar ficar frio, para então aparecerem e cuidarem de sua vida.

O sol não ia se pôr na próxima meia hora, e agora, quando estava passando entre dois morros, um numa sombra violeta e o outro de um louro cor de terra, sob a luz do pôr do sol, Josie se deu conta de que essa era a hora em que ela e todo mundo devia sair de casa, devia ver as coisas, compartilhar o mundo com as raposas, os esquilos, as toupeiras e os coelhos. A luz, na hora em que atravessa o algodão dos salgueiros! A luz, na hora em que forma um halo nas árvores, no capim e nas ervas! Mas, em geral, nesse horário, ela não estava ao ar livre. Em geral, estava dando de comer aos filhos, pondo-os na cama, todas essas atividades prosaicas que a mantinham distante da beleza do mundo. Nossos filhos nos mantêm longe da beleza, pensou Josie, e depois se corrigiu. Nossos filhos também são lindos, mas temos de encontrar um jeito de combinar as duas coisas, para não ter de perder uma por causa da outra. Será que era tão difícil assim?

À frente, viu um declive suave da trilha até a beira do rio e decidiu que ia sentar naquele lugar e pôr os pés dentro da água. Achou uma pedra grande que parecia um travesseiro e encostou a cabeça ali, estendeu os pés até o rio e descobriu que os dedos tocavam na água fria. Fechou os olhos para o sol e abriu um bocejo feliz, e despertou quando? A luz era a mesma. Tinha só cochilado. Olhou em volta, esperando ver as teias que revelariam que ela havia dormido cem anos, os filhos agora eram avôs, tudo era diferente, só que, em vez disso, viu uma cobra pequena surgir entre as pedras, na beira da água, uma espécie de cobra-d'água que, sem dar a menor atenção a Josie, saiu e examinou um caracol que percorria sua trilha molhada sobre a pedra lisa. Com uma investida brusca da cabeça, a cobra engoliu o caracol e depois se recolheu de volta para dentro da água escura.

Josie se levantou e, insegura, sentiu a terra embaixo dos pés. Firmou-se no solo e pensou, de novo, em permanecer ali, pelo menos até voltar a ficar sóbria. Não, pensou, vai ser bom assim, pedalar para casa assim mesmo — Josie teve o pensamento poderoso de que era dessa maneira que tinha de ser, de que tudo era tão belo que ela mal conseguia suportar. Deu uma última e longa olhada para o rio, que se movia como mil facas de prata. As pedras na outra margem esfriavam na sombra. Josie deu a volta e subiu para a ponte.

Montar na bicicleta foi uma espécie de jogo de xadrez em sete dimensões. Será que, agora, ela estava mais embriagada do que antes? O rio e o sol a haviam inebriado. A bicicleta parecia trinta centímetros mais alta do que quando havia pedalado, um pouco antes. Josie se suspendeu por cima do selim, deu uma arrancada para a frente e, no mesmo instante, tombou sobre os arbustos à esquerda. Tudo bem, pensou. Tudo bem. Olhou para o sol, estreitando as pálpebras, montou na bicicleta de novo e, dessa vez, a impulsionou para a frente, com velocidade bastante para ser impelida mais ou menos em linha reta.

Agora, o ar estava mais frio e Josie torcia para que aquilo a deixasse mais sóbria. Os olhos se encheram de água, enquanto pedalava, a boca aberta meio de lado. Mas recuperou o equilíbrio e disse para si mesma estas palavras: *Grande tarde. Grande noite. A maior de todas as noites. A beleza deste mundo, que fica em lugar nenhum. Eu amo isso. Onde estão meus filhos? Será que posso amar isso sem eles? Posso e vou amar. Essa é minha melhor vida. No meio desta beleza, em meu caminho ao encontro deles.*

Dali a pouco, viu os telhados do estacionamento de trailers. Agora, avistou os primeiros caminhões e trailers, e passou uma criança num patinete. Agora, a trilha se ligava à estrada de terra que se ligava à estrada de brita que se ligava à estrada de asfalto, e agora ela viu a passagem por baixo da estrada e deu uma sensação muito boa seguir os passos dos menonitas, sorrindo enquanto a bicicleta se inclinava para o lado, ao atravessar a passagem, ciente de que dali a pouco ia rever os filhos, ia retomá-los de Jim e, de algum jeito, ia beijar Jim. Inocente, simples, talvez um abraço demorado e apertado e, mais tarde, ela poderia se satisfazer no banco do carona. Mas e quanto a Jim? Ali estava Josie, capaz de ficar livre no crepúsculo, naquela bicicleta empenada, capaz de desfrutar a beleza do mundo, sozinha, por causa de Jim. Essa era a vantagem de um pai — ele podia permitir que ela tivesse aqueles momentos sozinha, a temporária clareza de visão para ver aquela luz dourada e ver aqueles mamíferos esplendorosos, ver a dança das sombras nos morros. Josie vislumbrou que podia ficar ali. Seus filhos adoravam o lugar, e Jim era tão calmo, e eles podiam morar naquele chalé de toras de madeira, e ela podia ser a esposa do gerente da pousada. Josie nunca teve um parceiro, nunca teve um parceiro de verdade, em suas funções de mãe, o próprio Carl era também uma criança. E se ela tivesse a seu lado um homem de verdade, que pescasse, limpasse e grelhasse os peixes, que soubesse desenhar elefantes bem-dotados, mas pudesse ser dissuadido de fazer isso, no futuro? Porém isso significava morar ali, e com Jim, a quem ela não achava que fosse amar um dia, que tinha no braço uma tatuagem com as palavras Fúria Urgente e quem sabia o que mais podia ter no peito e nos ombros — podia ter uma espécie de navio de guerra, um esquadrão de bombardeiros. O que fazer da vida? Num segundo, ela acreditava fervorosamente que bastava estar com os filhos, depois eles lhe davam um tédio de chorar e representavam um obstáculo para todos seus sonhos. Eram uns desgraçados, tremendos ladrões, os seus filhos, roubavam tanto dela, lhe davam tudo e lhe roubavam todo o resto, seus deslumbrantes e perfeitos filhos ladrões, desgraçados, benditos, ela não via a hora de poder deitar-se juntinho deles, segurar, com suas mãos frias e velhas, os rostos quentes e lisos dos filhos.

Largou a bicicleta de qualquer jeito dentro do barracão e andou até o escritório, onde encontrou um funcionário sem nome, e não Jim, e nenhum sinal de seus filhos. "Ele levou as crianças para o seu trailer", disse o funcionário. No Chateau, Josie esperava que eles estivessem do lado de fora, vendo Jim desenhar ou fazendo qualquer atividade ao ar livre que ele pudesse inventar, mas não tinha ninguém do lado de fora e a porta estava fechada e, ao correr para o Chateau, Josie fez uma pausa. Será que aquele homem tinha posto seus filhos para dormir ou estava fazendo alguma coisa horrível lá dentro? Escutou com atenção e ouviu uma voz de homem trovejante, falando sobre cocôs gigantes.

Ela entrou e viu Paul e Ana na cama, no compartimento em cima da cabine do motorista, e Jim sentado na saleta de jantar, lendo um livrinho do Capitão Cueca. Ele mesmo tinha trazido o exemplar.

"De novo", disse Ana para Jim, e depois para Josie. "O Jim vai ler de novo."

Então Jim leu um trecho que falava de um vilão que, por acidente, se transformava numa tora de fezes de dez metros de altura, que andava e falava. Depois desse trecho, Jim virou o livro para Josie, a fim de mostrar a ilustração, revelando que o gigantesco homem-fezes usava chapéu de caubói. As crianças riam loucamente, encantadas de ver que aquele homem mais velho tinha legitimado e respeitado aquela história, com sua leitura teatral. Por fim, ele fechou o livro com vagarosa solenidade, como se tivesse fechado a capa de um volume extenso e célebre, e colocou-o sobre a bancada da cozinha.

"Boa noite, turma", disse Jim para as crianças, e saiu do trailer.

Josie subiu e beijou a testa dos filhos, que se penduraram por cima da beirada da cama, e depois desceu, saiu do Chateau e voltou ao encontro de Jim.

XVI.

No sol implacável da manhã, Josie dirigia, exausta, irritada e cansada de ver a garrafa se espatifar de encontro a seu rosto, mas sabia que era merecido. Que tipo de gente se deixa comer por trás, num estacionamento de trailers, enquanto os filhos estão dormindo a apenas alguns metros de distância? E com um homem aposentado chamado Jim, veterano da Operação Fúria Urgente? Em suas visões, a garrafa às vezes se quebrava em cima de sua cabeça, mas hoje, primeiro, ela simplesmente quicava, com um retinir alto e grave, como um gongo. Quatro, cinco vezes, a garrafa batia na sua cabeça, emitindo o som do gongo, antes de, por fim, se espatifar e espirrar cacos de vidro em cima da sua cara.

O que foi que ela fez?

Depois de dar um beijo de boa-noite nos filhos, saiu do trailer e tudo estava bem, tudo muito apropriado. O homem mais velho que tinha, magistralmente, bancado a babá com seus filhos, que tinha permitido que ela desse um maravilhoso passeio de bicicleta pelo bosque ao anoitecer, estava sentado numa das cadeiras de Stan, e Josie sentou na outra e contou para ele o que tinha visto. Falou da raposa, do coelho, da luz nos morros, e Jim apreciou aquilo e, sentindo que seu *mojito* estava se extinguindo, Josie disse para Jim que ia preparar outra bebida para eles, e entrou no Chateau, feliz por ver que os filhos estavam dormindo. Ela só pôde ver o rosto de Ana, mas ouviu a respiração ritmada de Paul.

Achou uma garrafa de vinho chardonnay, um quarto vazia, e foi ao banheiro pegar dois copos no chão do chuveiro. O vinho estava quente, por isso pegou gelo no congelador e estava servindo uma dose generosa para si e para Jim quando sentiu a presença dele às suas costas. O barulho do gelo tilintando nos copos permitiu que ele se esgueirasse por trás dela sem ser notado e agora sua respiração estava quente em seu pescoço, as mãos dele no seu quadril e então, muito parecido com o que faria um animal, ele começou a esfregar sua dureza na cintura de Josie.

"Vamos tirar isso", disse ele, e tirou a viseira de Josie, FLECHA RETA, e começou a beijar seu pescoço. Será que ainda dava para ver o retângulo raspado na sua cabeça? O que quer que estivesse acontecendo, qualquer que fosse o absurdo físico totalmente errado, iria acabar quando ele visse o sorriso curvo de pontos cirúrgicos na pele de seu couro cabeludo.

"Humm", murmurou ele, tocando por um momento na cicatriz e depois deslizando a mão pelo cabelo de Josie e descendo para o peito. Isso foi todo o interesse que manifestou pelo ferimento. Ele não se importou. Voltou à sua esfregação e aos beijos sistemáticos em toda parte exposta de seu pescoço.

Existem pessoas direitas, pensou Josie, enquanto dirigia o trailer para longe de Jim. Tanta gente direita, gente que sabe como agir com dignidade. Imagina aquela festa de casamento!, pensou. Pense no pai do noivo, com seus olhos generosos, prontos para perdoar, e em suas mãos estendidas. Pense no noivo que carregou Ana sobre os ombros pelo salão. No padrinho ruivo que levou Paul para dormir. Essas eram pessoas decentes que sabiam como se comportar. Naquele casamento, não havia ninguém que fosse deixar um homem mais velho esfregar o pênis duro em sua cintura, dentro do Chateau. Elas conheciam os limites da decência. Sabiam o que separava os seres humanos das bestas.

Mas Josie não. Josie, naquele momento, achou aquilo maravilhoso. Era maravilhoso que aquele desconhecido, já beirando os sessenta anos, esfregasse o pênis duro no corpo dela, dentro do Chateau, onde Judas perdeu as botas, no Alasca. Ela achou maravilhosamente espontâneo e atraente, até sentiu uma fusão momentânea, imaginando que era o musculoso Urso Smokey, e não Jim, atrás dela. Seus braços como chaminés de fogão, seu peito como um barril. Josie pensou num elefante, também, um elefante com o pênis de tamanho humano. Não, isso é Jim, ela percebeu. O Jim de Granada, que você não conhece. Enquanto isso, seus filhos estavam dormindo docemente, no compartimento de cima. O rosto adormecido de Ana estava visível! O de Paul não. Então Jim, o aposentado que cuidava do estacionamento de trailers, estava beijando o pescoço de Josie e ela estava molhada e ele fez algumas coisas magistrais, manobras que mostravam que ele tinha aprendido certas coisas durante seus muitos anos, havia acumulado algum conhecimento e sabia aplicá-lo. Seus braços a envolveram e ele estava pousado no seu peito, como um ferrolho atravessado numa porta. As calças dela caíram no chão silenciosamente e muito mais depressa do que ela mesma seria capaz de fazer, se as tirasse. A mão dele estava sobre a barriga de Josie, depois dois dedos compridos mergulharam nela e subiram. Josie teve alguns pensamentos: que ela queria Jim dentro dela e também — isso era importante —, pela excitação fogosa dele e de sua respiração pesada, o que quer que fosse acontecer não iria durar muito tempo.

Isso era culpa de Carl. Se fosse o Carl grunhindo por trás dela, excitado e ofegante, terminaria em questão de segundos, com os dois ainda de pé, no mesmo lugar. Josie se habituou a esperar aquele tipo de ataque da parte de Carl, e era franca e perfeitamente aceitável ficar de pé, encostada na bancada da pia da cozinha, com Carl excitado, e Josie sabendo que ele ia terminar tudo antes que ela pudesse dar meia-volta.

No entanto, Jim tinha mais prática, era mais controlado. Passaram noventa segundos, depois alguns minutos, tudo vagaroso, ritmado, fartamente satisfatório, e Josie sabia que eles precisavam de um plano. Levantou suas calças e levou-o para fora, e veio uma ideia — na hora, achou que era uma ideia incrível —, sentar Jim no banco de piquenique, a um braço de distância do Chateau e de seus filhos adormecidos, e depois sentar em cima dele. Com os últimos minutos de sol vazando através do bosque, a mente de Josie estava completamente perdida, ela era um ser feito de pura luz e de calor radiante, e em algum ponto, sob o sol, Paul perguntou o que eles estavam fazendo.

"O que vocês estão fazendo?", disse ele, com sua voz inalterável, de menino lobo. Ele tinha saído do Chateau. Estava de pé, na porta do trailer, com uma visão clara da mãe, nua da cintura para baixo, sentada em cima de Jim.

Paul sabia o que eles estavam fazendo. Desde muito novo, havia procurado adquirir conhecimento anatômico e reprodutivo, indagando sobre as partes do corpo de Josie, e do seu próprio corpo, e questionando Carl sobre as partes do corpo dele, para que servia cada uma delas, por que a de Carl era maior do que a sua, para que todo aquele pelo. Portanto conhecia a mecânica tanto quanto conhecia os fatos elementares acerca do voo e do motor de combustão interna, e quando Paul perguntou o que eles estavam fazendo, não queria dizer: "Mãe, você estava fazendo exercícios em cima daquele homem?", mas sim: "Por que minha mãe está trepando com esse homem a dois metros de seus filhos adormecidos?". Ele sabia o que estava vendo.

Só que ela não podia levantar, não daquele jeito — Paul teria uma visão realmente completa. Por isso, ela disse: "Vá lá dentro um segundo", e ele obedeceu, e quando Josie pôde ver o filho de costas dentro do Chateau, pulou para longe de Jim, correu até as árvores e se vestiu. Quando voltou para Jim, ele também estava vestido, e sorria, oferecendo a ela outro *mojito*. De novo, era muito diferente de um jovem, de um homem como Carl. O que tinha acontecido com Paul parecia não ter grande importância; ele deu a entender que aquilo ia passar, que o melhor a fazer era continuarem os dois do lado de fora, mais ou menos na mesma posição, sentados e conversando, perto, mas não em cima um do outro, agora. Talvez a lembrança de Paul daquilo que ele tinha visto pudesse ficar turvada ou ser substituída.

Os nervos de Josie estavam abalados, por isso bebeu seu *mojito*, Jim serviu mais uma dose e dali a pouco ela estava relaxada de novo, muito menos coerente do que quando cambaleava com a bicicleta empenada, no meio do bosque, e Josie se viu contando para Jim a respeito de Jeremy, porque, no calor de sua virilha e na barafunda de sua mente, ela achou que Jim era a melhor pessoa do mundo para compartilhar o caso de Jeremy — nunca existiu alguém melhor, lhe disse seu cérebro atrapalhado. "Achei que era a coisa certa", disse ela. "Eu queria que ele honrasse nosso país", disse, e parecia outra pessoa, mas achou que assim pareceria mais digna da estima de Jim, com sua tatuagem.

"Ele morreu no ano passado?", perguntou Jim.

Josie fez que sim com a cabeça, enquanto bebia seu drinque, sentindo-se muito dramática.

"No Afeganistão?", perguntou ele.

De novo ela balançou a cabeça para baixo e para cima, sim.

"Nós terminamos as operações no Afeganistão no dia 9 de janeiro de 2013", disse Jim, e desfiou em seguida uma ladainha de números e datas, usando palavras como "redução de tropas" e "pós-ocupação", mas em geral empregava a palavra "retirada", até Josie começar a duvidar de si mesma. Na certa, devia ser efeito do *mojito*, mas será que era mesmo possível que Jeremy não tivesse morrido em combate? A imagem de Josie era de Jeremy alvejado por um tiro, perdendo sangue na encosta de um morro, mas agora Jim, um veterano, estava dizendo que aquilo era impossível. Será que Jeremy estava no Iraque e não no Afeganistão? (Jim insistia que, provavelmente era esse o caso, Josie havia se enganado, e não podia ser em 2009?, ele queria saber.) Mas, aí, Josie lembrou-se de onde Jeremy estava quando foi morto, província de Herat, e a data, 20 de fevereiro de 2013. Meu Deus, cacete, é claro que ele morreu no Afeganistão. "Eu estou certa", disse ela, engolindo as palavras.

Jim voltou os olhos para cima e serviu mais uma dose para si. Continuaram a debater desse jeito durante quase uma hora, enquanto a noite ia escurecendo em volta deles, sem nenhum dos dois ceder terreno, nenhum dos dois com plena certeza de que seu país estava mesmo em guerra no Afeganistão. Houve momentos em que Jim parecia quase vacilar, quase acreditar que Josie talvez tivesse razão, que talvez ainda houvesse alguma tropa de combate naquele país... Mas então ele fincava pé, incrédulo.

E assim, de manhã, Josie partiu do estacionamento de trailers de Jim e viu a garrafa se espatifar de encontro a seu rosto e, quilômetro após quilômetro, enquanto dirigia, pensava em como era interessante, e até engraçado — alguém daquela parte do país podia achar —, o fato de que um americano que havia lutado num conflito do qual ninguém mais se lembrava não soubesse que seu país ainda estava em guerra, uma guerra mais longa e maior, e isso desde 2001. Que engraçado! De costa a costa, a maioria dos americanos não tinha certeza de que aquela guerra continuava, de que ainda estávamos lá, que homens e mulheres como Jeremy ainda estavam lutando e morrendo, que os afegãos ainda estavam lutando e morrendo também. Um afegão e incontáveis gerações no futuro não achariam isso, de certo modo, muito engraçado?

XVII.

O que podemos fazer para apagar uma visão terrível da mente de nossos filhos? Podemos lhes mostrar outras coisas, coisas mais alegres. E aconteceu que, a dezesseis quilômetros da visão de Josie e Jim juntos, eles toparam com o que, à distância, pareceu um Batmóvel.

"Olhe lá", disse Josie, com a intenção de mostrar aquilo especialmente para Ana, mas sabendo que, se ela estivesse enganada, haveria encrenca. Por isso, esperou até chegarem mais perto, enquanto o trailer fazia uma curva naquela direção e, quando chegaram e Josie teve certeza de que algum maluco tinha colocado uma imitação real do Batmóvel, em tamanho natural, na beira da estrada, no estacionamento de uma loja de fogos de artifício, com o único propósito de atrair pessoas como ela e seus filhos, Josie falou, afinal, para eles:

"Vocês estão vendo o que eu estou vendo?" Na esteira do que ela havia permitido que Paul presenciasse no dia anterior, aquilo acabou soando mais obsceno do que Josie pretendia. Josie emendou, rapidamente: "Ana, está vendo um carro diferente naquela loja?".

Quando ela viu, de fato, foi um pandemônio, e eles pararam, Ana pulou para fora do Chateau, correu para lá e passou as mãos pelo carro. A superfície tosca parecia ter sido pintada com tinta de parede preta.

"Este aqui não é o verdadeiro", disse Ana, mas parecia querer que a convencessem do contrário.

"Esse é *um* dos verdadeiros", disse Paul. "É um carro-reserva. O principal fica na Batcaverna."

Isso satisfez o senso de justiça de Ana, porque, sem dúvida, Batman tinha carros-reserva e era lógico que guardava pelo menos um deles num estacionamento no Alasca, portanto voltou-se para o carro outra vez, seus olhos admitiam todas as clamorosas discrepâncias e anomalias do veículo, inclusive o fato de não ter nenhum medidor de velocidade em seu interior, nenhuma lâmpada e nem mesmo uma alavanca de marchas. Tinha volante, é verdade, e Ana estendeu a mão para ele, olhando para trás, para Josie, à espera de que ela dissesse *não*.

Porém, enquanto Ana inspecionava o carro e Paul arranjava explicações para todas as suas deficiências, Josie havia notado que a loja de fogos de artifício, a que usava o Batmóvel como isca, estava fechada, portas e janelas barradas por tábuas pregadas às pressas. É claro que estaria fechada em pleno verão de incêndios florestais fora de controle, alguns deles, com certeza, causados por busca-pés e rojões.

"Podem entrar no carro", disse Josie para Paul e Ana, sentindo a esperança de que aquilo fosse apagar para sempre a imagem dela trepando no colo do dono do estacionamento de trailers que desenhava pênis de elefantes.

Paul subiu por cima da porta (fechada com solda) e Josie ergueu Ana e a pôs lá dentro. Os dois sentaram-se lado a lado, Paul no banco do motorista. Ana olhava para o irmão como se acreditasse fervorosamente que, como estava sentado no banco de Batman, ele era Batman. Josie observava os dois, esquecendo por um momento como precisava tremendamente de que aquilo apagasse a indiscrição da véspera. *Sei o que você está fazendo*, os olhos de Paul lhe disseram.

Vão acontecer outros erros, respondeu ela.

Josie tirou uma foto dos filhos, Ana olhando atenta pelo para-brisas, como se buscasse malfeitores, e Paul olhando para Ana. E, pela primeira vez, Josie sentiu a tragédia esmagadora de sua solidão, de serem apenas três, de não haver mais ninguém, e de estarem mais ou menos em fuga, e de ela ter dormido com Jim e de não ter nenhum destino em mente — de que eles iam sair do Batmóvel sem ter nenhum lugar para ir, de que aquilo seria a coisa mais parecida com um objetivo que conheceriam naquele dia. "Estão prontos?", perguntou Josie. "Temos de ir", disse ela. Mas para onde? Por quê? Ficaram ali.

Quando, uma hora depois, perderam o interesse pelo Batmóvel e já estavam de volta ao Chateau, Ana se soltou lentamente do cinto de segurança, chegou perto de Josie e deu um beijo em seu rosto.

"Eu te amo, mãe", disse ela.

Era a primeira vez que Ana dizia aquelas palavras sem ser incentivada, e embora Josie soubesse que o que Ana queria dizer era *Eu amo o Batman. Eu amo o carro do Batman. E eu amo você por me mostrar o carro do Batman*, mesmo assim Josie sentiu-se comovida.

Seguiram viagem, seu caminho sem rumo, as paisagens bizarras. Viram a estranha cúpula geodésica, antigamente uma parte de um posto de gasolina, da altura de três andares, e abandonada. Estacionaram o Chateau atrás dela e ficaram ali por algumas horas, explorando seu interior — descobriram uma bola velha e semimorta e jogaram um pouco de futebol lá dentro, e Ana recolheu um punhado de pedaços de ferramentas e algo que parecia um jogo de engrenagens. Pararam numa venda de garagem, onde os únicos clientes, além deles, eram uns bombeiros de Wyoming. Josie comprou para Paul um livro sobre heráldica e para Ana comprou um capacete prateado de minerador. Para si, Josie comprou um violão com um buraco de bala. *Não consegui aprender a tocar, por isso fiquei doido*, disse o vendedor.

Viram um alce e pararam no acostamento para vê-lo galopar, a esmo, na beira da estrada. Mas todos os carros que passavam pelo seu trailer estacionado buzinavam com raiva, como se parar para ver um alce fosse uma coisa inaceitável, ou de mau gosto, ou, de algum jeito, pusesse o animal em perigo — Josie nunca entendeu. Mas entendeu que ver aquele alce era um tremendo anticlímax, do mesmo modo que ver um coiote, tão pequeno e fraco, tão parecido com um filhote de hiena (as costas curvadas, a maneira servil) e com um gato doméstico (o tamanho, os olhos embotados), era um anticlímax. Aquele alce na sua frente, que eles estavam fotografando com um cuidado rigoroso, era um espécime digno de pena, magro, desajeitado e da altura de um pônei.

Era importante manter-se longe das estradas principais, mas também não deviam chamar muita atenção nas estradas secundárias. Quanto mais se arriscavam para longe das rodovias, mais avistavam sinais de incêndios, sua proximidade revelada por muitos indícios. Caminhões vermelhos e esverdeados passavam por ela, em sentido contrário, ou piscavam seus faróis, por trás, ansiosos para poderem andar a mais do que setenta e sete quilômetros por hora. Depois, os cartazes feitos à mão ou as placas digitais agradecendo aos bombeiros. Depois, as lufadas de fumaça ácida, alguma faixa de neblina passageira que tomava conta do céu. VOCÊ ESTÁ ENTRANDO EM ÁREA DE INCÊNDIO. POSSIBILIDADE DE INUNDAÇÕES, dizia uma placa, e Josie olhou rapidamente para Paul, para verificar se ele tinha lido. A acumulação natural na placa, que prometia primeiro incêndio e depois inundação, parecia desnecessariamente drástica, e Josie ficou preocupada com os pesadelos que uma placa como aquela podiam provocar num menino sensível de oito anos. Mas ele estava dormindo de boca aberta, enquanto Ana tentava equilibrar, no bolso da camisa de Paul, seu boneco dos ThunderCats.

Estavam viajando por uma região de morros baixos, alguns carbonizados e pretos, quando Josie viu uma fila de caminhões de bombeiros à frente, formando um bloqueio na estrada, suas luzes piscando como flashes de máquinas fotográficas. Josie reduziu a velocidade e parou na frente do grupo, pronta para dar meia-volta, mas, quando baixou o vidro da janela, um policial, que não parecia muito mais velho do que Paul, se aproximou. Tinha lábios grossos e delicados.

"Vai passar?", perguntou ele.

"Não preciso", respondeu Josie. Não sabia o que dizer. Não tinha nenhum destino em mente, mas dizer isso pareceria suspeito. "Quer dizer, posso pegar outra estrada..." Quase disse "norte", mas não tinha plena certeza de que estava indo para o norte. Podia muito bem estar indo para o leste.

"Tudo bem", disse o policial, os lábios macios como travesseiros, os olhos sonolentos e curiosos. "A estrada acabou de reabrir. Você é a primeira a passar, além dos veículos de emergência. Está seguro. É só tomar cuidado."

Josie agradeceu, já com saudade de seus lábios, de seus olhos, pensando que os pais deviam ter orgulho dele, e torceu para que tivessem mesmo. Dirigiu devagar, passando pelas seis ou sete viaturas, e depois se viu absolutamente sozinha numa larga estrada de quatro faixas que passava no meio do que havia sido um grande campo de batalha. As colinas à esquerda da estrada estavam, em grande parte, verdes e intocadas, cobertas de pequenos pinheiros, arbustos e faixas de flores silvestres. À direita, porém, a terra tinha ficado careca, com a faixa ocasional de algum tronco de árvore, alguns punhados de galhos espalhados e, em toda parte, o solo era uma pelúcia cinzenta.

Ao longo da estrada, viaturas do corpo de bombeiros estavam paradas, em grupos ou sozinhas. Aqui, dois caminhões, quatro bombeiros sentados embaixo de uma árvore, almoçando encostados nos para-choques traseiros. Adiante, um caminhão sozinho, de cor esverdeada, e um bombeiro solitário, num uniforme da mesma cor, subindo pelo morro, no meio da pelúcia cinzenta, levando uma pá.

A estrada serpenteava através do vale por quilômetros, o cenário era sereno, belo e vazio. O vale estava silencioso, o céu estava azul, o fogo extinto.

Viaturas de combate a incêndios surgiam de vez em quando, algumas vinham no sentido contrário, deixavam o vale, porém a maioria estava parada de um lado da estrada ou do outro, e todos agiam de forma independente, ao que parecia. Naquele dia, naquele horário, mais parecia uma reunião aleatória de bombeiros freelancers em que cada um, pelo visto, tinha permissão para fazer o que bem entendesse, em vez de executar uma ação coordenada, no estilo de um ataque militar. Ou talvez se tratasse do processo de limpeza, uma operação mais relaxada, que se executa depois que a vitória está garantida.

Foi então que ela topou com um grupo de seis bombeiros em torno de um único pinheiro grande em chamas, com três mangueiras e três homens em cada mangueira.

"Olhem lá", disse para os filhos, e reduziu a velocidade do Chateau.

Parecia uma espécie de execução. A árvore parecia viva, desafiadora, majestosamente em chamas, querendo estar em chamas, enquanto os bombeiros extinguiam, matavam o fogo.

Então se ouviu um jato de ar forte e rápido. O Chateau inclinou-se para a esquerda, depois para a direita, depois balançou para a frente.

"O que foi?", perguntou Paul.

Josie parou no acostamento, mas já sabia que era um pneu furado. Stan tinha explicado rapidamente como se trocava o pneu, e Josie tinha visto o estepe na traseira do Chateau uma dúzia de vezes por dia, mas agora, ao saber que realmente teria que fazer isso, trocar um pneu num veículo de quatro toneladas e em estado de decomposição, ela se desesperou.

"Vamos sair", disse para os filhos, e então os três ficaram parados na beira da estrada, entre os morros verdes e os cinzentos, debaixo do sol brilhante, com o Chateau inclinado para a direita.

Ana achou uma pedra e jogou na direção dos bombeiros em guerra contra a árvore em chamas.

"Tem outros caras vindo de lá", disse Paul, e Josie virou-se para ver que, por trás deles, vinha subindo uma fila de homens de uniforme laranja, uns dez, e cada um levava uma pá no ombro.

"Parece que seu pneu furou", disse o homem que ia na frente da fila. "Precisa de ajuda?"

Era baixo e parrudo, o rosto riscado de fuligem. O grupo se aglomerou em volta do pneu furado, alguns deram chutes nele, como se fazer aquilo tivesse alguma utilidade.

"Quer que a gente ajude?", perguntou o homem parrudo.

"Podem ajudar?", disse Josie, e o grupo começou a se espalhar por todos os lados, como uma espécie de grupo de dança — de repente, Josie ficou no meio, e teve a sensação de que devia executar alguns movimentos em estilo livre, enquanto eles batiam palmas.

"Tem um macaco?", perguntou outro homem de uniforme laranja.

Josie tentou lembrar-se do lugar onde Stan disse que ficava o macaco e só conseguiu pensar no compartimento lateral, onde as cadeiras de jardim estavam guardadas. Abriu o compartimento, e três homens vasculharam aquele espaço — eram sempre três homens para fazer qualquer coisa —, mas não acharam nada.

"Quer que a gente procure lá dentro?", perguntou outro homem, o mais alto de todos. "Meu tio tinha um trailer como esse." Apontou com a cabeça para o veículo, como teria apontado para uma infestação de carrapatos.

Os ossos de Josie lhe diziam para não deixar que dez homens bisbilhotassem o Chateau, abrissem todos os armários, ainda mais por causa da bolsa de veludo com dinheiro, escondida embaixo da pia. Mas alguns deles já pareciam estar perdendo o interesse pela operação, parados a alguns metros de distância, na estrada, como se já estivessem indo embora, por isso, a fim de mantê-los interessados, Josie disse que sim, claro, podiam procurar dentro do Chateau, que talvez o homem mais alto, de uniforme laranja, graças ao tio, tivesse alguma ideia, que ela mesma não conseguia imaginar. Quando o homem parrudo abriu a porta lateral e entrou, Josie topou com os olhos de Paul.

Isso é um jeito de tornar uma situação ruim ainda pior, disseram os olhos dele.

Mas já era tarde demais. Seis homens estavam dentro do Chateau, e Josie ficou parada na beira da estrada, os filhos a seu lado, pensando que havia algo fora do comum naquele grupo de homens, mas sem conseguir definir o que era. Tirando o parrudo, eles eram menores e mais magros do que os bombeiros comuns, e eram mais jovens, no conjunto, todos de vinte e poucos anos, os braços cinzentos de tatuagens. Ela chegou mais perto do Chateau para espiar lá dentro, mas o interior era um borrão de cor laranja. Virou-se e viu um homem de joelhos, encobrindo Ana. Parecia estar falando com ela.

"Ana, venha para cá", disse Josie, enquanto seu mal-estar aumentava. Relutante, Ana arrastou os pés até a mãe, com as mãos nas costas.

Josie observava as mãos de todos os bombeiros em busca da bolsa de veludo. O mais alto pulou pela porta do Chateau, um pedaço de ferro torcido erguido acima da cabeça, uma peça mecânica segura na outra mão, uma ferramenta enferrujada. "Achei", disse para todo mundo, e rapidamente havia homens de uniforme laranja embaixo do Chateau, um homem subiu pela escada traseira, para pegar o estepe, e dali a pouco o veículo estava sendo erguido aos trancos e eles logo removeram o pneu furado e puseram o estepe no lugar.

Quando estavam baixando o macaco, outro homem, de roupa esverdeada, surgiu entre eles. "O que está acontecendo aqui?", perguntou. Era mais velho, usava óculos de proteção por cima dos olhos fundos, coroados por sobrancelhas espessas. Tinha uma atitude ao mesmo tempo de autoridade e de gentileza, um juiz de cidade pequena, que queria e esperava civilidade de todos.

"Estamos só ajudando essa motorista a trocar o pneu, senhor", respondeu o homem alto, de uniforme laranja.

Os homens de uniforme laranja tinham se afastado um pouco do Chateau e de Josie, subitamente tímidos. Alguns tinham corrido para a beira da estrada, a fim de pegar suas pás.

"Madame", disse o homem barbado para Josie. Tinha os olhos alarmados. "Esses homens perturbaram ou incomodaram a senhora de algum jeito?"

"Não", respondeu Josie, confusa, mas adotando o tom de voz de quem presta depoimento num caso de acidente de trânsito. "Eles foram muito solícitos."

O homem de olhos gentis relaxou e olhou para os homens de uniforme laranja, em volta, seus olhos indicando que estava ao mesmo tempo frustrado e impressionado. "Vamos lá, pessoal, peguem suas ferramentas e vamos andando, está certo?", disse, e os homens de uniforme laranja que ainda não tinham feito isso retomaram sua fila indiana e foram marchando pela estrada abaixo.

Passaram pelo Chateau, nenhum deles olhou para Josie, Paul ou Ana. O homem de roupa esverdeada acompanhou a passagem deles com as mãos na cintura. Quando já estavam a uma distância de onde podiam ouvir, ele virou para Josie.

"Esses homens se identificaram como presidiários?", perguntou.

O estômago de Josie pareceu evaporar. Ela balançou a cabeça.

"A senhora sabia que usamos prisioneiros em certos incêndios para cortar a linha do fogo e coisas assim?", perguntou.

Josie não tinha a menor ideia do que ele estava falando.

"São criminosos de baixa periculosidade. Ficam contentes de trabalhar, de poder ficar fora da prisão e tudo", disse o homem, rindo. "De todo modo, temos escassez de pessoal, como a senhora pode ver. Senão, teríamos uma escolta acompanhando esses caras. E eu nem sabia que já estavam deixando civis entrar nesta região. Quanta encrenca junta, hein?"

Josie estava tentando entender. Mandavam presidiários combater incêndios, e os dez homens que chegaram como uma inundação, em volta e por dentro do Chateau, eram todos presidiários e tinham trocado, com alegria, seu pneu furado e não poderiam ter se mostrado mais educados e agora tinham ido embora.

"Espere", sussurrou, e subiu de novo para dentro do Chateau, correu até a pia, abriu a porta do armário e achou a bolsa de veludo intacta.

"O que foi? Sumiu alguma coisa?", perguntou o homem.

"Não, nada", respondeu. Josie olhou para a estrada. A fila de homens tomou uma trilha que subia para os morros calcinados.

"Um deles deu isso para você?", perguntou o homem para Ana.

Josie baixou os olhos e viu que a filha estava segurando uma florzinha amarela.

Ela podia dirigir a noite inteira, resolveu. Podia parar no acostamento em qualquer lugar. Não importava. Era livre e seus filhos estavam em segurança. Sentia-se poderosa, capaz, de novo heroica, como havia se sentido quando saíram da cama e tomaram o café da manhã. Ela queria tomar uma bebida.

E lá, mais à frente, estava aquilo que ela tanto havia procurado no Alasca, uma lanchonete que ficava aberta a noite toda, com um letreiro neon de cerveja na janela. Parou o trailer no estacionamento e viu que o lugar estava estranhamente agitado para aquele horário, nove e vinte e três da noite. Parou o trailer. Os filhos estavam dormindo, mas ela precisava ficar entre outras pessoas, sob faixas de luz fluorescente. Viu um par de mesas vazias junto à janela lateral e estacionou o Chateau de modo que pudesse vigiar o trailer de uma das mesas. Tinha a intenção de sentar-se e beber o que tivessem para servir, de olho no trailer onde estavam os filhos adormecidos, e também comprar alguma comida para eles comerem quando acordassem. Josie tinha a sensação de que ia conversar com algum desconhecido, lá dentro, pelo menos com a garçonete. Estava com esse tipo de sentimento, ela conhecia bem — uma vez por mês, uma ebulição tomava conta dela, e Josie acabava batendo papo à toa com qualquer pessoa no balcão do caixa do mercado, com pessoas que passeavam com seus cachorros, com enfermeiras que empurravam idosos em cadeiras de rodas pela calçada. *Que dia, não é mesmo?*

Sente-se, dizia o cartaz lá dentro, e Josie pensou que seu coração podia explodir. Ocupou uma das mesas vazias e abriu o cardápio, para descobrir não a cerveja anunciada em luz neon, mas dois vinhos diferentes, tinto e branco. A garçonete veio em sua direção e, quando estava perto o bastante para que ela a avaliasse, Josie viu que se tratava de uma mulher deslumbrante, com seus quarenta anos de idade, talvez a mulher mais linda que tinha visto no Alasca. O cabelo louro tinha riscos brancos que podiam ser da idade ou apenas estilo, mas não importava. Tinha olhos escuros e covinhas, que se declararam logo depois que ela perguntou para Josie como estava e o que desejava pedir.

"Vinho branco", disse Josie.

Covinhas. "Só uma taça?", perguntou a mulher, os olhos brilhando como os de um cachorro adorado na infância. "Temos jarras."

"Sim", disse Josie. "Uma jarra. Obrigada. É o meu", acrescentou, apontando para o Chateau, do lado de fora, bem perto. Não havia motivo para avisar isso, logo depois de pedir uma jarra de vinho branco — como se ela quisesse que a garçonete soubesse o que ela ia dirigir depois de beber.

"Vai deixar estacionado ali a noite toda?", perguntou a garçonete. Covinhas.

"Posso?", perguntou Josie.

Agora, a garçonete se mostrou confusa. Por fim, entendeu: a garçonete deduziu que tinha sido por isso que ela havia mostrado o Chateau.

"Sim", disse Josie, agora mais segura. "Eu pago aqui mesmo ou..."

Covinhas. "Posso acrescentar à sua conta. Vou trazer a ficha de registro."

E agora Josie estava num tipo novo de êxtase e sentiu que ia ficar um pouco embriagada.

A jarra chegou e ela tomou sua primeira taça com sofreguidão. Estava sedenta e, após o vinho, bebeu água, mas ainda estava com sede. Não conseguia lembrar se tinha comido alguma coisa depois do café da manhã. Acabou por se convencer de que havia comido metade de um sanduíche em algum momento da tarde, por isso resolveu que devia comer agora, devia ter um banquete regado a vinho, e passou os olhos pelo cardápio, pediu uma salada de frango e começou pelo pão.

A lanchonete estava lotada. Josie estava de blusa de flanela, por isso estava invisível e curtindo a segunda taça de chardonnay. Olhou em volta. Havia duas mulheres que tinham ido ali para arranjar alguém para transar, Josie tinha certeza; estavam vestidas como tietes de bandas de rock. Havia alguns motoristas de caminhões cansados e um grupo de jovens universitários, que pareciam ter passado o dia praticando canoagem em corredeiras. Um deles ainda estava de colete salva-vidas. E, então, apareceu um homem na sua frente. Sentado à mesa vizinha, de frente para ela, como se os dois tivessem entrado com acompanhantes invisíveis, e ficaram olhando um para o outro.

Ele tinha uma dessas caras gordas, redondas, sem idade, que podia ser de trinta ou cinquenta anos. Sorte sua ter toda essa gordura na cara, pensou Josie. Vai ficar assim para sempre. Vai parecer sempre feliz. E, como parecia tão inofensivo e sozinho, ela o chamou para sentar-se com ela.

"Pode sentar aqui, se quiser", disse Josie. Ela percebeu que ele não tinha pedido nada, a não ser um cookie e um copo de água. "Traga sua água e seu cookie."

O homem reagiu de modo estranho. Josie achou que não era absurdo supor que ele fosse ficar contente de ser convidado por uma mulher para ficar com ela. Não é comum os homens receberem convites desse tipo. Porém passou um intervalo demorado, durante o qual o rosto dele adotou expressões de surpresa, desconfiança e ponderação. Por fim, inclinou a cabeça e disse: "Está bem".

Levou seu prato e seu cookie e pôs na mesa de Josie e ela viu que era um homem de constituição frágil, de calças jeans folgadas e camisa xadrez de botão, ainda mais inofensivo agora, depois de vê-lo de perto. Sentou-se e olhou para seu cookie, como se estivesse tomando coragem para erguer os olhos para Josie. Ela achou que era um homem vulnerável, tímido, despretensioso, sem perigo.

"Estou surpreso por você me convidar", disse, ainda olhando para o biscoito.

"Bem" disse Josie, "nós dois estamos comendo sozinhos e isso pareceu desnecessário. Que tal a sua água?"

"Está boa", respondeu e, como se fosse para provar o que dizia, ergueu o copo e tomou um gole, finalmente espiando por cima da borda de forma a olhar para Josie. Havia algo nos olhos dele, pensou Josie. Algo desconfiado, como se ainda questionasse os motivos de Josie para convidá-lo para sua mesa. Josie lisonjeou a si mesma, imaginando que ele achava que ela era muita areia para o seu caminhão.

"Não quero incomodar", disse Josie.

Ele balançou a cabeça, olhando para seu cookie e, como se desse conta de quanto tempo estava olhando para ele, partiu-o ao meio.

Josie tomou um gole de seu vinho, ciente de que aquilo estava andando mal. Quanto mais tempo ele ficasse ali, mais se ampliaria a estranheza da situação. A cada segundo que durava a atitude tensa do homem, sua incapacidade de olhar nos olhos de Josie, parecia aumentar a probabilidade de ele não ser uma pessoa muito normal. "Qual seu nome?"

Ele sorriu sozinho. "Não sei se isso tem importância", respondeu, e ergueu os olhos para Josie. Agora havia algo conspiratório em seus olhos, como se os dois estivessem associados num jogo maravilhoso.

"Isso é seu?", perguntou uma voz. Josie ergueu os olhos e viu que a garçonete estava parada junto à mesa, estendendo um pequeno maço de folhas de papel na direção do homem. Havia algumas páginas de mapas impressos, algumas páginas de anotações feitas à mão e, por baixo dessas folhas, uma pasta de fichário de papel pardo com abertura lateral e, sob ela, um grande envelope fechado. A etiqueta mostrava uma série de nomes separados por sinais &, tudo isso numa letra de fonte elegante e combativa.

"Ah, obrigado", disse ele para a garçonete, e deu uma risadinha, olhando depressa para a garçonete e depois para Josie. "Ia jogar todo meu trabalho no lixo, não é? Vir até aqui de tão longe para esquecer o envelope." Disse para Josie e, por fim, tudo fez sentido. Ele estava entregando para ela documentos legais. Ela estava sendo processada por alguém, a milhares de quilômetros dali, e aquele homem tímido era um mensageiro incumbido de entregar aquela agressão.

Josie se levantou. "Esse homem está me assediando", disse em voz bem alta. "Ele disse que queria fazer comigo o que fez com outras mulheres deste estado." Recuou para longe da mesa, na direção da porta da frente, e ficou satisfeita de ver que a maioria dos clientes no salão estava escutando. "Não sei o que isso quer dizer, mas estou assustada." Falou ainda mais alto, apontando para ele, enquanto se movia na direção do balcão da frente. Tirou do bolso duas notas de vinte e colocou sobre o guichê do caixa.

Josie estava quase na porta da frente. O oficial de justiça estava paralisado em sua cadeira. "Ele me falou coisas horríveis!", disse Josie, deixou a voz chegar ao auge. "Estou apavorada!", gemeu, e se precipitou para a porta da frente.

Nada mau, pensou ela.

Do lado de fora, correu para o Chateau e entrou, achou Paul e Ana ainda dormindo em seus bancos. Ligou o motor e olhou para a janela do restaurante. Dois caminhoneiros, homens mais velhos e corpulentos, animados com a possibilidade de executarem um ato de justiça, tinham chegado perto da mesa e estavam suspendendo o homem, cujas mãos continuavam em cima da sua pilha de papéis. Quando Josie pisou no acelerador e o Chateau arrancou para a frente, o homem olhou para ela, o rosto impassível, e os olhos não denotavam derrota nem surpresa, mas algo como traição.

Ela deu a volta pelo estacionamento e passou de novo pelo prédio, quando seguia da saída do estacionamento para a rodovia. Agora havia três homens e a garçonete junto à mesa, o homem estava encoberto pelos corpos que o rodeavam. O oficial de justiça achou que eu sabia quem era ele, Josie se deu conta. O homem a havia seguido até lá, até a lanchonete, e estava esperando a hora certa, ali sentado, olhando para ela, da mesa em frente. Não admira que tenha ficado surpreso quando Josie o convidou para sentar-se a sua mesa. Ele achou que ela já sabia.

Num instante, a adrenalina deixou Josie sóbria e ficou fácil dirigir o trailer. Sua mente estava ligada, fervilhante e repleta de cálculos. Pegava todas as estradas pequenas que podia, enquanto repassava seus pensamentos, planos e perguntas. Tinha derrotado o homem e tudo o que ele representava. A expressão no rosto dele — quem é que tinha mandado aquele sujeito? Carl? O que poderia conter o tal processo? Ou foi Evelyn? Josie não tinha registrado a viagem com o procurador distrital de crianças. Talvez houvesse alguma novidade naquele front. Talvez o pessoal de Evelyn tivesse achado que o valor era menor do que o prometido. Talvez ela estivesse acusando Josie de fraude, de transação fraudulenta...

Os pais de Jeremy. Eles não podiam processar? Tentar processar?

Não. Era o Carl. Tinha de ser o Carl. Era a coisa mais ousada que ele tinha feito na vida. Abriu um processo, e depois contrataram alguém para entregar o aviso a ela. No Alasca. Que merda. Quanto cobrava um homem para fazer uma coisa dessas? Um oficial de justiça na região central do Alasca? Será que era alguém daquela região? Não parecia. Provavelmente era de Anchorage. Em qualquer lugar tem gente fazendo esses trabalhos horríveis.

Convidá-lo para sentar à sua mesa, na verdade, impediu que ele entregasse os documentos. Depois de uma hora dirigindo, Josie teve certeza de que essa era a verdade. Na hora em que o convidou, ele esqueceu os documentos na outra mesa. Ficou confuso, deslocado. Se não o tivesse convidado, ele teria simplesmente entregado os documentos, quando ela estava ali sentada. No entanto, Josie estragou o jogo dele, tomou o controle da situação. Ela parabenizou a si mesma. Alguma força extrassensorial a compeliu a verificar de perto qual o propósito nefasto daquele homem ali, na lanchonete.

Será que ela era invencível? Josie se perguntou se ela não seria guiada por algum poder superior. Será que sua missão — esquivar-se de Carl, deixar a civilização para trás — era uma missão sagrada? Não havia outra resposta.

Em algum momento perto da madrugada, em outro posto de gasolina com luz branca, Josie saiu do trailer, encheu o tanque e sentiu-se obrigada a verificar se o Chateau não teria algum aparelho de rastreamento. De que outro modo o homem poderia saber onde ela estava? No entanto, ele tinha um mapa. Será que andaria com um mapa se tivesse algum tipo de aparelho de rastreamento? Josie saiu do Chateau e se agachou para espiar por baixo do veículo.

"Está tudo bem?", disse uma voz.

Josie ergueu os olhos em busca da fonte da voz e viu um par de botas. Levantou-se e viu que a voz vinha de um adolescente, não mais de dezessete anos, que vestia uma imaculada camisa amarela e jeans apertadinhos. As botas eram um incongruente erro de estilo.

"Você trabalha aqui?", perguntou Josie.

"Ah-han", respondeu. "Precisa de ajuda aí embaixo?"

Por um momento, Josie pensou em contar para ele que achava que estava sendo seguida e que estava procurando algum tipo de caixinha preta presa à parte de baixo do chassi, mas depois entendeu que isso só serviria para atiçar o interesse do rapaz e tornar Josie ainda mais fácil de lembrar, de tal modo que se, e quando, alguém perguntasse se ele tinha visto alguém ou alguma coisa fora do comum, o rapaz teria uma história para contar. Sim, tinha uma mulher espiando embaixo de um trailer, procurando um aparelho de rastreamento, estava muito nervosa...

Em vez disso, Josie teve uma ideia: "Você tem uma fossa para eu despejar meu esgoto?".

Ele a levou até lá, um tanque enterrado atrás do posto. Havia um buraco redondo e limpo, no cimento, pronto para receber o esgoto. "Tenho de cobrar quinze dólares da senhora", disse ele. "Quer dizer, se for descarregar o tanque todo." Josie disse que era para descarregar tudo, todo o cocô que vinham carregando desde o início da viagem, e pagou ao jovem.

"Só que não sei como se faz", disse ela.

Então o rosto do adolescente ficou duro. "A senhora não sabe como se faz isso?", perguntou, como se Josie, em sua ignorância, não tivesse direito de pilotar uma embarcação majestosa como o Chateau e não tivesse nenhum direito de carregar fezes lá dentro. O adolescente, então, desenhou uma imagem horrível e pornográfica de um tubo comprido e grosso que se estendia da lateral do trailer e serpenteava para dentro de um furo no chão. "É só despejar os dejetos para dentro do tanque, daqui para cá", disse ele, desenhando setas que se moviam para cima e para baixo.

O desenho do adolescente era bem-intencionado, e até bonito, comparado à realidade, que exigia, primeiro, que Josie retirasse do para-choque do Chateau um tubo branco de três metros e meio, inexplicavelmente sanfonado. Ficava guardado ali, escondido com bom gosto, um cilindro comprido embutido em um retângulo comprido. Ela o segurou com cuidado, ciente de que volumes desconhecidos de dejeções de pessoas estranhas — de Stan e da sua esposa de tapetes brancos! — tinham passado por dentro dele. Como ela podia saber se não havia vazamentos? Quem podia garantir a integridade, de ponta a ponta, do cilindro de cocô? Josie puxou-o todo para fora do para-choque, enquanto o tubo ia se desenrolando e desenrolando, como uma minhoca gigante.

Josie prendeu uma ponta a um buraco do mesmo tamanho na parte inferior do Chateau, bem embaixo do tanque de fezes, e depois soltou a outra ponta dentro do buraco no chão, a fossa. O que tinha de fazer agora era girar a pequena e frágil alavanca que abria o tanque e, quando os dejetos humanos corressem para baixo através do tubo, rezar para que o tubo continuasse preso e não se soltasse e caísse, espalhando fezes para todo lado. Porém isso parecia muito mais provável do que se manter preso, de algum modo, no meio daquela atividade toda, com o volume das dejeções disparando por trás de sua membrana fina e branca.

Ela esticou o braço embaixo do Chateau, embaixo do tanque, girou a alavanca e deu um pulo para o lado. O tubo, no entanto, ficou preso durante aquele horrível processo — as pulsações, os solavancos, o jato tenebroso. O mais perturbador eram os solavancos, quando o tubo, que ela se deu conta de que estava sobrecarregado pelo peso excessivo daquilo que passava por dentro dele, sacudia e se convulsionava, enquanto os dejetos se deslocavam em meio a retenções e esguichos repentinos. O barulho era a canção fantasma das fezes em disparada, desde seu lar provisório até seu lar definitivo, sem desespero em face de seu destino, mas sim com alegria e ansiedade.

E então terminou, e agora só precisava soltar as duas pontas sem sujar os dedos e os sapatos com as dejeções, que sem dúvida ainda revestiam a face interna do tubo, especialmente as pontas, e depois recolocar, outra vez, dentro do para-choque, o tubo de três metros e meio que continha tantas lembranças do que havia transcorrido.

O adolescente reapareceu. "Saiu tudo?"

"Saiu tudo", disse Josie.

Seguiu o adolescente até o escritório, lavou as mãos no banheiro e, vendo que a loja estava bem abastecida de comida, comprou o suficiente para, mais ou menos, uma semana. Daí em diante, até parar em estacionamentos de trailer já parecia arriscado demais. Ficariam dentro do Chateau, escondidos em bosques ou vales. Josie comprou toda a manteiga de amendoim que a loja tinha no estoque, todo o leite, todo o suco de laranja, frutas e pão.

Comprou uma garrafa térmica cheia de café, colocou os comestíveis no banco do carona, entrou no Chateau e ligou o motor. Parado sob a luz branca-esverdeada do posto de gasolina, o adolescente falou alguma coisa para ela, mas Josie não conseguiu ouvir. Fez uma concha com a mão para escutar, sorrindo e torcendo para que aquilo fosse encerrar aquela história, porém o rapaz deu uma corridinha até a janela do trailer.

"Curta a madrugada", disse ele. A maneira como falou parecia uma declaração de que os dois tinham um gosto comum — de que os dois estavam unidos na preferência pelo início da manhã, o gosto de ficar sozinhos e longe dos outros.

"Certo", respondeu Josie.

XVIII.

Ao amanhecer, apareceu uma placa. MINA DE PRATA PETERS-SEN, 3,2 KM. Estavam viajando havia cinco horas e meia, seguindo para o norte e para o noroeste e se mantendo longe das estradas principais. Uma dúzia de vezes, Josie havia topado com estradas sem saída e com vias bloqueadas e por isso tinha dado meia volta, o estado parecia resolvido a não deixar que ela viajasse direto por nenhum caminho. Finalmente, a noite relaxou, dando lugar a uma luz cinzenta. Josie estava decidida a encontrar um local obscuro para estacionar e esconder o Chateau e a si mesma. O que estava procurando, na verdade, era uma caverna, mas sabia que seria pedir demais. Uma mina parecia algo bastante aproximado dessa ideia.

"Pessoal, vocês têm interesse em conhecer uma velha mina de prata?", gritou para trás, na direção das crianças. Elas tinham dormido a noite toda e só agora faziam barulhos que sugeriam que estavam acordando.

Nenhum dos dois respondeu nada.

"Ainda estão dormindo?", perguntou Josie.

"Não", respondeu Ana.

"Vamos lá conhecer uma mina de prata", disse Josie. Estava agitada e irrequieta por causa do café que tinha comprado no último posto de gasolina e tinha bebido quente, depois morno, depois frio, depois gelado. Veio a vaga lembrança dos pais, quando a levaram para visitar uma mina no Oregon. Durante todo o dia ela surpreendeu os dois se beijando, dentro dos túneis escuros.

Josie perdeu a entrada para a mina na primeira vez, deu a volta e perdeu a entrada de novo, agora pelo outro lado. A saída da estrada era inacreditavelmente estreita e a placa era pequena e pintada na madeira.

O Chateau avançou com muito barulho, ao fazer a curva e subir pela estrada de terra que dava num vale profundo. "Não tem mais ninguém aqui", observou Josie, enquanto seguiam por três, quatro, cinco quilômetros, descendo pela estrada de terra, sem ver nenhum sinal de uma habitação humana. Ela havia passado a noite pensando sozinha e murmurando para si mesma e agora, com os filhos ostensivamente despertos, ela podia falar em voz alta e considerar isso mentalmente sadio.

"Olhem só", disse ela, "um rio. Bonito."

Se o homem a seguisse de novo, com a intenção de lhe entregar o que quer que fosse, Josie sentia-se capaz de fugir ou de fazer algum mal a ele. Se ficassem sozinhos, Josie tinha até medo do que seria capaz de fazer. Pensou em pedras em cima da sua cabeça balofa, abandoná-lo sozinho e perdendo sangue em algum canto remoto.

Josie ficou remoendo o sentido da palavra *mina*. Que palavra mais engraçada para a extração de metais preciosos do solo: *mina*. Pensou em contar para os filhos o que estava pensando, a engraçadíssima semelhança das palavras *mina* e *minha* e a confluência de seus significados, e depois se apanhou sussurrando as palavras *minha mina minha mina*, e notou que estava sorrindo. Josie estava esgotada.

"Preciso dormir", disse em voz alta.

O Chateau cruzou uma estreita ponte de aço por cima de um rio raso e limpo, e logo apareceu outra placa, que dizia a eles que a mina ficava cinco quilômetros adiante. O tempo e o espaço estavam se curvando. Agora, estavam mais distantes do que quando deixaram a rodovia. A paisagem era exuberante, com pinheiros e flores silvestres, e Josie estava à beira de chamar a atenção para isso com um grito, "Bonito", voltado para a parte de trás do trailer, quando se virou e viu o rosto de Paul metido entre os dois bancos da frente, numa proximidade alarmante.

"Bonito", disse para ele, sussurrou para ele.

Por fim, viram uma série de prédios maltratados, de madeira cinzenta e com telhados enferrujados, ocupando a encosta íngreme do morro. À frente, havia um portão, mas estava fechado e trancado. Josie estacionou o Chateau e desceu, tomando a direção do portão, no qual havia um cartaz escrito à mão.

FECHADO POR INTERDIÇÃO DO GOVERNO.

A CULPA NÃO É NOSSA.

Josie voltou para o Chateau, disse para as crianças que o estacionamento estava fechado e depois comunicou que, mesmo assim, iam entrar e dar uma volta. Uma ideia estava se formando em sua cabeça.

"A gente pode?", perguntou Paul.

"Claro", respondeu Josie.

Ana estava encantada.

Josie estacionou bem na frente do portão, como que para declarar a qualquer guarda-florestal que por acaso aparecesse que ela não estava tentando se esconder das autoridades. Para elas, Josie queria parecer uma mãe que tinha parado por um momento a fim de mostrar a velha mina de prata para os filhos pequenos. Deram a volta pelo portão, atravessaram o estacionamento e viram que havia um banheiro, um lugar limpo e com telhas novas. Paul correu para lá e viu que as portas estavam fechadas. Em questão de segundos, ele já estava mijando atrás do prédio. A mina tinha sido bem conservada e agora os guardas-florestais e os historiadores que tinham cuidado da preservação estavam deixando que o lugar se decompusesse sem muita interferência. Havia máquinas enferrujadas largadas por todo lado, como se tivessem sido jogadas do alto, de um avião. Havia placas informativas ao longo de uma trilha que levava os visitantes até o prédio onde fundiam o minério e passava pelos alojamentos e pelos velhos escritórios onde a empresa de mineração tinha abrigado seus contadores e secretários.

As crianças não se mostraram intrigadas. Muitas vezes, Josie não tinha a menor ideia do que iria despertar o interesse dos filhos: no ano anterior, em algum lugar, tinham visitado um museu da Marinha que deixou Ana maluca. E Paul se mostrava pelo menos educadamente interessado por qualquer coisa. Porém aquele campo de mineração não tinha nenhum apelo. Uma das placas indicava que havia um rio nas proximidades, mas Josie não conseguia ver nem ouvir o rio. Seguiram a trilha até o fim, até um par de prédios onde a prata tinha sido processada, depois foram um pouco além, saíram da trilha e entraram num pequeno reduto onde a vegetação era densa, e ela viu uma construção mais nova e mais bem conservada.

"Esperem aqui", disse para os filhos, que deram um demorado suspiro. Estavam parados sob o sol baixo e Josie piscava os olhos, enquanto olhava para o cabelo vermelho e o rosto suado dos filhos. "Só tenho de dar uma olhadinha naquela casa ali", explicou.

Ela passou por cima da cerquinha baixa de madeira cinzenta, cortada de forma tosca, e andou por um caminho de terra vermelha, cheio de curvas, até chegar ao chalé. Era uma coisinha linda, uma cabana de toras de madeira, envernizada havia pouco tempo e com uma tonalidade de cereja. Josie espiou através das janelas. Por dentro, era bem-acabada, com lareira, duas cadeiras de balanço, um futon, uma cozinha pequena e modesta, mas bem-arrumada. E o chalé estava vazio. Não havia sinal de que alguém tivesse estado ali nas últimas semanas e quem quer que tivesse residido por último no chalé havia limpado tudo muito bem antes de ir embora. Na certa, tinha sido a casa do zelador. A residência do guarda-florestal. E, pelo visto, a interdição da mina acabou transferindo a casa do guarda-florestal para outro lugar. Josie voltou para os filhos. Sua ideia, agora, estava completa.

"Por que não voltam para o Chateau por um segundo?", disse ela. "Bebam alguma coisa. Quero dar mais uma olhada por aí."

Paul e Ana não se mostraram lá muito entusiasmados com a ideia de ir para onde quer que fosse, mas quando Josie lhes deu a chave do Chateau, não puderam deixar passar a oportunidade de abrir a porta sozinhos. Não iam beber nada nem descansar, ela sabia. Iam ficar brincando de abrir e fechar a tranca da porta até ela voltar.

Quando os dois já haviam corrido pela trilha de volta e estavam fora de vista, Josie retornou para o chalé. Tentou abrir a porta da frente e viu que estava trancada. Foi para os fundos e a porta também estava fechada. Já havia imaginado aquilo, então fez o que tinha planejado, que era andar para trás e para a frente pelos fundos e pelo lado do chalé, à procura da menor janela de todas.

A menor janela ficava na cozinha, uma esquadria dividida em seis vidros pequenos. Josie pegou uma folha grande, em formato de orelha de elefante, numa planta ali perto, envolveu o punho e deu um soco no vidro.

Não quebrou. A mão doeu muito, como que queimando. Josie caiu apoiada num joelho, apertando os dedos, rogando pragas contra si. Em poucos minutos, se recuperou e procurou uma pedra. Achou uma pedra pontuda, de uns dois quilos, e bateu com força contra o vidro. De novo, a janela não quebrou. Josie recuou, jogou a pedra na parte de baixo do vidro e errou, acertando a lateral da casa. Por fim, pegou a pedra, ergueu-a acima da cabeça e golpeou a janela. Dessa vez, o vidro cedeu.

Josie ficou esperando, escutando para ver se não havia alguma reação dos seus filhos ou de alguém que, em segredo, estivesse habitando o chalé. Como não ouviu nada, jogou a pedra para o lado e voltou ao encontro dos filhos.

Estavam brincando com a chave e com a tranca do Chateau. Ana tinha persuadido Paul a ficar dentro do trailer, enquanto ela ficava do lado de fora, tentando encaixar a chave.

"Toc-toc", disse Ana.

"Você está com a chave", respondeu Paul, lá dentro. "Por que está batendo?"

Quando Ana percebeu Josie atrás dela, olhou, por um momento, louca de susto e de culpa.

"Venham comigo", disse Josie, e Ana relaxou. "Tenho uma coisa interessante para mostrar para vocês."

Uma coisa ótima nas crianças dessa idade: toda vez que Josie dizia que ia mostrar uma coisa interessante, elas invariavelmente acreditavam. Sempre achavam que ela ia, de fato, mostrar algo interessante. Seguiram Josie, obedientes, de volta pela trilha até o final. Dessa vez, Josie deixou os filhos pularem a cerca também e levou os dois até os fundos da cabana.

"O que estão vendo?", perguntou.

"Uma janela quebrada", respondeu Paul.

"O que acha que a gente deve fazer?", perguntou.

As duas crianças olharam fixamente para ela.

"O que vai acontecer se isso for deixado aberto, essa janela, numa floresta como essa?", perguntou.

"Bichos", disse Ana.

"Eles vão entrar", acrescentou Paul.

Josie tinha um plano, mas queria que os filhos acreditassem que o plano era deles.

"Isso mesmo", disse Josie. "Então, o que a gente deve fazer?"

"A gente deve fechar com fita adesiva ou alguma outra coisa", disse Paul.

"Mas como?", perguntou Josie. Nesse momento, ela observou a si mesma de maneira crítica, enquanto usava o método socrático com os filhos, na esperança de que eles sugerissem que Ana podia se encolher e entrar pela janela quebrada.

"Um de nós podia entrar pela janela e achar uma chave", disse Paul.

Eles eram pessoas maravilhosas, os seus filhos. Então, ela pensou: exatamente quantos delitos leves sua família seria capaz de cometer nesse estado de ingenuidade?

"Ou então, simplesmente, abrir a porta pelo lado de dentro", sugeriu Josie, com um dar de ombros evasivo.

Paul e Ana morderam a isca e foram adiante, parecendo muito sérios quanto à tarefa que tinham à sua frente. Depois de chegar à janela quebrada e deixar que Paul e Ana a examinassem com a autoridade de supervisores de uma vidraçaria, Josie pegou o capacho da porta do chalé, colocou no parapeito da janela e recobriu com ele a borda de baixo da janela quebrada. Em seguida, com toda a seriedade moral de quem evoca o nome de um santo, sugeriu que Ana era o único ser humano vivo capaz de transpor com sucesso uma abertura tão estreita, se esgueirar até a mesa embaixo da janela, depois para o chão, depois para a porta da frente e abrir a porta para a mãe e o irmão entrarem.

Ana piscou bem os olhos. Mal podia acreditar. A velha alma irrequieta dentro dela parecia saber exatamente o que Josie estava tramando, mas a forma corpórea real, desapegada e de cinco anos de idade de Ana ficou muito animada com toda aquela aventura e preferiu ignorar a voz interior que dizia que era melhor não fazer aquilo.

Josie suspendeu Ana, com as mãos de Paul a postos logo abaixo e, como um tubarão que puxaram para a areia da praia, a barriga de Ana se mexeu para a frente e para trás, por cima do providencial capacho, e depois, num eletrizante lance de improvisação, Ana deu um salto mortal para a frente — câmara lenta, em suspenso no ar — para chegar à mesa da cozinha, abaixo da janela. Ana ficou de pé na mesa por um momento, fingindo que avaliava a situação, mas na verdade queria apenas se mostrar, ciente de que era observada e admirada. Então, sem alarde, pulou para o chão e correu para a porta da frente, como se tivesse passado a vida inteira naquele chalé. Na hora em que Paul e Josie chegaram à porta, Ana abriu-a e deu batidinhas com o dedo num relógio imaginário em seu pulso.

Então, relaxou e sorriu, como uma anfitriã que preferiu perdoar os convidados que se atrasaram, para não estragar o bom humor geral. "Bem-vindos!", disse ela.

Josie explicou que era preciso fechar a janela por dentro com fita adesiva — só daria certo de dentro para conter a chuva e o vento. Por isso, entraram no chalé, sentiram o cheiro da madeira crua, o fraco aroma de mofo e detergente — de alguma tentativa de ordem — e começaram a procurar fita adesiva e papelão. Logo encontraram as duas coisas e consertaram a janela, ou pelo menos a tornaram impenetrável para insetos e pequenos mamíferos.

Mas a intenção de Josie não era só consertar a janela, e sim ficar ali, pelo menos até decidir qual seria o próximo passo. O local dificilmente poderia ser melhor. Vasculhou as gavetas da cozinha até que achou uma chave e experimentou na porta da frente. Deu certo. Tinha a chave do chalé. "Acho que a gente devia passar a noite aqui", disse, em tom natural, "só para ter certeza de que o local está seguro e de que nosso reparo da janela está firme."

Paul e Ana concordaram. Ou apenas deram de ombros. Não se importavam. Não havia mais nenhum sistema lógico em suas vidas.

"Esperem um segundo", disse Josie. Depois de deixar as crianças no chalé, ela correu até o Chateau e refletiu sobre o que devia exatamente fazer com o veículo. Não podia deixá-lo no portão. Olhou em volta e viu, dentro do portão e do outro lado do estacionamento, uma garagem pré-fabricada, feita de chapas de ferro forjado, com a porta aberta. Imaginou que estivesse cheia de veículos ou do que quer que os guardas-florestais usassem, mas estava praticamente vazia. A interdição da mina: era ali que o guarda deixava estacionado seu caminhão, mas agora tinha ido embora. A garagem parecia alta o suficiente para abrigar o Chateau.

Josie examinou o cadeado na ponta da corrente. Era um cadeado normal que unia as pontas de uma corrente pesada que amarrava o portão no caixilho. Seu primeiro pensamento foi atacar o próprio cadeado com um dos alicates que tinha visto na bolsa de ferramentas do Chateau. Lá também havia um macaco, mas achou que aquele cadeado tinha sido projetado para suportar os golpes de instrumentos comuns, feitos de ferro ou aço.

Ficou parada sob a renda branca da luz da manhã, olhando fixo para o portão, e quando se deu conta da solução, riu. Era ridículo e ia dar certo e, uma vez terminado, ela ia sempre rir daquilo, pelo resto da vida, a facilidade da gambiarra, o fato de que, na verdade, já tinham feito aquilo antes. Era um ato criminoso, algo entre o arrombamento, a invasão e o mero vandalismo, mas ia funcionar esplendidamente.

Minutos depois, estava de volta ao chalé e achou a serra pendurada em cima da lareira. Depois saiu correndo de novo pela trilha, com a serra erguida acima da cabeça, segura pelas duas mãos. Voltou ao portão e se pôs a serrar o caixilho. Começou bem embaixo, de modo que, quando recolocou o caixilho no lugar, o capim em volta de sua base podia esconder o fato de que ela havia cortado ali. Trabalhando sem descanso, pois receava que, a qualquer momento, seus filhos viessem atrás dela e testemunhassem aquilo, seu ato mais bizarro e mais criminoso até então, Josie logo terminou de serrar. A tranca continuava presa, é claro, mas agora estava presa a um caixilho que estava solto, que girava junto com o portão, quando aberto.

Guiou o Chateau através do portão e, lentamente, levou-o para dentro da garagem pré-fabricada, já contando que o teto ia raspar em algum ponto. Mas passou sem atrito, era projetada para aquela altura, portanto o Chateau entrou e, quando estava no lugar, ela fechou as portas da garagem. O Chateau ficou invisível. Josie pegou algumas centenas de dólares na bolsa de veludo, enfiou bem fundo no cantinho do armário, com medo de contar o que havia sobrado, e trancou a porta do Chateau. Voltou ao portão para a melhor parte da história. Recolocou o caixilho de pé em sua base, equilibrou-o de tal modo que parecia ainda fixo e funcional, uma coluna intacta. Se alguém tocasse nele, ou se batesse um vento forte, o caixilho ia tombar, mas por enquanto parecia autêntico, inalterado.

Era como se estivessem livres de qualquer possibilidade de serem descobertos, pelo menos por um ou dois dias. Quem quer que fossem os guardas-florestais do Alasca, estavam bastante ocupados com os incêndios, ou então estavam longe dali, até mesmo fora do estado, curtindo umas férias, em algum lugar de clima ameno, por causa da interdição da mina.

Josie e os filhos inspecionaram o chalé, as crianças acharam imediatamente a escada e subiram correndo para o sótão, com o teto inclinado.

"Não tem grande coisa lá em cima", disse Paul, quando desceu. "Duas caminhas, mas tem um cheiro."

A parte principal da vida do chalé se passava no térreo, e era a lareira que determinava a localização de todos os outros objetos da sala. O futon e as cadeiras estavam virados para a boca da lareira e a maior parte da decoração se distribuía a seu redor. Sobre a lareira, havia vários suvenires de pescaria, um cavalo entalhado em madeira, um castor desenhado numa casca de árvore. Dois esquis de caminhar na neve estavam cruzados em cima da lareira como se fossem espadas e, por cima deles, uma lança antiga. À esquerda da lareira a parede estava coberta de lenha.

Na cozinha havia dois fogões velhos, mas nenhum funcionava, e uma mesa de fórmica com três cadeiras cromadas, todas com assento de plástico amarelo rasgado em algum ponto e colado com fita adesiva. Havia uma pia, mas sem água corrente; em compensação, havia um bebedouro com o garrafão quase cheio. A geladeira baixinha, e funcionando, ficava metida num canto e, ao lado, gavetas forradas com papel laminado, potes de plástico, fita adesiva, tesouras e cordões. Um batalhão de facas estava preso à parede por um ímã, todas voltadas para a direita, numa prontidão de soldados. O armariozinho acima do fogão estava abarrotado de latas de sopa e de legumes. Somando aquilo com a comida que tinham no Chateau, pensou Josie, eles podiam se virar por um bom tempo.

"Olhe só", disse Ana. Na sala principal, as crianças acharam um estoque de jogos, todos com quarenta anos de idade, talvez mais. Scrabble, Parcheesi, dois baralhos, Sorry!. Josie quase esperou topar com o Candyland, e teve uma breve espiral de pensamentos lancinantes, porém quando examinou a pilha de jogos, não o encontrou. Mas Paul sim. Estava embaixo da prateleira onde ficava o resto dos jogos.

"Ouvi falar desse aqui", disse ele, tirando a poeira da caixa. "Por que a gente nunca teve esse jogo, mãe?"

"Quem quer acender a lareira?", perguntou Josie.

Paul e Ana se divertiram escolhendo os jornais, os gravetos e os pedaços de lenha melhores para acender o fogo e, em minutos, subiu um fogo trovejante. Josie planejou que, na primeira oportunidade, atiraria o jogo nas chamas. Mas por enquanto ela já havia distraído os filhos o bastante para esconder o jogo em cima da geladeira.

Na cozinha, achou um rádio transístor, ligou-o e procurou as notícias. Será que estavam à procura dela? Alguma notícia sobre a morte ou a mutilação de um oficial de justiça nas mãos dos seguranças de uma lanchonete? Tudo o que ela conseguiu captar foi um débil sinal, uma mensagem evangélica que dizia aos ouvintes que Deus queria que eles prosperassem não só espiritual, mas materialmente. "Prosperidade é uma palavra enraizada no mundo tridimensional", disse o homem.

Na bancada da pia estava a foto de um homem que ela imaginou ser o guarda-florestal que residia no chalé. Tinha mais ou menos quarenta anos, ar alegre, barba vermelha, com roupa verde e cáqui. Tinha o braço nos ombros de outro homem, também barbado, com os mesmos olhos alegres. Talvez um irmão, um amante, o marido? Em todo caso, Josie ficou satisfeita de conhecer o homem que morava ali, um homem apaixonado, ou capaz de amar, parecia provavelmente alguém menos disposto a persegui-los do que o dono do último chalé que eles invadiram.

"Eu preciso dormir", disse Josie. Fazia mais de um dia que ela não descansava. Josie mostrou o futon para os filhos e pôde perceber como suas mentes avaliavam se os três juntos caberiam ali; Josie tinha certeza de que eles não iam querer dormir no sótão escuro e frio. Ela jogou-se no futon acolchoado, o que fez subir no ar uma pequena nuvem de pó. Não se importou. O sono a puxou para baixo.

"A gente vai morar aqui, agora?", perguntou Ana.

Josie adormeceu, achando que era uma possibilidade bastante real.

XIX.

À tarde, depois de dormir o dia inteiro, Josie sentiu-se renascida. Ergueu-se do futon sentindo-se inexplicavelmente forte e notou que os filhos não estavam à vista, em nenhum lugar.

Chamou por eles. Nenhuma resposta. Deu um pulo, o coração na boca. Imaginou dois lobos levando as crianças embora. Berrou os nomes deles.

"Aqui fora", respondeu Paul.

Josie abriu a porta com um movimento brusco e viu Paul e Ana ao ar livre, na trilha de brita, embolados numa negra massa de pelos.

"O que é isso?", urrou Josie.

Os pelos sacudiam e gemiam.

"É um cachorro", disse Ana, segurou a cara do cachorro entre as mãos e virou para Josie, como se quisesse demonstrar a natureza daquela espécie para a mãe desinformada.

"Estava arranhando a porta", disse Paul.

Quando abriram a porta, o cachorro rapidamente se esgueirou para dentro.

"A gente não queria que você acordasse, por isso a gente trouxe aqui para fora", explicou Paul. Estava dizendo a verdade. Ele era assustadoramente zeloso. Mas de quem era aquele bicho?

"Ele tem coleira?", perguntou Josie.

"Só isto aqui", respondeu Ana, e puxou uma coleira de plástico antipulga, no pescoço dele. Ana recuou para o lado, a fim de deixar à mostra o corpo inteiro do cachorro. Era pequeno, preto e parecia um porco malnutrido, de pelo curto e orelhas triangulares.

"Está tremendo", notou Josie.

"Está com fome", disse Paul.

"Fique com as mãos longe da boca dele", disse Josie.

"Dela", corrigiu Paul. "É uma menina."

"Se você for mordido, vai ter de passar dias no hospital", disse Josie. "E aqui perto não tem nenhum hospital."

"A gente pode dar comida para ela?", perguntou Paul.

"Você já deu um nome para ela?", perguntou Josie.

"Ana deu", respondeu Paul.

"Siga", disse Ana.

"É o nome dela: Siga", explicou Paul.

"É porque ela seguiu a gente", disse Ana. No ano anterior, ela havia batizado um peixe de Amante da Água.

"Achei que você falou que ela ficou arranhando a porta", disse Josie.

Quando era apanhado mentindo, mesmo que fosse a mais inocente das mentiras, Paul tinha um jeito de ficar olhando para Josie, sem piscar, durante longos segundos, antes de falar. Não era fruto de nenhum sentido de estratégia. Era, sim, o fato de que ele se via capturado, dominado, por uma espécie de espírito da verdade, que exigia a revelação completa. Paul respirou fundo e começou.

"A gente saiu. Só para catar uns gravetos", disse, apontando para um montinho de gravetos que eles tinham juntado em feixes, com fita adesiva laranja. "Quando a gente estava voltando, ela começou a nos seguir. A gente fechou a porta e aí ela começou a arranhar."

Paul suspirou com um bufo rápido, como que para pontuar a frase e expressar alívio. Estava feliz de ter vencido aquilo, a verdade sem adulterações. Sua postura relaxou e ele se permitiu piscar o olho.

"A gente pode dar comida para ela?", perguntou de novo.

Portanto, eles tinham um cachorro. Levaram Siga para dentro e lhe deram galinha frita velha e salada para comer, e ela devorou tudo. Josie sabia que era péssima ideia alimentar um cachorro sem dono como aquele, mas o animal parecia traumatizado, não conseguia parar de tremer. Ela fabricou uma narrativa de que era a cadela do guarda-florestal que tinha fugido e que, como não conseguiu encontrá-la, foi embora sozinho. Quando a cadela voltou, viu que o guarda tinha partido, a porta estava trancada e seu ser pequenino estava rodeado por uma cadeia assassina de carnívoros superiores, felizes da vida por poderem almoçar sua carne palpitante. De algum modo, conseguiu sobreviver, dia a dia, desde então, mas agora tinha os nervos em ruína, sem falar que estava morta de fome.

Josie examinou a cadela, em busca de cortes, pulgas ou algum sinal de doença, e achou-a espantosamente limpa para um bicho que tinha andado solto no mato durante dias ou semanas. "Pode fazer carinho nela", disse para os filhos, sentou-se no futon, olhando como eles afagavam Siga, enquanto a cadela se balançava e comia, para cair num sono profundo, logo depois de comer. Os dois continuaram a fazer carinho no pelo preto de Siga, mesmo dormindo, enquanto ela respirava descompassadamente e as patas traseiras, de vez em quando, golpeavam o chão.

Josie tinha a sensação de que, com Siga, eles tinham se transformado numa espécie de família da fronteira. Quebravam janelas e arrombavam portões. Pegavam para si animais desgarrados. E não tinham passado nem uma noite no chalé. Os filhos não iam deixar Siga, por isso ficaram do lado de dentro, quando a noite chegou, e Josie acendeu a lareira, enquanto os ventos lá fora assoviavam uma melodia sinistra. O papelão que tinham colado com fita adesiva na janela da cozinha inspirava e expirava, mas resistia. Josie levou os filhos consigo, para debaixo das cobertas, e eles dormiram a noite toda, o braço de Paul pendurado para o chão, onde ele podia ter certeza do bem-estar de Siga.

Uma campainha os despertou. Ainda estava escuro, o fogo fraco. Quem podia estar ligando? Josie nem tinha visto um telefone. Deslizou da cama e se esgueirou até a cozinha, na esperança de que os filhos continuassem a dormir. No escuro, correu a mão na bancada da pia e, finalmente, embaixo de uma pilha de mapas, encontrou um telefone fixo. O aparelho continuava a tocar. Três toques de campainha, quatro, e cada toque fazia o chalé trepidar. Ela não foi capaz de levantar o fone. Por fim, após seis toques, o telefone parou.

Paul e Ana ainda estavam dormindo, mas Josie sabia que ela ia ficar horas acordada. Levou uma cadeira para a varandinha externa e sentou-se, agitada, escutando a noite, percorrendo as possibilidades. Queria crer que o telefonema tinha sido um engano, ou uma mera ligação para o guarda-florestal que tinha morado no chalé. No entanto, havia também a possibilidade de serem os donos de Siga. Ou o oficial de justiça. Ou a polícia.

Ninguém está nos procurando, Josie disse para si mesma. Chegou a forjar um riso de desdém para se tranquilizar.

"Mãe?"

Era Ana, sozinha, na varanda. Josie não conseguia lembrar-se de nenhuma vez em que Ana tivesse saído da cama sozinha. Em geral, quando ela saía da cama de madrugada, já era parte de um plano concebido por Paul, um ataque duplo, com a intenção de provar que o sono era impossível para todos na casa. Na verdade, porém, significava que Paul não tinha conseguido dormir, acordou Ana e levou-a junto com ele. Só Paul sentia o fardo das implicações do sono e do convite noturno para refletir sobre a mortalidade e a insignificância. Ana era pequena demais para alcançar tal estágio.

Ela estava parada na porta, a massa de cabelo vermelho amassada de um lado, em desalinho, um tênue matiz alaranjado, como a última abóbora colhida na horta. As mãos estavam seguras dos dois lados do portal, como se ela sustentasse os dois batentes com esforço.

"A gente vai ficar aqui amanhã?", perguntou.

"Acho que sim. Talvez alguns dias", disse Josie.

"É mesmo?", disse Ana, e seu rosto e seus ombros tombaram, num desmoronamento lindamente coordenado.

Ana teve sentimentos parecidos, no inverno anterior, quando, depois de uma temporada de férias, eles foram levados de volta para a escola.

"Vou para a escola esta semana?", perguntou, naquela ocasião.

"Vai", tinha respondido Josie.

"Na outra semana também?"

"Claro."

Ana tinha ficado espantada. As férias de inverno trouxeram uma novidade a cada dia, e agora, voltar para a escola, onde as coisas não variavam grande coisa, dia após dia, a deixava ofendida. A natureza repetitiva do sistema agredia seu sentido das possibilidades heroicas de um dia.

"Volte para a cama", disse Josie, só que, em vez disso, Ana chegou perto e subiu no seu colo e fingiu chupar o polegar.

"Não fique preocupada, Josie", disse Ana. "Não vou contar para o Paul." E dirigiu a Josie um de seus olhares, uma expressão conspiratória que dizia que elas podiam deixar de lado todas as formalidades e toda encenação, aquele joguinho bobo de mãe e filha.

"Não gosto quando você me chama de Josie", disse Josie.

"Está bem, *mãe*", disse Ana, e fez a palavra soar absurda.

"Volte para a cama", disse Josie, e empurrou Ana do seu colo.

Com um salto teatral e pesado, Ana caiu sobre o piso rústico da varanda. Engatinhou de volta para dentro do chalé e, embora Josie esperasse o retorno da filha, dez minutos depois não havia nenhum sinal de que Ana ainda estivesse acordada, o que significava, no caso de Ana — que, em geral, pegava no sono em questão de segundos e assim permanecia até de manhã —, que ela de fato havia adormecido.

Como que em protesto por perder Ana para as horas sombrias, o uivo de um coiote espiralou no meio da noite.

De novo, a campainha. Josie abriu os olhos, viu que os filhos já estavam acordados, agachados em volta de Siga, enquanto ela comia carne-seca, com os maxilares minúsculos estalando.

"Quem está ligando, mãe?", perguntou Paul.

"É engano", disse ela.

Josie se deu conta de que a presença de um cão não melhorava em nada a situação. Eles queriam ficar invisíveis, mas será que não havia a possibilidade de os donos de Siga voltarem para pegá-la? Josie pensou que, talvez, Siga pertencesse a alguém que morava ali perto e que, a exemplo de muitos bichos de estimação, estava apenas explorando os arredores, quando deu com Ana e Paul e seguiu-os até a porta do chalé. Havia a possibilidade de os donos conhecerem o guarda-florestal, de o animal ter ido ali antes e de serem os donos que estavam telefonando, para saber se o guarda tinha visto a cadela. Ou então havia a possibilidade de ser um mero telefonema, as pessoas telefonavam, a campainha tocava e ninguém naquela história tinha nada a ver com Josie e seus filhos. Ela podia tirar o fio do telefone da tomada, mas e se o guarda-florestal telefonasse e descobrisse que o fio tinha sido desligado? Josie tinha de deixar o telefone como estava.

"Vamos dar uma volta", disse Josie, sem contar para Paul e Ana que ela achava que existia pelo menos uma chance de Siga levá-los a seus donos verdadeiros e à sua verdadeira casa. E assim Josie abasteceu a mochila com biscoitos e água do bebedouro, amarraram uma corda na coleira antipulgas de Siga e tocaram a andar, atravessaram o terreno da mina e foram para a mata que ficava depois. O animal ainda se mostrava hesitante, andava para a frente, depois fazia a volta e retornava para as crianças, depois corria para a frente por um trecho, antes de voltar outra vez. Ou era uma cadela profundamente perturbada ou não era lá muito inteligente.

Porém, quando chegaram a um bosque de bétulas, algum sentido de direção tomou conta do animal e a cadela os levou para baixo, por uma ladeira contínua, até ouvirem o barulho de água corrente. Siga os guiou até um riacho estreito que cortava um vale apertado e bebeu com muita vontade a água corrente.

"Mãe?", disse Paul. "De onde vêm as línguas?"

Ele queria saber por que existe o italiano, o hindi e o suaíli, e não somente o inglês, e por que eles falavam inglês, e se o inglês era a melhor língua. Josie deu uma breve pincelada sobre a origem das línguas, as vicissitudes da distância e do isolamento na formação das línguas estrangeiras. Havia pessoas que moravam longe das outras, explicou, assim como eles estavam agora, e talvez fossem o tipo de gente que criava sua própria língua. Eles podiam criar suas próprias palavras para qualquer coisa, disse Josie e, para provar, pegou uma pedra do formato de uma cabeça humana. "Eu podia chamar esse tipo de pedra de *tapatok*, por exemplo", disse. "E, daí em diante, todo mundo que viesse depois de nós chamaria a pedra de *tapatok*."

Ana pegou uma pedra redonda. "Eu chamo isso de *pai*."

"Pai já é uma palavra", disse Paul. "E por que você vai chamar essa pedra de pai?" Ele deu sinais de mau humor, e Ana percebeu. Paul desceu até a água para fazer carinho em Siga, colocou-a no seu colo pequeno. Ana foi atrás, depois se distraiu com alguma outra coisa, a cabeça inclinada para trás. Deu alguns passos para a frente, pisando num buquê de flores silvestres, com muito capim, largou a pedra e apontou para cima.

"Cachoeira."

Lá, numa fenda na encosta do penhasco acima deles, havia um jorro branco e estreito que caía de quinze metros de altura. Sem dizer nada, todos concordaram em andar até a cachoeira. Quando chegaram perto, o volume de água era muito maior do que parecia visto da trilha. Por um momento, a água em queda pareceu ter perfeita consciência de si mesma, despencava com uma alegre agressividade de encontro à terra, maliciosamente suicida. O borrifo os alcançou primeiro e eles pararam, sentaram e observaram os fantasmagóricos dedos brancos da cachoeira. Na parede de névoa, disparavam arcos-íris como pássaros alçando voo. Siga se mantinha à distância.

Josie andou para a cachoeira, pisando nas pedras molhadas, tentando encontrar um jeito de não ficar ensopada e, quando estava bem perto, pôs a mão embaixo do jato, sentiu sua força e seu frio entorpecedor.

"A gente pode beber?", perguntou Paul.

O instinto de Josie era dizer que não, claro, mas a mata a havia tranquilizado, a deixara aberta, por isso ela fez algo que queria fazer, mas que normalmente não faria. Tirou a garrafa térmica da mochila, esvaziou e depois segurou-a embaixo do jorro. Imediatamente, suas mãos ficaram ensopadas, o braço molhou até o ombro e a garrafa encheu.

Virou-se para Paul e Ana, viu seus rostos assombrados e ergueu a garrafa para o sol e para o céu, a fim de verificar se estava limpa. Josie e os filhos viram a mesma coisa, que a água tinha uma transparência perfeita. Não havia partículas nem areia nem terra nem nada. Josie levou-a aos lábios e Paul respirou fundo e depressa.

"É boa?", perguntou Paul.

"É boa", respondeu Josie, e ofereceu para ele.

Paul tomou um gole e estalou os lábios. Fez que sim com a cabeça e entregou para Ana, que bebeu sem cuidado. Depois que Ana terminou de beber, Paul perguntou: "Será que nós somos os primeiros a beber isso?". Queria dizer beber a água da cachoeira, mas Josie tomou certa liberdade na interpretação. Aquela água, a que estava caindo na cachoeira naquele momento? Sim, eles eram os primeiros.

Os dias eram assim, cada um tinha quilômetros de extensão, nenhum destino e nenhuma possibilidade de arrependimento. Comiam quando tinham fome e dormiam quando estavam cansados e não tinham nenhum lugar para ir. A cada intervalo de poucos dias, Ana perguntava: "A gente vai morar aqui?", ou "A gente vai para a escola aqui?", porém, a não ser por isso, as duas crianças pareciam ter a noção de que sua temporada no chalé era uma espécie de férias compridas, alheias a qualquer calendário, para as quais não existia um fim inevitável. Todo dia de manhã, Paul e Ana desenhavam e jogavam cartas e jogos de tabuleiro e, perto do meio-dia, caminhavam até a cachoeira, para brincar na água rasa. Agora estavam na mata e a mata era inviolável. Ana agia com nobreza e seu rosto reluzia com um brilho do outro mundo. Crianças, Josie se deu conta, são de fato como bichos. Deem para elas comida limpa, água limpa e ar fresco e seus cabelos ficarão reluzentes, seus dentes, brancos, seus músculos, vigorosos e a pele, brilhante. Mas dentro de casa, contidas, vão ficar cheias de sarnas, de olhos amarelos, cobertas de feridas que elas mesmas causaram.

Naqueles dias compridos na Mina Peterssen, Paul e Ana faziam arcos e flechas usando galhos curvos e elásticos. Construíam e destruíam represas no rio, empilhavam pedras para fazer muros e castelos. Liam à luz de velas. Josie ensinou Paul a acender a lareira. Às vezes, cochilavam de tarde e, em outras tardes, exploravam os prédios da antiga mina, enquanto o sol atravessava os telhados porosos, em raios brancos, dúzias de minúsculos refletores que iluminavam a poeira, a ferrugem, além de ferramentas que ninguém usava fazia cem anos.

Todos os dias havia uma centena de horas descomplicadas e eles passaram semanas sem ver ninguém. Foram mesmo semanas? Eles não tinham mais noção do calendário. Durante o dia, tudo era sossego, exceto pelo grito esporádico de um pássaro, como se fosse um vizinho maluco; de noite, o ar ficava animado com os sapos, os grilos e os coiotes. Paul e Ana dormiam um sono profundo e Josie pairava acima deles, como uma fria nuvem noturna sobre fileiras de morros, aquecidos pelo sol durante todo o dia.

Eles cresciam de forma maravilhosa, se tornavam independentes e esqueciam todas as preocupações materiais, estavam alertas para a luz e para a terra, se importavam mais com o movimento do rio do que com qualquer objeto comprável ou qualquer fofoca da escola. Josie estava orgulhosa deles, de suas almas que se purificavam, da forma como agora não exigiam nada de sua mãe, dormiam a noite inteira, apreciavam a execução das tarefas domésticas, gostavam de lavar as próprias roupas — e agora eram incomparavelmente melhores do que tinham sido em Ohio. Estavam mais fortes, mais espertos, mais morais, éticos, lógicos, respeitosos e corajosos. E, Josie se deu conta, era isso, acima de tudo, que ela queria dos filhos: queria que fossem corajosos. Sabia que iam ser gentis. Paul nasceu assim e Josie ia cuidar para que Ana fosse gentil, mas já era corajosa! Ana era intrinsecamente corajosa, mas Paul estava aprendendo isso. Ele já não tinha mais medo do escuro, se enfiava em qualquer mata, com ou sem luz. Certo dia, quando Josie estava voltando da mata, viu os dois na encosta do morro, perto do chalé, ambos descalços, os pés farfalhando na rasa camada de folhas, com seus arcos e flechas nas mãos, olhando para algo que Josie não enxergava. Virou-se, observou atentamente a floresta e, afinal, viu um cervo com chifre de dez pontas andando no meio das bétulas, as costas retas e orgulhosas. Seus filhos miravam para ele do outro lado do morro, onde o veado não podia ouvi-los. Eles tinham se transformado em outra coisa, completamente distinta.

Durante todo o tempo, Josie estava em busca de coragem e pureza nas pessoas do Alasca. Não tinha imaginado que podia, simplesmente — não simplesmente, não, mas vá lá —, que podia criar essas pessoas.

Mas a comida foi acabando, um item de cada vez. Primeiro, ficaram sem leite, depois suco, e passaram a beber só água, primeiro do bebedouro, depois da cachoeira. Deram cabo dos legumes, depois das maçãs e, por fim, das batatas. Viveram de nozes, bolachas e água durante dois dias, até que uma viagem à cidade se tornou inevitável.

"Vamos amanhã", disse Josie.

"Não quero ir a lugar nenhum", disse Ana.

A ideia de dirigir o Chateau outra vez e de se expor à estrada, a perspectiva de encontrar alguém que ainda pudesse estar atrás de sua família encheu Josie de um terror arrepiante. A fim de reduzir o risco, foi à garagem com uma chave de parafuso, com a intenção de retirar as placas do veículo. Estava no meio do caminho quando ouviu Paul chamando.

"Um mapa!", gritou ele, enquanto descia pelo caminho ao encontro de Josie, com Siga correndo atrás.

"É aqui que a gente está?", perguntou Paul. Tinha aberto o mapa no chão entre eles. Era um mapa minucioso, mostrava cada metro de elevação, um labirinto de linhas verdes, números e caminhos denteados, mas localizaram a mina e, por fim, chegaram ao local exato do chalé. "A gente está aqui", disse Paul.

"Certo", respondeu Josie.

"Tem uma cidade para cá", explicou Paul, apontando para um pequeno espaço quadriculado que parecia ficar logo depois de uma serra, a poucos quilômetros dali, em linha reta. Parecia haver uma trilha que passava por cima da serra e que levava até a cidade, por uma estrada vicinal. Eles iam sair da trilha como se fossem andarilhos e depois sumiriam de novo, como andarilhos, e ainda que alguém reparasse neles e recordasse o cabelo de Ana, como um matagal de cor laranja, a única coisa que poderiam dizer era que eles tinham vindo da floresta ou que voltaram para a floresta.

"E olhe aqui", disse Paul, apontando para uma larga faixa azul. "Acho que é um rio."

"O Yukon", disse Josie. Estavam no rio Yukon, ou a pouca distância dele e, durante todo aquele tempo, não tinham a menor ideia disso.

"Vamos levar Siga?", perguntou Paul.

Discutiram a ideia de deixá-la sozinha no chalé, o que pareceu pouco sensato — ela ia rasgar tudo lá dentro. Podiam trancá-la no banheiro, mas isso já seria crueldade.

"Acho que vamos ter de levar", disse Josie, ao pôr suas feras para dormir.

Josie sentou-se ao ar livre, escutando a noite maluca, com o violão furado à bala no colo. Não queria ir à cidade. Tinha começado a pensar que podiam ficar na mata por tempo indefinido. Por enquanto, não sentia falta de ninguém nem de nada. Tentou tirar um acorde decente do violão e não conseguiu. Tentou tocar uma corda, qualquer corda, para produzir um som agradável, e não chegou a lugar nenhum. Baixou o violão, entrou no chalé e achou Siga, de pé em cima do futon, como se estivesse à espera de sua companhia. Josie ergueu a cadela, que não pesava mais do que uma cenoura, levou-a para fora e fez festinhas, até seu pelo preto se acalmar, e Siga voltou a dormir. Estava mais ou menos no horário em que a campainha do telefone havia tocado, na outra vez, por isso as costas de Josie estavam tensas. A porta do chalé rangeu.

"Mãe?" Era Ana.

"Você não pode estar acordada", disse Josie.

"Mas estou", disse Ana.

Chegou perto da cadeira de Josie e encostou-se nela. Estava usando sua cara conspiratória, a que usava quando chamava Josie pelo nome. Desenhou círculos no braço de Josie, a boca se moveu, como se estivesse treinando algo que precisava dizer.

"O que foi?", perguntou Josie.

"Mãe, eu sei que o papai morreu." Deu um sorriso de desculpas.

"O quê?", disse Josie.

Uma faísca de dúvida penetrou nos olhos de Ana. "Ele morreu, não foi?"

"Não." Josie passou o braço em volta de Ana e puxou-a para perto. "Não, meu anjo", disse dentro do matagal do cabelo de Ana, que cheirava a fumaça de lenha, sol e suor.

Ana empurrou-a para trás. "Mas, então, onde é que ele está?"

Delicadamente, Josie colocou Siga no chão, levantou Ana, a pôs no colo e dobrou suas perninhas de modo que pudesse envolver a filha entre os braços, manter todas as partes de seu corpo seguras. Pensou em como responder à pergunta de Ana, como desconversar, dizer que o pai estava longe, ou que eles estavam longe, ou de férias, ou que as pessoas se afastam, ou fazer alguma meia promessa de que o veriam em breve. Mas Josie sabia que estava na hora de ligar para ele. Experimentou um repentino carinho por Carl, porque havia ajudado a criar aquela criança sentada no seu colo, que tinha começado a pensar que, se Jeremy tinha ido embora e morrido, seu pai, que tinha ido embora, também havia morrido. De manhã, na cidade, ia telefonar para Carl e para Sunny, ia contar para todo mundo onde ela estava e por quê, para que soubessem que eles iam voltar.

XX.

Era absurdo trancar uma casa que eles tinham invadido, mas Josie trancou, ciente de que, se voltassem e vissem algum sinal de recém-chegados — por exemplo, seus moradores legítimos —, provavelmente eles poderiam alcançar o Chateau sem ser vistos. Pensou se devia levar consigo a bolsa de veludo, mas, como o chalé era agora sua casa, achou que a bolsa estava mais segura lá dentro do que com eles. Escondeu-a embaixo da pia, atrás dos produtos de limpeza.

Subiram pela trilha que passava pelo último prédio da mina, um barracão que agora tinha só uma parede de pé, pularam uma cerca baixa e continuaram. A trilha subiu o morro por uns quatrocentos metros, antes de virar e contornar outro pico baixo, que eles conseguiam avistar do chalé.

"Deve ser o monte Franklin", disse Paul, e Josie ficou emocionada de acreditar que aquilo era possível: que eles podiam entrar num território desconhecido com um mapa feito à mão e que veriam pontos de referência reais que tinham certa semelhança topográfica com os dados do mapa, encontrado no chalé.

Contornaram o morro e passaram por um bosque de pinheiros com enorme facilidade, podiam avistar a cidade lá embaixo, bem pequena, não mais do que algumas centenas de habitantes, a maioria das construções erguida na beira do rio. A água era azul e marrom e viajava lentamente, mas reluzia com atrevimento, no sol da metade da manhã. O resto da caminhada, mais ou menos um quilômetro e meio morro abaixo, foi estonteante, as crianças desceram a galope pela trilha poeirenta, com Siga à frente, depois atrás, dando voltas, e todos achando que estavam fazendo algo extraordinário.

Separando a trilha da cidade, havia um pequeno estacionamento de trailers, um círculo de veículos em torno de uma área de piqueniques, mesas brancas dispostas em meia-lua. Josie parou, olhou para os filhos, na esperança de que, juntos, eles tivessem o aspecto de uma família voltando de uma breve caminhada pelas montanhas. Ana calçava tênis comuns e Paul estava com suas botas de couro. Levava uma mochila escolar, e Ana, um pedaço de pau em forma de metralhadora — tinha prometido à Josie que não ia atirar. Prenderam a trela de corda na coleira de Siga e saíram da trilha. O estacionamento de trailers estava vazio, a não ser por um casal idoso, sentado em cadeiras dobráveis, que estava olhando para o sol, do outro lado do terreno. Quando chegaram à rua principal do vilarejo, viram que não era um dia comum para a população.

"Mãe, hoje é feriado?", perguntou Paul.

Josie teve de pensar um segundo. Não seria o Dia do Trabalho? Não. Era muito tarde para essa data. Mas as ruas tinham sido bloqueadas para um desfile. Estava terminando naquela hora, porém Josie, Paul e Ana encontraram um cantinho no meio-fio e sentaram, quando uma banda escolar, pequena, mas barulhenta, estava passando, tocando uma canção soul da década de 70 que Josie não conseguia localizar na memória e que estava sendo tremendamente maltratada. A banda foi seguida por um grupo de mulheres idosas que pilotavam pequenos tratores de cortar grama. Depois, um carro conversível que levava JULIE ZLOZA, DONA DE UMA FAZENDA DE ÁRVORES, PROFESSORA, que era candidata a deputada estadual. A seguir, mais ou menos uma dúzia de crianças de bicicleta, vestidas como soldados do tempo da revolução. Um grupo da Sociedade Protetora dos Animais da localidade, na esperança de atrair espectadores dispostos a adotar seis ou sete cães que também estavam desfilando, dois deles pernetas. A escola média local veio com um carro alegórico, onde todas as atividades extracurriculares pareciam estar representadas — meninas gêmeas em uniformes de caratê, um garoto alto com uniforme de basquete, um menino pequeno com uma medalha de ouro, na certa algum tipo de decatleta acadêmico. Caminhando atrás do carro alegórico vinha um garoto sozinho, vestido com uniforme de futebol americano. O último carro alegórico do desfile levava uma banda, dez ou doze adultos, muito espremidos, que tocavam violões, banjos e rabecas, tudo acústico, lançando aos ares músicas americanas tradicionais, diante da indiferença geral da multidão que se dispersava.

Eles seguiram as poucas centenas de pessoas do vilarejo até um parque, onde uma placa anunciava que ia acontecer uma festa de aniversário, que começaria em poucos minutos, em homenagem ao Urso Smokey.

"Quem foi convidado?", Ana quis saber.

"Não é esse tipo de festa", disse Paul.

"Posso ver o convite?", perguntou Ana.

Quando chegaram ao parque, ao pé de um morro coberto de árvores, encontraram a maioria dos habitantes do vilarejo, alguns reunidos em torno de mesas de piquenique, outros na fila para entrar no pula-pula inflável em forma de onda do mar, que tinha na crista um trio de surfistas infláveis.

Já havia uma mesa pronta com um bolo de tabuleiro grande e triste, no qual estava escrito apenas SMOKEY e, em volta do bolo, havia diversos livretos sobre medidas de segurança contra incêndio, que estimulavam os participantes da festa a apoiar o trabalho dos guardas-florestais. Ana e Paul foram atraídos por um caminhão de bombeiros, onde um bombeiro de cavanhaque mostrava como usar o machado. A seu lado, uma mulher de roupa cáqui, com um penteado bufante e alto, mostrava às crianças reunidas à sua volta o funcionamento de uma mangueira de incêndio de alta pressão. Josie pensou na estranha matemática do negócio do combate a incêndios, na ocasião. Aqueles dois estavam comemorando o aniversário do Urso Smokey, muito pacientes e despreocupados, enquanto em outra região do estado um pelotão de presidiários enveredava a duras penas num território desconhecido.

Houve um suspiro de espanto e todas as cabeças viraram. Descendo o morro atrás deles veio um par de mulheres de macacão, cada uma segurando uma das mãos de um urso gigante, de jeans. Era o Smokey. Só que aquele Smokey tinha envelhecido, havia levado uma vida sedentária. Aquele Smokey andava muito devagar e usava a calça com a cintura muito alta, na barriga. Ele saiu da mata parecendo um homem idoso que tinha ficado no hospital por muitos meses e, pela primeira vez, estava andando à luz do dia, mais ou menos com suas próprias forças.

Smokey avançou pisando com cuidado, até se pôr diante da plateia, e fez um aceno hesitante e curto. Não era o mesmo urso que tinham visto nos filmezinhos de televisão que passavam em toda parte, sobre prevenção de incêndio. Aquele Smokey de antes era um monumento marrom insuperável. Aquele Smokey tinha se misturado com os pensamentos de Josie, enquanto Jim se apertava por dentro dela, no Chateau, um século atrás. Mas esse Smokey agora, parado diante de um bolo de aniversário (sem velas) e que continuava a ser amparado por suas duas ajudantes, não tinha a menor ideia de onde estava.

Ana e Paul foram cada vez mais atraídos pelo pula-pula inflável em forma de onda do mar. Ana pediu, Josie deixou e Paul foi atrás da irmã, abrindo mão da guia de Siga. Josie e a cadela vagaram pelo parque; depois, como não queria ficar no meio dos pais que vigiavam os filhos enquanto subiam e deslizavam na onda inflável — Josie ainda não estava pronta para travar conversas —, parou embaixo de um pinheiro pequeno e ouviu sons fracos de música ao vivo, que começavam e paravam e pareciam vir da mesma banda do desfile.

Olhou em volta e, por fim, viu num canto, entre as árvores do parque, uma roda de adultos que tocavam violões e gaitas de boca e, o que era aquilo, um oboé? Era a mesma banda, porém agora ampliada para nove ou dez pessoas. Seus braços iam e vinham furiosamente vibrando as cordas, os ombros se mexiam e um homem, o que olhava para ela de modo mais direto, estava sentado sobre as pernas dobradas para fora e movia as pernas no ritmo da música, para cima e para baixo, como um sapo. Quando ele ergueu a cabeça, porém, Josie se escondeu atrás de uma árvore e, por um tempo, ficou ali, sentindo-se ridícula, pois Siga continuava perfeitamente visível, e a guia denunciava onde ela estava, se alguém quisesse saber.

"Estou vendo você", disse uma voz.

Josie não falou nada, não fez nada.

"Atrás da árvore. Todo mundo está vendo você e seu cachorro-porco. Saia daí."

Josie queria correr. Eles ainda não conheciam seu rosto. Se fosse embora correndo, talvez conseguisse retornar, mais tarde, não como a mulher que tinha ficado escondida atrás da árvore, mas como uma pessoa normal. Podia trazer os filhos.

"Vamos lá", disse a voz, e Josie saiu acanhada, foi andando na direção da roda de adultos, viu que a maioria dos rostos olhava para ela, e todos sorriam com perfeita sinceridade.

"Venha, sente aqui", disse o primeiro rosto. Era a voz que a havia descoberto, tinha falado com ela. Era um homem barbado e magro, na faixa dos quarenta, ágil e de olhos brilhantes, camisa xadrez e boné de beisebol. Apontou um lugar perto dele, só que de frente para ele.

"Meus filhos estão no pula-pula inflável", disse Josie, apontando com a cabeça para o enorme balão em forma de onda, do outro lado do parque. Sentou-se entre uma loura que segurava no colo uma espécie de cravo musical e o homem com o oboé. O barbado recomeçou a tocar e o som era mais alto do que antes. Josie estava no meio do som, o caos estrondoso da música, a violência diagonal das palhetadas nas cordas, os cortantes golpes de arco do violinista, e a música sempre alegre, de festa. Qual era a canção? Era meio folclórica, mas tinha uma mistura de bossa nova no meio, e quando Josie achou que a tinha reconhecido, um homem perto dela, já nos seus tranquilos setenta anos de idade, com um emaranhado de cabelos grisalhos e de barba grisalha, cujo redemoinho mais parecia a imagem aérea de um furacão, começou a cantar.

In che mondo...
Viviamo, im-pre-ve-dibile...

Não era italiano? Ela não esperava a língua italiana da boca daquele homem, naquele vilarejo remoto, naquele parque perto do rio Yukon. Os olhos dele estavam fechados. Ele sabia cantar. O que significavam as palavras? Josie imaginou que fosse algo como: "Neste mundo/ em que vivemos/ incrível". Depois, ele cantou o mesmo verso, ou uma versão, em inglês, e não foi nem de longe o que ela esperava.

Neste mundo,
Em que vivemos. Imprevisível. Imprevisível.
Neste mundo de dor existe justiça, existe beleza...

Uma canção linda, linda demais para aquele parque, naquela tarde, linda demais para ela. O sol estava bem no alto, executando sua intoxicação, e Josie foi imediatamente capturada e começou a balançar a cabeça e bater os pés.

In che mondo...
Viviamo, im-pre-ve-dibile...

Josie voltou-se para o lado direito para olhar para o homem que tocava oboé e, quando ele viu que Josie estava olhando para ele, para seus dedos compridos sobre o tubo comprido e preto, piscou. Será que já existiu no mundo alguma coisa mais fálica e menos sedutora do que um oboé? No lado oposto da roda, uma mulher tocava violino, se bem que, naquele contexto, provavelmente devia ser uma rabeca. Josie observava todos eles, as mãos que disparavam para cima e para baixo repetidamente. Não eram movimentos naturais. Sem som, os movimentos que eles faziam pareceriam uma loucura. Aqueles gestos drásticos para cima e para baixo, os queixos e as bochechas colados àqueles instrumentos de madeira, os dedos que tocavam nas cordas em determinados pontos, em determinados momentos.

E de repente a canção terminou e Josie sentiu-se exaurida. Aquelas pessoas não sabiam o que tinham acabado de fazer. O que eram capazes de fazer. Aqueles músicos desgraçados. Eles nunca sabem o poder que têm. Para as pessoas que não têm nenhum talento musical, para Josie, o que eles eram capazes de fazer sentados num parque, perto de uma onda do mar inflável, era ao mesmo tempo milagroso e injusto. Ficaram ali sentados, afinando as cordas, sorrindo para ela, murmurando sobre claves musicais e sobre o clima, enquanto Josie tinha a sensação de que acabara de ouvir algo absoluto em seu poder de justificar sua vida. Seus filhos justificavam suas respirações diárias, seu uso dos recursos planetários, e depois aquilo — sua capacidade de ouvir uma canção como aquela, num grupo como aquele. Ali estavam as três justificativas elementares de sua vida. Sem dúvida, ela estava esquecendo outras coisas. Mas o quê?

"A gente está só improvisando", disse o barbado.

Seu desgraçado, Josie teve vontade de retrucar. É mais do que isso. Para vocês, é muito fácil, mas para nós, para o resto, é difícil demais.

"Quer pedir uma música?", perguntou ele. "Meu nome é Cooper."

Josie balançou a cabeça, agora tentando se encolher. Só queria ficar ouvindo, sem participar daquilo. Queria voltar para trás da árvore a fim de escutar sem ser vista.

"Qualquer coisa", respondeu. Agarrou um punhado de grama embaixo de onde estava sentada e puxou. Será que aquela turma conhecia "Carousel"?, pensou. "Kiss Me, Kate"?

"Diga o nome de uma música. Aposto que eu conheço", disse Cooper. Agora, a maioria dos rostos estava olhando para ela, na verdade queriam um pedido. Talvez estivessem cansados uns dos outros, aqueles mágicos mimados.

"Está bem", disse Josie, sua voz soou rouca. Havia canções que Josie conhecia, havia canções que ela sabia que eles conheciam, e havia também canções que ela sabia que eles iam querer tocar, por isso optou pelo terceiro tipo.

"This Land Is Your Land"?, disse ela, e deu de ombros, embora soubesse que eles iam adorar. Houve alguns sorrisos e meneios de cabeça. Josie tinha feito uma boa escolha e eles começaram a se colocar em posição. O cravo iniciou e o resto dos músicos foi atrás. Tocaram a canção inteira, os seis versos completos, oito refrões, e fizeram questão de que Josie cantasse também. A canção pareceu demorar vinte minutos, uma hora. De vez em quando, ela olhava para o pula-pula inflável, avistava Paul e Ana galgando a escada inflável, deslizando pela onda e recomeçando tudo de novo.

"Você toca alguma coisa?", perguntou o homem do oboé.

Josie respondeu que não, que não tinha a menor aptidão.

"Mas já tentou aprender?", perguntou.

"Tantas vezes, meu Deus", disse Josie, e era verdade. Durante toda a adolescência e ainda depois de fazer vinte anos, experimentou o piano, o violão, o saxofone. Era igualmente incapaz em todos eles.

E agora viu Paul de pé no fundo da onda inflável, olhando em volta, a mão servindo de pala acima dos olhos, um batedor à procura dos reforços.

"Tenho de ir", disse Josie, e levantou-se. Houve alguns murmúrios de lamento e alguém, talvez Cooper, lhe disse para voltar, disse que eles tocavam todo sábado e domingo ao meio-dia, que todo mundo era bem-vindo e, enquanto estava falando, Josie se deu conta de que devia ser sábado, por isso o desfile, por isso todo mundo estava de folga do trabalho, e se deu conta de que no dia seguinte eles iam tocar de novo e ela queria estar ali.

Voltou até a onda inflável do pula-pula e, por um tempo, ficou olhando seus filhos escorregando, pulando para fora e subindo de novo. Mas aquilo não era civilizado. Havia crianças demais e todas eram maiores do que Paul e Ana, e havia corpos para todo lado, esbarrando uns nos outros, quando desciam, pés e cotovelos que passavam bem pertinho do rosto e do pescoço dos outros. "Cuidado", disse ela, mas os filhos não estavam ouvindo. Eles não tinham medo, eram capazes de se esquivar sozinhos. Aqui, Josie estava observando a resiliência no nível genético. Observava os filhos subirem a escada inflável, com outras crianças acima deles, pés pisando em suas mãos, e depois observava os dois desabarem, a cabeça batendo no joelho e na barriga de outras crianças, e embora os olhos de Paul e Ana, no início, ficassem arregalados com o choque e com a consciência de que podiam sofrer por causa de seus pequenos machucados, preferiam rolar para fora da onda inflável e subir de novo, várias vezes seguidas.

"Espere aqui", disse ela para Paul. "Volto num instante."

Deu meia-volta e caminhou na direção da roda de músicos, mas eles tinham ido embora. Josie percorreu o parque com os olhos e, afinal, localizou um deles, Cooper, andando no sentido do estacionamento. Correu na direção dele, mas cuidando para que a onda que abrigava seus filhos ficasse sempre ao alcance de sua visão. Cooper viu a aproximação dela e um sorriso curioso dominou seu rosto.

"Woody Guthrie", disse ele, parado, segurando a caixa do violão.

"Isso vai parecer estranho", disse Josie para ele, "já que não sei nada de música, mas, durante um tempo, eu tive um pouco de música dentro da cabeça e, desde que ouvi vocês tocarem, fiquei com a ideia de que talvez você pudesse me ajudar."

"Você tem música dentro da cabeça?"

Josie lhe dirigiu um olhar de súplica, que dizia: *Por favor, não tire sarro.*

"Não, não", disse ele. "Eu saquei. Você precisa de um compositor?"

Josie não sabia se ela estava pensando em compor ou em alguma outra coisa. "Não sei", respondeu. "Acho que, se você tocar alguns acordes, vou saber quais eram os sons que eu tinha na cabeça e a gente podia ir fazendo assim."

"Humm", disse ele, olhando para a grama, um sorriso reservado dominou seu rosto. Josie sabia que ele estava pensando que aquilo era alguma desculpa para ir para a cama com ele. Ela precisava não perder o rumo e isso exigia uma mentira.

"Estamos passando algumas semanas aqui, enquanto meu marido está no Japão, a negócios", disse, feliz por seus filhos não estarem perto, para ouvirem tamanha conversa fiada. "Mas, quando vi vocês tocando, tive essa ideia. Eu podia recompensar vocês. Não pude deixar de perceber que um pouco de tratamento dentário seria bem-vindo para alguns músicos da sua banda. E eu sou dentista."

Cooper esfregou as pontas da barbicha no queixo. "Então, aulas de música em troca de tratamento dentário?", disse. Parecia achar uma transação perfeitamente racional.

"Não são aulas, exatamente", respondeu Josie, e explicou que queria que ele tocasse e que ela pudesse ouvir e, quando percebesse algo de que gostasse, poderia dizer para ele tocar mais, ou mais depressa, ou mais devagar. Ela saberia o que queria ouvir depois de ouvir. Explicou que não tinha nenhum dom para a música, mas conhecia música, ou tinha ouvido muita música, e tinha composto uma porção de melodias na cabeça, ou pelo menos tinha pensado nas melodias, um lampejo aqui, outro ali, só que não conseguia articular a música na cabeça nem escrever a música no papel, nem mesmo sabia quais eram os sons de cada instrumento.

Cooper fez que sim com a cabeça, devagar, assimilando tudo aquilo.

"Faz sentido", disse ele.

"Onde é que você estava?", Paul queria saber.

"Lá", disse ela. "Pertinho das árvores."

Por algum motivo, não queria, por enquanto, explicar para ele como era a roda de músicos populares, embora não conseguisse entender por quê. Como notava tudo, Paul compreendeu que ela estava escondendo alguma coisa, deixou isso claro com seus olhos indagadores e decepcionados, mas não forçou.

"A gente está com fome", disse.

Caminharam pelo vilarejo em busca de um mercado, esperando achar uma mercearia pequena, mas em vez disso, no fim da rua principal, havia uma loja enorme, grande o bastante para abrigar toda a população do vilarejo. E na frente, ao lado da entrada, havia um negócio incompreensível: um telefone público. "Vamos", disse Josie, enquanto juntava umas moedas. Paul, Ana e Siga sentaram diante da cabine, ficaram observando os habitantes entrarem e saírem da loja, para reabastecer seus churrascos e seus piqueniques. A barriga de Josie gelou. Durante semanas, tinha vivido completamente afastada de sua vida em Ohio, de Carl, da Flórida, dos processos judiciais, de uma possível perseguição policial.

"Estão prontos?", perguntou para os filhos.

"Para o quê?", perguntou Paul.

"Nada", respondeu Josie, se dando conta de que, na verdade, tinha feito a pergunta para si e ciente de que a resposta era *Meu deus, não*. Discou o número sem pensar. Um toque minúsculo e distante chegou através da linha.

"Alô?" A voz de cristal de Sunny.

"Sunny, sou eu", disse Josie, e baixou o olhar para Ana, que tinha os olhos arregalados. Os olhos de Josie se encheram de lágrimas.

"Ah, Josie, meu anjo", disse Sunny, "onde você está? Falei com Sam. Ela disse que você foi embora sem se despedir."

Josie imaginou Sunny em sua casa, a mesma casa, sentada na sala de estar, onde gostava de dar telefonemas, enquanto via os beija-flores pousarem no comedouro que ela havia instalado.

Josie fez uma bela confusão ao tentar descrever um pouco de sua viagem, depois do encontro com Sam. Dava a impressão de que tinham passado anos, desde que saíram de Homer.

"Eu sempre quis ir lá", disse Sunny. "Agora, estou velha demais."

"Deixe disso", respondeu Josie.

"Carl ligou", disse Sunny, e pareceu esperar alguma expressão de choque, só que Josie não conseguiu respirar nem articular palavras. Por causa da idade de Sunny, Josie pensou: Será que Sunny contou onde estamos?

"E o que você falou para ele?", perguntou Josie.

"Ah, eu não atendi. Não liguei de volta. Deveria?"

"Não, não. Por favor, não. Eu ligo para ele."

Ana estendeu a mão para o telefone e Josie cedeu. "Oi", disse ela. "É a Ana que está falando." Por um minuto, Ana segurou o fone perto do rosto, fazendo que sim com a cabeça, de vez em quando. Em geral, esquecia que o interlocutor não podia vê-la e achava que sinais com o rosto bastavam. Perdendo o interesse, ela devolveu o fone para Josie.

"Josie", disse Sunny. O tom da voz tinha baixado uma oitava. "Sabia que ela morreu?"

"Quem morreu?"

"Evelyn Sandalwood."

Josie não sabia.

"Faz só cinco dias", disse Sunny. "Foi durante uma cirurgia relacionada com o câncer."

Josie não disse nada.

"Você não sabia... ah, meu Deus, era o que eu imaginava. Josie?"

"Estou bem", disse, mas percebeu um tremor rouco na voz.

"Helen tomou a liberdade de ligar para o seu advogado. Ao que parece, nada mudou. Mas, provavelmente, você podia imaginar isso."

Josie não tinha a menor ideia do que dizer. Olhou em volta, para o topo da cabeça dos filhos. Ana afagava o rabo de Siga, enquanto Paul olhava para um dos carros alegóricos do desfile, agora já desmontado e a caminho de casa.

"Aquela luta toda, para nada", disse Sunny. "Ela não vai tirar nada disso tudo. Está morta. Você não tem nada. É um absurdo. Mas, Josie."

"Sim?", disse.

"Eles não derrotaram você."

Josie sabia disso. "Eu sei", respondeu, e então sentiu uma onda de vigor. O que ela sentia não era derrota, mas triunfo. Estava pensando: Evelyn, eu voei para o norte, para longe da sua raiva. Pensou no genro de Evelyn, nos advogados, em todos os olhos traiçoeiros daquela gente, e pensou: *Voei para longe de seu rancor. Fugi para bem longe e seu rancor nem tocou em mim. Fui embora. Estou fora.*

"Você tem razões de sobra para ter dúvidas", disse Sunny.

Mas Josie não se sentia em dúvida. Sentia-se invencível. Sentia-se pronta para continuar. Não precisava de nada que já não tivesse ali, com ela. Tinha a voz de Sunny, tinha Ana, tinha Paul. Disse para Sunny que a amava, que ia telefonar de novo, em breve, mas não tinha certeza de quando ia acontecer. Também tinha planejado telefonar para Carl, mas agora achou que isso podia esperar. Chega de notícias de casa por hoje.

"Tem de deixar o bicho do lado de fora", disse a mulher do caixa da loja. Tinha ficado o tempo todo olhando para as crianças com Siga e, quando tentaram entrar com a cadela, a mulher já estava a postos.

"Não é ele, é ela", disse Ana, mas a mulher não ligou.

Amarraram Siga numa estaca, do lado de fora. "A gente não vai demorar", Paul explicou para Siga, que ficou dançando em círculos, de um jeito que sugeria que, quando voltassem, veriam que ela havia mijado ou defecado na calçada. Josie fez uma anotação mental para comprar sacos plásticos.

"Como é claro", disse Ana, e os três passaram um minuto inteiro parados na porta, a loja parecia ter quarenta metros de largura, duas dúzias de corredores com comida estocada até dois metros de altura. Fazia poucas semanas que tinham entrado numa loja como aquela, mas pareciam anos. Os clientes eram as mesmas pessoas que Josie tinha visto no desfile e no parque, jeans e bonés de beisebol, só que agora Josie se sentia uma estrangeira no meio delas. Debaixo daquelas luzes, em meio a toda aquela fartura, tudo tão limpo, o piso antisséptico e as luzes branco-azuladas, ela sentiu um desconforto.

"A gente pode usar o banheiro de verdade?", perguntou Paul.

"Se você encontrar", respondeu Josie, e Ana foi com ele.

Josie pegou um carrinho, saiu logo andando e foi enchendo de tudo de que precisavam — arroz, feijão, latas de sopa e de milho. Evelyn Sandalwood tinha morrido, Josie pensou no enterro, naquela raiva toda. Ao telefone, Sunny pareceu tão velha. Que idade tinha, agora? Setenta e cinco. Setenta e seis. Josie precisava ver Sunny em breve. Ah, meu Deus, pensou, ao imaginar Sunny ainda mais velha, incapaz de cuidar de si mesma. O que vai acontecer? Algum pacto entre todas as jovens que ela ajudou viria em seu socorro. Josie teria de vê-la. Teria de estar lá, para ela. Ah, meu Deus, pensou. Naquele momento, sentiu uma desesperada saudade de Sunny. Queria ligar para ela de novo, ver Sunny já. Mas então sua mente voltou atrás, fincou pé de que precisava continuar em movimento. De que, ali, ela era mais saudável, de que ela e os filhos estavam crescendo muito mais do que ela havia imaginado um mês antes. Será que isso significava que podiam não retornar nunca mais para sua vida anterior? Nenhuma decisão era necessária por enquanto, ela sabia. Naquele momento, eles iam tratar de arranjar comida, voltar ao chalé e depois, o quê?

Paul e Ana saíram do banheiro. Encheram o carrinho de pão, suco em latinha, leite comum, leite em pó, cereais, granola, legumes, uma variedade de carnes, e levaram tudo para a mulher que havia barrado a entrada de Siga.

"A gente pode ir ver a Siga?", perguntou Paul.

"Fiquem na calçada", disse Josie.

Porém, antes de terminar de pagar — cento e oitenta e oito dólares, um crime, um escândalo —, eles voltaram. "Tem uma senhora lá", disse Paul.

"Uma malvada", disse Ana.

Josie pagou, deixou os sacos dentro da loja e acompanhou os filhos para fora. Ao lado de Siga, segurando a guia, estava uma mulher grande, de cabelo preto com riscos azuis. "Esta cadela é minha", disse.

"Desculpe, como assim?", disse Josie.

"Onde foi que vocês a pegaram? Será que vou ter de chamar a polícia?" A mulher vestia um colete acolchoado e jeans e tinha pegado o celular. Os olhos de Paul estavam molhados. Ao ver o estado do irmão, Ana começou a chorar, as lágrimas como pequenas joias de plástico que rolavam pela face.

Josie explicou que Siga estava do outro lado da serra, na mina, a pelo menos três quilômetros da cidade, que o animal estava assustado e aflito. "Sua cadela seguiu meus filhos até em casa", disse ela. "Nós lhe demos comida e cuidamos dela."

"Ninguém mora lá", disse a mulher, se referindo à mina. "Acho que vou ter de chamar o xerife."

"Estamos tomando conta de uma casa", disse Josie, já sentindo a necessidade de abandonar aquela conversa, aquela mulher, sua postura agressiva, seus olhos ferozes de indignação. Paul e Ana, agora, estavam atrás de Josie, escondidos. Josie sabia que a cadela estava perdida — a mulher, obviamente, era a dona —, a cidade era muito pequena, e a mulher, provavelmente, conhecida de todo mundo. "Nós salvamos o animal", disse Josie. "Meus filhos a resgataram."

A mulher inclinou-se para trás e cruzou os braços, fazendo que sim com a cabeça e sorrindo, como se já tivesse ouvido aquelas lorotas muitas vezes antes. Era tudo que Josie podia fazer, a não ser dizer A *senhora não merece essa cadela* ou *Vá para o inferno*, mas sabia que eles tinham de ir embora, evaporar. "Vamos", disse, e empurrou seus filhos chorosos de volta para a loja, onde juntaram suas sacolas e saíram pela porta dos fundos.

"Tudo bem", disse Josie, enquanto caminhavam para a entrada da trilha, mas sabia que não estava tudo bem. Paul arrastava os pés atrás de Josie e Ana, suspirando, tinha os ombros caídos. "Ela tem uma casa boa", disse Josie por cima dos ombros, mas sabia que não era verdade também. Num esforço para alegrar o irmão, Ana estava andando com as mãos enfiadas na calça.

"Estou com as mãos nas calças!", gritou, e Paul virou os olhos para o alto.

Estavam quase na entrada da trilha quando Josie se deu conta de que também não podiam ir para lá. Não à luz do dia. Havia chances remotas, mas a dona de Siga podia comunicar à polícia que uma mulher com duas crianças tinha encontrado sua cadela na mina, talvez tivesse invadido uma casa vazia, na certa ia acabar roubando outros animais e cuidar deles.

"Esperem", disse, e olhou em volta. Havia o estacionamento de trailers, à frente, uma mulher mexendo numa antena de sinal de satélite instalada no seu telhado. Havia um hidroavião que voava baixo por cima de uma fileira de pinheiros. E, depois das árvores, havia o rio Yukon. "Vamos para lá. Piquenique."

Instalaram-se na curva do rio, Ana achou um pedaço de pau pontudo e molhou a ponta na água. Levou a ponta até o nariz.

"Cheira a água limpa", disse.

Comeram melancólicos e viram passar um barquinho sem tripulantes, levado rio abaixo pela correnteza. Josie pensou em Evelyn, queria evocar alguma tristeza por sua morte, mas a única sensação foi a do desperdício daquilo tudo, a raiva deslocada, a inevitabilidade de vítimas produzirem novas vítimas.

"Está ficando escuro", disse Paul, e apontou para a luz que escoava.

"Vamos depressa", disse Josie. Ela estava levando as compras em seis sacolas plásticas, três balançando em cada mão. Paul e Ana insistiram em levar uma parte, mas Josie sabia que iam abandonar as sacolas em minutos, por isso distribuiu o peso entre as mãos e os três foram andando ligeiro.

"Está escuro demais", disse Ana.

Quando chegaram, a noite já havia descido e os trailers no estacionamento estavam banhados pelo luar. A lua estava no quarto crescente, com matizes rosados e laranja, e não brilhava o suficiente para guiá-los.

"Desculpe", disse Josie.

Havia uma loja aberta, ali perto, um posto de gasolina por onde haviam passado e que parecia ter uma loja de conveniência anexa, por isso Josie conduziu os filhos pela estrada lateral, por baixo das luzes brilhantes e para dentro da loja. Ainda tinha oito dólares e alimentou a esperança de que a loja tivesse algum modelo de lanterna pequena, do tipo que se usa como chaveiro.

Não tinham aquilo para vender. Josie mandou Paul dar uma busca na loja, mas não adiantou. Tinham só uma lanterna à venda, um aparelho de quarenta e cinco dólares que parecia capaz de lançar sinais para aviões e navios.

"Vocês não têm uma lanterna comum?", perguntou Josie para a mulher no balcão.

"Desculpe", respondeu. "Mas temos velas. Você ficou sem luz?"

Pelo visto, tinha havido cortes de luz causados pelos incêndios descontrolados e a loja teve de abastecer a população de velas. O estoque havia esgotado três vezes no último mês, explicou a vendedora. E assim Josie saiu do posto de gasolina com uma embalagem de doze velas, todas com uma borda de lata, que servia para recolher a cera, além de uma caixa de fósforos. Com isso, fariam o caminho através do bosque, por cima da serra, de volta para o chalé.

"Vai ter uma vela para cada um?", perguntou Paul.

Josie tinha certeza de que a única maneira de conseguir fazer os filhos cumprirem aquela tarefa, caminhar por dentro de um bosque escuro às nove horas da noite só com velas para iluminar seu caminho, seria deixar que cada um deles segurasse sua vela.

"Sim", disse ela, como se, desde o início, o plano tivesse sido esse. Então, se dando conta de que, com as mãos cheias de sacolas de compras do mercado, ela não poderia segurar vela nenhuma, disparou o golpe de misericórdia. "Vocês dois é que vão ter de iluminar nosso caminho. Eu não posso fazer isso."

Aquilo pareceu mais dramático do que ela pretendia, mas eles morderam a isca. Desceram pela estrada e, no estacionamento de trailers, atravessaram correndo a estrada lateral e penetraram na escuridão. As velas proporcionavam um círculo de luz que lhes permitia verem uns aos outros, as camisas brancas como fantasmas. Mas o alcance curto da luz das velas significava que tudo em volta deles estava mais escuro ainda. Durante toda a caminhada, árvores irrompiam na frente de Josie de forma tão repentina que ela levava um susto. Tudo o que Josie podia fazer era manter a fé de que estavam no caminho certo, que a trilha não tinha nenhuma bifurcação ou desvio e que, como estava sempre se inclinando suavemente, eles estavam subindo pela encosta do morro e iam passar por cima da serra.

"O cheiro está piorando", disse Paul. E tinha razão. O ar ácido do incêndio na mata parecia mais forte, mais denso. No dia seguinte, Josie ia voltar para trabalhar com Cooper. Ela sorriu sozinha, nem acreditava que tinha feito uma proposta como aquela para um desconhecido. Ele havia concordado e agora a cabeça de Josie estava cheia de ideias, elaborações e inversões. O espetáculo sobre *Granada*? Seria isso a primeira coisa a explorar? Ou *Decepcionados: o musical*? Ou algo que abrangesse todo o Alasca? *Alasca!* Não, sem ponto de exclamação, porque não era um lugar de emoções expansivas, não, era um lugar de tensão, de incerteza, um estado em chamas. Alasca com dois--pontos. *Alasca:* Sim. O espetáculo ia começar com Stan. Stan e a esposa, flutuando num mar de tapetes brancos, fechando a porta para Josie e seus filhos, o Chateau em movimento. Josie pensou, por um instante, no musical *Starlight Express*, os atores de patins — esse tipo de debacle podia ser evitada. Haveria noruegueses e ninfas nuas tomando banho de chuveiro, mágicos de Luxemburgo. O cara que sabia os códigos postais de cor? Ele ia acabar roubando o espetáculo, ia apagar todo o resto, como tinha feito no transatlântico. Podia pôr o Jim no meio, Granada. Teria de incluir Kyle e Angie. Armas para todo lado.

"Mãe?", perguntou Paul. "Alguém já fez isso antes?"

Toda hora, Paul fazia essa pergunta, quando eles estavam em situações novas, quando algo parecia estar errado. Certa vez, fez essa pergunta quando fez xixi na calça, na escola. Alguém já fez isso antes? Ele queria saber. Existia consolo no precedente. Acontece todos os dias, respondeu Josie, naquela vez. Agora, disse: "Andar no escuro? Todas as noites, Paul, alguém está andando no escuro".

Por um momento pareceu que a maneira como Josie formulou a frase piorou a situação, sugeriu a existência de um exército de furtivos vagabundos noturnos, mas Paul pareceu satisfeito, e

Josie voltou ao seu espetáculo musical. Seria possível usar tiros periódicos no teatro? Os atores cantariam, a orquestra tocaria, mas, a intervalos de alguns minutos, um tiro de fuzil, o disparo de uma pistola ia irromper no ar e a atenção dada a isso seria pouca ou nenhuma. Quem levou um tiro? Foi de verdade? O espetáculo continuava. Josie achou que podia fazer uma experiência com o grupo de Cooper, no dia seguinte — algum tipo de interrupção, sem ritmo, que podia significar morte, mas que não fazia a música parar. A música enlouquecida — pois tinha de soar como uma loucura organizada — continuaria sempre, alta e incessante.

"Champanhe nos meus ombros!", gritou Ana.

Depois: "Avante avante avante!".

E: "Rede Pública de Televisão Crianças Ponto Com!".

Josie riu, Paul riu, e os dois sabiam que, por ter conseguido obter uma risada, Ana não ia mais parar, até que fosse obrigada. Com aquele incentivo, Ana cantou ainda mais alto: *"Chapanhe! Nos meus ombros!"*. Onde ela tinha ouvido essas coisas? Mas então, mais uma vez, Ana estava sintonizada numa frequência galáctica diferente e não havia como saber que sinais estava captando. Josie não tinha opção, a não ser deixar que ela tagarelasse disparates; precisava que as duas crianças ficassem alegres e distraídas do fato de que eles estavam sem o cachorro que tinham de manhã, no alto de uma colina, no escuro, segurando velas que derretiam.

"A minha está quase no fim", disse Paul, e eles pararam para que Josie pudesse transferir a chama das velas deformadas e gastas para as novas e perfeitas e, com as velas novas, as crianças também pareceram renovar suas energias. Josie optou por não pensar na possibilidade de que seriam atacados por ursos, lobos ou coiotes. Tinha visto sinais da presença desses bichos todos nas redondezas, porém, mesmo sem nenhuma base para respaldar sua tese, imaginou que as velas fossem espantá-los.

Portanto, haveria tiros periódicos. Tiros de morteiro. Trovões, mas sem chuva. Haveria trompetes, cordas, mas eram os sopros que iam dominar. Os clarinetes — e as flautas! Eles soam inocentes, mas sempre assinalam um desvio. Iam sublinhar a loucura. O ar estaria cheio de fumaça. Às vezes, a plateia mal conseguiria enxergar a ação e todos, sobretudo os nativos do Alasca, se perguntariam por que o Alasca, a fronteira da terra, pura e irredutível, agreste e repugnante, interminável, independente, mas depois completamente dependente, que tinha despachado bilhões de barris de petróleo através de um oleoduto, para serem queimados e liberados para a atmosfera, e agora estava em chamas. E então haveria uma tragédia também.

"Olha, está lá!", berrou Paul. Do outro lado da serra, dava para ver o telhado enferrujado da mina, apenas uma inclinação preta contra o céu, e Josie teve a estranha sensação de estar em casa. A mina abandonada era agora seu lar. A trilha era iluminada pela lua incompleta e as crianças já podiam encontrar seu caminho.

"Esperem", disse Josie, e observou a área em volta, em busca de carros. Esperava, mais ou menos, encontrar algum carro da polícia à espera. Mas não havia nada. Ainda estavam sozinhos, e seu coração se animou.

"A gente pode correr?", perguntou Paul.

Ana olhou para ele, como se não tivesse certeza de que podia apoiar aquela sugestão. Depois, fez que sim com a cabeça, vigorosamente, punindo a si mesma por duvidar de uma ação radical, ainda mais quando envolvia correr.

"Só até o chalé", disse Josie, e gostou de ter dito isso. As crianças saíram correndo na frente, desceram pela trilha escura, rumo à luz cor de âmbar.

Será que podiam pôr animais no espetáculo?, pensou Josie. Lobos e ursos. Um carneiro de chifres grandes. Uma águia que fazia o carneiro despencar de trezentos metros de altura, para uma morte silenciosa. Assassinato cruel e lógico, no mundo selvagem. Mais tiros. Alguém morria, mas ninguém se importava. Os incêndios ardiam. Isso podia fazer parte da trilha sonora — o vagaroso chiado crepitante dos incêndios. Sirenes. Ela não pôde deixar de imaginar o elenco agradecendo aos aplausos, enquanto a cortina baixava e subia; policiais, presidiários, bombeiros. Fugitivos e cruzados. O incêndio, no palco, continuaria a arder por trás deles, os empurrava para a beirada. No final, os atores acabavam pulando para o meio da plateia, correndo para as portas. Mais tiros, verdadeiros ou falsos, ninguém ia saber, enquanto todos saíam do teatro e corriam para dentro da noite. Quando saíssem do teatro, teriam esquecido de onde tinham vindo.

Josie abriu a tranca da porta da frente, deixou as crianças entrarem e acendeu o interruptor. Nada aconteceu. Tentou de novo, nada. Entraram no chalé à luz de velas, experimentaram tudo que era elétrico e descobriram que algo havia ocorrido: não tinha luz. Josie abriu a geladeira, sentindo seu frio fugaz, jogou as mercadorias lá dentro e fechou a porta, imaginando quais produtos, entre aqueles que tinham acabado de comprar, estariam estragados de manhã.

"Isso está certo?", perguntou Ana.

Josie virou-se para descobrir o rosto laranja, à luz da vela, os olhos brilhantes. O que Ana queria dizer era: As luzes, na verdade, deveriam acender? Será que alguém cortou a luz porque a gente não devia estar aqui? A gente devia estar no Alasca, numa mina abandonada, sozinhos, nesta casa que não é nossa? O que significa o fato de aqui estar escuro e de só termos velas e de termos acabado de atravessar uma serra para chegar aqui e de não termos sido feridos por animais ferozes nem por homens? Como tudo isso é permitido?

"Está tudo bem", disse Josie.

Acenderam mais velas, escovaram os dentes e Josie leu para eles um texto de C. S. Lewis, num livro que acharam numa gaveta do banheiro e, sob a trêmula luz de vela, enquanto lia *O príncipe Caspian*, Josie teve a sensação de que estavam levando uma vida semelhante à dos heróis daqueles livros. Tinham caminhado três quilômetros no escuro, através de uma floresta e por cima de uma serra, para chegar a sua casa, numa mina abandonada, mas Josie teve a sensação de que não existia grande diferença entre o que ela e os filhos eram capazes de fazer e o que os protagonistas daquelas histórias tinham feito. Coragem era o começo, não ter medo, ir em frente, atravessar as pequenas dificuldades, não recuar. Coragem era simplesmente uma forma de ir em frente.

XXI.

Cooper morava numa casa de verdade, um rancho de tijolos vermelhos e telhado preto, o que era surpreendente, embora Josie não soubesse explicar por quê. Ele tinha contado que morava lá no vilarejo e estava bem-vestido quando ela o conheceu, portanto Josie achou mesmo que ele morava numa tenda? Algo na música folk levou Josie a pensar em vagabundos.

Josie e as crianças caminharam pela trilha na serra, entraram no vilarejo e Cooper abriu a porta antes que ela tocasse a campainha. "Na hora certa", disse ele. Tinha combinado para ela chegar às onze, enquanto os outros músicos viriam pingando, depois do meio-dia.

As crianças entraram na casa com relutância, mas então Ana correu para a varanda de trás, onde avistou um cavalinho de pau antigo, sobre rodinhas. Paul entrou devagar, olhando em volta como se aquela pudesse ser sua futura casa.

"Fiz um pouco de limonada", disse Cooper. "As crianças podem beber lá fora, se quiserem", disse, apontando para o quintal, onde Ana já estava testando o cavalinho, em busca dos pontos fracos. Havia mais um punhado de brinquedos espalhados pela varanda, todos gastos pelo sol e pela chuva, e com partes faltando. "Ou podem ficar aqui e olhar."

Ana já estava do lado de fora e não podia ouvi-lo. Mas Paul ficou ao lado de Josie, enquanto Cooper os conduzia para uma sala ampla, escura em sua maior parte, a não ser por um cone de luz no centro, que vinha de uma claraboia redonda e brilhante. Havia tapetes persas que se sobrepunham, duas máscaras de teatro, feliz e triste, acima da lareira. Josie elogiou a casa, que era limpa e parecia uma caverna. Cooper sentou-se numa otomana de couro e colocou o violão sobre a coxa.

"Achei que podíamos começar sozinhos", disse ele. "Só para você ir pegando embalo. Ou eu também."

"E o outros? Todos eles estão de acordo com uma revisão dos dentes?" Josie tentou imaginar que ferramentas conseguiria arranjar e esterilizar. Teria de abrir um clipe de papel. "E esses caras são profissionais ou…?" Ela não sabia direito por que havia perguntado. Sabia que não se tratava de uma banda de músicos profissionais, tocavam em desfiles e em parques, no Alasca.

Não, não, disse Cooper. Todos têm emprego, trabalham em horário integral, ou tão perto de um horário integral quanto todo mundo na cidade. Dois deles eram trabalhadores temporários em empresas de petróleo, um era pescador comercial, outro tinha se aposentado como lenhador. "Suki é a baterista. Ela é garçonete no Spinelli's. E Cindy é a nova carteira por aqui. É a cantora", disse Cooper, e estava claro que havia algo em torno de Cindy — será que era linda? Será que ela e Cooper estavam namorando? "Faz só algumas semanas que a gente descobriu que ela sabia cantar. Ela não estava no desfile."

Josie não sabia o que fazer. Ficar de pé? Sentar? Sentou-se no braço do sofá.

"Que tal, vamos com o violão?", perguntou ele. "Eu toco piano, trompete…"

"Violão está bem", respondeu Josie.

"Então você tem uma melodia na cabeça, ou...", perguntou. "Imagino que você já tenha a letra."

Josie não tinha nenhuma letra na cabeça. Tinha apenas os mil pensamentos da noite anterior.

"Talvez você pudesse começar com alguns acordes mais graves", disse Josie. "Foi na hora em que você estava dedilhando, ontem, no final daquela última música, que comecei a pensar nisso."

Cooper tentou alguns acordes e depois dedilhou um acorde que soou certo.

"O que é isso?", perguntou Josie.

"Sol."

"Só sol? Não é bemol nem sustenido nem nada?"

"Só sol. Quer que eu continue?"

"Era melhor eu anotar isso", disse Josie.

"Eu vou lembrar", disse Cooper, então foi à cozinha e voltou com um bloco pautado e um lápis. Paul estava sentado perto de Josie, calado e com ar de quem compreendia o que estava acontecendo. Ela sabia que o importante, agora, era agir normalmente, no comando — evitar que aquele fosse um momento crucial, em que Paul percebesse que sua mãe havia abandonado o mundo racional.

"Pode escrever para mim?", ela pediu para Paul.

Ele apanhou o bloco, sofregamente.

"Anote sol", disse ela, mas ele já tinha feito isso. E sublinhou para ela, e ergueu os olhos para ela, agora envolvido, já sem preocupação.

Josie pediu para Cooper outros acordes graves como o sol. Ele tocou mais dois, disse os nomes, lá e dó, e Paul anotou.

"Tem um piano aqui?", perguntou Josie.

Cooper sorriu e Paul esticou o braço por cima do colo de Josie para apontar para um piano pequeno, que estava no canto.

Ela lançou um olhar pela janela dos fundos e não viu nenhum sinal de Ana.

"Pode dar uma olhada na Ana?", pediu para Paul.

"Não", respondeu. Josie ficou perplexa, calada. "Quero ficar aqui", disse ele em tom mais suave. "Quero escutar."

Ana reapareceu, pelo lado da casa, trazendo os chifres galhados de um cervo. Parecia que estava falando com eles, ou consigo mesma, animada, porém grave.

"Está bem", disse Josie. Virou-se para Cooper. "Enquanto você dedilha o sol, eu podia tocar no piano?"

"Claro", disse ele, e Paul escreveu: "Mamãe no piano".

Ela apertou uma tecla e soou metálico e errado. Percorreu vinte teclas para o grave e também soou tudo errado. Escolheu um ponto no meio e deu uma nota. Soou como um sino. Soou como Sunny. Tocou de novo.

"Essa é bonita", disse Cooper.

"Qual foi essa?", perguntou Josie.

"Si bemol."

Paul anotou e Josie teve uma ideia, mas ainda era cedo para articular. O que ela não podia dizer naquele momento era que aquele som do piano era o que sua voz devia ser. Dentro da cabeça, Josie ouviu aquele som dedilhado, o dedilhado grave de Cooper, depois ouviu uma voz clara de sino, de timbre agudo, mas forte; lírica, mas determinada, e essa voz era dela e também de Sunny.

"É essa nota que você quer?", perguntou Cooper. "Alguma outra?"

Ela experimentou algumas teclas próximas, mas nenhuma soou tão certa como a primeira.

"Pode dedilhar aquele sol de novo?", perguntou, e ele tocou. "Agora, pode variar entre sol, fá e ré? Pode fazer uma espécie de melodia com isso?"

Cooper tocou os acordes e, por um momento, pareceram certos, até que ele começou a preencher as transições com uma espécie de floreado extra.

"Não, não, isso não", disse Josie, e fez uma mímica para expressar o que ele tinha tocado. Cooper riu, parou e voltou ao ritmo normal de antes, como tinha começado. Paul estava ocupado, escrevendo.

"Bom, bom", disse ela, e voltou a atenção para o piano. Tocou seu si bemol e depois saltou trinta centímetros e encontrou outra nota de que gostou.

"O que é isso?", perguntou.

"Dó bemol", respondeu Cooper.

Então, ela alternou as duas notas, um som que fazia pensar num homem mau subindo uma escadaria muito alta. Os olhos de Josie se encheram de água e sua respiração ficou curta, mas os dedos continuaram, agora com mais força. Soava como se tivesse acontecido desse jeito. Era assim que soava, pensou Josie, mas não sabia o que a música estava descrevendo, o que exatamente a música estava recontando.

"Devo continuar?", perguntou Cooper.

"Sim!", disse ela, sem erguer os olhos. Só via o teclado na sua frente e fez as passadas soarem mais alto, depois mais brando, mais depressa e depois mais devagar. Fez uma pausa, continuou. Era exatamente assim, pensou, embora não quisesse ouvir aquilo de novo, nunca mais.

"Vou dar uma olhada na Ana", disse Josie, e saiu. Precisava de uma pausa. Foi demais. Da varanda dos fundos, viu Ana no mato baixo, segurando as galhadas do cervo.

"Você está bem?", perguntou Josie.

"Estou procurando um amigo sapo", disse Ana.

"Faz sentido", disse Josie, e voltou. Paul estava escrevendo furiosamente no bloco, como se fosse para evitar contato com as duas mulheres novas, na sala.

"Duas recém-chegadas", disse Cooper.

Uma foi apresentada como Cindy, a cantora. Era loura, rosto de querubim, mais ou menos trinta anos, camiseta sem mangas e a calça azul e cinzenta, de funcionária dos correios. A outra era Suki, asiática, ágil, musculosa, de colete de lã e shorts. As duas estavam montando a bateria de Suki.

"Então, você é dentista?", perguntou Cindy. "Tem anos que não faço uma revisão nos dentes. Será que estou condenada?"

"Acho que você não vai ter problema", respondeu Josie. "Depois, vamos conferir."

"Depois do quê, exatamente?", perguntou Suki. "O Coop disse que você é compositora, não é?"

Josie olhou para Cooper, cujo rosto não traía nenhuma manobra. Mas Josie achou que não fazia mal nenhum manter uma esfera de confiança.

"Amadora", disse Josie.

"Somos todos amadores", disse Cindy.

Cooper estava olhando para seu celular. "O resto do pessoal está vindo numa van. Mas vão demorar um pouco. A gente devia começar?"

Josie sentou na beira do sofá, as costas retas, as mãos um pouco levantadas, sugerindo a posição de um maestro.

"Estamos improvisando", disse Cooper para Cindy e Suki. "Só deixando rolar." Ele começou com sol e, no mesmo instante, Josie sentiu-se mais segura. Aquele acorde parecia correto e isso lhe deu força. Soava tão consistente quanto o solo embaixo deles.

"É só avisar para Cindy, quando quiser que ela cante", disse Cooper.

"Obrigada", respondeu Josie. "Agora, fique variando entre isso e o fá. Você decide como fazer."

E assim ele dedilhou o fá, depois o sol, e Josie olhou para Cindy, cujo rosto oscilava entre o encantamento e o temor.

"Pronta?", perguntou Josie.

Cindy fez que sim.

"Dê o si bemol", disse Josie.

"Só a nota? Sem palavras?"
"Qualquer coisa. Sons ou palavras", disse Josie.
Cindy cantou uma rápida sucessão de notas algo como FA--LA-LA-LA-LA, e estava errado. Josie fez uma careta, e Cindy viu a careta e parou. "Não?"
"Sua voz é linda", disse ela. "Quem sabe um pouco mais grave? E, quando você canta, não precisa ficar bonito. Podia ser: Iá! Iá-iá-iá! Iááááh-iái-iá! Ou então como se estivesse chamando alguém, alguém que vai atravessar a rua, no meio do trânsito."
Cindy tentou e, de novo, deu errado. Ela estava hesitante. Estava imitando Josie e pareceu falso.
"Faça qualquer som que quiser", disse Josie. "Mas alguma coisa urgente."
Durante todo esse tempo, Cooper continuava a dedilhar alto e com mais força. Josie fez que sim com a cabeça, para ele. *Bom, bom.*
Os olhos de Cindy mostravam que estava pensando nas palavras que ia dizer, palavras que combinassem com a urgência, e com as sílabas e com o tipo de staccato que Josie tinha pedido. Pareceu encontrar alguma coisa, fechou os olhos e, quando Cooper tocou uma transição, o início de alguma coisa, os olhos dela abriram de novo e agora ela estava possuída.
"Já! Já não! Não não não! Já já não!"
Estava cantando as palavras num volume só um pouco abaixo do grito e estava maravilhoso. Josie se esqueceu de respirar. Os olhos de Cindy estavam abertos para a parede, evitavam Josie e Cooper. Cooper estava olhando para Cindy outra vez e fazia que sim com a cabeça em sinal de aprovação. Por fim, ela olhou para Josie, precisava saber se devia continuar, e Josie fez que sim, com ênfase, pois agora amava Cindy muito profundamente, porque ela estava dando voz à música que estava dentro dela. Paul tinha parado de escrever.

"Muito bem, está pronta?", disse Josie para Suki.
Suki ergueu as baquetas.
"Você tem um som dentro da cabeça, Josie?", perguntou Cooper.

Havia, de fato, alguma coisa dentro de sua cabeça, Josie respondeu para Cooper e Suki e, a fim de descrever o que era, Josie fez um som vibrante com os lábios, um som vibrante e percussivo, como a chuva pesada num deque oco. Suki tentou reproduzir o som e, imediatamente, conseguiu. Ficou muito parecido e até melhor do que o som na mente de Josie, que pediu para Suki continuar a fazer aquele som, com qualquer parte da bateria que tivesse na sua frente, como se houvesse uma tempestade em cima deles e a chuva e o granizo estivessem caindo em ondas pesadas. Suki recomeçou e, agora, a tempestade veio mesmo em ondas, mais pesada ainda, depois mais leve, mais depressa, depois mais devagar, mas era sempre a mesma tempestade, a chuva pesada e o granizo em cima do deque oco. Suki era a tempestade que caía lá fora e Cooper era um par de asas grandes que batiam dentro de uma casa, apedrejada pela chuva constante. Josie não sabia onde tinha ouvido aquele som, no entanto parecia alguma casa em que tinha morado um dia. Mas onde havia morado, com um deque assim? Com um telhado desse tipo, com a chuva e o granizo, no escuro?

Josie acenou com a mão para Cindy, indicando que ela podia começar de novo.

"Já já não! Já não não não! Já não não não não! Já já não!", cantou Cindy, com virulência no fim de cada verso. Suki manteve a precipitação constante, depressa e devagar, e Cooper dedilhava seus acordes graves, o volume enchia a sala escura. Cindy continuou: "Já já não! Já não não não! Já já não não!", e acrescentava um longo "Nãããããoo" que durava todo seu fôlego. Aquilo ondulava esplendidamente, no final, e parecia muito a adolescência de Josie, aqueles anos esquecidos, e o tempo entre os vinte e os trinta anos, uma década inteira de dor infame, deplorável, que ela infligia a si mesma, estava contida naquele comprido *Nããããoo*. Josie inclinou a cabeça para trás e olhou para o teto, esgotada.

"Isso ficou legal", disse Cooper.

Josie fez que sim, séria, se revigorando por dentro, tão contente com o respeito que Cooper demonstrava pelo que estavam fazendo, como se ele acreditasse, de fato, que aquele processo tinha relevância e valor.

A porta abriu. Josie virou para ver um homem, alto e familiar. Era um dos músicos da roda da véspera. Trazia um violoncelo.

"Frank", disse Cooper, e andou até o violoncelista. Vestia casaco de veludo cotelê com bordas de pele, quente demais para o tempo que estava fazendo, calça de flanela cinzenta e botas de borracha. Ele e Cooper trocaram algumas palavras em particular, junto à porta, e Cooper foi depressa para a cozinha, a fim de pegar duas cadeiras, que colocou na sala.

Frank chegou perto de Josie e estendeu a mão. Seu rosto parecia em conflito consigo mesmo — o rosto era comprido, a mandíbula afundava na gola, mas os olhos eram miúdos e brilhantes.

Bateram na porta e apareceu outro rosto, um homem de cabelo cinzento de quem Josie não se lembrava, trazendo um violão, e mais meia dúzia de pessoas logo atrás. Dois traziam violões, um o trombone, outro o trompete. A última a entrar foi uma mulher mais velha, com um violino. "A notícia se espalhou", disse ela, e fechou a porta.

"O negócio está esquisito, lá fora", disse Frank, o violoncelista, apontando para o mundo exterior, enquanto trazia uma cadeira da cozinha e se sentava perto de Cooper. "Os ventos estão soprando para cá", disse ele.

Josie não entendeu direito o que aquilo queria dizer, mas supôs que era uma expressão cifrada que os habitantes da cidade usavam e que significava alguma coisa para eles.

"Então, se acomodem por aí", disse Cooper para todos. "Já temos um bom começo. Todos conhecem a Josie? Essa é a Josie", disse, e os músicos, reunidos numa roda de dois anéis, respeitosamente acenaram com a cabeça para ela.

Paul continuava escrevendo com fervor. Josie espiou por cima do ombro do filho e viu que ele anotava os nomes de cada instrumento e fazia alguma descrição da pessoa que o tocava: *Senhora velha, camisa vermelha, mãos sujas.*

Josie viu uma coisa do lado de fora e teve uma ideia. "Posso trazer aquilo para dentro?", perguntou para Cooper, mas nem esperou a resposta. Saiu para a varanda dos fundos, o céu estava amarelando e o vento batia em rajadas, pegou um banco de levantar halteres e levou para a sala. Cooper ergueu as mãos em sinal de quem se rende, Josie passou com o banco na frente dele e colocou-o no meio do tapete, entre ele e Suki. Enquanto os músicos se aqueciam e afinavam os instrumentos, Josie deitou-se no banco, os olhos voltados para o teto, e pareceu bom.

"Todos prontos?", disse Cooper. "Vamos começar com a mesma coisa?", perguntou para Josie.

"Na verdade", disse ela, "podemos começar com o trompete?"

O trompetista, homem corpulento, de uns cinquenta anos, de camisa social e óculos, assumiu um cômico ar de presunção, se empertigando na cadeira.

"Seu nome?", perguntou Josie.

"Lionel", disse ele.

"Alguma coisa com um toque de vaudeville, mas um pouco trágico, Lionel", disse Josie, virada para o teto, e Lionel começou, e foi melhor do que Josie poderia imaginar. Parecia uma porção daqueles discos antigos que eles tinham na casa em Rosemont, o trompete triste que soava como decadência, como adultos que aceitavam ficar se lamuriando e chafurdando. Havia um som assim em quase todos os musicais que ela conseguia lembrar. Mas por quê?

"Agora, o violoncelo?", disse Josie, sabendo que a tristeza seria multiplicada. Dava uma sensação tão boa ouvir aquilo, pensou Josie, sabendo que era só para eles, que só era ouvido pelas pessoas naquela sala. Josie olhou em volta, viu os músicos fazendo que sim, as cabeças inclinadas, alguns de olhos fechados.

"Um pouco de tarol?", disse Josie.

Suki começou, uma marcha vagarosa, e os três, como eram músicos, injustamente abençoados com o poder de se entrelaçarem instantaneamente, criaram o que soou como uma música de verdade, uma melodia esquiva e sedutora, que podia anunciar a chegada de uma *femme fatale*. Josie fechou os olhos e, num lampejo, lembrou-se de uma vez em que sua mãe apareceu no alto da escada, vestindo um antigo casaco de pele de marta — algo que herdara da própria mãe. Ela deslizou pelos degraus da escada ao som de alguma canção antiga, os olhos rodeados por um delineador pesado. Josie tinha doze anos, talvez, e ficou fascinada e confusa ao ver a mãe daquele jeito, uma criatura sensual, capaz de gestos teatrais e de artifícios. Josie estava no pé da escada, com o pai. Segurando a mão dele! Agora, se lembrou disso, como era estranho segurar a mão dele aos doze anos de idade, mas tinha feito aquilo, não tinha? Os dois estavam no pé da escada e, atendendo a um pedido da mãe, tinham posto um disco para tocar. Que disco era aquele? E ficaram olhando enquanto ela descia a escada com ar fatal, uma enfermeira de casaco de pele e maquiagem, o cabelo cacheado e lustroso.

"Josie?" Era Cooper. "Mais alguém?", perguntou.

Josie se pôs sentada e viu o rosto dos outros dez músicos, todos a postos. "Desculpe", disse ela. Olhou para Paul, cujos olhos pareciam à beira da preocupação. "Acho que, agora, estamos prontos para todo mundo."

"Continuamos de onde estávamos?", perguntou Cooper.

"Não", respondeu Josie. "Uma coisa diferente. Vamos começar com o seu sol. Agora, num ritmo mais acelerado. Só o dedilhado, o sol, o ré e o fá, só que mais depressa."

Cooper começou, e ela girou o braço, para que ele tocasse mais depressa. Cooper acelerou e o som inundou a sala. Josie apontou para Suki, agora, que começou um rumor lento, um ritmo compenetrado.

"Agora, você", disse Josie, apontando para Frank. Ele começou a tocar e, depois de um só golpe de seu arco atravessado nas curvas humanas do instrumento, Josie perdeu o fôlego. O violoncelo era uma voz. Mais do que qualquer instrumento, o violoncelo era uma voz humana. Um homem moribundo, uma mulher moribunda. Os olhos de Josie se encheram rapidamente de lágrimas; Frank percebeu e pareceu à beira de parar, mas ela gesticulou para ele, insistindo que continuasse. Josie apontou para Cindy, que começou a cantar, mas agora num registro mais grave, reagindo ao violoncelo de um modo que Josie não esperava, mas sentiu que estava correto, ou correto o bastante, por ora. Suki, sem que pedissem, tocou mais alto, e Josie gostou, e Frank tocou mais alto também, como se cortasse o violoncelo em fatias, hesitante entre algumas notas; Josie não tinha a menor ideia de quais eram as notas nem os acordes, mas soava como todas as decepções, falavam de todo seu amor terrível pelo seu passado venenoso, cada pedacinho dele tinha um gosto mais amargo, porém a enchia de um fluido escuro e intoxicante. O violoncelo era o constante impulso para baixo do tempo perdido.

De trás dela, um violino saltou para dentro da roda e Josie se virou para ver a mulher mais velha, agora de olhos fechados, os óculos erguidos no alto da cabeça. Mas estava tocando algo diferente, uma melodia mais animada, e Josie fez que sim com a cabeça, com vigor. Estava na hora. Apontou para a violinista e sorriu.

"Todo mundo assim!", gritou mais alto que todos.

E agora, um por um, os músicos se juntaram. Os violões dobraram o som, e dobraram de novo. O trombone lhe deu o som arrastado do cotidiano, o trompete lhe deu o sol, as explosões da alegria irracional — trompetes eram o som do riso, Josie entendeu, agora — e, por cima de tudo isso, o oboé e o clarinete adicionaram loucura. Os sopros pareciam os loucos, como marrecos e coiotes, um avião de combate que despenca do céu em rodopios rumo à sua destruição, como uma fila de dançarinas da companhia de dança Rockettes. Então Ana reapareceu na porta, o chifre a seu lado.

"Venha", gritou Josie, e estendeu os braços.

Ana não caminhou até ela, mas, em vez disso, começou a andar sorrateira, segurando o chifre no alto da cabeça, como se ela fosse um cervo tentando entrar na sala sem ser notado. Os músicos sorriram, seus olhos contraídos, e Ana se encheu de contentamento com aquilo, Josie tinha certeza de que ela estava à beira de explodir.

E tinha razão. Ana largou o chifre e levantou os braços, como se absorvesse mais poder de cada canto da sala. Agora, ela deu uma corrida sem sair do lugar. Virou-se num pé só, depois no outro. Dançou num ritmo e num ímpeto chocantes, se sacudia e girava, e de vez em quando dava um chute no ar na direção de algum músico — de todos, Frank, Lionel e todos os outros, um chute de saudação, sem nunca encostar de verdade — um chute teatral, de fraternidade e insanidade coletiva. Um chute para você!, ela estava dizendo, e depois virava para chutar outro. Um chute para *você* também!

Os músicos mal conseguiam manter o controle da situação. Ana era uma estrela, uma criatura natural do teatro, feita para exagerar e desentranhar as frustradas dignidades do ser humano. Animais! Era o que seu corpo estava dizendo. *Vocês são animais. Eu sou um animal. É bom ser um animal!* Deu um chute alto na direção de Paul, depois deu outro pontapé, agora chutando o bloco da mão dele. Encantada, Ana puxou Paul para o tapete, para dançar com ela. Sem saber como acompanhá-la, primeiro apenas levantou Ana no ar, e ela aproveitou, ergueu as mãos na direção do céu, como uma patinadora de dança levantada nos braços de seu par. Mas quis descer e Paul baixou-a, e agora ela rodeou-o, e ele fez a mesma coisa, e os dois rodearam um ao outro, dando grunhidos e patadas, e por fim apenas pulando reto para o alto, de novo e de novo, incentivando-se a pularem cada vez mais alto. Durante todo esse tempo, a música foi ficando cada vez mais alta, Cooper dedilhava no que parecia o dobro do volume e da intensidade. O ritmo foi ficando mais rápido, mais premente e frenético, e Josie olhou em redor e viu que os músicos tinham soltado suas próprias amarras. Estavam todos de pé, dançavam, levantavam as pernas, davam chutes, acompanhando o exemplo de Ana. Dois estavam deitados no chão, as pernas pedalando para o alto. O trompetista estava na cozinha, tocando dentro da geladeira, e o som era maravilhoso. Tudo era uma louca muralha de sons entrecruzados, todos individualmente desesperados e trágicos, no fundo, mas por cima de tudo havia uma espiral desvairada e tudo soava exatamente igual, porém completamente diferente de todos os sons que Josie tinha ouvido dentro da cabeça, durante tantos anos, quando achava que tinha música dentro de si. Josie deitou-se, deliciando-se com os sons, pensando que podia ficar ali, não só na casa de Cooper, mas também naquela cidadezinha. Ela podia ser dentista outra vez, como Cooper sugeriu, e toda semana podia ir à casa de Cooper, como agora, podia articular melhor ainda esse caos que trazia dentro de si, podia limpar os dentes deles e, em troca, haveria esse tipo de liberação.

Mas agora veio um som novo. Josie se pôs sentada, aborrecida. Era um som artificial, um som de pânico manufaturado. Sirenes. Elas se entrelaçaram lentamente com a música. E um dos músicos parou para escutar, e telefones começaram a tocar, e tudo acabou.

XXII.

Josie atravessou a porta da frente, sentindo-se tonta e saciada, a luz agredia os sentidos, e ela viu um par de caminhões de bombeiros que passaram correndo, sirenes gritando. Virou-se para trás e viu Cooper no celular. Frank passou com um empurrão, se espremendo entre Josie e a porta. "O fogo está vindo nesta direção. Estão evacuando. Falei para vocês."

Os outros músicos foram atrás dele e se espalharam pelo gramado, seguiram em todas as direções, levando suas trombetas e seus violões. Paul e Ana apareceram na porta.

"Temos de ir embora", disse Josie.

Mas não sabia para onde. Não sabia de onde o incêndio estava vindo. Supôs que fosse do sul, onde tinha havido o incêndio mais próximo, mas o que isso significava para o chalé, o Chateau?

Uma mulher de colete laranja passou correndo pela rua. "Evacuação obrigatória", avisou. Estava sem fôlego.

Suki saiu da casa e passou voando a seu lado. "Até logo, Josie", disse. Cindy veio atrás, tomando a direção oposta. "Tchau, Joze", disse. Josie deu até logo e virou-se para a mulher de colete laranja.

"De que lado está vindo?", perguntou Josie.

"Do sul", suspirou a mulher, e apontou.

Josie seguiu a direção de seu dedo apontado para as montanhas. O céu estava branco, sufocado de fumaça. "Está perto?", perguntou.

"Perto. Vocês têm de ir para o norte. Tem ônibus, se precisarem. Estão indo para Morristown. Partem em vinte minutos.

"Sabe se o fogo já chegou à mina de prata?", perguntou Josie, mas a mulher a dispensou com um aceno da mão e continuou a descer pela rua. Era uma espécie de voluntária, que batia de porta em porta.

"Onde é o incêndio, mãe?", perguntou Paul.

Sirenes vandalizavam o ar.

"Deixe-me pensar", disse Josie. Os caminhões de bombeiros seguiam para fora da cidade, rumo ao sul, enquanto as famílias, em seus carros, já partiam depressa rumo ao norte.

"Entrem", disse Josie, e empurrou os filhos para dentro da casa de Cooper. Ele estava ao telefone outra vez. Virou-se para Josie. "Meia hora, no máximo. Eu podia levar vocês, mas não tenho lugar."

"O que você sabe sobre a mina de prata?", perguntou Josie.

"Nada", respondeu. "Que mina de prata?"

Ela o levou para o canto, onde os filhos não podiam ouvir. Contou que estava na Mina Peterssen, do outro lado das colinas, que todos seus pertences estavam lá, todo seu dinheiro e o trailer, que era seu único modo de sair da cidade. "Acha que dá para a gente chegar lá a tempo?", perguntou.

Cooper olhou para Josie como se tivesse ficado maluca.

"Pegue um ônibus já", disse.

"E as nossas coisas?", sussurrou Paul para Josie. Cooper tinha preparado duas mochilas para eles, com comida e água, lanternas e pilhas, e mandou-os descer pela estrada até o estacionamento da escola primária, onde os ônibus estavam reunidos. A maioria deles estava vazia — quase todas as pessoas tinham carros e caminhões próprios.

Josie levantou as mãos no ar, com o gesto de um mágico, ergueu o pé e subiu no ônibus. Paul e Ana foram atrás e, a bordo, viram só cinco bancos ocupados, dois casais de idosos e um adolescente, que viajava sozinho. Sentaram-se, Josie olhou para as colinas, onde havia uma parede de fumaça verde e cinzenta, e se perguntou se o fogo já teria alcançado o chalé ou se chegaria mesmo a alcançá-lo. Havia perguntado para todo mundo, mas ninguém tinha a menor ideia.

"Mãe, sério", murmurou Paul. Ele precisava de esclarecimento.

Josie sabia que devia se mostrar tranquilizadora com os filhos a respeito de suas perspectivas, mas estava abalada demais para fingir. Imaginou o chalé em chamas, todos os desenhos em chamas, todos os jogos em chamas, Candyland em chamas, as espadas e os arcos e flechas das crianças, toda a comida que tinham acabado de comprar. Pensou no Chateau. Não tinham muita coisa dentro dele, algumas peças de roupa, e ela não ia sentir saudades de nada. Mas certamente o Chateau seria destruído — se o fogo chegasse àquele vale, o trailer ia arder depressa e com força. Havia árvores demais, tudo estava muito seco e não havia ninguém lá para combater as chamas.

E então ela viu. Um clarão amarelo e brilhante, por trás das colinas, como se um sol oval estivesse nascendo rapidamente. Só que não era sol nenhum, era o fogo, e ela sabia que aquilo significava que o incêndio tinha tomado o vale da mina. Uma fumaça preta subiu em ondas e ela supôs que uma das máquinas tinha sido engolida, a queima repentina de algum tipo de combustível. O Chateau. Só podia ser, seu tanque cheio de gasolina. Josie pensou em Stan e em como iria contar para ele, de pé, em cima do seu tapete branco, que o Chateau já não existia mais. Pelo que conhecia de Stan, ia tirar algum lucro disso.

Então, pensou na sua bolsa de veludo. Todo dinheiro que possuíam. Com ela, agora tinha uns oitenta dólares.

"Ainda bem que a gente estava aqui", disse Paul, e Josie se deu conta da verdade daquilo. Se não tivessem vindo à cidade, se ela não tivesse feito suas experiências com música na casa de Cooper, eles estariam lá na mina. Sozinhos, sem que ninguém no mundo soubesse onde eles estavam.

"Todos prontos?", perguntou o motorista.

O ônibus acordou com um estrondo do motor e apontou para o norte.

"Você terminou aquilo?", perguntou Paul.

Josie olhou para ele. Paul tinha mudado para o banco do outro lado, como se fosse um companheiro de viagem independente. Ana estava deitada no chão, roendo a perna de Josie, à espera de que mandassem parar.

"Com a música?", perguntou Josie, e Paul fechou os olhos. *Claro, a música*, disse o rosto sereno do menino.

Será que ela não estava à beira de uma descoberta importante — senão para o mundo, pelo menos uma revelação particular, que trazia à luz a música que estava dentro dela? Josie observou o cenário passar, os caminhões de bombeiros seguindo no rumo contrário, na direção dos problemas, e se deu conta, com certa surpresa, de que a música que precisava ouvir, que tinha acabado de ouvir, que tinha trazido à luz, na qual havia nadado — ela não precisava de mais nada disso. Pelo menos, não naquele momento. Cooper não ia compreender. Você tem algo aí, talvez ele dissesse. Ou será que não ia dizer? Provavelmente,

Josie não tivesse nada. Provavelmente, ela era uma mulher temporariamente louca, que ficou estimulando uma loucura dissonante no meio de um grupo de músicos dóceis, que desejavam atendimento dentário gratuito. Mas e quanto a ficar naquela cidade, a cidade de Cooper, entremear-se na cidade, tornar-se a nova dentista deles, a residente excêntrica, a compositora amadora, parte do mundo dos músicos, criar os filhos ali? Não. Ou ainda não. Ela estava livre daquilo. Estava livre de tantas coisas, do medo de Carl, do fantasma de Evelyn. Ela nunca se sentiria livre de Jeremy, mas dois em três já era alguma coisa. Josie não estava mais fugindo de nada. Mas isso não queria dizer que ela queria ser sustentada, amparada, cuidada.

"Não sei", ela respondeu para Paul.

Josie não podia prometer que não ia fazer aquilo outra vez. Não tinha a menor ideia. Não precisava mais de música, mas precisava fazer outras coisas e ver outras coisas, precisava tornar seus filhos mais corajosos e mais fortes, mantendo-se em movimento. Não podia fazer promessa nenhuma sobre o que ela queria fazer ou ver no futuro e esperava que os filhos a perdoassem por essa falta de certeza, essa questão nunca resolvida em suas vidas, um céu sem limites que tinha o poder de torná-los destemidos, completamente indomáveis, ou então esmagá-los de medo.

O ônibus andou por horas, passou sobre riachos e através de vastas extensões de taiga, o céu adiante, um azul aveludado. Cooper tinha dito que encontraria Josie e seus filhos e, à medida que o cenário passava, Josie foi ficando em dúvida se aquilo era algo que ela desejava. Não tinha certeza de poder confiar no próprio estado mental, porém, depois de vinte minutos de viagem, ela sentiu uma satisfação que era familiar, a liberdade arrebatadora, que vinha do fato de ter deixado os problemas para trás.

Não era diferente da sensação que teve quando foi embora de Ohio e de quando aterrissaram no Alasca. Agora, o Chateau não existia mais, o chalé não existia mais, eles estavam livres de tudo outra vez. Não conheciam ninguém no ônibus e seguiam rumo a um lugar onde não conheciam uma pessoa sequer.

Quando entraram num estacionamento amplo, cheio de luzes de carros de polícia e de viaturas de emergência, Ana estava dormindo no colo de Josie e Paul tinha mudado para outro banco, duas filas à frente. Aquilo era novidade: até poucas semanas antes, ele nunca teria aberto mão da posição de travesseiro humano; seguramente, ele não estaria tão distante da Ana adormecida, quando, a qualquer momento, ela poderia precisar de sua ajuda. Agora, porém, Paul estava olhando pela janela, observando o cenário do estacionamento iluminado, as luzes dos carros de polícia, as dezenas de voluntários de roupa laranja e amarela, que corriam para lá e para cá.

"Para dentro da escola, ali", disse o motorista.

Josie acordou Ana e levou os filhos para fora do ônibus. Paul levava uma das mochilas e Josie, a outra. A escola era um prédio baixo, de tijolos, as portas duplas da frente totalmente abertas, e, dentro, uma mulher sentada diante de uma mesa dobrável.

"Olá", disse a mulher, a voz baixa e gentil, como se soubesse do horror adormecido dentro deles e não quisesse acordá-lo.

Josie disse seus nomes para a mulher, que os conduziu para o ginásio, onde luzes enormes iluminavam, em seções separadas, todos os serviços disponíveis — primeiros socorros, cama, comida. Na janela onde o colégio, normalmente, servia o almoço, uma variedade de comida fresca era servida nos pratos, em colheradas. Metade do ginásio era tomado por fileiras de camas de armar muito bem-arrumadas, embora a maioria estivesse vazia. Um cartaz impresso em computador anunciava os serviços de uma enfermeira diplomada. Ela estava de pé ao lado do cartaz, com um jovem deitado numa cama de armar a seu lado, sem nenhum ferimento visível; estava deitado de lado, com a cabeça para fora da cama, lendo uma revista em quadrinhos.

No palco do ginásio, um trio de crianças, todas com menos de seis anos, corria atrás de uma quarta criança, uma menina de cabelo amarelo, que usava uma capa. "Vocês vão ficar abrigados aqui esta noite?", perguntou uma voz.

Josie virou-se e viu um homem todo de preto, um padre ou pastor.

"Não sei, acho que sim", respondeu.

Josie, Paul e Ana devoraram espaguete com brócolis, melancia e bolo de chocolate. Josie se deu conta de que eles tinham passado quase o dia todo sem comer. "É aqui que a gente vai para a escola?", perguntou Ana, os dentes marrons da cobertura do bolo. Paul sorriu e balançou a cabeça.

"Não, meu anjo", disse Josie. "Vamos só passar uma ou duas noites aqui." Mas não tinha a menor ideia de para onde iriam depois.

Escutou retalhos de conversas entre os voluntários no ginásio. A maioria das pessoas removidas para o ginásio era de Morristown ou de vilarejos próximos. Até então, só umas poucas edificações secundárias tinham pegado fogo por lá, ela soube. Um exército de bombeiros trabalhava bravamente, com a ajuda de um vento favorável que havia contido a velocidade do avanço do incêndio.

Quando levou os pratos vazios de volta para a janelinha da cantina, Josie percebeu que uma mulher de uniforme preto, uma espécie de funcionária do departamento de informações dos bombeiros, tinha acabado de colar na parede um mapa novo, com o raio de alcance do incêndio. Josie examinou o mapa em busca de Morristown e achou um retângulo quase imperceptível, bem do lado de uma volumosa massa vermelha, a área do incêndio, a cor e o formato de um coração gigante. Bem na beirada, entre o vermelho e o branco, ela encontrou, em letras miudinhas, as palavras Mina Peterssen, quase encobertas por um X, riscado com esferográfica vermelha.

Josie voltou ao trio de camas portáteis que ela e os filhos tinham arrumado. Empurrando as três juntas, formaram um colchão mais ou menos contínuo. Paul e Ana estavam jogando Go Fish com um baralho novo.

"Uma pessoa veio e deu essas cartas para a gente", explicou Paul.

Josie sentou-se na beirada da cama, depois se deixou cair no travesseiro. Olhou para o teto, a nove metros de altura, uma barafunda de cordas, vigas e estandartes, que lembravam, ao visitante, momentos melhores daquela escola.

Às nove horas, a maioria das luzes do ginásio se apagou com um forte estalo e um suspiro, deixando um cone iluminado em cada canto. Ana queria continuar jogando cartas, mas Paul lhe disse que tinham de ficar calados e quietos, para não incomodar o resto das pessoas que queria dormir.

"Vocês têm tudo de que precisam?", perguntou uma voz.

Josie ergueu os olhos e estreitou as pálpebras, ajustando a visão ao escuro. Era um homem mais velho, com uma mecha de cabelo grisalho em cima dos olhos. Pareceu familiar. Josie pensou em sua casa, alguém de Ohio. Não. Então se deu conta de que era o bombeiro que haviam encontrado antes — parecia que tinham se passado meses — o homem de olhos gentis que se aproximara dela, quando os presidiários trocaram seu pneu.

"Temos, sim", respondeu, e se deu conta de que ele não a reconheceu. Por que ele estava ali, verificando a situação das pessoas removidas de suas casas, era algo obscuro. Josie não queria distraí-lo de seu trabalho nem começar uma conversa sobre o que ela, afinal, estava fazendo naquela ocasião, lá na estrada, ou sobre o que estava fazendo agora, centenas de quilômetros ao norte, naquele abrigo. Josie não seria mesmo capaz de explicar, nem se tentasse.

"A chuva está chegando." Foram as primeiras palavras que Josie ouviu, de manhã. O dia estava nascendo e o ginásio já fervia de voluntários que se preparavam ruidosamente para o café da manhã. "Essa tarde", disse a voz. Vinha de fora do ginásio, a voz estrondosa, com sua notícia importante. Ana havia acordado com o barulho, mas Paul continuava dormindo. Josie, sem fazer barulho, pegou Ana e se afastou da cama, entrou no saguão em busca da voz estrondosa, mas o homem tinha sumido. Entretanto, em todos os corredores da escola, diziam que o pior já havia passado, que as semanas seguintes trariam mais chuva, mais frio, um outono úmido que poria fim aos incêndios e traria pureza.

Caminharam para fora e viram que o céu continuava o mesmo, branco e amarelo, com um cheiro ácido. Josie avançou pelo estacionamento e então viu, vindo do norte, uma parede de nuvens escuras. De volta ao interior do ginásio, Josie espiou para ver se Paul tinha acordado, mas ele continuava esparramado sobre a cama, de boca aberta, como que estupefato com o repouso.

Quando deu meia-volta, Ana não estava mais do seu lado. Josie olhou pelo saguão e ouviu algumas vozes miúdas que vinham de outro corredor. Deu a volta para lá e viu Ana no bebedouro com outra criança, menor que ela. Ao primeiro olhar, pareceu que Ana estava sendo Ana, derramando água do bebedouro em cima da cabeça da outra criança, um menino de cabelo louro muito claro, de mais ou menos quatro anos.

Josie estava prestes a mandar Ana parar, quando se deu conta de que Ana estava dando água para a criança beber. Ana tinha orientado a criança para apertar o botão da torneirinha e, enquanto a água fluía, Ana ergueu as mãos, suas mãozinhas pequenas formaram uma cuia e ela estava levando essa água até a criança, a maior parte caía nas camisas de ambos, mas achava seu caminho até a boca da criança loura.

Josie caminhou até eles e Ana ergueu os olhos para ela, preocupada, sabendo que teria de dar uma explicação.

"Tudo bem", disse Josie.

"Ele não conseguia alcançar", disse Ana.

"Eu sei. Está certo. Mas agora vamos limpar."

Então os três acharam toalhas de papel no banheiro e limparam a água no chão. A mãe do menino chegou quando estavam terminando e levou o menino de volta para o ginásio. Josie e Ana ficaram na frente do corredor, junto à escurecida vitrine de troféus da escola.

"A gente vai ter de dormir aqui de novo?", perguntou Ana.

Josie não sabia.

"Eu não quero", disse Ana.

"Eu também não", disse Josie, e se deu conta de que era a primeira conversa sincera que tinha com Ana, em meses, talvez em toda a vida. Para falar com Ana, em geral, elaborava estratégias para evitar lhe contar certas coisas, recorria a evasivas e a palavras obscuras a fim de obter um efeito civilizado. Agora, Josie fitou Ana nos olhos, ciente de que a filha estava diferente, ela havia evoluído e viu, também, que Ana sabia disso. Sabia que tinha se desfeito de uma forma e estava assumindo outra.

"Só temos oitenta e oito dólares", disse Josie, sem olhar para Ana agora, mas para o retrato de alguma atleta campeã do início dos anos 90, uma garota que agora, provavelmente, tinha a mesma idade de Josie.

"Oitenta e oito?", disse Ana. "É muito!"

Paul dormiu enquanto eles tomavam o barulhento café da manhã e os alto-falantes, no alto, eram ligados para anunciar uma série de novidades, a chegada de outras pessoas removidas e mais notícias sobre a chuva que vinha do norte. Quando Paul finalmente acordou, ressoaram os escassos aplausos dos voluntários. Uma mulher com ar de avó levou para ele uma tigela de mingau de aveia feito em casa, que ele comeu com sofreguidão, enquanto ela observava.

"Bem, agora vocês estão a salvo", disse ela para Josie e seus filhos, como se concluísse uma conversa a respeito de suas preocupações anteriores. "E ao meio-dia vamos ter uma atividade para todas as pessoas removidas de suas casas. Todas as famílias serão convidadas a participar de uma oficina de trabalhos manuais e depois a falar do que estão sentindo. Vai ser muito terapêutico. Mas também é divertido!"

Josie sorriu e a mulher saiu para recolher as tigelas deixadas em várias partes do ginásio por mais ou menos uma dúzia de crianças, que agora corriam em tropel para um lado e para outro. O ginásio tinha ficado mais cheio durante a última hora, pelo visto, e sentia-se o cheiro de muita gente sem acesso a banho, pessoas demais que dormiam com roupas velhas e muito próximas umas das outras.

De repente, pareceu penoso ter de ficar ali por mais uma hora — era impossível passar mais uma noite junto com todo mundo. Josie arrumou suas camas, pegou as duas mochilas e levou Paul e Ana para fora da escola. Não tinha nenhum plano em mente, mas queria ver que opções havia na cidade. Oitenta e oito dólares dava para pagar uma diária e comida num hotel de verdade.

Então, uma mulher se aproximou. "Madame, me esqueci de perguntar" — Josie não conseguiu saber se já tinha visto aquela mulher antes, mas foi obrigada a supor que sim — "se a senhora tem acesso a um telefone. Muitas pessoas removidas deixaram seus telefones para trás ou ficaram sem sinal. Mas aqui temos telefones fixos. Pode fazer uma ligação de longa distância, se quiser."

Josie respondeu que, de fato, estava sem telefone e ela e Ana foram conduzidas para a sala do diretor da escola. No balcão onde, normalmente, davam a ficha de autorização de entrada para os alunos atrasados, havia um telefone a postos.

"Vou deixar a senhora sozinha", disse a mulher.

Josie discou, caiu em um número errado, e discou de novo. Ele atendeu.

"Carl?"

"Quem é?"

"É a Josie."

"Ora, viva. Onde você está? Como vão as crianças?"

A voz dele estava animada, natural.

"Não sabe onde estou?"

"Sei que está no Alasca. Sam me contou. Mas onde?"

"Você *sabe*. Mandou um cara atrás de mim."

"Espere aí. O que foi?"

"Não mandou me entregar uma intimação?", perguntou Josie.

"Entregar uma intimação? Para quê?"

A voz dele estava tão radiante e admirada que ela teve de reformular tudo que planejava dizer.

"Alguém veio me entregar uma intimação", disse, sua mente girou depressa, tentando descobrir quem exatamente podia ser. Evelyn?

"Que tipo de intimação?", perguntou Carl.

"Não sei. Nem toquei em nada. Fui logo embora."

Carl riu bem alto. Uma risada grande, de sacudir a barriga, a risada de um homem contente. Josie ouviu um guincho agudo, por trás da ligação, o som de uma onda do mar quebrando mansamente. Será que ele estava numa praia? Na certa, estava numa praia. "Ah, espere. O seu amigo advogado me telefonou, procurando você", disse ele. "Talvez tenha alguma coisa a ver com o assunto."

"Elias? O que foi que ele disse?"
"Disse que queria mandar um alerta para você. Liguei algumas vezes para você para falar disso. Mas você não deve ter levado o celular. Não foi?"
"Não quero que você fique atrás de mim."
Carl riu de novo, mas dessa vez havia algo magoado e incerto em sua hilaridade. "Mas, olhe, sabe aquela companhia de luz que você processou? Pois é, eles retaliaram abrindo processos contra todos os queixosos principais. Elias disse que era uma tática rotineira para meter medo, disse que ia resolver o assunto."
O coração de Josie disparou. Fazia semanas que nem pensava naquela causa.
"E as crianças? Estão bem?", perguntou Carl, voltando para um tom de frivolidade e alegria. Será que estava bêbado? Quem era aquele homem feliz e despreocupado?
"Estão bem, sim. Me desculpe sobre a Flórida", disse ela.
"Tudo bem. Compreendo. Na certa, pareceu uma solicitação meio bizarra. Mas, algum dia, as crianças bem que podiam vir conhecer a Teresa. Vão gostar dela, acho. Ela é psicóloga infantil. Sabia?"
Josie não sabia. Mas agora o interesse dela por Carl fazia todo sentido.
"Então vocês estão aí no Alasca!" Carl emitiu um suspiro bem alto, que admitia as próprias fraquezas e perdoava as atitudes melodramáticas de Josie. Ela ainda estava tentando se localizar naquilo tudo: Carl não estava no seu encalço, de nenhum modo — não a estava seguindo, processando nem nada. Em vez disso, era a companhia de luz. Tinham mandado um funcionário qualquer para assustá-la.
"Pelas notícias que a gente vê por aqui, parece que o estado inteiro está pegando fogo", disse Carl.
"Na verdade, acabamos de fugir de um incêndio", disse Josie. "Estamos num abrigo." Contou seu dia para ele, falou da

escola de onde estava telefonando. Olhou em volta, lembrando que estava no gabinete do diretor da escola. Um cartaz na parede dizia: SOU UM DIRETOR. QUAL É O SEU SUPERPODER?

"E você está bem?", perguntou ela.

"Tudo certo. Fique em lugar seguro. Dê um grito quando voltar."

Josie desligou o telefone e saiu do gabinete do diretor, se dando conta de que Carl não pediu para falar com os filhos. Não perguntou quando iam voltar para casa. Até a ideia de ver os filhos, levá-los para a Flórida para apresentá-los a Teresa e sua família, aquela pausa para tirar uma fotografia à maneira de Goebbels, era uma noção secundária, nada de importante, nem de longe. O interesse de Carl pelos filhos ia e vinha, como sua paixão pela igualdade econômica ou pelo triatlo. Mas ele era inofensivo. Saber disso era crucial e libertador.

"Vamos dar uma saidinha", disse Josie. Estava parada junto à cama de armar onde Paul e Ana jogavam cartas.

"Pra onde?", perguntou Ana.

Josie deu de ombros. "O rio?"

Aquela cidadezinha era mais ou menos do tamanho da de Cooper e eles andaram por ela em zigue-zague, notando que, em grande parte, estava vazia. A maioria dos moradores ou estava ajudando no colégio, Josie imaginou, ou tinha abandonado o estado, em busca de terras menos inflamáveis. Passaram por uma oficina de caminhões, uma imobiliária, uma loja de molduras, tudo fechado, e se viram no rio Yukon, cinzento e vagaroso. Sentaram-se, de repente Josie sentiu-se cansada demais para continuar andando. Deitou-se de costas, olhando para o céu branco e, por trás dele, dava para sentir o sol, por estranho que pareça, ainda quente.

"Essa aqui é pesada", disse Paul, e seguiu-se um baque bem alto.

Os filhos, despojados de todos seus pertences, estavam jogando pedras no rio. O estalido de uma pedra contra a outra quando eles escolhiam a certa, um vento quase imperceptível quando jogavam a pedra para o alto, a nota grave de um contrabaixo, quando cada uma delas batia na água.

"Quer que eu coloque uma no seu pé? Está quente do sol." Era Ana, a seu lado.

"Tudo bem", respondeu Josie, de olhos fechados. Sentiu o peso quente de uma pedra grande colocada sobre o peito do pé. Deu uma sensação maravilhosa. Josie deu um sussurro de aprovação.

"Quer mais uma?", perguntou Ana, e Josie respondeu que sim.

Ana colocou outra pedra, mais leve, na barriga de Josie, e Josie sentiu seu calor através da blusa. Preferindo ficar de olhos fechados, deixou que Ana e, logo depois, Paul a cobrissem de pedras. Havia uma dúzia em cima do peito e da barriga, e umas poucas no regaço, davam uma sensação ótima, e por último uma pedra grande e chata sobre a testa, com outras menores e redondas cobrindo as bochechas. O calor daquelas pedras! Desacelerava sua respiração. Josie não conseguia se mexer. Coberta daquele jeito, os minutos eram dias e ela ouvia as vozes dos filhos, enquanto tentavam encontrar mais lugares para cobrir a mãe, suas vozes contentes, mas com arestas nervosas. O que estavam vendo? A mãe coberta de pedras e tão longe de casa.

Josie se permitiu um momento de dúvida. Havia uma possibilidade, ela admitiu, de que ela e os filhos não devessem ter vindo para esse estado em chamas. Mas a dúvida não durou muito. Em vez disso, naquele momento, ela pensou que estava certa a respeito de tudo.

Que podemos ir embora.

Que temos o direito de ir embora.

Que muitas vezes precisamos ir embora.

Que só indo embora ela e os filhos poderiam alcançar algo sublime, que sem movimento não existe luta e, sem luta, não existe propósito, e sem propósito não existe absolutamente nada. Ela queria dizer a toda mãe, a todo pai: existe um sentido no movimento.

Enquanto o sol pintava infantilmente cores incríveis por trás de suas pálpebras, Josie sentiu uma onda de integração. Tinha amor por todo mundo. Sabia que aquilo não ia durar, aquele transbordamento de gratidão e de perdão, por isso nomeou: amava Jeremy, e Sam, e Raj, e Deena, e Charlie do transatlântico, e Jim de Granada, e Carl, e Sunny, é claro, e tinha algo parecido com amor por Evelyn, cuja morte a encheu de raiva, e Josie conhecia a raiva, e por isso ela amava Evelyn. Com um estremecimento, entendeu que também amava seus pais e que ela queria lhes dizer isso, e sentia que devia lhes dizer isso, que estava na hora de dizer para eles que ela sabia que não eram melhores nem piores do que ela mesma.

"Agora, a gente vai tirar", disse Paul. Havia um tom de determinação em sua voz, que denotava seu crescente desconforto com a imagem da mãe coberta de pedras. Quando o peito de Josie ficou livre do peso, ela se sentou e os filhos olharam para ela com ar inquiridor, como se esperassem que ela tivesse virado outra pessoa. Mas era apenas sua mãe, sentada debaixo do sol brilhante. Continuaram a retirar as pedras de seu regaço e de suas pernas.

"Quanto você acha que pesa?", perguntou Paul. Pôs uma pedra na mão de Josie. Estava quente.

"Ela estava no meu peito?", perguntou.

"É", disse ele.

"Talvez meio quilo, não é?", disse Josie.

Paul resmungou um som de decepção.

"Quem sabe um quilo, um quilo e meio?", tentou Josie. O rosto dele se iluminou de leve, mas depois se mostrou desgostoso de novo, quando olhou fixo para a pedra.

"Cinco quilos, fácil, fácil", disse ela.

"Cinco quilos!", disse Paul para Ana, que ficou devidamente impressionada.

Ana retirou uma pedra da coxa de Josie e pôs na palma da mão. "Quanto pesa essa aqui?"

Era mais leve do que a de Paul, e Paul sabia, mas ele e Josie trocaram um olhar. "Essa aí é mais ou menos a mesma coisa", disse Josie. "Cinco quilos. Talvez mais."

Os olhos de Ana cintilaram e Josie achou que Ana ia guardar a pedra num lugar especial, mas em vez disso virou-se e jogou a pedra dentro do rio, numa diagonal impetuosa. "Até mais, seu babaca!", rugiu.

Continuaram a retirar as pedras e, a cada uma, perguntavam quanto pesava, antes de despachá-la para dentro do rio. Ana jogava as suas com despedidas cruéis, em geral repetindo as medições de Josie, antes de disparar as pedras em trajetórias violentas. A cada pedra removida, Josie sentia-se mais próxima da levitação. Eram só pedras e ela estava só sentada na beira de um lago que fazia o som de quem pede silêncio para a praia pedregosa, mas toda vez que os filhos levantavam uma pedra, Josie dava um pequeno suspiro e seu corpo se sentia mais perto da libertação.

"Olhe lá, mãe", disse Ana, e por fim Josie levantou-se. Ana estava apontando para um local na mata atrás deles. Parecia uma simples placa que assinala a entrada de uma trilha, um mapa fixo, mas nele havia esferas coloridas meio murchas.

"Balões!", disse Ana, e correu para a placa.

"A entrada de uma trilha", disse Paul, e foi atrás dela.

A placa, feita décadas antes, retratava um caminho que serpenteava por um vale, ao longo de um rio estreito, num trajeto de subida constante, até chegar a um lago de montanha. Se algum dia houve uma indicação de distância ou de escala, no mapa, tinha sido apagada pela chuva e pelo sol, no entanto Josie imaginou que não podia ficar a mais de dois ou três quilômetros e que a subida não podia alcançar mais de novecentos metros de altitude.

"Sempre tive vontade de ver um lago de montanha", disse ela.

"Eu também", disse Paul, enquanto olhava para o mapa com grande seriedade.

Paul nunca tinha dito nada para Josie sobre um lago de montanha, nunca tinha dado sinal de que sabia o que era isso nem que queria ver um lago desse tipo. Porém Paul não mentia, não podia mentir, e Josie não tinha opção a não ser acreditar que aquilo, bem como o fato de ele saber que podia casar com uma menina chamada Helena, era um desejo secreto e verdadeiro e que, dele, no futuro, ainda viriam muitas outras aspirações e necessidades nunca declaradas, das quais ela ia compartilhar muito poucas, e Josie teria de aceitar isso.

"E então, a gente deve ir lá?", perguntou Paul.

"O que é um lago de montanha?", perguntou Ana.

XXIII.

Tinham uma maçã, um saco de cenouras com casca, uma garrafa de Gatorade de laranja, um pacote de bolachas, meio saquinho de balas Starburst e uma garrafa de água, cheia até dois terços. As crianças estavam de jeans e camiseta. A temperatura estava na casa dos vinte graus. Josie achou que eles tinham boas chances de chegar ao lago e voltar ainda a tempo de almoçar.

"Paul", disse, sabendo que ela estava prestes a dar uma grande satisfação ao filho, "pode fazer uma cópia desse mapa?" Os olhos dele acenderam com a centelha do dever, quando Josie lhe entregou uma caneta e o verso da nota fiscal do mercado, que ela tirou da carteira. Seu desenho ficou bastante claro e incluiu a maioria das informações do mapa da placa, o que vale dizer que não era grande coisa. Havia uma trilha comprida e serpenteante e um lago oval e, ao lado, um retângulo pequenino que Josie supôs ser uma espécie de área de piquenique, talvez um tipo de abrigo. Em vez do mapa de um serviço florestal moderno, parecia o desenho feito por um bandoleiro analfabeto, embriagado por uma cidra forte.

Mas, quando chegaram à trilha, Josie viu que era larga e bem definida e que, muito provavelmente, haveria lojinhas de suvenires e lanchonetes ao longo do caminho. Começaram. Entraram num bosque de bétulas distribuídas de maneira ordenada, a luz se mesclando com sombras no chão da floresta e o ar estava frio. À frente, no tronco de uma árvore, avistaram uma faixa amarela do tamanho de uma mão e Josie riu, entendendo que aquela trilha seria fácil; alguém tinha marcado o caminho a cada cem metros. Olharam para o mapa de Paul, que não lhes disse nada de novo. O lago ficava mais à frente — ao que parecia, ainda a uma hora de caminhada, no máximo.

"Uma ponte", disse Paul, e apontou para um tronco, cortado ao meio no sentido longitudinal, estendido por cima de um minúsculo barranco, e que levava ao rio. Passando por cima de um riacho estreito de água rasa que fluía devagar, a ponte era rudimentar e escorregadia por causa do musgo, mas Paul e Ana insistiram em andar sobre o tronco sem ajuda de Josie. Era pouco mais de um metro de altura, de modo que, mesmo se caíssem, seria impossível se machucarem. Josie deixou que atravessassem e depois quiseram repetir a travessia, por isso fizeram a travessia de volta.

Andaram pela beira do rio por um tempo, uma hora ou mais, o calor do dia chegou ao auge, Paul e Ana começaram a esmorecer e aí a trilha virou para longe do rio e na direção das montanhas e eles andaram na sombra. À frente, a trilha parecia seguir direto para um pedregulho do tamanho de um celeiro antigo. Avançaram pela trilha até chegar ao pedregulho que, visto de perto, mais parecia um muro de granito. Olharam para a esquerda e para a direita e não viram nenhum sinal pintado em amarelo.

"Acho que a gente tem de passar por dentro dela", disse Paul. Pareceu falar absolutamente sério, até que um sorrisinho minúsculo dominou o lado esquerdo da boca.

"Olhe. Amarelo", disse Ana.

Josie e Paul viraram para ver que Ana tinha descoberto uma pequena faixa amarela numa árvore, no morro acima do rio. Havia um estreito fio de trilha que subia e contornava o pedregulho e eles foram por ali, os três, Josie, Paul e Ana, tendo a sensação clara de que, sem Ana, não teriam visto o que agora parecia uma trilha óbvia, que subia e passava para o outro lado. Em meia hora, subiram a trilha, usando as raízes das árvores para apoiar os pés, até chegarem ao topo, onde puderam ver uma clareira à frente.

"Talvez seja o lago", disse Paul.

Josie olhou para o relógio de pulso. Era meio-dia e pouco. Se estivessem de fato perto do lago, mesmo que chegassem lá, dessem meia-volta e andassem depressa, chegariam à cidade às duas horas. Alcançaram o topo do morro, mas não havia lago nenhum, apenas vestígios, ou as origens de um poço formado por um riacho raso. Em volta deles havia uma campina ampla, pontilhada de flores silvestres amarelas e violetas.

"Isso é o lago?", perguntou Ana.

"Não é o lago", disse Paul, e virou para Josie. "É?"

"Não", disse Josie.

Entocado na curva de uma montanha, aquele era o tipo de cenário onde Josie esperava encontrar o lago, e agora, depois de terem percorrido uma distância tão grande e passado por cima do morro, eles descobriram algo bem diferente, um riacho lamacento — era uma coisa cruel.

"Muito bem", disse ela. "Vamos pensar." Avaliou o tempo, sua localização na trilha, na metade do caminho de uma montanha muito maior do que ela havia imaginado. Tinham demorado horas para chegar lá. Havia tempo para ir mais longe, chegar ao lago e voltar, pensou Josie, embora ela tivesse a sensação palpável de que estava tomando a decisão errada. Teve medo de olhar para Paul, com receio do julgamento de seus olhos.

Ana apontou para o céu. "Olhe, mãe", disse ela. Uma enorme nuvem escura tinha vindo de trás da montanha. Na hora em que viram a nuvem, ouviram o trovão. Foi um pigarro bem alto que encheu o vale, uma introdução da calamidade.

"Está vindo na direção da gente?", perguntou Paul.

"Vai ter raio?", perguntou Ana.

Veio de novo a trovoada, dessa vez mais alta. Josie olhou para cima e descobriu que a nuvem havia chegado mais perto, cobria metade da montanha com uma sombra sinistra. E eles estavam bem perto do riacho raso.

"Não sei", disse Josie. Ao se dar conta de que estavam perto de um riacho, tentou lembrar-se da relação entre raios e água. A água era um condutor ou um isolante? Não parecia haver nenhuma boa opção em volta de Josie. Iam cair raios. Na certa, chuva também. Se ficassem descobertos, iam acabar ensopados.

"A gente deve ir para lá?", perguntou Ana, e apontou para uma floresta, à frente. Parecia ser uma distância de bem menos de um quilômetro, subindo a campina inclinada, uma distância nada atemorizante, mas então, de novo, todas as distâncias, até aí, tinham se mostrado enganosas. Tudo que parecia ao alcance, na verdade, ficava duas vezes mais distante e exigia três vezes mais tempo.

"Os raios caem nas árvores, não é isso?", perguntou Paul.

"Não sei", disse Josie. Como podia não saber? Fique longe da água ou procure ficar perto da água? Embaixo das árvores ou longe das árvores?

Além do mais, ainda não havia raio nenhum, portanto alimentou a esperança de que poderiam entrar na floresta antes que a tempestade de fato caísse, se é que ia cair mesmo. A floresta parecia a opção mais segura. Lá, poderiam descansar, se manter secos.

"Vamos correr", disse Josie.

Os olhos de Paul e Ana exprimiam sua exaustão, mas isso foi rapidamente substituído pela centelha de uma tarefa necessária.

"Vamos correr para aquele monte de árvores lá, está bem?", disse Josie.

Eles fizeram que sim com a cabeça. E tomaram a posição de um velocista, na hora da largada.

"Prontos?", perguntou Josie. "Vamos lá."

Partiram para longe da água e através da campina florida, sem se importar com as cores que seus pés esmagavam.

"Eba!", bradou Ana, atrás dela.

Josie virou-se e viu os pezinhos de Ana voarem por cima de pedras e arbustos baixos, sua cabeça grande e laranja pulava como uma vela carregada por um coelho. Josie viu o rosto de Paul, com ar de determinação. As árvores estavam a apenas algumas centenas de metros, agora. Eles iam conseguir. Quando estavam perto dos primeiros pinheiros grandes, Josie sentiu-se tola, por tornar aquilo mais dramático do que o necessário. Afinal, estavam simplesmente ao ar livre, correndo de uma tempestade em formação. Josie não queria que seus filhos tivessem medo da chuva nem do trovão nem do raio, ainda que, em função de sua atitude, a tempestade talvez estivesse perigosamente próxima. Diante da floresta, havia uma série de pedregulhos pequenos e pontiagudos e, entre eles, Josie parou, deixou que Paul e Ana passassem por ela, sorriu enquanto observou os dois passarem voando, sacudindo os braços, e os dois riam loucamente.

"Bom, bom!", gritou Josie, quase em êxtase.

Um estalo estrondoso rompeu no alto do céu. O mundo ficou branco e as costas de Josie se contraíram como se tivessem levado uma chicotada. Na sua frente, Paul e Ana se congelaram na luz branca durante alguns demorados segundos, fotografados no meio de um passo. Josie teve o pensamento momentâneo de que tinham sido atingidos, de que assim é que era ser atingido por um raio, que seus filhos estavam sendo eliminados do mundo. Mas a luz apagou, o mundo voltou a suas cores de sempre e seus filhos continuaram se movendo, continuaram vivos, e o clarão foi seguido por uma trovoada tão forte que ela parou e jogou-se no chão.

"Abaixem!", gritou para Paul e Ana. "E venham para cá."

Paul e Ana rastejaram até ela e Josie cobriu os dois com seu corpo. Ficaram abaixados por um minuto, enquanto o céu rosnava e bufava, impaciente, como se estivesse à procura de Josie e seus filhos.

"Estou com medo", disse Ana. "O raio vai bater na gente?"

"Não", respondeu Paul, com firmeza. "Enquanto a gente ficar abaixado assim. Fique bem encolhida", disse ele, e Ana se encolheu toda, segurando os joelhos entre os braços.

"Isso mesmo", disse ele.

"Está certo. Vamos correr de novo", disse Josie. "Só até as árvores." Ela olhou para cima e viu que estavam a não mais de cem metros da floresta, à frente.

"Prontos?", perguntou.

Paul e Ana fizeram que sim com a cabeça, prontos para dar uma arrancada e correr. Josie esperou um momento, que demorou mais do que planejava, e não tinha nenhum motivo para aquilo. Por um instante fugaz, olhou para a floresta e correu os olhos para cima, seguindo o comprimento da árvore mais alta, e se perguntou por um instante se não era verdade que o raio atingia o objeto mais alto numa determinada área.

"A gente vai?", perguntou Paul.

E aí o mundo rompeu-se ao meio. Uma luz agonizante encheu a floresta e uma faísca branca e azul rachou a árvore, a mesma que ela estava observando, um golpe rápido de machado que desceu pela espinha da árvore.

"Merda!", disse Josie.

"Mãe, ele vai pegar a gente agora?", perguntou Ana.

Josie respondeu que não, ele não ia pegá-los. Mais próximo do que o último, os raios não iam cair, Josie explicou, embora ela não tivesse nenhum motivo para acreditar que fosse verdade. Mas os raios caíam cada vez mais perto. Pareciam agir de caso pensado.

Os três ficaram esperando, enquanto observavam os restos chamuscados da árvore rachada arderem em fogo baixo e um estreito penacho de fumaça cinzenta se espalhar para o alto. O trovão rugiu de novo, soou como se um tanque rolasse por cima do telhado do céu. Josie percorreu, em pensamento, todas as opções possíveis. Podiam ficar onde estavam, mas iam acabar ensopados. A chuva ia cair dali a pouco, tinha certeza disso, e o sol ia se pôr, a escuridão seria absoluta. Ficariam molhados, frios e incapazes de encontrar o caminho de volta. Tinham de continuar, agora. Josie conseguia avistar a trilha, que subia, sinuosa, por mais ou menos dois quilômetros, cortada por pequenos aglomerados de árvores. Eles teriam de passar correndo entre as árvores, nos intervalos entre os raios.

"A gente vai para aquele bosque lá na frente", disse para os filhos. "Está só a algumas centenas de metros." Mas o caminho era todo aberto, sem proteção e, enquanto corressem pelo espaço amplo, seriam alvos fáceis para qualquer força maligna que estivesse patrulhando seu avanço.

"Não, mamãe", disse Ana. "Não, por favor."

Paul explicou que os raios tinham acabado de atingir as árvores, portanto qual a razão de ir exatamente para onde os raios tinham acabado de cair?

"Não vai cair lá de novo", respondeu Josie, sem acreditar no que dizia. "E daqui a pouco vai chover, não vai? A gente tem de sair daqui." Josie tinha a esperança irracional de que houvesse algo, alguma estrutura humana, quem sabe uma barraca descartada, na beira do lago. "Um, dois, três", disse ela, e correram de novo, os ombros baixos, as cabeças temerosas de alguma represália, do alto.

Os primeiros pingos de chuva caíram em suas formas em disparada, enquanto se abrigavam embaixo das árvores. Passaram pela árvore que fora atingida, sentiram o cheiro da madeira carbonizada, um odor estranhamente limpo, e foram em frente até a floresta se adensar, escurecida pelos ramos baixos. Josie parou, Paul e Ana se juntaram à sua volta, e os três, sem fôlego, sentaram-se encostados no tronco largo de um pinheiro antigo.

"E a gente não pode ficar aqui só?", perguntou Ana, e Josie achou muito possível que eles pudessem ficar ali, pelo menos por um tempo, com a esperança de que a tempestade passasse. Enquanto avaliava isso, porém, a chuva caiu mais pesada e uma rajada de vento frio disparou entre as árvores. A temperatura pareceu cair dez graus e, em segundos, a chuva deixou os três encharcados. Josie olhou para Ana, que estava de blusa de manga curta. Tinha os olhos arregalados e seus dentes começaram a tiritar. Não, pensou Josie. Não. Só havia uma opção. Tirou a blusa. "Vou vestir isto em você", disse para Ana, e Ana dirigiu para ela um olhar horrorizado.

"Vista", disse Josie, com firmeza.

Ana jogou a camisa por cima da cabeça e, meio de mau jeito, a blusa cobriu seu tronco até os joelhos.

"E você vai ficar só assim?", perguntou Paul, e acenou com a cabeça para o sutiã branco de Josie, de estilo funcional, só com uma pequena orla bordada.

"Eu estou bem assim", disse Josie, entendendo mal a pergunta de Paul, como se fosse motivada pela preocupação. Ele estava com vergonha por ela, Josie se deu conta. Não queria que a mãe corresse por uma trilha na montanha só de sutiã.

"Deixe-me dar uma olhada nesse mapa", disse Josie, e pediu a Paul a cópia que ele tinha desenhado à mão, quando começaram. Josie não tinha certeza do que esperava encontrar ali, mas havia começado a pensar que a ideia de ir em frente não era recomendável. Estavam avançando para dentro da tempestade, um território sobre o qual nada sabiam, no entanto, se voltassem, por mais tempo que demorasse e por mais molhados que ficassem, podiam ter a certeza de que iam achar a cidade. Paul hesitou um momento e então uma expressão grave dominou seu rosto. Puxou o papel do bolso, desdobrou e curvou-se por cima dele, a fim de protegê-lo da chuva.

No alto, dois aviões a jato se chocaram. Não podia haver outra explicação. Josie nunca tinha ouvido um trovão tão alto. As gotas de chuva ficaram ainda maiores. Seus filhos, já encharcados, de algum jeito ficaram ainda mais molhados e com mais frio. Josie estimou que a temperatura estava na casa dos catorze ou quinze graus e, dali a uma hora, ia cair mais uns cinco graus.

Então, Josie olhou para o mapa e, apesar de ser tão rudimentar quanto o mapa do qual foi copiado, mostrando apenas uma trilha sinuosa que levava a um lago oval, havia aquele retângulo bem definido junto à forma oval. Tinha de ser algum tipo de construção, pensou Josie. Ainda que fosse um mero banheiro de tábuas, já serviria de abrigo e salva-vidas.

"Tem certeza disso aqui?", perguntou para Paul, apontando para o desenho.

"O quê?", disse Paul. "Isso? Estava no mapa original."

"Muito bem", disse ela. "Tem certeza?"

"Tenho", respondeu.

Josie sabia que seu filho havia assumido a tarefa de desenhar o mapa com a máxima seriedade e agora, se ele estava certo, a caixa no mapa feito à mão podia salvá-los. Era mais perto do que voltar até a entrada da trilha — quilômetros mais perto. Bastava terminar uma curva larga na trilha.

"Vocês já descansaram?", perguntou Josie.

Nenhum dos dois respondeu.

"Vamos ter de correr de novo", disse ela. "Temos de correr até chegar ao lago e ao abrigo. Entenderam? Vamos avançar em etapas. Vamos correr de um ponto até outro e vamos descansar, quando vocês precisarem descansar. Está certo?"

No alto, um planeta explodiu como um balão.

"Vocês têm coragem?", perguntou Josie.

Paul e Ana não hesitaram. Fizeram que sim com a cabeça, com vigor, querendo ser corajosos, cientes de que não havia alternativa senão ter coragem, que não havia nada mais importante do que ter coragem. Josie soube, então, que, melhor do que procurar uma pessoa de coragem — fazia anos que ela estava nessa busca, meu Deus —, melhor e provavelmente mais fácil do que procurar pessoas assim no mundo era *criar* essas pessoas. Josie não precisava encontrar seres humanos de integridade e coragem. Precisava *fazer* esses seres humanos.

Um sorriso secreto tomou conta do rosto de Ana.

"O que foi?", perguntou Josie.

"Não posso contar", respondeu Ana.

"Conte. Não tem importância."

"É um nome feio, eu acho", disse Ana.

"Tudo bem."

"Que merda de chuva", disse Ana, e Paul riu, seus olhos de padre de gelo risonhos, iluminados por dentro.

"Pois é, que merda de chuva", disse Josie. "É isso mesmo. E vocês estão prontos para correr no meio dessa merda de chuva?"

Sorriram com os dentes à mostra e dispararam de novo. Correram entre as árvores e, quando as árvores terminaram e a trilha ficou descoberta por mais cem metros, viram outra marca amarela e se precipitaram para lá. As pedras na trilha agora estavam molhadas, Ana escorregou numa delas e caiu, esfolando a perna nos cascalhos. Um relâmpago iluminou o mundo com uma luz azul cortante, mas Josie não parou. Levantou Ana, sem parar de andar, e carregou-a junto ao peito até chegarem ao próximo bosque pequeno.

Quando foi possível colocar Ana no chão, as costas de Josie estavam diferentes. Tinha algo muito errado. Ela não conseguia respirar. Pôs Ana no chão e deitou-se de lado, tentando encontrar um jeito viável de trazer o ar para dentro do corpo. Um disco deslocado. Um pulmão perfurado. Uma costela partida. Qualquer coisa era possível.

"O que aconteceu?", perguntou Paul.

Josie não conseguia falar. Levantou o dedo, pedindo tempo. Agora, os dois filhos olhavam fixamente para ela, Ana com a blusa molhada da mãe por cima do corpo, como um guarda-pó. Josie olhou para o alto das árvores, as silhuetas pretas dos pinheiros contra o céu, cinzentas e ferozes como uma tempestade no mar.

Aos poucos, Josie recuperou o fôlego e, quando foi capaz de se sentar de novo, descobriu que Paul tinha rasgado uma tira da bainha da blusa de Josie, que agora Ana vestia, e usara a tira para amarrar a perna da irmã com uma atadura improvisada. Parecia algo que se via no campo de batalha da Primeira Guerra Mundial, mas Ana estava acariciando a atadura, comovida com aquela pompa. Uma mancha oval de sangue emergiu de dentro da atadura e os olhos de Ana se arregalaram.

Josie olhou para a trilha adiante e, logo depois de mais uma faixa de árvores e do outro lado de uma pequena encosta, achou que podia ver a clareira onde talvez estivessem o lago e o abrigo. Levantou-se com muito medo de não ter forças, ou de que o ato de ficar de pé piorasse ainda mais o que quer que fosse aquilo que tinha acontecido com ela. Embora estivesse péssima e agora percebesse que as pernas estavam sangrando em uma porção de lugares, conseguia respirar e estava razoavelmente segura de que era capaz de correr de novo.

"Ela não pode correr", disse Paul, apontando para Ana.

"É verdade?", perguntou Josie. Os olhos de Ana estavam cheios de lágrimas e seu queixo tremia. Josie olhou para baixo e viu que Ana não conseguia se apoiar no pé esquerdo. Josie examinou a perna de alto a baixo e não localizou nenhuma fratura, mas quando fazia a mais leve pressão na atadura, Ana gemia. "Você torceu. Não quebrou nada", disse Josie, e agora os olhos de Ana transbordaram de lágrimas. "Tudo bem. Se enrole em volta de mim", disse Josie, "feito um macaco."

Ana atirou os braços em volta de Josie, enfiando o ombro minúsculo no pescoço de Josie. Quando Josie se levantou de novo, agora carregando dezoito quilos extras, suas costas rugiram em protesto.

"Está pronto, Paul?", disse ela.

"Só até aquelas árvores ali na frente?", perguntou.

Adiante, estendiam-se algumas centenas de metros de um caminho de terra e cascalho que cortavam um vale aberto, completamente vulnerável.

"Isso mesmo", disse ela. "Você corre que eu vou logo atrás. Não pare antes de chegar lá."

"Já?", perguntou Paul.

"Já", disse Josie.

Correram, e Josie correu com um braço em volta do quadril de Ana, enquanto o outro braço tateava o caminho à sua frente, pronto para escorar-se, caso ela caísse. Josie achava que ia cair. Nunca tinha corrido levando Ana no colo assim, numa trilha molhada e coalhada de pedras assim, com uma dor assim. Cada passo disparava uma punhalada profunda de luz metálica por dentro da espinha de Josie e por dentro da perna. O peso de Ana exacerbava o que quer que houvesse acontecido com as costas de Josie, mas ela não podia reduzir a velocidade na área descoberta. Tinha de alcançar Paul, que de repente se movia com velocidade e agilidade incríveis. Josie via o filho pular e aterrissar, e vibrava com sua agilidade e coragem.

Como que para castigar Josie por aquele momento de orgulho, o céu se rasgou e se abriu, de ponta a ponta. Paul caiu no chão e Josie tombou de joelhos. Nenhum terremoto, nenhum tornado poderia fazer tanto barulho. Josie tinha vivido quase quatro décadas e nunca tinha ouvido uma tempestade como aquela, nunca tinha visto um céu tão implacável.

Levantaram-se e correram de novo e chegaram ao bosque seguinte. Josie seguiu Paul até um local junto ao tronco de um pinheiro morto. Sentaram lado a lado, como soldados numa trincheira, ofegantes. Ana continuava presa ao peito de Josie, sua cabeça de cabelos emaranhados metida no pescoço da mãe.

"Está com frio?", perguntou Paul, acenando com a cabeça para o sutiã de Josie, sua pele cheia de manchas.

"Estou bem", disse ela. Estava encharcada pela chuva fria e o vento gelado cortava por dentro dela, enquanto descansavam, mas tinha se sentido quente enquanto corria. A dor, no entanto, sufocava as outras sensações.

"A gente está vencendo", disse Josie. "Vocês estão percebendo, não é?"

Paul fez que sim com a cabeça, sério em sua afirmação, como se a mãe confirmasse algo de que ele havia começado a suspeitar e que torcia para ser verdade. Eles estavam em movimento, habitavam plenamente a linda máquina de seu ser físico e estavam testemunhando a força bruta e irracional da tempestade.

"É só completar aquela curva, eu acho", disse Josie, e apontou para a frente. Paul pegou seu mapa e apontou para o arco largo que sua trilha desenhada à caneta traçava, pouco antes de chegar ao lago.

"Acho que a gente está perto", disse ele.

Um tipo diferente de trovão dominou o ar. Era tão alto quanto a ruptura do céu que tinham ouvido antes, só que agora vinha do alto da trilha. Era mais gradual, um rugido crescente, como o som de pedras, mil pedras que se moviam juntas.

    Josie ergueu a cabeça e olhou para o alto da curva da trilha. Não viu nada. Depois, uma onda de poeira veio de trás de uma protuberância na encosta. Ela nunca tinha ouvido nem visto uma avalanche, mas sabia que era uma avalanche, a menos de trezentos metros de distância. Depois que o estranho e metódico rugido terminou, o vale ficou em silêncio, como se descansasse de um grande esforço. Josie não tinha a menor ideia do que fazer. Recuar era impossível, por todas as razões que ela havia enumerado mais cedo — as crianças iam sofrer, estava frio demais, eles iam ficar encharcados e congelados. Mas avançar na direção da avalanche?

    "Foi isso mesmo, mãe?", perguntou Paul.

    "O quê?", indagou Josie.

    Paul dirigiu para ela um olhar arregalado que indicava que não queria pronunciar a palavra "avalanche" na frente de Ana.

    "Acho que foi", disse Josie.

    De um jato, a chuva pareceu dobrar de volume. Cada gota era pesada, distinta. Josie sabia que tinham de andar. Fez um plano de seguirem até a curva cega da trilha e pelo menos dar uma olhada no que havia depois da curva, ver o que tinha acontecido, se ainda existia uma trilha para seguir. De novo, pegou Ana no colo, e o aperto da menina em volta de seu pescoço, de algum modo, foi ainda mais forte do que antes, doloroso, mas necessário, e ela começou a andar. Dessa vez, foi na frente, e Paul, logo atrás.

    Bem antes da curva, puderam ver sinais da avalanche. Uma diagonal cinzenta de pedras e cascalho tinha cortado a trilha e havia se depositado no fundo do vale, centenas de metros abaixo. Josie olhou para o alto da encosta, em busca de alguma pista das intenções dos rochedos. Para além das pedras desabadas, dava para ver a trilha que continuava, até o que parecia uma clareira. De algum jeito, ela, Paul e Ana tinham de passar por cima das pedras desmoronadas, numa extensão de mais ou menos cinquenta metros, e retomar a trilha, o tempo todo tendo de encarar a possibilidade de as pedras se deslocarem de novo, pois o fato de eles atravessarem por cima delas podia fazer tudo despencar morro abaixo.

Algum impulso dentro de Josie lhe disse para fazer aquilo depressa, evitar hesitação. "Vamos lá", disse. Suas costas gemeram de novo, mas ela foi escalar as pedras depositadas umas sobre as outras e viu que era quase impossível avançar. Levantou a perna, pôs o peso do corpo sobre o pé e, na mesma hora, o pé escorregou e ela desceu. Ana escapou e caiu nas pedras poeirentas. As mãos de Josie amorteceram sua queda, mas a testa bateu numa pedra saliente. A dor foi rápida e severa, mas Josie entendeu que o ferimento não era grave.

"Vocês estão bem?", perguntou Paul. Ele apareceu ao lado de Josie e Ana e, por causa de seu pouco peso, conseguia se movimentar com rapidez em cima do cascalho solto, sem afundar.

Ana fez que sim com a cabeça e Josie disse que estava bem.

"Tem sangue na sua cara", disse Paul para Josie. "Mas não muito."

Josie não tinha as mãos livres para enxugar. E sabia que, para fazer isso, Ana teria de subir nas pedras sozinha.

"Vá atrás do Paul", disse Josie, e Ana não reclamou.

Apoiando-se mais na perna sem atadura do que na outra, Ana se moveu com habilidade por cima da massa de pedras soltas e Josie fez o melhor que pôde para segui-la. Tentou se tornar mais leve, mais ágil.

"Esperem!", gritou. As crianças estavam bem à frente, avançando com muita facilidade.

Josie estava rastejando, escorregava, pernas e braços afundavam na superfície de cascalho como se fosse neve fofa, recém-caída.

Uma ideia lhe veio à cabeça e ela pôs em prática, ciente de que não tinha escolha, senão tentar alguma coisa. Virou-se de costas e empurrou o corpo para cima, apoiada nos pés, como um mecânico deitado embaixo de um carro. Os cascalhos rasparam nas costas, no pescoço e na nuca, mas deu certo. As mãos e as pernas, antes, estavam concentrando peso demais em cima das pedras soltas e por isso ela afundava. Mas suas costas, como se fossem uma raquete de andar na neve, espalhavam o peso e, assim, ela conseguia avançar pela superfície das pedras desmoronadas, enquanto os filhos olhavam e, de vez em quando, a incentivavam.

"Falta pouco", disse Paul.

"Falta pouco", repetiu Ana.

Josie tinha a forte sensação de que aquela imagem ia permanecer dentro deles, o retrato da mãe subindo de costas nas pedras de uma avalanche, no meio de uma tempestade elétrica no Alasca. Josie bufava, e deu uma risada bem alta, enquanto a chuva caía pesada sobre ela.

Quando chegou do outro lado, os filhos estavam esperando. Ana de pé, numa perna só, apoiada no ombro do irmão, para se escorar. As pernas de Paul estavam feridas e sangravam, as mãos brancas com a pele rasgada e com a poeira das pedras em que tinha rastejado. As pernas e as mãos de Ana estavam igualmente machucadas e, a certa altura, ela havia ganhado um corte na têmpora, um talho vermelho do tamanho de um dedo. No céu, o trovão estalou de novo, mais estrondoso do que qualquer trovão, desde a criação do mundo, e Josie riu bem alto outra vez. "Não termina nunca, não é?", disse. "Uma coisa depois da outra." Ana e Paul sorriram, mas pareceram inseguros, sem saber exatamente o que a mãe queria dizer, e Josie ficou feliz de ver que eles haviam perdido o sentido subjacente de suas palavras.

"Muito bem, estão prontos?", perguntou. Virou-se, sem esperar nada, mas agora, do outro lado da avalanche, ela pôde ver:

lá estava o radiante lago azul, e não era maior do que uma piscina. Josie riu, outra vez. "Ah, meu Deus", disse. "Olhe só. Tão pequeno. Todo esse caminho para isso!"

"Mas é tão azul", disse Paul. "E olhe lá."

Josie estava procurando o abrigo que o mapa prometia, mas Paul achou primeiro. Era mais do que um abrigo. Era um chalé sólido, feito de toras e tijolos, a linha reta da chaminé se erguia como um farol. Na porta, havia o mesmo trio de balões murchos que tinham visto na placa da entrada da trilha.

Josie nem precisou dizer aos filhos o que deviam fazer. Já tinham começado a correr, Ana revigorada outra vez, de algum jeito, Paul em disparada lá na frente, sabendo que a irmã estaria bem, e Josie caminhava atrás deles, os ombros tremendo de frio e com uma espécie de choro sem lágrimas.

Quando chegou ao chalé, viu a placa acima da varanda. "Bem-vindos à reunião da família Stromberg", dizia. Ela abriu a porta e viu Paul e Ana ensopados de chuva e riscados de sangue, parados no meio do que parecia ser uma festa surpresa. Havia balões, fitas, uma mesa transbordante de sucos e refrigerante, batatinhas fritas, frutas e um monumental bolo de chocolate embaixo de uma tampa de plástico. Toda a volta do chalé estava coberta de fotos emolduradas de várias épocas, a maior parte em preto e branco, todas cuidadosamente legendadas. Os Stromberg através do tempo. Josie só podia supor que algum membro intrépido da família tinha ido àquele chalé dias antes, havia montado tudo aquilo para a festa da família e depois, por algum motivo qualquer, um incêndio ou tragédias desconexas, havia cancelado tudo, deixando o chalé e toda sua generosidade para outra família, menor: Josie, Paul e Ana, tão cansados.

"Quem são os Stromberg?", perguntou Paul.

"Hoje, nós somos os Stromberg", respondeu Josie.

Havia lenha bastante para três invernos, água de sobra, por

isso Josie acendeu a lareira, eles tiraram as roupas, se limparam e sentaram-se nus embaixo de um enorme cobertor de lã, enquanto suas roupas imundas secavam na frente do fogo. Comeram e beberam o que queriam, sem seguir nenhuma ordem determinada, logo ficaram saciados e, embora seus músculos doessem e as feridas clamassem por atenção, eles demoraram muitas horas para dormir. Todas as partes de seu ser estavam despertas. Suas mentes gritavam em triunfo, seus braços e pernas queriam mais desafios, mais conquistas, mais glória.

"Foi bom, não foi?", disse Paul.

Nem esperou uma resposta. Olhou para o fogo na lareira, o rosto radiante parecia ainda mais jovem do que era — talvez renascido. Seus olhos de padre de gelo tinham descoberto uma felicidade nova e sem embaraços. Ele sabia que tinha sido bom.

Josie se viu sorrindo, ciente de que tinham feito o que podiam, com o que tinham nas mãos, e haviam encontrado alegria e um propósito a cada passo. Tinham feito música histérica, tinham enfrentado obstáculos formidáveis neste mundo, tinham rido, tinham triunfado, tinham sangrado à vontade, mas agora estavam nus, juntos e aquecidos, e o fogo diante deles não ia morrer. Josie olhou para os rostos radiosos e flamejantes de seus filhos e soube que eram exatamente quem deviam ser e que estavam onde deviam estar.

XXIV.

Mas depois vem o dia seguinte.

Agradecimentos

Em primeiro lugar, obrigado, Jenny Jackson, alma serena, leitora sensível e paladina felizmente implacável deste livro. Obrigado, Sonny Mehta, Andy Hughes, Paul Bogaards, Emma Dries e todos os Knopf. Obrigado, Em-J Staples, amigo constante, editor tenaz e orgulhoso illinoisiano. Obrigado, Andrew, Luke, Sarah e todos os inabaláveis advogados da Agência Wylie. Obrigado, Cressida Leyshon e Deborah Treisman, por sua fé neste livro e pela sagaz edição na sua primeira encarnação em excerto. Obrigado, Alison e Katya, heróis e homerianos. Obrigado, leitores cuidadosos Nyuol Tong, Peter Ferry, Christian Keifer, Curtis Sittenfeld, Sally Willcox, Clara Stankey, Tish Scola, Tom Barbash, Ayelet Waldman, Carrie Clements e Jesse Nathan. Obrigado, músicos pacientes Thao Nguyen, Alexi Glickman e Jon Walters. Obrigado, Terry Wit, Deb Klein e Kim Jaime. Obrigado, dentistas-filósofos Tim Sheehan, Larry Blank e Raymond Katz. Obrigado, Alasca, por persistir. Obrigado V, A e B por existirem.

Nota sobre o autor

Dave Eggers é autor de O *Círculo*; *Um holograma para o rei*, finalista do National Book Award; *O que é o quê*, finalista do National Book Critics Circle Award; e *Seus pais, o que eles são? E os profetas eles vivem para sempre?*, selecionado para o International Dublin Literary Award, entre outros. É fundador, recentemente aposentado, da editora McSweeney's, e é editor ainda atuante de Voices of Witness, série de livros que usam a história oral para tratar da crise dos direitos humanos. A 826 National, a rede de escrita jovem e de centros de orientação da qual ele foi cofundador em 2002, agora tem filiais em 22 cidades ao redor do mundo. ScholarMatch, uma organização sem fins lucrativos, associada a ela, fundada em 2010, oferece programas de acesso a faculdades e bolsas a estudantes dos Estados Unidos. Eggers é ganhador do Dayton Literary Peace Prize, ocupou a presidência da Anistia Internacional em 2015 e é membro da Academia Americana de Artes e Letras.

www.voiceofwitness.org
www.valentinoachakdeng.com
www.826national.org
www.scholarmatch.org
www.mcsweeneys.net

ESTA OBRA FOI COMPOSTA POR OSMANE GARCIA FILHO EM ELECTRA
E IMPRESSA PELA GRÁFICA SANTA MARTA EM OFSETE SOBRE PAPEL PÓLEN SOFT
DA SUZANO S.A. PARA A EDITORA SCHWARCZ EM MAIO DE 2022

A marca FSC® é a garantia de que a madeira utilizada na fabricação do papel deste livro provém de florestas que foram gerenciadas de maneira ambientalmente correta, socialmente justa e economicamente viável, além de outras fontes de origem controlada.